FEB 12

No confíes en nadie

S. J. WATSON

No confíes en nadie

Traducción de
Matuca Fernández de Villavicencio

Grijalbo

Título original: *Before I Go to Sleep*

Primera edición: noviembre, 2011

© 2011, S. J. Watson
© 2011, Random House Mondadori, S. A.
   Travessera de Gràcia, 47-49. 08021 Barcelona
© 2011, Matuca Fernández de Villavicencio, por la traducción

Diseño: Random House Mondadori, basado en diseños de
   The Textpublishing Company y Harper Collins
Fotografía: © Stephen Carrol/Trevillion
Fotografía del autor: © derechos reservados

Impreso en los Estados Unidos de América

ISBN: 978-0-307-88302-5

Compuesto en Revertext, S. L.

BD 83025

Para mi madre y para Nicholas

Nací mañana
hoy vivo
ayer me mató

PARVIZ OWSIA

PRIMERA PARTE

Hoy

El dormitorio me es ajeno. Desconocido. No sé dónde estoy, ni cómo he llegado hasta aquí. Ignoro cómo volveré a casa.

He pasado la noche aquí. Me despertó la voz de una mujer —al principio pensé que se encontraba en la cama conmigo, hasta que comprendí que ella estaba leyendo las noticias y yo escuchando una radio despertador— y cuando abrí los ojos me descubrí aquí. En esta habitación que no reconozco.

Una vez que mis ojos se acostumbran a la penumbra, miro a mi alrededor. De la puerta del ropero cuelga una bata —femenina, aunque propia de una mujer mucho mayor que yo— y sobre el respaldo de una silla, frente al tocador, descansa un pantalón azul marino cuidadosamente doblado, pero no alcanzo a vislumbrar mucho más. La radio despertador parece complicada, pero le doy al botón que parece tener más probabilidades de silenciarla.

En ese momento oigo una inspiración trémula a mi espalda y caigo en la cuenta de que no estoy sola. Me doy la vuelta. Veo una masa de piel y pelo moreno salpicado de blanco. Un hombre. Tiene el brazo izquierdo sobre las mantas, y un anillo de oro en el cuarto dedo de la mano. Ahogo un gemido. Este tipo no solo es maduro y con canas, pienso, sino que encima está casado. No solo me he tirado a un hombre casado, sino que lo he hecho en la que imagino es su casa, en la cama que normalmente debe de compartir con su esposa. Me recuesto e intento serenarme. Debería darme vergüenza.

Me pregunto dónde está la esposa. ¿Debería preocuparme que pueda volver en cualquier momento? Me la imagino en la otra punta del dormitorio, gritando, llamándome zorra. Medusa. Cúmulo de serpientes. Me pregunto cómo voy a defenderme si realmente aparece, o si puedo siquiera. No obstante, el tipo que yace en la cama no parece preocupado. Se ha dado la vuelta y sigue roncando.

Trato de no mover ni un pelo. Por lo general soy capaz de recordar cómo he llegado a este tipo de situaciones, pero hoy no. Probablemente estaba en una fiesta, o en un bar, o en una discoteca. Debía de llevar un buen colocón. El suficiente para no recordar nada en absoluto. El suficiente para haberme acostado con un hombre casado y con pelos en la espalda.

Retiro las mantas con la mayor suavidad posible y me siento en el borde de la cama. Antes que nada necesito ir al cuarto de baño. No hago caso de las zapatillas que tengo a mis pies —follarse al marido es una cosa, pero nunca podría ponerme los zapatos de otra mùjer— y, descalza, salgo sigilosamente al pasillo. Consciente de mi desnudez, temo equivocarme de puerta, toparme con un inquilino, o con un hijo adolescente. Compruebo, aliviada, que la puerta del cuarto de baño está entornada. Entro y corro el pestillo.

Utilizo el retrete, tiro de la cadena y me doy la vuelta para lavarme las manos. Cuando voy a alcanzar el jabón percibo algo extraño. Al principio no sé qué es, hasta que lo veo. La mano que coge el jabón no parece mi mano. Tiene la piel arrugada y los dedos rollizos, las uñas descuidadas y comidas, y luce, como el hombre al que acabo de dejar en la cama, una alianza de oro.

Me quedo mirándola. Muevo mis dedos. Los dedos de la mano que sostiene el jabón también se mueven. Ahogo un grito y el jabón golpea con violencia el lavamanos. Levanto la vista hacia el espejo.

La cara que me está mirando no es mi cara. El cabello no tiene volumen y es mucho más corto que el mío, la piel de las mejillas y la papada cuelga, los labios son delgados, la boca se curva hacia abajo. Suelto una exclamación muda que, de no haberla controlado, habría derivado en un alarido, y en ese momento reparo en mis ojos. Tienen arrugas, cierto, pero los reconozco como míos. La persona del espejo soy yo pero veinte años mayor. O veinticinco. Puede que incluso más.

Imposible. Empiezo a temblar y mis dedos se aferran al borde del lavamanos. Otro alarido trepa por mi pecho y esta vez sale en forma de grito ahogado. Me alejo del espejo y es entonces cuando las veo. Fotografías. Pegadas con celo a la pared, y al espejo. Imágenes intercaladas con papelitos engomados de color amarillo, notas escritas con rotulador, húmedas y con las puntas levantadas.

Elijo un papelito al azar. «Christine», dice, y una flecha señala una fotografía donde aparezco yo —este yo nuevo, este yo viejo— sentada en un banco de un muelle junto a un hombre. El nombre me resulta familiar, aunque solo vagamente, como si tuviera que hacer un esfuerzo para creer que es mi nombre. En la fotografía estamos cogidos de la mano y sonriendo a la cámara. Es un hombre guapo, apuesto, y tras mirarlo detenidamente caigo en la cuenta de que es el mismo hombre con el que me he acostado, el que he dejado en la cama. Debajo de la foto aparece escrita la palabra «Ben» y, al lado, «Tu marido».

Ahogo un grito y arranco la foto de la pared. No, pienso, ¡No! No puede ser... Barro el resto de las fotografías con la mirada. En todas salimos ese hombre y yo. En una llevo un vestido horrible y estoy desenvolviendo un regalo, en otra estamos los dos con impermeables delante de una cascada mientras un perrito nos olisquea los pies. Al lado hay una foto donde aparezco sentada junto a él, con la bata que he visto en el dormitorio, bebiendo un zumo de naranja.

Me alejo un poco más, hasta que noto unos azulejos fríos en la espalda. En ese momento vislumbro una luz débil que relaciono con la memoria. Cuando mi mente intenta concentrarse en ella, se disipa como cenizas atrapadas en una brisa, y tomo conciencia de que en mi vida hay un entonces, un antes, aunque no pueda decir antes de qué, y un ahora, y que entre uno y otro no hay nada salvo un largo y silencioso vacío que me ha conducido hasta aquí, hasta él y yo, hasta esta casa.

* * *

Regreso al dormitorio. Todavía tengo la foto en la mano —la foto donde salgo con el hombre junto al que he amanecido— y la sostengo delante de mí.

—¿Qué está ocurriendo aquí? —le pregunto. Estoy gritando, lágrimas ruedan por mi rostro. El hombre se sienta en la cama con los párpados entrecerrados—. ¿Quién eres?

—Soy tu marido —responde. Su cara somnolienta no muestra el más mínimo atisbo de irritación. No presta atención a mi cuerpo desnudo—. Llevamos años casados.

—¿De qué estás hablando? —digo. Quiero echar a correr, pero no tengo adónde—. ¿Años casados? ¿De qué hablas?

Se levanta.

—Toma —dice.

Me tiende la bata y espera a que me la ponga. Él lleva un pantalón de pijama demasiado grande y una camiseta blanca. Me recuerda a mi padre.

—Nos casamos hace veintidós años, en mil novecientos ochenta y cinco. Tú…

Le interrumpo.

—¿Qué…? —Noto que palidezco y la habitación empieza a dar vueltas. En algún lugar de la casa un reloj hace tictac y suena fuerte como un martillo—. ¿Pero…? —Da un paso hacia mí—. ¿Cómo…?

—Christine, ahora tienes cuarenta y siete años —dice. Le miro, miro a ese extraño que me está sonriendo. No quiero creerle, no quiero escuchar lo que está diciendo, pero sigue hablando—. Tuviste un accidente. Un accidente grave. Sufriste lesiones en el cerebro. Tienes problemas para recordar las cosas.

—¿Qué cosas? —pregunto, queriendo decir en realidad: «¿No te estarás refiriendo a los últimos veinticinco años?»—. ¿Qué cosas?

Da otro paso. Se está acercando como si yo fuera un animalillo asustado.

—Todo —dice—. Unas veces desde los veinte años. Otras incluso antes.

Fechas y edades giran dentro de mi cabeza. No quiero preguntar, pero sé que debo hacerlo.

—¿Cuándo… cuándo tuve el accidente?

Me mira y su rostro es una mezcla de compasión y miedo.

—A los veintinueve años…

Cierro los ojos. Aunque mi mente intenta rechazar esa información, en algún rincón de mi cerebro sé que es cierta. Oigo que rompo a llorar, y al hacerlo ese hombre, ese «Ben», se acerca. Noto su presencia a mi lado, no me muevo cuando me rodea la cintura, no opongo resistencia cuando me atrae hacia sí. Me abraza. Nos mecemos suavemente y reparo en que el movimiento me resulta familiar. Me calma.

—Te quiero, Christine —dice, y aunque sé que debería contestar que yo también le quiero, guardo silencio. ¿Cómo voy a quererle? Es un desconocido. Todo esto es una locura. Deseo saber tantas cosas… Cómo llegué hasta esta situación, cómo me las apaño para sobrevivir, pero no sé cómo preguntarlas.

—Tengo miedo —digo.

—Lo sé, lo sé —responde—. Pero no tienes de qué preocuparte, Chris. Yo cuidaré de ti, siempre cuidaré de ti. Estarás bien. Confía en mí.

* * *

Dice que va a enseñarme la casa. Estoy algo más tranquila. Me he puesto las bragas y la camiseta vieja que me ha dado, y la bata sobre los hombros. Salimos al rellano.

—El cuarto de baño ya lo conoces —dice, abriendo la puerta contigua—. Este es el estudio.

Veo una mesa de cristal con lo que supongo es un ordenador, aunque parece absurdamente pequeño, casi de juguete. Junto a la mesa hay un archivador de color gris plomo y, encima, una agenda de pared. Está todo muy ordenado.

—A veces trabajo ahí —explica, cerrando la puerta. Cruzamos el rellano y abre otra puerta. Una cama, un tocador, otro ropero. Es casi idéntica a la habitación donde me he despertado—. De vez en cuando, cuando te apetece, duermes aquí, pero por lo general no te gusta despertarte sola. Cuando te das cuenta de que no sabes dónde estás te entra el pánico. —Asiento con la cabeza. Me siento como una posible inquilina a la que están enseñando una casa. Una compañera de piso potencial—. Bajemos.

Le sigo hasta la planta baja. Me muestra una sala de estar —un sofá marrón con sillones a juego, una pantalla plana atornillada a la pared que me explica es un televisor—, un comedor y una cocina. Ni una sola de las estancias me resulta familiar. No siento nada, ni siquiera cuando veo, sobre un aparador, una fotografía enmarcada de nosotros dos.

—En la parte de atrás hay un jardín —dice, y miro por la puerta de cristal de la cocina. Está empezando a clarear, el negro cielo se está tiñendo de azul y puedo adivinar la silueta de un árbol grande y de un cobertizo situado al fondo del pequeño jardín, pero eso es todo. Caigo en la cuenta de que ni siquiera sé en qué parte del mundo estamos.

—¿Dónde estamos? —le pregunto.

Se detiene detrás de mí. Puedo ver nuestro reflejo en el cristal. Yo. Mi marido. Entrados en años.

18

—En el norte de Londres —contesta—. Crouch End.

Retrocedo. El pánico sube por mi estómago.

—Señor, ni siquiera sé dónde vivo…

Me coge la mano.

—Tranquila, estarás bien. —Me vuelvo hacia él para mirarle, para esperar que me diga cómo, cómo voy a apañármelas para estar bien, pero no lo hace—. ¿Quieres que te prepare tu café?

Por un momento el rencor me invade, pero finalmente digo:

—Sí, por favor. —Llena de agua el hervidor—. Solo, por favor. Sin azúcar.

—Lo sé —dice con una sonrisa—. ¿Quieres tostadas?

Digo que sí. Debe de saber tantas cosas sobre mí, sin embargo esto parece la mañana siguiente a un polvo de una noche: desayuno con un desconocido, en su casa, mientras calculas cuándo será aceptable emprender la huida, regresar a tu casa.

Pero he ahí la diferencia. Que esta, supuestamente, es mi casa.

—Creo que necesito sentarme —digo.

Me mira.

—Ve a la sala de estar. Enseguida te llevo el desayuno.

Salgo de la cocina.

Ben aparece instantes después con un libro en la mano.

—Es un álbum de recortes —me dice—. Puede que te ayude.

—Lo cojo. Está forrado con un plástico que pretende en vano imitar el cuero gastado y envuelto por una cinta roja con un lazo hecho de cualquier manera—. Vuelvo enseguida —dice, y se marcha.

Me siento en el sofá. El álbum de recortes pesa sobre mi regazo. Tengo la sensación de estar fisgoneando. Me recuerdo que todo lo que hay aquí dentro tiene que ver conmigo, que me lo ha dado mi marido.

Deshago el lazo y abro el álbum por una página al azar. Una foto de Ben y de mí, mucho más jóvenes.

Lo cierro bruscamente. Deslizo las manos por la tapa, paso las hojas. «Debo de hacer esto todos los días.»

No puedo creerlo. Estoy convencida de que se ha producido un terrible error, pero no puede ser. Las pruebas están ahí, en el espejo de arriba, en las arrugas de las manos que acarician el álbum que tengo delante. No soy la persona que pensaba que era cuando me desperté esta mañana.

Pero ¿quién era esa persona?, me pregunto. ¿Cuándo fui yo esa persona que amaneció en la cama de un desconocido y solo podía pensar en huir? Cierro los ojos. Tengo la sensación de que estoy flotando, de que podría perderme en el espacio.

Necesito anclarme. Cierro los ojos y trato de concentrarme en algo sólido. No encuentro nada. Tantos años de mi vida, pienso. Ausentes.

Este álbum me dirá quién soy, pero no quiero abrirlo. Todavía no. Deseo quedarme un rato así, con todo mi pasado como un gran espacio en blanco. En estado de incertidumbre, a caballo entre lo posible y lo real. Me asusta descubrir mi pasado. Mis logros, mis fracasos.

Ben entra en la sala y me pone una bandeja delante. Tostadas, dos tazas de café, una jarrita de leche.

—¿Estás bien? —me pregunta.

Asiento con la cabeza.

Se sienta a mi lado. Se ha afeitado y se ha puesto un pantalón, una camisa y una corbata. Ya no parece mi padre. Ahora parece un empleado de un banco, o de una oficina. No está mal por eso, me digo, y enseguida aparto ese pensamiento de mi mente.

—¿Cada día es así? —le pregunto.

Coloca una tostada en un plato y la cubre de mantequilla.

—Más o menos —dice—. ¿Quieres? —Niego con la cabeza y le da un bocado—. Eres capaz de retener información mientras estás despierta, pero cuando te duermes, la mayor parte de esa información desaparece. ¿Está bien el café?

Le digo que sí y me coge el álbum.

—Es una especie de álbum de recortes —explica, abriéndo-lo—. Hace unos años hubo un incendio y perdimos muchas fotos y objetos, pero todavía quedan algunas cosas aquí dentro. —Señala la primera hoja—. Este es tu título universitario, y aquí sales en la ceremonia de tu graduación. —Miro el lugar donde ha posado el dedo. Estoy sonriendo, deslumbrada por el sol, y llevo puesta una toga negra y un sombrero de fieltro con una borla dorada. Detrás hay un hombre con traje y corbata mirando hacia otro lado.

—¿Eres tú? —le pregunto.

Sonríe.

—No. Yo me gradué más tarde. En esta foto todavía estaba estudiando. Química.

Levanto la vista.

—¿Cuándo nos casamos?

Se vuelve hacia mí y toma mi mano entre las suyas. Acostumbrada, supongo, a la suavidad de unas manos jóvenes, me sorprende la aspereza de su piel.

—Un año después de que te sacaras el doctorado. Llevábamos varios años saliendo juntos pero querías, queríamos, esperar a que terminaras los estudios.

Tiene sentido, pienso, aunque se me antoja una postura demasiado prudente. Me pregunto si realmente deseaba casarme con él.

Como si me hubiera leído el pensamiento, dice:

—Estábamos muy enamorados. —Y añade—: Todavía lo estamos.

No sé qué contestar. Sonrío. Bebe un sorbo de café antes de devolver la mirada al álbum que sostiene en el regazo. Pasa algunas páginas.

—Estudiaste filología inglesa —dice—. Después de doctorarte hiciste algunos trabajillos, cosas sueltas. De secretaria, de comercial. Creo que no sabías muy bien a qué querías dedicarte.

Yo me licencié y me formé como profesor. Durante algunos años no lo tuvimos fácil, pero finalmente me ascendieron y vinimos a parar aquí.

Contemplo la sala. Es elegante, agradable. Insulsamente convencional. Sobre la chimenea pende la foto enmarcada de un bosque y el reloj de la repisa está flanqueado por unas figuritas de porcelana. Me pregunto si intervine en la decoración.

Ben sigue hablando.

—Enseño en un colegio de secundaria que hay cerca de aquí. Ahora soy director de departamento. —Lo dice sin el menor atisbo de orgullo.

—¿Y yo? —pregunto, pese a saber que solo hay una respuesta posible.

Me estrecha la mano.

—Después del accidente tuviste que dejar de trabajar. No haces nada. —Probablemente percibe mi decepción—. No lo necesitas. Gano un buen sueldo. Nos las apañamos bien.

Cierro los ojos y me llevo una mano a la frente. Todo esto me supera y quiero que calle. Tengo la sensación de que solo puedo procesar una cantidad dada de información y que si sigue añadiendo datos estallaré.

«Entonces, ¿qué hago en todo el día?», quiero preguntarle, pero no lo hago, porque temo la respuesta.

Termina la tostada y se lleva la bandeja a la cocina. Cuando regresa lleva puesto un abrigo.

—Debo irme a trabajar —dice.

Noto que me pongo tensa.

—No te preocupes, estarás bien —añade—. Te llamaré, te lo prometo. No olvides que hoy es igual que los demás días. Estarás bien.

—Pero… —empiezo.

—Lo siento, he de irme —dice—. Pero antes te enseñaré algunas cosas que podrías necesitar.

En la cocina me muestra qué artículos van en qué alacenas

y señala algunas sobras que hay en la nevera y que puedo comer al mediodía, y una pizarra blanca atornillada a la pared, con un cordel del que cuelga un rotulador negro.

—A veces te dejo mensajes aquí —dice. Veo que ha escrito la palabra «Viernes» con mayúsculas cuidadas y uniformes y, debajo, las palabras «¿Colada?» «¿Paseo?» «(¡Coger teléfono!)» «¿TV?». Debajo de la palabra «Comida» ha anotado que queda algo de salmón en la nevera y añadido la palabra «¿Ensalada?». Por último ha escrito que regresará en torno a las seis—. También tienes una agenda, en el bolso —continúa—. En la última página encontrarás anotados algunos números de teléfono importantes y nuestra dirección, por si te pierdes. Y tienes un móvil...

—¿Un qué? —digo.

—Un teléfono sin cable. Puedes utilizarlo en cualquier lugar, fuera de casa, donde quieras. Lo tienes en el bolso. Asegúrate de llevarlo encima si sales.

—De acuerdo —digo.

—Bien. —Salimos al recibidor y recoge una cartera de cuero gastado que hay junto a la puerta—. Entonces, me marcho.

—Vale. —No sé qué más decir. Me siento como una niña a la que dejan sola en casa mientras sus padres se van a trabajar. «No toques nada», me imagino que dice. «No olvides tomarte la medicina.»

Se acerca y me da un beso en la mejilla. No se lo impido pero tampoco le devuelvo el beso. Justo cuando se dispone a abrir la puerta se detiene.

—¡Por cierto, casi lo olvidaba! —exclama, volviéndose de nuevo hacia mí. De pronto su voz suena forzada, su entusiasmo exagerado. Se está esforzando por sonar natural, pero es evidente que lleva rato dando vueltas a lo que se dispone a decir.

Al final no es tan malo como temía.

—Esta tarde nos vamos de fin de semana —dice—. Es nuestro aniversario y se me ocurrió reservar algo. ¿Te parece bien?

Asiento con la cabeza.

—Sí —digo.

Sonríe. Parece aliviado.

—Algo diferente, ¿sí? Un poco de aire marino nos hará bien. —Se da la vuelta y abre la puerta—. Te telefonearé más tarde para ver cómo lo llevas.

—Sí, por favor.

—Te quiero, Christine —me dice—. Nunca olvides eso.

Cierra la puerta tras de sí y giro sobre mis talones. Entro de nuevo en la casa.

* * *

Más tarde, media mañana. Me siento en un sillón. Los platos están fregados y cuidadosamente apilados en el escurridor, la colada en la lavadora. He estado manteniéndome ocupada.

Ahora, no obstante, me noto vacía. Lo que Ben dijo es cierto. No tengo memoria. Ninguna. No hay una sola cosa en esta casa que recuerde haber visto antes. Ni una sola fotografía —ni en el espejo ni en el álbum— que recuerde cuándo fue hecha. Tampoco puedo recordar un solo momento con Ben, exceptuando los que hemos vivido desde que nos vimos esta mañana. Tengo la mente completamente vacía.

Cierro los ojos, trato de concentrarme en algo. En lo que sea. Ayer. La última Navidad. Cualquier Navidad. Mi boda. No encuentro nada.

Me levanto y recorro la casa, habitación por habitación. Despacio. Deslizándome como un espectro, dejando que mi mano roce las paredes, las mesas, el respaldo de los muebles, pero sin llegar a tocarlos. ¿Cómo he llegado a esta situación?, pienso. Contemplo las moquetas, las alfombras estampadas, las figuritas de porcelana sobre la repisa de la chimenea, los platos decorativos expuestos en los estantes del comedor. Intento convencerme de que todo esto es mío. Todo. Mi casa, mi marido, mi vida. Pero en realidad no me pertenecen, no forman parte de mí. Abro el ropero del dormitorio y veo una hilera de ropa cuidadosamente colgada que no reconozco. Parecen versiones huecas de una mujer a la que no conozco, una mujer por cuyo hogar estoy deambulando, cuyo jabón y champú he utilizado, cuya bata me he quitado y cuyas zapatillas ahora calzo. Se esconde de mí como una presencia fantasmal, distante e intocable. Esta mañana elegí mi ropa interior con sentimiento de culpa, rebuscando en el barullo de bragas y medias como si temiera ser descubierta. Se me cortó la respiración cuando hallé bragas de seda y encaje en el fondo del cajón, prendas adquiridas para ser admiradas. Tras dejarlas donde las había encontrado, escogí unas bragas celeste con un sujetador a juego y, a continuación, me puse unos calcetines finos, un pantalón y una blusa.

Hecho esto, me senté frente al tocador para estudiar mi cara en el espejo, abordando mi reflejo con cautela. Contemplé las líneas de la frente, los pliegues bajo los ojos. Sonreí y observé mis dientes, las arrugas que se congregaban en las comisuras de los labios, las patas de gallo que asomaban en las sienes. Reparé en las manchas de la piel, y particularmente en una en la frente que parecía los restos de un moretón. Encontré maquillaje y me puse un poco. Unos polvos ligeros, un toque de colorete. Imaginé a una mujer —mi madre, comprendo ahora— haciendo lo mismo, llamándolo su «pintura de guerra», y mientras me secaba el carmín con un pañuelo de papel y guardaba el rímel, el término me pareció adecuado. Tenía la sensación de estar preparándome para una batalla.

Mandándome al colegio. Poniéndome su maquillaje. Traté de imaginarme a mi madre haciendo otras cosas, lo que fuera. Nada. Solo veía vacío, vastas lagunas entre diminutas islas de memoria, años enteros de vacuidad.

Ahora estoy en la cocina, abriendo alacenas: bolsas de pasta, paquetes de un arroz denominado arborio, latas de frijoles. Comida que no reconozco. Recuerdo comer tostadas con queso, bolsas de pescado para microondas, sándwiches de carne en conserva. Saco una lata con una etiqueta que reza «garbanzos» y un saquito de algo llamado cuscús. No sé qué son esas cosas, y aún menos cómo cocinarlas. ¿Cómo consigo entonces ejercer de esposa?

Contemplo la pizarra blanca que Ben me ha mostrado antes de irse. Tiene un color gris sucio. Multitud de palabras han sido anotadas en ella, y borradas, reemplazadas, corregidas, dejando cada una su huella. Me pregunto qué encontraría si pudiera ir hacia atrás y descifrar cada capa, si me fuera posible hurgar en mi pasado de ese modo, pero caigo en la cuenta de que, aunque fuera posible, de nada me serviría. Estoy segura de que solo encontraría mensajes y listas de cosas que comprar y tareas que realizar.

¿A esto se reduce realmente mi vida?, pienso. ¿Esto es cuanto soy? Cojo el rotulador y escribo otra nota en la pizarra: «Preparar la bolsa para esta noche.» Un pobre recordatorio, pero por lo menos lo he escrito yo.

Oigo algo. Una melodía que sale de mi bolso. Lo abro y vacío el contenido sobre el sofá. Un monedero, pañuelos de papel, bolígrafos, una barra de labios. Una polvera, un recibo de dos cafés. Una agenda de apenas diez centímetros por diez con un dibujo floral en la tapa y un lápiz en las anillas.

Encuentro algo que imagino es el teléfono que Ben me describió, una cosa pequeña, de plástico, con un teclado numérico que parece de juguete. Está sonando y la pantalla parpadea. Pulso un botón con la esperanza de que sea el correcto.

—¿Diga? —pregunto.

La voz que responde no es la de Ben.

—¿Christine? —dice—. ¿Eres Christine Lucas?

No quiero responder. Mi apellido me resulta tan ajeno como mi nombre. Siento que el poco suelo firme que había conseguido reunir desaparece de nuevo y es sustituido por arenas movedizas.

—¿Estás ahí, Christine?

¿Quién puede ser? ¿Quién sabe dónde estoy, quién soy? Caigo en la cuenta de que podría ser cualquiera. El pánico se adueña de mí. Mi dedo titubea sobre el botón que pondrá fin a la llamada.

—¿Christine? Soy yo, el doctor Nash. Responde, por favor.

El nombre no me dice nada, pero de todos modos pregunto:

—¿Con quién hablo?

La voz adopta otro tono. ¿De alivio?

—Soy el doctor Nash —dice—. Tu médico.

Otra oleada de pánico.

—¿Mi médico? —digo. «No estoy enferma», quiero añadir, pero hasta eso ignoro. Noto que la cabeza empieza a darme vueltas.

—Tu médico. Pero no tienes de qué preocuparte, solo hemos estado trabajando con tu memoria. No te pasa nada.

Reparo en el tiempo verbal que ha utilizado. Hemos estado. He aquí, por tanto, otra persona de la que no me acuerdo.

—¿De qué manera? —pregunto.

—Estoy intentando ayudarte a mejorar —me explica—. Tratando de averiguar qué ha provocado exactamente tus problemas de memoria y si hay algo que podamos hacer al respecto.

Lo que dice tiene sentido, pero de pronto me asalta una duda. ¿Por qué no me habló Ben de este médico antes de marcharse a trabajar?

—¿Qué hemos estado haciendo? —le pregunto.

—Desde hace unos meses nos vemos un par de veces por semana, más o menos.

No puedo creerlo. Otra persona a la que veo regularmente que no ha dejado en mí impronta alguna.

«Pero yo no te conozco», quiero decirle. «Podrías ser cualquiera.»

Sin embargo, no lo digo. Lo mismo podría decirse del hombre con el que amanecí esta mañana, y resultó ser mi marido.

—No lo recuerdo —digo.

Suaviza el tono.

—No te preocupes, lo sé. —Si lo que dice es cierto, significa que entiende mi situación. Me explica que nuestra próxima cita es hoy.

—¿Hoy? —Pienso en lo que Ben me ha dicho esta mañana, en la lista de tareas anotadas en la pizarra de la cocina—. Mi marido no me dijo nada de una cita. —Me percato de que es la primera vez que utilizo ese término para referirme al hombre con el que amanecí esta mañana.

Tras un breve silencio, el doctor Nash dice:

—Creo que Ben no sabe que nos estamos viendo.

Reparo en el hecho de que conoce el nombre de mi marido, pero digo:

—¡Eso es ridículo! ¿Cómo no va a saberlo? ¡Me lo hubiera dicho!

Oigo un suspiro.

—Christine, tienes que confiar en mí. Puedo explicártelo todo cuando nos veamos. Estamos haciendo muchos progresos.

Cuando nos veamos. ¿Y cómo espera que hagamos eso? La idea de salir a la calle sin Ben, o sin que él sepa dónde estoy o con quién, me aterra.

—Lo siento —digo—. No puedo.

—Christine, esto es importante —dice—. Si consultas tu agenda verás que lo que te digo es verdad. ¿La tienes ahí contigo? Debería estar en tu bolso.

Cojo la agenda del sofá y observo, estupefacta, el año que aparece impreso en la tapa con letras doradas. Dos mil siete. Veinte años más tarde de lo que debería ser.

—Sí.

—Busca la fecha de hoy —dice—. Treinta de noviembre. Deberías tener anotada nuestra cita.

No entiendo que pueda ser noviembre —mañana diciembre—, pero así y todo paso las hojas, finas como el papel de seda, hasta llegar al día de hoy. Encajado entre las páginas veo un trozo de papel. Escritas en él, con una letra que no reconozco, están las palabras «30 de noviembre – cita con el Dr. Nash» y, debajo, «No se lo cuentes a Ben». Me pregunto si Ben las ha leído, si hurga en mis cosas.

Decido que no hay razón para que lo haga. Los demás días están en blanco. Ni cumpleaños, ni salidas a cenar, ni fiestas. ¿Realmente esta agenda describe mi vida?

—Así es —digo.

Me explica que pasará a recogerme, que sabe dónde vivo y llegará en una hora.

—Pero mi marido…

—No te preocupes, estaremos de vuelta mucho antes de que él regrese del trabajo. Te lo prometo. Confía en mí.

El reloj de la repisa de la chimenea da la hora y me vuelvo hacia él. Es un reloj clásico, una esfera grande dentro de una caja de madera, con los números romanos. Marca las once y media. Al lado hay una llavecita de plata para darle cuerda, lo que supongo que Ben se acuerda de hacer cada noche. Casi parece lo bastante viejo para ser antiguo, y me pregunto cómo llegó semejante reloj a nuestras manos. Tal vez no tenga historia, o por lo menos una historia con nosotros, tal vez lo vimos un día en una tienda o en un mercado y le gustó a uno de los dos. Probablemente a Ben, me digo. Caigo en la cuenta de que no me gusta.

Le veré solo esta vez, pienso. Y esta noche, cuando Ben llegue a casa, se lo contaré. No puedo creer que le esté ocultando algo así. Con lo mucho que dependo de él.

La voz del doctor Nash, sin embargo, me resulta extrañamente familiar. A diferencia de Ben, no lo siento como un completo desconocido. A diferencia de Ben, me cuesta menos creer que nos hemos visto antes.

«Estamos haciendo muchos progresos», ha dicho. Necesito saber a qué progresos se refiere.

—De acuerdo —digo.

*   *   *

Cuando llega, el doctor Nash propone que salgamos a tomar un café.

—¿Tienes sed? —me pregunta—. No tiene mucho sentido que vayamos hasta la consulta. En realidad, hoy solo quiero hablar.

Asiento con la cabeza y le digo que sí. A su llegada yo me encontraba en el dormitorio, y le observé mientras estacionaba y cerraba el coche, se mesaba el pelo, se alisaba la cazadora y recogía la cartera. No es él, pensé cuando le vi saludar con la cabeza a unos obreros que estaban descargando herramientas de una furgoneta, pero entonces echó a andar hacia nuestra casa. Parecía joven —demasiado joven para ser médico— y aunque ignoro qué ropa había esperado que vistiera, no era la cazadora y el pantalón de pana gris que llevaba puestos.

—Al final de esta calle hay un parque —me dice—. Creo que dentro hay una cafetería. Podríamos ir allí.

Nos ponemos en camino. Hace un frío cortante y me ciño la bufanda al cuello. Me alegro de llevar en el bolso el móvil que Ben me ha dado. Y de que el doctor Nash no haya insistido en coger el coche. Una pequeña parte de mí confía en este hombre, pero otra parte, mayor, me dice que podría ser cualquiera. Un desconocido.

Soy una mujer adulta pero frágil. Sería muy fácil para este hombre llevarme a un lugar recóndito, aunque ignoro con qué intenciones. Soy vulnerable como una niña.

Llegamos a la calzada que separa el final de la calle del parque que hay delante y aguardamos para cruzar. El silencio entre nosotros es agobiante. Había decidido esperar a que estuviéramos sentados para empezar a hablar, pero me descubro preguntándole:

—¿Qué clase de médico eres? ¿A qué te dedicas? ¿Cómo diste conmigo?

Se vuelve hacia mí.

—Soy neuropsicólogo —responde con una sonrisa. Me pregunto si le hago la misma pregunta cada vez que nos vemos—. Estoy especializado en pacientes con trastornos cerebrales y me interesan especialmente las nuevas técnicas de neuroimagen funcional. Desde hace mucho tiempo mi interés se centra, sobre todo, en el proceso y el funcionamiento de la memoria. Leí sobre tu caso en artículos relacionados con el tema y te seguí la pista. No me costó mucho encontrarte.

Un coche dobla por una esquina y avanza hacia nosotros.

—¿Artículos?

—Sí. Se han escrito un par de estudios sobre tu caso. Me puse en contacto con el centro donde te estaban tratando antes de que volvieras a casa.

—¿Por qué? ¿Por qué querías encontrarme?

Sonríe.

—Porque pensaba que podía ayudarte. Llevo tiempo trabajando con pacientes con problemas de esta índole. Creo que se les puede ayudar, aunque precisan más atención que la acostumbrada hora semanal. Tenía algunas ideas sobre cómo lograr ciertas mejoras y deseaba ponerlas en práctica. —Hace una pausa—. Además, estoy escribiendo un artículo sobre tu caso. La obra definitiva sobre el tema, podría decirse. —Empieza a reír, pero se interrumpe bruscamente al ver que no me uno a él. Carraspea—. Tu caso es raro. Creo que es posible descubrir mucho más sobre cómo funciona la memoria de lo que ya sabemos.

El coche pasa y cruzamos. Noto que empiezo a inquietarme, a ponerme tensa. «Trastornos cerebrales.» «Investigación.» «Seguirte la pista.» Trato en vano de respirar, de relajarme. En estos momentos soy dos personas dentro de un mismo cuerpo; una mujer de cuarenta y siete años serena y educada, consciente de cómo debe comportarse, y una joven de veintipocos que no para de gritar. No puedo decidir cuál de ellas soy, pero como el único ruido que oigo es el murmullo distante del tráfico y el griterío de los niños que juegan en el parque, imagino que soy la primera.

Ya en el otro lado me detengo y digo:

—¿Qué está pasando aquí? Esta mañana me despierto en una casa que no conozco pero donde se supone que vivo, tumbada junto a un hombre al que no conozco pero que me asegura que lleva años casado conmigo, y tú pareces saber más cosas de mí que yo misma.

Asiente lentamente con la cabeza.

—Sufres amnesia —dice, posando una mano en mi brazo—. Desde hace mucho tiempo. No puedes retener recuerdos nuevos, por lo que has olvidado gran parte de lo que te ha sucedido a lo largo de toda tu vida adulta. Cada día te despiertas como si fueras una mujer joven. Algunos días te despiertas como si fueras una niña.

En cierto modo, suena peor aún viniendo de él. De un médico.

—Entonces, ¿es cierto?

—Me temo que sí. El hombre de la casa es tu marido. Ben. Llevas muchos años casada con él, desde mucho antes de que comenzara tu amnesia. —Asiento con la cabeza—. ¿Seguimos?

Digo que sí y entramos en el parque. Lo rodea un sendero y tiene una zona de juegos cerca de una caseta de la que veo salir a gente con bandejas. Nos dirigimos a ella y me instalo en una de las mesas de formica desconchada mientras el doctor Nash se dirige a la barra.

Regresa con dos tazas de plástico llenas de café cargado, el mío solo, el suyo con leche. Se sirve azúcar de un cuenco que descansa sobre la mesa y no me ofrece, y es ese detalle, más que cualquier otro, el que me convence de que nos hemos visto con anterioridad. Levanta la vista y me pregunta qué me ha pasado en la frente.

—¿En la…? —digo, hasta que recuerdo el moretón que vi en ella esta mañana. El maquillaje, al parecer, no ha conseguido taparlo—. ¿Esto? No lo sé. Supongo que no es nada. No me duele.

No responde. Remueve su café.

—¿De modo que mi esposo se ocupa de mí en casa? —le pregunto.

Levanta la vista.

—Sí, aunque al principio tu estado era tan grave que necesitabas una persona pendiente de ti las veinticuatro horas del día. Ben no ha podido ocuparse de ti él solo hasta hace poco.

De modo que mi estado actual constituye un avance. Me alegro de no poder recordar los tiempos en que estuve peor que ahora.

—Debe de quererme mucho —digo, más para mí que para Nash.

Asiente. Se hace un silencio. Bebemos café.

—Sí, supongo que sí.

Sonrío y bajo la mirada hacia las manos que sostienen la taza, hacia la alianza de oro, las uñas cortas, las piernas, educadamente cruzadas. No reconozco mi propio cuerpo.

—¿Por qué no sabe mi marido que te estoy viendo? —le pregunto.

Suspira y cierra los ojos.

—Voy a ser franco contigo —dice, uniendo las palmas de las manos e inclinándose hacia delante—. Desde el principio te pedí que no se lo contaras.

Una punzada de miedo me recorre por dentro, casi como un eco. Sin embargo, el doctor Nash no me parece un hombre del que deba desconfiar.

—Continúa —digo. Quiero creer que puede ayudarme.

—En el pasado, muchos médicos, psiquiatras y psicólogos os han expresado a ti y a Ben su deseo de trabajar con vosotros, pero Ben siempre se ha mostrado muy reacio a permitir que veas a tales profesionales. Ha dejado muy claro que ya recibiste un tratamiento exhaustivo en su momento y que nada se con-

33

siguió salvo aumentar tu angustia. Como es lógico, quiere ahorrarte, y ahorrarse, más decepciones.

Claro, no quiere que me haga ilusiones.

—¿Y lograste convencerme de que nos viéramos a sus espaldas?

—Ajá. Primero se lo planteé a Ben. Hablamos por teléfono. Le propuse que nos viéramos en persona para poder explicarle lo que podía ofrecerte, pero no quiso, de modo que me puse directamente en contacto contigo.

Otra punzada de miedo.

—¿Cómo? —digo.

Mira su taza.

—Fui a verte. Esperé a que salieras de tu casa y me presenté.

—¿Y yo accedí a verte así, sin más?

—Al principio, no. Tuve que convencerte de que podías confiar en mí. Te propuse que nos viéramos aunque solo fuera una vez y, a ser posible, sin que Ben estuviera al corriente. Te dije que te explicaría por qué quería que nos viéramos y lo que creía que podía ofrecerte.

—Y yo me mostré de acuerdo…

Levanta la vista.

—Sí. Te dije que después de la primera visita la decisión de contárselo o no a Ben sería tuya y solo tuya, pero que si decidías no contárselo te telefonearía para recordarte nuestras citas.

—Y decidí no contárselo.

—Exacto. Dijiste que querías esperar a que hiciéramos algunos progresos. Pensabas que era lo mejor.

—¿Y ha sido así?

—¿Qué?

—¿Hemos hecho progresos?

Bebe otro sorbo de café y deja la taza sobre la mesa.

—Creo que sí, aunque son difíciles de cuantificar con precisión. Durante las últimas semanas parece que te han venido multitud de recuerdos, muchos de ellos, que sepamos nosotros, por primera vez. Y hay ciertas realidades de las que ahora eres consciente con más frecuencia que antes. Por ejemplo, hay días que te despiertas recordando que estás casada. Y…

Se interrumpe.

—¿Y? —digo.

—Creo que estás ganando independencia.

—¿Independencia?

—Ajá. Ya no dependes tanto de Ben. Ni de mí.

Eso es todo, pienso. Ese es el progreso del que está hablando. Independencia. Quizá se refiera a que puedo ir a una tienda o a una biblioteca sin un acompañante, aunque en estos momentos no estoy segura ni de eso. En cualquier caso, todavía no he hecho los progresos suficientes para poder mostrárselos orgullosamente a mi marido. Ni siquiera los progresos suficientes para poder despertarme todos los días recordando que tengo un marido.

—¿Eso es todo?

—Es importante —responde—. No lo subestimes, Christine.

No respondo. Bebo café y miro a mi alrededor. La cafetería está casi vacía. Se oyen voces procedentes de una pequeña cocina situada en la parte de atrás, el burbujeo esporádico de una tetera alcanzando su punto de ebullición, la algarabía de niños jugando a lo lejos. Me cuesta creer que este lugar se encuentre tan cerca de mi casa y no recuerde haber estado antes aquí.

—Afirmas que llevamos semanas viéndonos —digo al doctor Nash—. ¿Qué hemos estado haciendo?

—¿Recuerdas algo de nuestras sesiones anteriores? ¿Por pequeño que sea?

—No, nada. Por lo que a mí respecta, hoy es la primera vez que nos vemos.

—Perdona la pregunta pero, como ya he dicho, a veces te vienen recuerdos repentinos. Unos días pareces saber más cosas que otros.

—Hay algo que no entiendo —digo—. No recuerdo haberte visto antes, tampoco lo que ocurrió ayer, anteayer o el año pasado, y sin embargo recuerdo cosas de muchos años atrás. Recuerdo mi infancia. A mi madre. Recuerdo vagamente mi época universitaria. No entiendo cómo han podido sobrevivir esos viejos recuerdos cuando todo lo demás se ha esfumado.

El doctor Nash asiente durante toda la pregunta. No me cabe duda de que la ha oído otras veces. Seguro que le pregunto lo mismo cada semana. Seguro que cada semana tenemos la misma conversación.

—La memoria es un fenómeno complejo —explica—. Los seres humanos tenemos una memoria a corto plazo, capaz de almacenar hechos e información durante más o menos un minuto, y una memoria a largo plazo. En la memoria a largo plazo podemos almacenar una enorme cantidad de información y retenerla durante un período de tiempo indefinido. Actualmente sabemos que estas dos funciones las controlan partes del cerebro diferentes, las cuales tienen entre sí algunas conexiones neuronales. También existe una parte del cerebro que, por lo visto, se encarga de recoger recuerdos efímeros, a corto plazo, y codificarlos como recuerdos a largo plazo para que los recordemos mucho después.

Habla con fluidez, con rapidez, como si ahora estuviera en terreno conocido. Supongo que hubo un tiempo en que yo también hablaba así, segura de mí misma.

—Existen dos tipos fundamentales de amnesia —prosigue—. En el más corriente, la persona no puede recordar acontecimientos pasados, siendo los más recientes los más afectados. Por ejemplo, si una persona sufre un accidente de moto, puede que no recuerde el accidente en sí, o los seis meses anteriores al mismo, pero sí todo lo demás.

Asiento.

—¿Y el otro?

—El otro es menos corriente —dice—. A veces la persona es incapaz de transferir recuerdos del almacén a corto plazo al almacén a largo plazo. La gente que padece esta amnesia vive en el momento presente, solo puede recordar el pasado más inmediato y durante poco tiempo.

Calla, como si esperara de mí una réplica. Como si cada uno de nosotros tuviera unas frases concretas, como si hubiéramos ensayado esta conversación muchas veces.

—¿Y yo tengo ambas cosas? —pregunto—. ¿La pérdida de viejos recuerdos y la incapacidad de formar recuerdos nuevos?

Se aclara la garganta.

—Por desgracia, sí. No es algo frecuente, pero puede ocurrir. Lo que hace, no obstante, que tu caso sea tan particular es el patrón de tu amnesia. Normalmente no tienes un recuerdo constante de nada de lo sucedido desde tu primera infancia pero, por otro lado, pareces procesar los recuerdos nuevos de una manera con la que nunca antes me había topado. Si ahora mismo me marchara de aquí y regresara dentro de dos minutos, la mayoría de la gente con amnesia anterógrada no recordaría haberme visto antes, y aún menos hoy. Tú, en cambio, pareces recordar largos períodos de tiempo, de hasta veinticuatro horas, que luego olvidas. Se trata de algo bastante insólito. Para serte franco, resulta incomprensible, teniendo en cuenta cómo funciona la memoria. Sugiere que eres perfectamente capaz de transferir cosas del almacén a corto plazo al almacén a largo plazo. No entiendo por qué no puedes retenerlas.

Quizá tenga una vida rota, pero al menos está rota en pedazos lo bastante grandes como para mantener una apariencia de independencia. Supongo que debería considerarme afortunada.

—¿Por qué? —digo—. ¿Qué ha provocado mi amnesia?

No responde. El silencio se adueña de la cafetería. El aire está quieto, pegajoso. Cuando el doctor Nash vuelve a hablar, las paredes parecen devolver el eco de sus palabras.

—Muchas cosas pueden provocar un trastorno de la memoria tanto a largo como a corto plazo. Una enfermedad, un trauma, el consumo de drogas. La naturaleza exacta del trastorno varía según la parte del cerebro afectada.

—Vale, pero ¿cuál es la causa de mi trastorno?

Me mira durante un largo instante.

—¿Qué te ha contado Ben?

Rememoro nuestra conversación en el dormitorio. «Un accidente», dijo. «Un accidente grave.»

—No mucho —contesto—. En realidad nada concreto, solo que tuve un accidente.

—Sí —dice mientras coge su cartera del suelo—. Tu amnesia fue provocada por un trauma. Al menos en parte. —Abre la cartera y saca un cuaderno. Me pregunto si va a consultar sus apuntes, pero en lugar de eso lo empuja hacia mí—. Quiero que tengas esto —dice—. Te lo explicará todo mejor que yo. Lo que te ha provocado la amnesia, sobre todo, pero también otras cosas.

Lo levanto. Está forrado de piel marrón y rodeado por una cinta elástica. Retiro la cinta y lo abro por una hoja al azar. El papel es grueso, con tenues renglones y un margen de color rojo, y una letra apretada llena sus páginas.

—¿Qué es? —digo.

—Un diario —responde—. Un diario que llevas varias semanas escribiendo.

Le miro sin comprender.

—¿Un diario? —Me pregunto por qué lo tiene él.

—Sí. Una relación de lo que hemos estado haciendo últimamente. Yo te pedí que lo escribieras. Hemos estado trabajando mucho en intentar descubrir cómo actúa exactamente tu memoria y pensé que llevar un registro de lo que hacemos podría ayudarte.

Contemplo el cuaderno.

—¿Todo esto lo he escrito yo?

—Sí. Te pedí que escribieras lo que te apeteciera. Muchos amnésicos han probado técnicas similares, pero por lo general no resultan todo lo útiles que cabría esperar debido a su escaso margen de memoria. Tú, en cambio, eres capaz de recordar cosas a lo largo de todo un día, así que pensé que sería una buena idea que las anotaras en un cuaderno por la noche. Se me ocurrió que eso podría ayudarte a intentar seguir el hilo de tus recuerdos de un día para otro. Además, creo que la memoria es algo que podría funcionar como un músculo, algo que puede fortalecerse mediante el ejercicio.

—¿Y tú has estado leyéndolo sobre la marcha?

—No. Has estado escribiéndolo en privado.

—Pero ¿cómo…? —empiezo. Entonces digo—: ¿Ben ha estado recordándome que escribiera?

El doctor Nash sacude la cabeza.

—Te propuse que lo mantuvieras en secreto. Has estado escondiéndolo en casa. Y yo he estado llamándote para decirte dónde lo tenías escondido.

—¿Cada día?

—Más o menos.

—¿No ha sido Ben?

Hace una pausa antes de contestar.

—No. Ben no lo ha leído.

Me pregunto por qué no, qué puede contener este diario que no quiero que mi marido vea. ¿Qué secretos puedo tener? Secretos que ni yo misma conozco.

—¿Lo has leído tú?

—Me lo diste hace unos días —contesta—. Dijiste que querías que lo leyera, que había llegado el momento.

Contemplo el cuaderno. Estoy nerviosa. Un diario. Una conexión con un pasado perdido, bien que reciente.

—¿Lo has leído todo?

—Casi todo. Creo que he leído lo más importante. —Calla y desvía la mirada al tiempo que se rasca la nuca. Creo que está incómodo. Me pregunto si está diciendo la verdad. Me pregunto qué contiene el cuaderno. Apura su café y dice—: Quiero que sepas que no te obligué a que me dejaras leerlo.

Asiento y termino mi café en silencio mientras paso las hojas del cuaderno. En el reverso de la tapa hay varias fechas anotadas.

—¿Qué son? —pregunto.

—Los días que nos hemos visto y los días que tenemos previsto vernos. Hemos ido fijándolos sobre la marcha. Yo te llamo para recordártelo y pedirte que mires en tu diario.

Pienso en la nota amarilla metida entre las hojas de mi agenda.

—¿Pero hoy?

—Hoy yo tenía tu diario, de modo que escribimos la fecha en un papel.

Asiento con la cabeza y hojeo el resto del cuaderno. Está escrito con una letra apretada que no reconozco. Hojas y hojas. Días y días de trabajo.

Me pregunto de dónde he sacado el tiempo, entonces pienso en la pizarra de la cocina y la respuesta es obvia: no tenía nada mejor que hacer.

Vuelvo a dejar el cuaderno sobre la mesa. Un joven con tejanos y camiseta entra y nos mira antes de pedir una bebida e instalarse en una mesa con el periódico. No me mira una segunda vez y mi mujer de veinte años se ofende. Me siento invisible.

—¿Vamos? —sugiero.

Regresamos por el mismo camino. El cielo se ha cubierto y en el aire flota una neblina fina. Noto la humedad del suelo bajo los pies, como si caminara sobre arenas movedizas. En la zona de juegos vislumbro un tiovivo que gira lentamente pese a ir vacío.

—No solemos reunirnos aquí, ¿verdad? —digo cuando alcanzamos la calle—. En esa cafetería, quiero decir.

—No. Normalmente nos vemos en mi consulta, donde hacemos ejercicios y pruebas.

—Entonces, ¿por qué hemos venido hoy aquí?

—Porque en realidad solo quería devolverte el cuaderno. Me inquietaba que no lo tuvieras.

—¿He acabado por depender de él? —pregunto.

—En cierto modo, sí.

Cruzamos la calle y ponemos rumbo a la casa que comparto con Ben. Diviso el coche del doctor Nash, todavía aparcado donde lo dejó, el diminuto jardín frente a nuestra ventana, el caminito y los pequeños arriates de flores. Todavía no puedo creer que viva aquí.

—¿Quieres pasar? —digo—. ¿Te apetece otro café?

Sacude la cabeza.

—No, gracias, debo irme. Julie y yo tenemos planes para esta tarde.

Se queda mirándome unos instantes. Reparo en su pelo, corto y con la raya al lado, en la forma en que una de las rayas verticales de su camisa choca con una raya horizontal de su jersey. Caigo en la cuenta de que apenas tiene unos años más de los que yo creía tener esta mañana cuando me desperté.

—¿Julie es tu esposa?

Sonríe y menea la cabeza.

—No, mi novia. Bueno, mi prometida. Siempre se me olvida que nos hemos prometido.

Sonrío. Es la clase de detalles que yo debería recordar, me digo. Las pequeñas cosas. Tal vez sean esas trivialidades las que he estado anotando en mi cuaderno, esos pequeños ganchos de los que pende toda una vida.

—Felicidades —le digo, y me da las gracias.

Tengo la sensación de que debería hacerle más preguntas, de que debería mostrar más interés, pero sería una pérdida de tiempo. Todo lo que me cuente ahora lo habré olvidado para cuando me despierte mañana. Hoy es todo lo que tengo.

—Debo entrar —digo—. Ben y yo nos vamos de fin de semana. A la costa. He de preparar la bolsa…

Sonríe.

—Adiós, Christine. —Hace ademán de marcharse pero se vuelve de nuevo hacia mí—. En la primera página de tu diario tienes anotados mis números de teléfono. Llámame si quieres volver a verme. Para continuar con tu tratamiento, quiero decir. ¿De acuerdo?

—¿Sí? —pregunto. Recuerdo mi diario, las citas que hemos anotado entre hoy y final de año—. Pensaba que teníamos más días reservados.

—Lo entenderás cuando leas tu diario —responde—. Lo entenderás, te lo prometo.

—De acuerdo. —Me doy cuenta de que confío en él y eso me alegra. Me alegra que mi marido no sea la única persona con la que puedo contar.

—La decisión es tuya, Christine. Llámame cuando te parezca oportuno.

—Lo haré.

Me dice adiós con la mano, sube a su coche mientras mira por encima de su hombro y se aleja.

Me preparo una taza de café y la llevo a la sala de estar. En la calle suenan unos pitidos, perforados de tanto en tanto por una taladradora o un estallido de carcajadas, pero hasta eso se reduce a un leve murmullo cuando me instalo en el sillón. El sol entra débilmente por los visillos y siento su amortiguado calor en los brazos y los muslos. Saco el diario del bolso.

Estoy nerviosa. Ignoro qué contiene este cuaderno. Qué sorpresas. Qué golpes. Qué misterios. Vislumbro el álbum de recortes sobre la mesita del café. Ese álbum encierra una versión de mi pasado, pero una versión elegida por Ben. ¿Contiene otra el cuaderno que sostengo en mis manos? Lo abro.

La primera hoja no tiene renglones. En el centro he escrito mi nombre con tinta negra. «Christine Lucas.» Me sorprende que no haya escrito «¡Privado!» o «¡No lo abras!».

Pone algo más. Algo inesperado, aterrador. Más aterrador que todo lo que he visto hoy. Ahí, debajo de mi nombre, escritas en mayúsculas con tinta azul, hay cuatro palabras:

No confíes en Ben

Pero no puedo hacer otra cosa que girar la página.
Y empezar a leer mi historia.

SEGUNDA PARTE

El diario de Christine Lucas

Viernes, 9 de noviembre

Me llamo Christine Lucas. Tengo cuarenta y siete años. Soy amnésica. Estoy sentada en esta cama que no reconozco, escribiendo mi historia, vestida con un camisón de seda que el hombre de abajo —que dice ser mi marido y llamarse Ben— me compró, al parecer, por mi cuarenta y seis cumpleaños. La habitación está en silencio e iluminada únicamente por el suave resplandor anaranjado de la lámpara que descansa sobre la mesita de noche. Tengo la sensación de estar flotando, suspendida en un círculo de luz.

He cerrado la puerta del dormitorio. Estoy escribiendo esto en privado. En secreto. Puedo oír a mi marido en la sala de estar —el quedo suspiro del sofá cuando se inclina hacia delante o se levanta, algún que otro acceso de tos que ahoga educadamente—, pero si sube esconderé el cuaderno. Lo guardaré debajo de la cama o de la almohada. No quiero que vea que estoy escribiendo en él. No quiero verme obligada a contarle de dónde lo he sacado.

Miro el reloj de la mesita de noche. Son casi las once; debo escribir deprisa. Imagino que pronto oiré apagarse el televisor, crujidos en el parquet cuando Ben cruce la sala, el chasquido de un interruptor. ¿Entrará en la cocina para hacerse un sándwich o servirse un vaso de agua o vendrá directamente a la cama? Lo ignoro. No conozco sus rituales. Tampoco los míos.

Porque no tengo memoria. Según Ben, según el médico al que vi esta tarde, esta noche, mientras duerma, mi mente borrará todo lo que he hecho hoy. E igual que hoy me despertaré mañana. Pensando que soy joven. Pensando que aún tengo por delante toda una vida llena de posibilidades.

Y descubriré, una vez más, que estoy equivocada. Que mis elecciones ya han sido hechas. Que la mitad de mi vida ya ha quedado atrás.

El médico se llamaba Nash. Me telefoneó esta mañana, vino a buscarme en coche y me llevó a su consulta. Me preguntó si me acordaba de él y le dije que era la primera vez que lo veía; sonrió —sin malicia— y abrió la tapa del ordenador que descansaba sobre su mesa.

Me puso una película. Un vídeo de él y de mí sentados con otra ropa pero en las mismas sillas y en el mismo despacho. En el vídeo me pasaba un lápiz y me pedía que dibujara formas en un folio, pero mirando por un espejo para que todo apareciera del revés. No me resultaba fácil, pero al mirar ahora el vídeo solo podía ver mis dedos arrugados y el centelleo de mi alianza en la mano izquierda. Cuando hube terminado de dibujar, el médico se mostró satisfecho. «Cada vez vas más deprisa», me decía en el vídeo, y añadía que en algún lugar muy, muy profundo de mi mente debía de estar recordando los efectos de mis semanas de entrenamiento aunque no recordara el entrenamiento en sí. «Eso significa que tu memoria a largo plazo está funcionando en cierto grado», me decía. Yo sonreía, pero no parecía muy animada. La película terminaba ahí.

El doctor Nash cerró su ordenador. Dijo que llevábamos varias semanas viéndonos, que sufro un severo trastorno de algo denominado memoria episódica. Me explicó que eso significa que no puedo recordar sucesos o detalles autobiográficos, y que normalmente se debe a algún tipo de problema neurológico. Estructural o químico, dijo. O a un desequilibrio hormonal. Es un trastorno muy poco corriente y, por lo visto, estoy gravemente afectada. Cuando le pregunté cuán gravemente, me explicó que algunos días no puedo recordar más allá de mi primera infancia. Pensé en esta mañana, cuando desperté sin un solo recuerdo de mi vida adulta.

—¿Algunos días? —pregunté.

No contestó y, por su silencio, supe lo que en realidad había querido decir: «La mayoría de los días».

Existen tratamientos para la amnesia persistente, explicó —medicamentos, hipnosis—, pero la mayoría ya han sido probados.

—Pero tú, Christine, estás en la excepcional situación de poder ayudarte a ti misma —concluyó.

Y cuando le pregunté por qué, me dijo que porque soy diferente de la mayoría de los amnésicos.

—El patrón de tus síntomas sugiere que no has perdido tus recuerdos definitivamente —prosiguió—. Puedes recordar cosas durante horas. Hasta el momento en que te duermes. Puedes incluso dormitar y seguir recordando cosas cuando te despiertas, siempre y cuando no hayas entrado en un sueño profundo. Eso es muy raro. La mayoría de los amnésicos pierden sus recuerdos nuevos cada pocos segundos...

—¿Y? —repuse.

Deslizó un cuaderno marrón por la mesa.

—Creo que sería una buena idea que reflejaras por escrito tu tratamiento, tus sentimientos, todas las impresiones o recuerdos que te vengan. Aquí.

Me incliné hacia delante y levanté el cuaderno. Tenía las hojas en blanco.

¿A eso se reduce mi tratamiento?, pensé. ¿A escribir un diario? Quiero recordar cosas, no limitarme a anotarlas.

Debió de percibir mi decepción.

—Por otro lado, confío en que el acto de escribir tus recuerdos te lleve a recordar otras cosas —dijo—. Podría tener un efecto acumulativo.

Callé unos instantes. ¿Cuáles eran realmente mis opciones? Escribir un diario o quedarme para siempre como estaba.

—De acuerdo —acepté—. Lo haré.

—Bien. He anotado mis números de teléfono en la primera hoja. Llámame si te sientes desconcertada.

Le cogí el cuaderno y le prometí que lo haría. Tras una larga pausa, dijo:

—Últimamente hemos estado trabajando en tu primera infancia. Mirando fotos. —No contesté. Sacó entonces una fotografía de la carpeta que tenía delante—. Hoy me gustaría que echaras un vistazo a esta foto. ¿La reconoces?

Era la fotografía de una casa. Al principio no me dijo absolutamente nada, pero luego vi el escalón gastado que conducía a la puerta de entrada. Era la casa donde había crecido, la casa donde creí haberme despertado esta mañana. Me parecía diferente, en cierto modo menos real, pero era ella, sin duda. Tragué saliva.

—Es la casa donde crecí —respondí.

Asintió con la cabeza y me dijo que casi todos mis primeros recuerdos permanecen intactos. Me pidió que describiera el interior de la casa.

Le conté lo que recordaba: que la puerta daba directamente a la sala de estar, que en la parte de atrás había un pequeño comedor, que se pedía a las visitas que utilizaran el callejón que separaba nuestra casa de la del vecino y entraran directamente por la cocina.

—¿Qué más? —quiso saber—. ¿Qué había arriba?

—Dos dormitorios —dije—. Uno daba a la parte de delante y el otro a la parte de atrás. El baño y el retrete estaban al fondo, detrás de la cocina. Formaban un anexo separado, hasta que los unieron al resto de la casa mediante dos paredes de ladrillo y un tejado de plástico corrugado.

—¿Qué más?

Ignoraba qué estaba buscando.

—No estoy segura… —dije.

El doctor Nash me preguntó si recordaba algún detalle.

En ese momento me vino uno a la mente.

—Mi madre tenía un tarro donde ponía «Azúcar» —contesté—. Lo utilizaba para guardar dinero y lo escondía en el estante superior de la despensa. En ese estante también había mermeladas que ella misma preparaba. Recogíamos moras en un bosque al que llegábamos en coche. No recuerdo dónde estaba. Los tres nos adentrábamos en la espesura y recogíamos moras, bolsas y bolsas de moras que luego mi madre hervía para hacer mermelada.

—Bien —dijo, asintiendo con la cabeza—. ¡Excelente! —Estaba anotando cosas en la carpeta—. ¿Qué puedes decirme de estas?

Me puso delante otras dos fotos. En una aparecía una mujer a la que, después de unos segundos, reconocí como mi madre, y en la otra aparecía yo. Le dije lo que pude. Cuando hube terminado, las guardó.

—Muy bien. Has recordado más cosas de tu infancia de lo habitual. Creo que ha sido gracias a las fotografías. —Hizo una pausa—. La próxima vez me gustaría enseñarte algunas más.

Le dije que sí. Me pregunté cómo había conseguido esas fotos, cuántas cosas sabía de mi vida que yo ignoraba.

—¿Puedo quedármela? —pregunté—. ¿La foto de mi antigua casa?

Sonrió.

—¡Por supuesto!

Me la tendió y la deslicé entre las hojas del cuaderno.

El doctor Nash me acompañó a casa en coche. Me había explicado que Ben no sabe que nos estamos viendo, pero me dijo que me planteara seriamente si deseaba contarle lo del diario.

—Puede que eso te inhiba —comentó—, que te frene a la hora de escribir sobre ciertas cosas. Creo que es muy importante que sientas la libertad de escribir lo que te apetezca. Además, puede que a Ben no le haga gracia saber que has decidido probar otro tratamiento. —Guardó silencio—. Quizá deberías esconderlo.

—¿Y cómo sabré que debo escribir en él? —pregunté. No contestó. Se me ocurrió una idea—. ¿Me lo recordarás tú?

Me respondió que sí.

—Pero tienes que decirme dónde vas a esconderlo —dijo. Estábamos frenando delante de una casa. Cuando el coche se detuvo caí en la cuenta de que era mi casa.

—En el ropero —decidí—. Lo esconderé en el fondo del ropero.

—Buena idea —convino—. Pero esta noche, antes de acostarte, tendrás que escribir. De lo contrario, mañana no será más que un cuaderno en blanco. Ignorarás qué es.

Le prometí que así lo haría, que lo entendía. Bajé del coche.

—Cuídate, Christine —dijo.

Ahora estoy sentada en la cama, esperando a mi marido. Contemplo la foto de la casa donde crecí. Parece tan normal, tan familiar…

¿Cómo llegué desde allí hasta aquí?, pienso. ¿Qué ocurrió? ¿Cuál es mi historia?

El reloj de la sala de estar da la hora. Medianoche. Ben está subiendo. Meteré este cuaderno en una caja de zapatos que he encontrado y esconderé la caja en el ropero, exactamente donde le dije al doctor Nash. Mañana, si me telefonea, seguiré escribiendo.

Sábado, 10 de noviembre

E stoy escribiendo esto a las doce del mediodía. Ben está abajo, leyendo. Cree que estoy descansando, pero aunque me noto fatigada, no estoy descansando. No tengo tiempo. He de escribir esto antes de que lo olvide. He de escribir mi diario.

Consulto mi reloj y anoto la hora. Ben me ha propuesto que esta tarde demos un paseo. Dispongo de poco más de una hora.

Esta mañana me desperté sin saber quién era. Abrí los ojos esperando ver los cantos rectos de una mesita de noche y una lámpara amarilla. Un armario achaparrado en un rincón de la habitación y las paredes forradas con un suave estampado de helechos. Esperando oír a mi madre friendo tocino en la cocina o a mi padre silbando en el jardín mientras podaba el seto. Esperando que la cama donde yacía fuera individual, sin más compañía que un conejo de peluche con una oreja arrancada.

No fue así. Estoy en el dormitorio de mis padres, pensé entonces, pero me di cuenta de que no reconocía el espacio. La habitación me resultaba del todo extraña. Me recosté de nuevo. Aquí pasa algo raro, pensé. Aquí pasa algo muy, muy raro.

Para cuando bajé ya había visto las fotografías del espejo, leído las leyendas. Ya sabía que no era una niña, ni siquiera una adolescente, y ya había comprendido que el hombre al que podía oír preparando el desayuno y silbando una melodía de la radio no era mi padre, ni un compañero de piso, ni tan siquiera un novio, sino alguien llamado Ben, y que dicho alguien era mi marido.

Me detuve frente a la puerta de la cocina, indecisa. Asustada. Me disponía a verle la cara por primera vez. ¿Cómo será? ¿Tendrá el mismo aspecto que en las fotos? ¿Estará más viejo, más gordo, más calvo? ¿Cómo hablará? ¿Cómo se moverá? ¿Me había casado con un buen partido?

De pronto me asaltó una imagen. Una mujer —¿mi madre?— diciéndome que tuviera cuidado. «Quien se apresura en casarse...»

Abrí la puerta. Ben se hallaba de espaldas a mí, empujando con una espátula lonchas de tocino que chisporroteaban en la sartén. No me oyó entrar.

—¿Ben? —dije.

Se volvió raudamente.

—¡Christine! ¿Estás bien?

No sabía qué contestar, así que dije:

—Sí, creo que sí.

Sonrió con alivio y yo hice otro tanto. Parecía mayor que en las fotos —su rostro tenía más arrugas, su pelo estaba empezando a encanecer y a retroceder por las sienes— pero eso, en lugar de disminuir su atractivo, lo acrecentaba. Su mandíbula proyectaba una fuerza propia de un hombre de más edad, sus ojos un brillo pícaro. Advertí que parecía una versión de mi padre con unos años más. Podría haberme ido peor, pensé, mucho peor.

—¿Has visto las fotos? —me preguntó. Asentí—. No te preocupes, te lo explicaré todo. Ve a sentarte si quieres. —Señaló el pasillo—. El comedor está por ahí. Enseguida estoy contigo. Toma, lleva esto.

Me tendió un molinillo de pimienta y me dirigí al comedor. Minutos después él me siguió con dos platos. Una pálida

54

loncha de tocino nadando en grasa y, al lado, un huevo frito acompañado de pan también frito. Mientras comíamos me explicó cómo me las apañaba para sobrevivir.

Hoy es sábado, me dijo. Trabaja durante la semana; es profesor. Me habló del teléfono que llevo en el bolso, de la pizarra clavada en la pared de la cocina. Me enseñó dónde guardamos nuestro fondo para imprevistos —dos billetes de veinte libras enrollados y escondidos detrás del reloj de la repisa de la chimenea— y el álbum de recortes que contiene fragmentos de mi vida. Me contó que juntos nos iba bien. No sabía si creerle, pero tenía que hacerlo.

Después de desayunar le ayudé a recoger la mesa.

—Más tarde podríamos salir a dar un paseo —sugirió—. Si te apetece. —Le respondí que sí y pareció alegrarse—. Voy a leer el periódico, ¿de acuerdo?

Subí al dormitorio. Una vez sola sentí que la mente me daba vueltas, llena y vacía al mismo tiempo. No entendía nada. Todo me parecía irreal. Contemplaba la casa donde me encontraba —la que ahora sabía que era mi casa— como si la estuviera viendo por primera vez. Por un momento me dieron ganas de salir corriendo. Tenía que tranquilizarme.

Me senté en el borde de la cama donde había pasado la noche. Debería hacerla, pensé. Poner orden. Mantenerme ocupada. Cogí la almohada para ahuecarla y en ese momento oí un zumbido.

Ignoraba de dónde salía. Era bajo, insistente. Una melodía serena y queda. Tenía el bolso justo a mis pies. Cuando lo levanté me percaté de que el zumbido provenía de su interior. Recordé lo que Ben me había contado sobre el teléfono.

El teléfono estaba parpadeando cuando finalmente di con él. Me quedé mirándolo unos segundos. Una parte enterrada en lo más hondo de mi ser, o en los márgenes de mi memoria, sabía exactamente de qué trataba esa llamada. Contesté.

La voz de un hombre.

—¿Hola? ¿Christine? Christine, ¿estás ahí?

Le dije que sí.

—Soy tu médico. ¿Estás bien? ¿Está Ben contigo?

—No —contesté—. Está… ¿Qué quiere?

Me dijo su nombre y que llevábamos varias semanas trabajando juntos.

—Con tu memoria —especificó, y al ver que no contestaba, añadió—: Quiero que confíes en mí. Quiero que mires en el ropero de tu dormitorio. —Otra pausa antes de continuar—. Hay una caja de zapatos en el suelo. Ábrela. Dentro debería haber un cuaderno.

Me volví hacia el ropero situado en una esquina de la habitación.

—¿Cómo sabe todo eso?

—Tú me lo dijiste —respondió—. Nos vimos ayer. Decidimos que sería una buena idea que escribieras un diario. Me dijiste que lo esconderías en el ropero.

«No te creo», quise decirle, pero me parecía poco cortés, y no del todo cierto.

—Mira en el ropero, por favor. —Le dije que lo haría y añadió—: Hazlo ahora. No se lo cuentes a Ben. Hazlo ahora.

En lugar de colgar fui hasta el ropero. Tenía razón. En el suelo había una caja de zapatos —una caja azul con la palabra «Scholl» escrita en la tapa— y dentro un cuaderno envuelto en papel de seda.

—¿Lo tienes? —preguntó el doctor Nash.

Lo cogí y retiré el papel. Estaba forrado en piel marrón y parecía caro.

—¿Christine?

—Lo tengo.

—Bien. ¿Has escrito algo en él?

Lo abrí por la primera hoja. Vi que, efectivamente, lo había hecho. «Me llamo Christine Lucas», comenzaba. «Tengo cuarenta y siete años. Soy amnésica». Me sentí nerviosa e impaciente al mismo tiempo. Tenía la sensación de estar fisgoneando, pero sobre mí misma.

—Sí.

—¡Genial! —exclamó. Me dijo que me telefonearía mañana y colgamos.

No me moví. Acuclillada en el suelo junto al ropero abierto, con la cama aún por hacer, empecé a leer.

Al principio me llevé una decepción. No recordaba nada de lo que había escrito. Tampoco al doctor Nash, ni el despacho al que aseguro que me llevó, ni los rompecabezas que cuento que hicimos. Aunque acababa de escuchar su voz no podía imaginarme su aspecto, ni podía imaginarme con él. Tenía la sensación de estar leyendo una novela. Entonces hacia el final, metida entre dos hojas, encontré una fotografía. La casa donde me había criado, la casa donde había creído estar cuando desperté esta mañana. Lo que había escrito era real, he aquí la prueba. Había visto al doctor Nash y él me había dado esta foto, este fragmento de mi pasado.

Cerré los ojos. Ayer describí mi antigua casa, el tarro de azúcar en la despensa, nuestras excursiones al bosque para recoger moras. ¿Seguían esos recuerdos ahí? ¿Podía evocar otros? Pensé en mi madre, en mi padre, y nuevas imágenes adquirieron forma. Una moqueta naranja de un tono apagado, un jarrón verde aceituna. Una alfombra basta. Un pelele amarillo con un pato rosa cosido en la pechera y una hilera de botones metálicos subiendo por el centro. Una sillita de plástico azul marino para el coche y un orinal rosa pálido.

Colores y formas, mas nada que describiera una vida. Nada. Quiero ver a mis padres, pensé, y fue entonces cuando, por vez primera, caí en la cuenta de que sabía que estaban muertos.

Suspiré y me senté en el borde de la cama. Entre las hojas del diario había un bolígrafo y, casi sin pensar, lo saqué con intención de seguir escribiendo. Sosteniéndolo sobre la hoja, cerré los ojos para concentrarme.

Y entonces ocurrió. Ignoro si ese descubrimiento —que mis padres habían muerto— fue el desencadenante, pero el caso es que sentí como si mi mente estuviera despertando de un sueño largo y profundo. Volviendo a la vida. No fue algo gradual, sino fulminante, como una descarga eléctrica. De repente ya no estaba en el dormitorio con una hoja en blanco delante, sino en otro lugar. En el pasado, un pasado que creía haber perdido y que ahora podía tocar, sentir, saborear. Comprendí que estaba recordando.

Me vi regresando a mi casa, al hogar donde crecí. Tengo trece o catorce años y estoy impaciente por continuar un relato que estoy escribiendo, pero encuentro una nota en la mesa de la cocina. «Hemos tenido que salir», dice. «Tío Ted te recogerá a las seis.» Cojo un refresco y un sándwich y me siento con mi libreta. La señora Royce ha dicho que mis relatos son intensos y conmovedores; cree que podría dedicarme a escribir. Pero no me sale nada, no puedo concentrarme. Por dentro estoy furiosa. Ellos tienen la culpa. ¿Dónde están? ¿Qué están haciendo? ¿Por qué no he sido invitada? Arranco la hoja y la arrugo.

La imagen se diluyó pero enseguida apareció otra. Más poderosa. Más real. Estoy en el coche con mis padres, volviendo a casa. Yo estoy sentada en el asiento de atrás con la mirada clavada en un punto del parabrisas. Un trozo de arenilla, creo. Abro la boca, aunque no estoy segura de lo que voy a decir.

—¿Cuándo pensabais decírmelo?

No responden.

—¿Mamá?

—No empieces, Christine —dice mi madre.

—¿Papá? ¿Cuándo pensabais decírmelo? —Silencio—. ¿Vas a morirte? —pregunto con los ojos todavía clavados en el punto del parabrisas—. ¿Vas a morirte, papá?

Mira por encima de su hombro y me sonríe.

—Claro que no, cariño. No pienso morirme hasta que sea un anciano muy anciano. ¡Y con un montón de nietos!

Sé que miente.

—Lucharemos —dice—. Te lo prometo.

Un grito ahogado. Abrí los ojos. La imagen se había esfumado de golpe. Me encontraba sentada en un dormitorio, el mismo en el que me había despertado aquella mañana, pero por un momento me pareció diferente. Apagado. Gris. Sin energía. Como si estuviera mirando una fotografía descolorida por el sol. Como si la efervescencia del pasado hubiera eclipsado el presente.

Contemplé el cuaderno que tenía en la mano. El bolígrafo había resbalado por mis dedos y marcado la hoja con una fina raya azul en su descenso hacia el suelo. El corazón me latía con fuerza. Había recordado algo. Algo grande, importante. No lo había perdido. Recuperé el bolígrafo y empecé a escribir esto.

Me detendré aquí. Si cierro los ojos y me concentro, puedo recuperar la imagen. Mis padres y yo. En el coche. Ha perdido brillo, como si se hubiera apagado con el tiempo, pero sigue ahí. Me alegro, no obstante, de haber dejado constancia de ella por escrito. Sé que tarde o temprano desaparecerá. Por lo menos ahora no está completamente perdida.

Probablemente Ben haya terminado de leer el periódico. Me ha preguntado desde abajo si estoy lista. Le he dicho que sí. Esconderé el cuaderno en el ropero y buscaré un abrigo y unas botas. Seguiré escribiendo más tarde. Si me acuerdo.

* * *

Hace horas que escribí eso. Hemos pasado fuera toda la tarde, pero ya estamos de vuelta en casa. Ben se halla en la cocina, haciendo pescado para la cena. Tiene puesta la radio y el sonido del jazz trepa hasta el dormitorio donde ahora me encuentro escribiendo esto. No me ofrecí a preparar la cena —estaba impaciente por subir y anotar lo que había visto esta tarde— y a él no pareció importarle.

—Echa una cabezada —me dijo—. Aún faltan tres cuartos de hora para que comamos. —Asentí—. Te avisaré cuando la cena esté lista.

Miro mi reloj. Si escribo deprisa, debería tener tiempo.

Salimos de casa en torno a la una. No nos alejamos mucho y dejamos el coche junto a un edificio achaparrado. Parecía abandonado. En cada una de sus ventanas entabladas se había posado una paloma gris y una chapa de zinc ocultaba la puerta.

—Es la piscina —dijo Ben mientras bajaba del coche—. La abren en verano, creo. ¿Caminamos?

Un sendero asfaltado ascendía hasta la cima de la colina. Echamos a andar en silencio, escuchando el graznido de los cuervos desperdigados por el desierto campo de fútbol, el ladrido lejano y quejumbroso de un perro, voces de niños, el murmullo de la ciudad. Pensé en mi padre, en su muerte y en el hecho de que hubiera recordado algo de ella. Una corredora solitaria caminaba por una pista de atletismo. Me quedé observándola hasta que el sendero se adentró en un seto elevado y alcanzó la cresta de la colina. Aquí había vida; un niño manejando una cometa con ayuda de su padre y una niña paseando un perrito con una larga correa.

—Estamos en Parliament Hill —dijo Ben—. Venimos a menudo.

No dije nada. La ciudad se extendía ante nosotros bajo un cielo encapotado. Parecía tranquila. Y más pequeña de lo que imaginaba; podía ver los montes bajos que se elevaban al otro lado. Podía ver la torre Telecom, la cúpula de San Pablo, la central eléctrica de Battersea, formas que reconocía, aunque vagamente y sin saber por qué. Había otras construcciones menos familiares: un enorme edificio de cristal con forma de puro y, a lo lejos, una noria gigante. Como mi casa, el paisaje me resultaba extraño y familiar al mismo tiempo.

—Creo que reconozco este lugar —dije.

—Sí —dijo Ben—. Hace tiempo que venimos, aunque el paisaje cambia constantemente.

Proseguimos con el paseo. La mayoría de los bancos estaban ocupados por parejas o personas solas. Nos dirigimos a uno situado al otro lado de la colina y tomamos asiento. Olía a ketchup; debajo del banco había una caja de cartón con una hamburguesa dentro a medio comer.

Ben cogió la caja con cuidado, fue a tirarla a una papelera y regresó para sentarse a mi lado. Señaló algunos edificios.

—Ese de ahí es Canary Wharf —dijo, señalando un bloque que incluso de lejos parecía increíblemente alto—. Lo construyeron a principios de los noventa, creo. Son todo oficinas.

Los noventa. Se me hacía extraño escuchar una década que no podía recordar haber vivido resumida en dos palabras. He debido de perderme tantas cosas… Tanta música, tantas películas y libros, tantas noticias. Desastres, tragedias, guerras. Puede que países enteros se hayan hecho pedazos mientras yo pasaba mis días en la más completa ignorancia.

Tantas cosas sobre mi propia vida. Tantos paisajes que no reconozco pese a verlos a diario.

—Ben —dije—, háblame de nosotros.

—¿De nosotros? ¿A qué te refieres?

Me volví hacia él. El viento soplaba colina arriba, frío contra mi cara. Un perro ladraba en algún lugar. No sabía muy bien qué responder; Ben sabe que no guardo ningún recuerdo de él.

—Lo siento —dije—. No sé nada de nosotros. Ni siquiera sé cómo nos conocimos o cuándo nos casamos.

Sonrió y avanzó por el banco para rodearme los hombros. Empecé a recular pero entonces recordé que no se trataba de un extraño, sino del hombre con quien me había casado.

—¿Qué quieres saber?

—No sé. ¿Cómo nos conocimos?

—Los dos estábamos estudiando en la universidad. Tú acababas de comenzar tu doctorado. ¿Recuerdas eso?

Negué con la cabeza.

—La verdad es que no. ¿Qué estudiaba?

—Te habías licenciado en filología inglesa.

De repente me vino una imagen clara y nítida. Me vi en una biblioteca, y recordé vagas ideas de escribir una tesis sobre teoría feminista y literatura de principios del siglo XX, aunque en realidad solo era algo que podría estar haciendo mientras escribía novelas, algo que mi madre quizá no entendería pero por lo menos encontraría aceptable. La imagen permaneció unos instantes, tan real que casi podía tocarla, pero se evaporó cuando Ben volvió a hablar.

—Yo estaba estudiando química. Tropezaba contigo en todas partes. En la biblioteca, en el bar. Te encontraba preciosa, pero nunca conseguía reunir el valor suficiente para hablarte.

Me reí.

—¿En serio? —No podía imaginarme intimidando de ese modo a un hombre.

—Parecías muy segura de ti misma. Y apasionada. Te pasabas horas rodeada de libros, leyendo y tomando apuntes mientras dabas sorbos a una taza de café. Estabas tan bella… En ningún momento se me pasó por la cabeza que pudieras fijarte en mí. Pero un día me senté a tu lado en la biblioteca y tú, sin querer, volcaste tu taza y el café se derramó sobre mis libros. Te deshiciste en disculpas, aunque en realidad no era para tanto. Limpiamos el café e insistí en invitarte a otro. Dijiste que eras tú la que debía invitarme a mí. Acepté y fuimos a tomar un café. Y así fue como empezamos.

Traté de imaginarme la escena, de recordarnos a los dos en una biblioteca, jóvenes, rodeados de hojas empapadas de café, riendo. No pude, y sentí una punzada de tristeza. Pensé en lo mucho que a las parejas les gusta rememorar el momento en que se conocieron —quién habló primero, qué se dijeron—, pero yo no tengo ese recuerdo. El viento agitó la cola de la cometa del niño con un sonido que me recordó al estertor de la muerte.

—¿Qué ocurrió después?

—Empezamos a salir. Yo terminé la carrera, tú terminaste tu doctorado y nos casamos.

—¿Cómo? ¿Quién se lo pidió a quién?

—Ah —dijo—. Yo te lo pedí a ti.

—¿Dónde? Cuéntame cómo ocurrió.

—Estábamos locamente enamorados —dijo. Su mirada se perdió en la distancia—. Siempre estábamos juntos. Tú compartías piso pero apenas ponías los pies en él. Pasabas casi todo tu tiempo conmigo. Tenía sentido que viviéramos juntos, que nos casáramos, de modo que un día de San Valentín te compré un jabón bueno, de esos que tanto te gustan. Retiré el celofán, hundí una sortija de compromiso en el jabón, puse de nuevo el celofán y te lo di. Esa noche, mientras te arreglabas, encontraste la sortija y aceptaste.

Sonreí para mí. Un poco enrevesado, pensé. Un anillo escondido en un jabón que podría haber tardado semanas en abrir. Así y todo, tenía su punto romántico.

—¿Con quién compartía piso? —pregunté.

—Oh, no lo recuerdo muy bien —dijo—. Con una amiga. El caso es que nos casamos un año después en una iglesia de Manchester, cerca de donde vivía tu madre. Fue una boda preciosa. En aquel entonces yo estaba formándome como profesor y no nos sobraba el dinero, pero fue de todos modos preciosa. Hacía un sol radiante y la gente estaba encantada. Nos fuimos de luna de miel a los lagos de Italia. Fue maravilloso.

Intenté visualizar la iglesia, mi vestido, las vistas desde la habitación de nuestro hotel. No me vino ninguna imagen.

—No recuerdo nada de eso —repuse—. Lo siento.

Ben miró hacia otro lado para que no pudiera verle la cara.

—No te preocupes, lo comprendo.

—En el álbum de recortes no hay muchas fotografías —dije—. No hay fotos de nuestra boda.

—Tuvimos un incendio —explicó—. En la última casa donde vivimos.

—¿Un incendio?

—Ajá. La casa quedó prácticamente calcinada. Perdimos muchas cosas.

Suspiré. Me parecía injusto que hubiera perdido no solo los recuerdos, sino también los objetos de mi pasado.

—¿Qué ocurrió después?

—¿Después?

—Después de la boda, de la luna de miel.

—Nos fuimos a vivir juntos. Éramos muy felices.

—¿Y luego?

Soltó un suspiro, pero no contestó. Eso no puede ser todo, pensé. Eso no puede describir toda mi vida. No puedo ser solo eso. Una boda, una luna de miel, un matrimonio. Pero ¿qué más estaba esperando? ¿Qué más podría haber habido?

La respuesta surgió de golpe. Hijos. Bebés. Con un estremecimiento, caí en la cuenta de que eso era lo que parecía faltar en mi vida, en nuestro hogar. En la repisa de la chimenea no había fotos de un hijo o de una hija con un título universitario en la mano, o haciendo rafting, o simplemente posando para la cámara con cara de aburrimiento, y tampoco de nietos. No había tenido hijos.

Sentí la bofetada de la decepción. El deseo no cumplido estaba grabado en mi subconsciente. Aunque esta mañana me había despertado sin conocer siquiera mi edad, una parte de mí debía de saber que había deseado tener hijos.

De repente vi a mi madre describiendo el reloj biológico como si se tratara de una bomba. «Apresúrate en alcanzar todo lo que deseas en la vida», decía, «porque cuando menos te lo esperes...»

Sabía a qué se refería: ¡bum! Mis ambiciones se desvanecerían y no desearía otra cosa que ser madre. «Así me ocurrió a mí», decía, «así te ocurrirá a ti. Le ocurre a todo el mundo.»

Pero, por lo visto, no había sido así. O había sucedido algo en lugar de eso. Miré a mi marido.

—¿Ben? —pregunté—. ¿Y luego?

Se volvió hacia mí y me apretó la mano.

—Luego perdiste la memoria.

Mi memoria. Al final, todo acababa volviendo a eso. Siempre.

Contemplé la ciudad. El sol había descendido y brillaba débilmente entre las nubes, proyectando largas sombras en la hierba. Otro día que tocaba a su fin. Otro día perdido.

—No tuvimos hijos —dije. No era una pregunta.

No respondió, pero me miró. Tomó mis manos entre las suyas y empezó a frotarlas para espantarles el frío.

—No, no tuvimos hijos.

La tristeza le nubló el semblante. ¿Tristeza por él o por mí? No estaba segura. Dejé que me acariciara las manos, que enredara sus dedos en los míos. Advertí que, pese a mi desconcierto, me sentía segura allí, con ese hombre. Me daba cuenta de que era amable, considerado, paciente. Por espantosa que fuera mi situación, podría ser mucho peor.

—¿Por qué? —pregunté.

Guardó silencio. Me miró y vi el dolor reflejado en su semblante. Dolor y decepción.

—¿Qué ocurrió exactamente, Ben? —dije—. ¿Cómo llegué a este estado?

Noté que se ponía tenso.

—¿Estás segura de que quieres saberlo?

Clavé la mirada en una niña que estaba montando en triciclo. Sabía que aquella no podía ser la primera vez que le hacía esas preguntas, la primera vez que Ben se veía obligado a explicarme esas cosas. Probablemente se las hago todos los días.

—Sí —dije, consciente de que esta vez iba a ser diferente. Esta vez escribiré lo que me cuente.

Respiró hondo.

—Era diciembre y hacía mucho frío. Estabas regresando a casa del trabajo. Era un paseo corto. No hubo testigos. No sabemos si cruzaste la calle o si el coche que te atropelló se subió a la acera, pero el caso es que saliste volando por encima del capó. Sufriste muchas contusiones. Te rompiste dos piernas, un brazo y la clavícula.

Guardó silencio. Podía oír el quedo fragor de la ciudad. El tráfico, el zumbido de un avión, el murmullo del viento entre los árboles. Ben me apretó la mano.

—Dijeron que tu cabeza debió de ser la parte de tu cuerpo que primero golpeó el suelo y que por eso perdiste la memoria.

Cerré los ojos. No podía recordar nada del accidente, de manera que no me sentí enfadada, ni siquiera disgustada. Solo sentía un pesar sosegado. Un vacío. Una onda sobre la superficie del lago de la memoria.

Me estrechó la mano. La coloqué sobre la suya y noté el oro duro y frío de su alianza.

—No falleciste de puro milagro —dijo.

Noté que se me helaba la sangre.

—¿Qué le ocurrió al conductor?

—No se detuvo. Después de atropellarte se dio a la fuga. No sabemos quién te embistió.

—¿Cómo puede hacer alguien una cosa así? —dije—. ¿Cómo puede alguien atropellar a una persona y darse a la fuga?

Ben no contestó. Ignoro qué esperaba oír. Pensé en lo que había leído sobre mi encuentro con el doctor Nash. «Un problema neurológico», me había dicho. «Estructural o químico. Un desequilibrio hormonal.» Había dado por sentado que se estaba refiriendo a una enfermedad, a algo que me había sucedido sin un motivo concreto. «Cosas que pasan.»

Pero esto me parecía todavía peor; mi trastorno me lo había

causado otra persona, pudo evitarse. Si esa noche hubiera regresado por otro camino —o si lo hubiera hecho el conductor del coche que me atropelló— ahora sería una persona normal. Puede que incluso abuela.

—¿Por qué? —pregunté—. ¿Por qué?

No era una pregunta que Ben pudiera responder, de modo que no lo hizo. Nos quedamos callados, con las manos entrelazadas. Estaba empezando a anochecer. La ciudad se estaba llenando de luces. Falta poco para el invierno, pensé. Estamos casi a mediados de noviembre. Luego vendrán diciembre y Navidad. No podía imaginar cómo iba a llegar hasta allí. No podía imaginarme viviendo una interminable sucesión de días idénticos.

—¿Volvemos a casa? —propuso Ben.

No contesté.

—¿Dónde estaba? —dije—. El día que me atropelló el coche. ¿Qué había estado haciendo?

—Volvías a casa del trabajo.

—¿Qué trabajo? ¿Qué estaba haciendo?

—Tenías un empleo temporal como secretaria. Bueno, en realidad como ayudante personal, creo que de unos abogados.

—Pero ¿por qué...? —comencé.

—Tenías que trabajar para que pudiéramos pagar la hipoteca —explicó—. En aquel entonces íbamos justos de dinero.

No me estaba refiriendo a eso. Lo que quería decir era: «Dijiste que me doctoré. ¿Por qué me conformé entonces con un trabajo de secretaria?».

—¿Por qué estaba trabajando de secretaria?

—Fue el único empleo que encontraste. Eran tiempos difíciles.

Recordé la sensación que había tenido hacía un rato.

—¿Estaba escribiendo? —pregunté—. ¿Libros?

Negó con la cabeza.

—No.

De modo que solo fue una ambición pasajera. O puede que

lo hubiera intentado y hubiera fracasado. Justo cuando me volvía para preguntárselo las nubes se iluminaron y, un segundo después, hubo una fuerte explosión. Miré a lo lejos, sobresaltada. Chispas en el cielo, lloviendo sobre la ciudad.

—¿Qué es eso? —pregunté.

—Un cohete —dijo Ben—. Hoy es la noche de las Fogatas.

Un segundo cohete iluminó el cielo, acompañado de otra explosión.

—Al parecer va a haber una exhibición de fuegos artificiales —dijo—. ¿Nos quedamos a verla?

Asentí. Aunque una parte de mí ansiaba volver a casa para escribir en mi diario lo que Ben acababa de contarme, otra parte deseaba quedarse con la esperanza de que me explicara más cosas.

—Vale —dije.

Ben sonrió y volvió a rodearme los hombros. El cielo se quedó unos instantes a oscuras, luego se oyó un chisporroteo seguido de un suave silbido cuando una chispa salió disparada hacia arriba. Tras permanecer unos instantes suspendida en el aire, estalló con gran estruendo en un resplandor naranja. Fue precioso.

—Normalmente vamos a ver una exhibición —dijo Ben—. Una de las grandes. Pero había olvidado que era esta noche. —Me acarició el cuello con la barbilla—. ¿Estás bien aquí?

—Sí —respondí, contemplando las explosiones de color, las luces que centelleaban sobre la ciudad—. Desde aquí se ven todos los fuegos.

Suspiró. Observamos en silencio cómo el cielo se cubría de luces y colores mientras el vaho de nuestros alientos se mezclaba. El humo se elevaba sobre los parques de la ciudad, iluminado de rojos y naranjas, de azules y morados, y un olor silíceo, seco y metálico, inundaba el aire. Me pasé la lengua por los labios, notando un gusto a azufre y, mientras, me asaltó otro recuerdo.

Afilado como una aguja. Los ruidos eran demasiado fuertes, los colores demasiado brillantes. No me sentía como una observadora, sentía que me hallaba justo en el centro. Tuve la sensación de que me caía hacia atrás. Me agarré a Ben.

Me vi junto a una chica. Una chica pelirroja. Estamos en una azotea mirando una exhibición de fuegos artificiales. Puedo oír el ritmo vibrante de la música que suena en la habitación de abajo, y un humo acre flota sobre nuestras cabezas, arrastrado por una brisa fresca. Embriagada de alcohol y del porro que todavía sostengo entre los dedos, aunque solo llevo un vestido fino no tengo frío. Noto gravilla en las plantas de los pies y me acuerdo de que me he quitado los zapatos y los he dejado abajo, en el dormitorio de esta chica. Cuando se vuelve hacia mí la miro y me siento viva, feliz.

—Chrissy —dice, cogiéndome el porro—, ¿te apetece una pasti?

No sé de qué está hablando y se lo digo.

Se ríe.

—¡Ya sabes, una pasti! —exclama—. Un tripi. Un ácido. Seguro que Nige tiene. Me dijo que traería unos cuantos.

—No sé —digo.

—¡Va! ¡Será divertido!

Me río, recupero el porro y le doy una larga calada para demostrarle que no soy una chica aburrida. Nos hemos hecho la promesa de que nunca seremos aburridas.

—Mejor no —respondo—. Ese rollo no me va. Creo que prefiero seguir con esto y con cerveza. ¿De acuerdo?

—Qué se le va a hacer —dice, volviéndose hacia la barandilla. Sé que está decepcionada, pero no enfadada, y me pregunto si se tomará el ácido de todos modos, sin mí.

Lo dudo. Nunca antes he tenido una amiga como ella. Una amiga que lo sabe todo sobre mí, una amiga en la que confío, a veces incluso más de lo que confío en mí misma. Observo sus cabellos pelirrojos azoados por el viento, el extremo del porro brillando en la oscuridad. ¿Es feliz con la dirección que está tomando su vida? ¿O es demasiado pronto para saberlo?

—¡Mira! —dice, señalando el lugar donde una Vela Romana ha estallado, iluminando los árboles con su resplandor rojo—. ¡Joder, qué maravilla!

Me río al tiempo que asiento y nos quedamos un rato calladas, pasándonos el porro. Me invita a apurar la colilla y cuando la rechazo la aplasta con la bota.

—Bajemos —dice, cogiéndome del brazo—. Quiero presentarte a alguien.

—¡No, por favor! —protesto, pero la sigo de todos modos. Pasamos por encima de una pareja que está dándose el lote en la escalera—. ¿No será otro gilipollas de tu clase?

—¡Que te zurzan! —replica—. ¡Pensaba que Alan te había gustado!

—¡Y me gustó, hasta que me dijo que estaba enamorado de un tal Kristian!

—¿Cómo iba a saber yo que Alan te elegiría para salir del armario? —dice, riendo—. Este es diferente. Te encantará, lo sé. Por lo menos, salúdalo.

—De acuerdo —digo. Abro la puerta y entramos en la fiesta.

La sala es espaciosa, con paredes de cemento y bombillas desnudas colgando del techo. Nos abrimos paso hasta la cocina, cogemos dos cervezas y encontramos un lugar junto a la ventana.

—¿Y bien? ¿Dónde está ese tío? —digo, pero mi amiga no me oye. Siento el efecto del alcohol y la hierba y me pongo a bailar. Hay mucha gente, la mayoría vestida de negro. Malditos estudiantes de Bellas Artes, pienso.

Alguien se acerca a nosotras. Le reconozco. Es Keith. Nos hemos visto antes, en otra fiesta donde terminamos besándonos en uno de los dormitorios. Ahora, sin embargo, está hablando con mi amiga, señalando uno de los cuadros que cuelgan de la pared de la sala y que ella ha pintado. Me pregunto si me está ignorando a propósito o si realmente no recuerda haberme visto antes. Da igual, pienso, es un capullo. Apuro mi cerveza.

—¿Quieres otra?

—Sí —dice mi amiga—. ¿Te importa ir a buscarlas mientras hablo con Keith? Después te presentaré al tío del que te hablé.

Me río.

—Lo que tú digas.

Regreso a la cocina.

Entonces una voz. Fuerte en mi oído.

—¡Christine! ¡Chris! ¿Estás bien?

Me desconcerté; la voz me era familiar. Abrí los ojos y me di cuenta de que estaba en Parliament Hill, con Ben gritando mi nombre y fuegos artificiales tiñendo de rojo el cielo nocturno.

—Tenías los ojos cerrados —dijo—. ¿Qué ocurre? ¿Qué te pasa?

—Nada. —Estaba mareada, me costaba respirar. Desvié los ojos de mi marido e hice ver que me concentraba en la exhibición—. Lo siento, no es nada. Estoy bien, en serio.

—Estás temblando. ¿Tienes frío? ¿Quieres volver a casa?

Me di cuenta de que, efectivamente, estaba temblando. De que quería volver a casa. De que quería escribir lo que acababa de ver.

—Sí —dije—. ¿Te importa?

Por el camino pensé en la visión que había tenido mientras veíamos los fuegos artificiales. Me había sorprendido su nitidez. La escena me había absorbido, me había succionado, como si estuviera reviviéndola. Podía sentir los olores, los sabores. La brisa fresca, el gas de la cerveza. La quemazón de la hierba en la garganta. La saliva de Keith, caliente en mi lengua. Podía sentirlo todo como si fuera real, en cierto modo más real que la vida a la que había abierto los ojos cuando la imagen desapareció.

No sabía exactamente de cuándo era. De la universidad, supuse, o poco después. La fiesta donde me había visto era de las que imaginaba que gustaban a los estudiantes. Se respiraba un aire despreocupado, liviano, sin responsabilidades.

Y aunque no podía recordar su nombre, esa chica era importante para mí. Era mi mejor amiga. Para siempre, había pensado en la visión, y aunque no sabía quién era, me había sentido segura a su lado.

Me pregunté si todavía éramos amigas e intenté hablar de ello con Ben en el coche, mientras regresábamos a casa. Estaba muy callado; no parecía enfadado pero sí distraído. Durante un breve instante se me pasó por la cabeza contarle la visión, pero en lugar de eso le pregunté qué amigas tenía cuando él y yo nos conocimos.

—Tenías varias —dijo—. Eras muy popular.

—¿Tenía una amiga íntima? ¿Alguien especial?

Se volvió hacia mí.

—No, creo que no.

Me pregunté por qué no podía recordar el nombre de esa chica cuando había recordado el de Keith y el de Alan.

—¿Estás seguro? —insistí.

—Sí —dijo, y se concentró de nuevo en la carretera.

Empezó a llover. Las luces y los letreros de neón de las tiendas se reflejaban en el asfalto. Deseo preguntarle tantas cosas, pensé, pero no dije nada, y transcurridos unos minutos fue demasiado tarde. Estábamos en casa y él había empezado a cocinar.

* * *

En cuanto hube terminado de escribir eso Ben me llamó para que bajara a cenar. Había puesto la mesa y servido dos copas de vino blanco, pero yo no tenía apetito y el pescado estaba seco. Apenas toqué la comida. Luego, como Ben había cocinado me ofrecí a lavar los platos. Los trasladé al fregadero y abrí el agua caliente, confiando en que más tarde pudiera inventarme un pretexto para subir a leer mi diario y tal vez escribir un poco más. No obstante, llegado el momento me di cuenta de que no podía —si pasaba demasiado tiempo en nuestro dormitorio podría levantar sospechas—, así que pasamos la sobremesa delante del televisor.

No podía relajarme. Pensaba en mi diario y observaba cómo las manecillas del reloj de la repisa se arrastraban, pasando de las nueve a las diez, de las diez a las diez y media. Finalmente, cuando faltaba poco para las once, comprendí que esta noche ya no dispondría de más tiempo y dije:

—Creo que voy a acostarme. Ha sido un día largo.

Ben me sonrió, ladeando la cabeza.

—Como quieras, cariño. Subo enseguida.

Asentí con la cabeza y dije que vale, pero cuando salía de la sala noté que el pánico se apoderaba de mí. Este hombre es mi marido, me dije, estoy casada con él. Sin embargo sentía que no estaba bien que me fuera a la cama con él. No podía recordar haberlo hecho antes y no sabía qué esperar.

En el cuarto de baño utilicé el retrete y me cepillé los dientes sin mirarme al espejo y sin mirar las fotos pegadas a su alrededor. Entré en el dormitorio, encontré un camisón doblado sobre mi almohada y procedí a desvestirme. Quería encontrarme bajo las sábanas antes de que Ben entrara. Durante un instante tuve la absurda ocurrencia de hacerme la dormida.

Me quité el jersey y me miré en el espejo. Me fijé en el sujetador de color crema que me había puesto esta mañana y de repente me vi de niña, preguntando a mi madre por qué ella llevaba sujetador y yo no, y a mi madre diciéndome que un día yo también llevaría. Ese día había llegado, y no de forma gradual sino de golpe. Aquí, más aún que en las líneas de la cara y las arrugas de las manos, se hacía patente que ya no era una niña sino una mujer. Aquí, en la blanda carnosidad de mis senos.

Me introduje el camisón por la cabeza. Metí las manos por

debajo de la tela, desabroché el sujetador y sentí el peso de mis senos. Después me quité los pantalones. No quería seguir examinando mi cuerpo, esta noche no, de modo que una vez que me hube quitado los calcetines y las bragas que me había puesto esta mañana, me deslicé entre las sábanas, cerré los ojos y giré sobre un costado.

Oí al reloj de abajo dar la hora y a Ben entrar en la habitación poco después. Escuché cómo se desvestía y noté el hundimiento del colchón cuando se sentó en el borde de la cama. Se quedó quieto unos instantes y luego sentí el peso de su mano en mi cadera.

—Christine —susurró—, ¿estás despierta? —Murmuré que lo estaba—. ¿Te has acordado hoy de una amiga?

Abrí los ojos y rodé sobre mi espalda. Podía ver la amplia extensión de su espalda desnuda, el fino vello repartido sobre los hombros.

—Sí —contesté.

Se volvió hacia mí.

—¿Qué recordaste?

Se lo conté, aunque solo por encima.

—Una fiesta —dije—. Éramos estudiantes, creo.

Se levantó y se dio la vuelta para meterse en la cama. Vi que estaba desnudo. Su pene se columpiaba en su oscuro nido de pelo y tuve que reprimir una risita. No recordaba haber visto antes unos genitales masculinos, ni siquiera en un libro, y sin embargo no me eran del todo extraños. Me pregunté cuánto sabía de ellos, qué experiencias había tenido. Desvié instintivamente la mirada.

—Has recordado esa fiesta otras veces —dijo mientras tiraba del edredón—. Te viene a la memoria bastante a menudo, creo. Hay algunos recuerdos que te afloran con regularidad.

Suspiré. «No es nada nuevo», parecía estar diciendo. «Nada por lo que lanzar cohetes.» Se tumbó a mi lado y nos cubrió a los dos con el edredón. No apagó la luz.

—¿Recuerdo cosas a menudo? —pregunté.

—Sí, algunas. La mayoría de los días.

—¿Las mismas cosas?

Apoyándose en un codo, se volvió hacia mí.

—Normalmente sí. Raras veces surge algo nuevo.

Clavé la mirada en el techo.

—¿Alguna vez te recuerdo?

—No. —Me cogió la mano y la estrechó—. Pero no pasa nada. Te quiero. No pasa nada.

—Debo de ser una terrible carga para ti —dije.

Deslizó su mano por mi brazo y empezó a acariciarlo. Noté un chispazo y me encogí.

—En absoluto —dijo—. Te quiero.

Arrimó su cuerpo al mío y me besó en los labios.

Cerré los ojos. Turbada. ¿Quería sexo? Para mí él era un extraño. Aunque mi mente sabía que cada noche dormíamos juntos, que así había sido desde que nos casamos, mi cuerpo hacía menos de un día que le conocía.

—Estoy muy cansada, Ben —dije.

Bajó la voz y empezó a murmurar.

—Lo sé, cariño. —Me besó suavemente en la mejilla, en los labios, en los ojos—. Lo sé. —Su mano descendió por debajo de las sábanas y sentí una oleada de angustia rayana en el pánico.

—Lo siento, Ben. —Le cogí la mano y detuve el descenso. Reprimiendo el impulso de apartarla como si me diera asco, la acaricié—. Estoy cansada —repetí—. Esta noche no, ¿de acuerdo?

Sin decir otra palabra, retiró la mano y rodó sobre su espalda. Podía sentir la fuerza de su decepción. No sabía qué decir. Una parte de mí pensaba que debía disculparme, pero otra parte aún mayor me decía que no había hecho nada malo. Guardamos silencio, tendidos en la cama pero sin tocarnos, y me pregunté cuántas veces se produce esta situación. Cuántas veces Ben llega a la cama pidiendo sexo, si alguna vez me apetece a mí también o si me siento capaz de complacerle, y si esto es lo que sucede siempre, este silencio incómodo, cuando no cedo.

—Buenas noches, cariño —me dijo al cabo de unos minutos, y la tensión se disipó.

Esperé a que estuviera roncando para escabullirme, y aquí, en la habitación de invitados, me he sentado a escribir esto.

Me gustaría mucho recordarle. Aunque solo fuera una vez.

Lunes, 12 de noviembre

El reloj acaba de dar las cuatro y está empezando a oscurecer. Ben aún tardará en volver a casa, pero mientras escribo estoy pendiente de su coche. La caja de zapatos descansa en el suelo, junto a mis pies, y el papel de seda que envolvía este cuaderno asoma por ella. Si viene guardaré el cuaderno en el ropero y le diré que he estado descansando. Es una mentira, pero pequeña, y no tiene nada de malo que quiera mantener el contenido de mi diario en secreto. Debo escribir lo que he visto, lo que he descubierto, pero eso no significa que quiera que otra persona —la que sea— lo lea.

Hoy he visto al doctor Nash. Nos sentamos cada uno a un lado de su escritorio. Detrás tenía un archivador sobre el que descansaba un cerebro de plástico partido por el centro y desgajado como una naranja. Me preguntó cómo me iba.

—Supongo que bien —dije.

Era una pregunta difícil de responder; las pocas horas transcurridas desde que me despertara esta mañana eran las únicas que podía recordar con claridad. Había visto a mi marido, como si fuera la primera vez aunque yo sabía que no lo era, y me había telefoneado mi médico, el cual me contó lo de mi diario. Después de comer me recogió y me trajo en coche hasta su consulta.

—El sábado, después de que me telefonearas, escribí en mi diario —dije.

Parecía complacido.

—¿Crees que te ayudó en algo?

—Sí.

Le hablé de los recuerdos que había tenido. La visión de la chica en la fiesta, del día que me enteré de la enfermedad de mi padre. El doctor Nash iba tomando apuntes mientras yo hablaba.

—¿Todavía recuerdas esas cosas? —me preguntó—. ¿Las recordabas cuando te despertaste esta mañana?

Titubeé. En realidad no las recordaba. O solo recordaba una parte. Esa mañana había leído mi entrada del sábado sobre el desayuno con mi marido, sobre el paseo por Parliament Hill. Me había parecido tan irreal como una novela, una historia que nada tenía que ver conmigo, y me descubrí leyendo y releyendo la misma entrada una y otra vez para grabarla en mi mente, para fijarla. Tardé más de una hora.

Leí las cosas que Ben me había contado, cómo nos conocimos y nos casamos, cómo vivíamos, y no sentí nada. Otras, en cambio, se quedaron conmigo. La chica, por ejemplo. Mi amiga. No podía recordar los pormenores —las dos en la azotea viendo los fuegos artificiales, mi encuentro con un hombre llamado Keith— pero el recuerdo de ella seguía vivo en mí y esta mañana, conforme leía y releía mi entrada del sábado, recordé otros detalles. El rojo intenso de sus cabellos, su preferencia por la ropa negra, el cinturón de tachuelas, el carmín colorado, cómo hacía que fumar pareciera lo más guay del mundo. No recordaba su nombre, pero recordé la noche que nos conocimos. Fue en una sala velada por una espesa niebla de humo de cigarrillo y animada por una pequeña rocola y los golpes y tintineos de unas máquinas del millón. Yo le había pedido fuego y ella, después de dármelo, se presentó y me invitó a unirme a sus amigos. Bebimos vodka y cerveza, y más tarde me sostuvo el pelo mientras vomitaba en el retrete.

—¡Creo que ya podemos decir que somos amigas! —dijo

78

riendo cuando me levanté—. Que sepas que no hago esto por cualquiera.

Se lo agradecí, y sin saber por qué, como si eso explicara lo que acababa de hacer, le conté que mi padre había muerto.

—Joder… —dijo, y en la que probablemente fue la primera de sus muchas transiciones de estupidez ebria a eficiencia compasiva, me llevó a su habitación, donde comimos tostadas y bebimos café solo, escuchamos discos y hablamos de nuestras vidas hasta el amanecer.

Tenía cuadros apoyados en las paredes y cuadernos de bocetos desperdigados por el suelo, a los pies de la cama.

—¿Eres pintora? —le pregunté.

Asintió.

—Por eso estoy en la universidad —dijo. Recordaba que me había contado que estudiaba Bellas Artes—. Terminaré dando clases, naturalmente, pero entretanto tenemos que soñar, ¿no crees? —dijo y se rió—. ¿Y qué estudias tú? —Se lo dije. Filología inglesa—. Oh. Y dime, ¿te gustaría escribir novelas o enseñar? —Se rió sin malicia, pero no le mencioné el relato que había estado escribiendo en mi cuarto antes de bajar.

—No lo sé —respondí—. Supongo que estoy en la misma situación que tú.

Volvió a reírse y dijo:

—¡Pues por nosotras! —Y mientras brindábamos con café sentí, por primera vez en muchos meses, que las cosas empezaban a rodar.

Recordaba todo eso. El esfuerzo de hurgar en el vacío de mi memoria en busca de detalles, por insignificantes que fueran, que pudieran desencadenar un recuerdo me dejaba agotada. Los recuerdos de mi vida con mi marido, no obstante, habían desaparecido. Leer sobre ellos no había tenido el más mínimo efecto en mi memoria. Era como si no solo el paseo por Parliament Hill no hubiera tenido lugar, sino las cosas que me había contado allí.

—Recuerdo algunas cosas —le dije al doctor Nash—. Cosas de cuando era más joven, cosas que recordé ayer. Siguen ahí y puedo recordar otros detalles. Sin embargo, no puedo recordar nada de lo que hice ayer. O el sábado. Puedo imaginarme la escena que describo en mi diario, pero sé que no es un recuerdo. Sé que solo lo estoy imaginando.

Asintió.

—¿Recuerdas algo de anteayer? ¿Algún detalle que anotaras y que todavía recuerdes? ¿Del final del día, por ejemplo?

Pensé en lo que había escrito sobre el momento de acostarme. Me di cuenta de que me sentía culpable. Culpable por no haber sido capaz de entregarme a mi marido pese a su ternura.

—No —mentí—. Nada.

Me pregunté qué otra cosa podría haber hecho Ben para despertar en mí el deseo de abrazarle, de dejarme amar. ¿Flores? ¿Bombones? ¿Necesita tener gestos románticos conmigo cada vez que desea mantener relaciones sexuales, como si fuera la primera vez? Me percaté de los pocos recursos de que dispone para seducirme. Ni siquiera puede poner la primera canción que bailamos en nuestra boda, o recrear la comida que elegimos la primera vez que fuimos a un restaurante, porque no recuerdo nada de eso. Además, soy su esposa. No debería verse obligado a seducirme como si acabáramos de conocernos cada vez que tiene ganas de sexo.

Pero ¿alguna vez le permito que me haga el amor? Es más, ¿deseo alguna vez hacer el amor con él? ¿Me despierto algún día sabiendo lo suficiente de él para que me brote el deseo de manera espontánea?

—No me acuerdo de Ben —dije—. No tenía ni idea de quién era esta mañana.

Asintió.

—¿Te gustaría acordarte?

Casi me echo a reír.

—¡Naturalmente! Quiero recordar mi pasado. Quiero saber quién soy. Con quién me casé. Todo forma parte de lo mismo.

—Naturalmente —dijo. Puso los codos sobre la mesa y unió las manos frente a su cara, como si estuviera pensando detenidamente lo que iba a decir o cómo decirlo—. Lo que me has contado es alentador. Sugiere que no has perdido del todo tus recuerdos. No es un problema de almacenamiento, sino de acceso.

Lo medité unos instantes.

—Me estás diciendo que mis recuerdos están ahí, que simplemente no puedo llegar a ellos.

Sonrió.

—Va por ahí, sí.

Sentí una mezcla de impaciencia y frustración.

—Entonces, ¿cómo puedo recordar más cosas?

Se reclinó en su silla y consultó la carpeta que tenía delante.

—La semana pasada —dijo—, el día que te di el cuaderno, ¿escribiste que te enseñé una foto de la casa donde creciste? Creo que te la di.

—Sí.

—Tuve la impresión de que recordaste muchas más cosas después de ver esa foto que cuando te pregunté sobre la casa de tu infancia sin mostrarte nada. —Hizo una pausa—. En cierto modo, es normal que así sea, pero me gustaría ver qué ocurre si te enseño fotos del período que no recuerdas. Me gustaría ver si entonces te viene algo a la memoria.

Vacilé, no sabiendo muy bien adónde podía llevarme eso, pero consciente de que era un camino que no tenía más remedio que tomar.

—De acuerdo —dije.

—¡Bien! Hoy solo miraremos una foto. —Sacó una fotografía del fondo de la carpeta y rodeó la mesa para sentarse a mi lado—. Antes de verla, ¿recuerdas algo de tu boda?

Yo ya sabía que no había nada ahí; por lo que a mí concernía, el enlace con el hombre con quien me había despertado esta mañana sencillamente no había tenido lugar.

—No —dije—. Nada.

—¿Estás segura?

Asentí.

—Sí.

Dejó la fotografía sobre la mesa, frente a mí.

—Te casaste aquí —dijo, dándole golpecitos con el dedo. Era una iglesia pequeña, con el tejado bajo y un chapitel diminuto. No me sonaba de nada.

—¿Te dice algo?

Cerré los ojos y traté de vaciar la mente. Vi agua. A mi amiga… Un suelo de baldosas negras y blancas. Nada más.

—No. Ni siquiera recuerdo haberla visto antes.

Parecía decepcionado.

—¿Estás segura?

Volví a cerrar los ojos. Oscuridad. Traté de pensar en el día de mi boda, traté de imaginarnos a Ben y a mí, él con traje, yo con un vestido blanco, posando en el césped que había delante de la iglesia, pero no me vino nada. Ningún recuerdo. Me inundó una profunda tristeza. Seguro que, como todas las novias, me había pasado semanas planificando la boda, eligiendo el vestido y esperando inquieta las modificaciones, buscando un peluquero, pensando en el maquillaje. Me imaginé dando vueltas al menú, escogiendo los cánticos, seleccionando las flores, confiando en todo momento que ese gran día estuviera a la altura de mis expectativas imposibles. Y ahora no tengo forma de saber si lo estuvo. Todo me ha sido arrebatado. Todo salvo el hombre con el que me casé.

—No —dije—. No me viene nada.

Guardó la fotografía.

—Según los datos que anoté al iniciar tu tratamiento, te casaste en Manchester —dijo—, en la iglesia de San Marcos. La foto que te he mostrado es reciente, la única que he podido conseguir, pero imagino que no ha cambiado mucho en este tiempo.

—No hay fotografías de nuestra boda —dije. Era tanto una pregunta como una afirmación.

—No. Por lo visto se perdieron en un incendio que sufrió tu casa.

Asentí. En cierto modo, oírselo decir a él lo confirmaba, lo hacía más real. Como si el hecho de ser médico confiriera a sus palabras una autoridad de la que Ben carecía.

—¿Cuándo me casé?

—A mediados de los ochenta.

—Antes de mi accidente... —dije.

El doctor Nash parecía incómodo. Me pregunté si alguna vez le había hablado del accidente que me dejó sin memoria.

—¿Sabes qué te provocó la amnesia? —me preguntó.

—Sí. El otro día estuve hablando con Ben. Me lo contó todo. Lo escribí en mi diario.

Asintió.

—¿Y qué piensas?

—No estoy segura. —Lo cierto era que no recordaba el accidente y eso hacía que no me pareciera real. Lo único que tenía eran sus efectos, el estado en el que me había dejado—. Pienso que debería odiar a la persona que me hizo esto. Sobre todo porque nunca se descubrió su identidad, nunca fue castigada por dejarme así. Por destrozarme la vida. Pero, por extraño que parezca, no le odio. No puedo. No puedo imaginármela, ni visualizar su cara. Es como si no existiera.

Parecía decepcionado.

—¿Eso piensas? —dijo—. ¿Que tu vida está destrozada?

—Sí —dije al cabo de unos segundos—. Sí, eso pienso. ¿No lo está?

No sé qué esperaba que el doctor Nash hiciera o dijera. Supongo que una parte de mí quería que dijera que estoy equivocada, que intentara convencerme de que mi vida vale la pena vivirla. Pero no lo hizo. Se limitó a mirarme directamente a los ojos. Reparé en lo sorprendentes que eran los suyos. Azules con motas grises.

—Lo siento, Christine —dijo—. Lo siento, pero estoy haciendo todo lo que está en mi mano, y creo que puedo ayudarte. En serio. Tienes que creerme.

—Y te creo —dije.

Posó su mano en la mía, que descansaba sobre la mesa, entre los dos. La sentí pesada. Cálida. Me estrechó los dedos y durante un segundo me sentí turbada, por él y por mí, hasta que le miré a los ojos, miré la tristeza reflejada en su cara, y comprendí que su gesto era el de un hombre joven consolando a una mujer madura. Nada más.

—Disculpa —dije—. Necesito ir al baño.

Cuando regresé había servido café y nos sentamos el uno frente al otro, dando pequeños sorbos a nuestras respectivas tazas. El doctor Nash estaba hojeando los papeles de su mesa, revolviéndolos con torpeza, como si estuviera evitando mi mirada. Pensé que tal vez estaba avergonzado por haberme estrechado la mano, hasta que levantó la vista y dijo:

—Christine, me gustaría preguntarte una cosa. Bueno, dos en realidad. —Asentí—. He decidido escribir sobre tu caso. Es bastante insólito y creo que sería muy beneficioso dar a conocer los detalles a la comunidad científica. ¿Te importa?

Miré las revistas, apiladas en desordenados montones sobre los estantes. ¿Era esta la forma en que pretendía favorecer o consolidar su carrera? «¿Es por eso por lo que estoy aquí?» Por un momento consideré la posibilidad de decirle que preferiría que no utilizara mi historia, pero al final me limité a negar con la cabeza y dije:

—No, no me importa.

Sonrió.

—Genial. Gracias. Ahora viene la segunda pregunta. Bueno, en realidad es una idea. Algo que me gustaría probar. ¿Te importaría?

—¿De qué se trata? —Estaba nerviosa, pero al mismo tiempo me alegraba de que finalmente se dispusiera a decirme lo que le rondaba por la cabeza.

—Según tu historial, después de casaros Ben y tú seguisteis viviendo en la casa de East London que compartíais. —Hizo una pausa. De pronto me llegó una voz que debía de ser de mi madre. «Viviendo en pecado», un chasquido de lengua, un meneo de cabeza que lo decía todo—. Al cabo de un año cambiasteis de casa. Viviste en ella hasta que fuiste hospitalizada. —Hizo otra pausa—. Está bastante cerca de donde vives ahora. —Empecé a intuir adónde quería llegar—. Pensaba que podríamos pasar a verla camino de tu casa. ¿Qué opinas?

¿Qué opinaba? Lo ignoraba. Era una pregunta casi imposible de responder. Sabía que era una propuesta sensata, que podría ayudarme de maneras que no podíamos ni imaginar, pero, a pesar de ello, tenía mis reservas. Era como si de repente mi pasado se me antojara peligroso. Un lugar que quizá fuera preferible no visitar.

—No estoy segura —dije.

—Viviste allí varios años.

—Lo sé, pero…

—Podemos verla por fuera. No hace falta que entremos.

—¿Entrar? —dije—. ¿Cómo…?

—Escribí a la pareja que ahora vive allí y después hablé con ellos por teléfono. Dijeron que si eso podía ayudarte, sería un placer para ellos enseñártela.

Le miré atónita.

—¿En serio?

Desvió ligeramente la mirada, apenas un instante, pero bastó para que lo interpretara como vergüenza. Me pregunté qué me estaba ocultando.

—En serio —repuso—. No me tomo tantas molestias con todos mis pacientes, Christine. —No dije nada. Sonrió—. Realmente creo que podría ayudarte.

¿Qué otra cosa podía hacer?

Por el camino intenté escribir en mi diario, pero era un trayecto corto y apenas había terminado de leer los últimos renglones cuando nos detuvimos delante de una casa. Cerré el cuaderno y levanté la vista. La casa era similar a la que habíamos dejado esa mañana —la que tuve que recordarme que era la casa donde ahora vivo— con su ladrillo rojo y su carpintería pintada, la misma ventana en saliente y el mismo jardín cuidado. En todo caso, parecía más grande, y la ventana del tejado hablaba de una conversión en el desván que nosotros no habíamos hecho. No entendía por qué habíamos dejado esta casa para mudarnos a otra casi idéntica y separada por apenas tres kilómetros. Tras reflexionarlo unos instantes, comprendí el motivo: los recuerdos. Recuerdos de una época mejor, anterior a mi accidente, recuerdos de cuando éramos felices y llevábamos una vida normal. Aunque yo no podía tener esos recuerdos, Ben sí los habría tenido.

De repente tuve el convencimiento de que esta casa podía desvelarme cosas. Cosas de mi pasado.

—Quiero entrar —dije.

Me detengo aquí. Deseo escribir el resto, pero es importante —demasiado importante para hacerlo con prisas— y Ben no tardará en llegar. De hecho, se está retrasando; el cielo está oscuro y en la calle resuenan los portazos de la gente que regresa del trabajo. Los coches reducen la velocidad frente a la casa; pronto uno de ellos será el de Ben. Es preferible que lo deje aquí y esconda el cuaderno en el ropero.

Continuaré más tarde.

* * *

Estaba cerrando la caja de zapatos cuando escuché la llave de Ben en la cerradura. Me llamó al entrar en casa y le dije que bajaría enseguida. Aunque no tenía por qué fingir que no había estado mirando en el ropero, cerré la puerta con sigilo. Luego fui a reunirme con mi marido.

Me notaba intranquila. Mi diario me llamaba. Durante la cena me estuve preguntando si podría escribir algo antes de fregar los platos, y mientras fregaba los platos me pregunté si no debería fingir un dolor de cabeza para poder subir al dormitorio a escribir. Cuando hube terminado en la cocina, no obstante, Ben me dijo que tenía trabajo y se encerró en su estudio. Suspiré aliviada y le dije que me iba a la cama.

Que es donde ahora me encuentro. Puedo oír a Ben —el repiqueteo del teclado— y reconozco que el sonido me reconforta. Acabo de leer lo que escribí antes de que Ben llegara a casa y ahora puedo imaginarme de nuevo en el lugar donde me hallaba esta tarde: delante de una casa en la que había vivido tiempo atrás. Ahora puedo retomar la historia.

Sucedió en la cocina.

Una mujer —Amanda— había respondido a nuestra insistente llamada, saludado al doctor Nash con un apretón de manos y a mí con una mirada a caballo entre la lástima y la fascinación.

—Usted debe de ser Christine —me saludó ladeando la cabeza y tendiéndome una mano cuidada.

Nos invitó a pasar y cerró la puerta tras de sí. Vestía una blusa de color crema y lucía joyas de oro. Tras presentarse, me dijo:

—Quédese el tiempo que quiera, ¿de acuerdo? El tiempo que necesite. ¿Sí?

Asentí y miré a mi alrededor. Estábamos en un vestíbulo luminoso y alfombrado. El sol entraba por los vidrios de la ventana y se posaba en un jarrón de tulipanes rojos que descansaba sobre una mesa auxiliar. Se había hecho un silencio largo e incómodo.

—Es una casa muy bonita —dijo finalmente Amanda, y por un momento sentí como si el doctor Nash y yo fuéramos unos compradores potenciales y ella una agente inmobiliaria impaciente por llegar a un acuerdo—. La compramos hace unos diez años. Nos encanta. Tiene mucha luz. ¿Quieren pasar al salón?

La seguimos hasta el salón, una estancia sobria y elegante. Yo no sentía nada, ni siquiera me parecía familiar; podría haberse tratado de un salón cualquiera de cualquier casa en cualquier ciudad.

—Le agradecemos mucho que nos permita ver su casa —dijo el doctor Nash.

—¡Oh, es un placer! —repuso ella con un peculiar bufido. Me la imaginé montando a caballo o arreglando un centro de flores.

—¿Ha hecho muchos cambios en la decoración desde que vive aquí? —preguntó el doctor Nash.

—Unos cuantos.

Contemplé los lustrosos suelos de madera y las paredes blancas, el sofá de color crema, los grabados de arte moderno que colgaban de la pared. Pensé en la casa de la que había salido esta mañana; no habría podido ser más diferente.

—¿Recuerda cómo era esta casa cuando se mudó? —dijo el doctor Nash.

Amanda suspiró.

—Solo vagamente, me temo. Tenía una moqueta de color tostado, creo. Y un papel de rayas en las paredes, si no recuerdo mal. —Intenté visualizar la estancia tal como la estaba describiendo. No me vino ninguna imagen—. También tenía una chimenea, pero la quitamos. Ahora me arrepiento. Era un detalle original.

—¿Christine? —me preguntó el doctor Nash—. ¿Algo? —Negué con la cabeza—. ¿Le importa que veamos el resto de la casa?

Subimos. Tenía dos habitaciones.

—Giles trabaja mucho desde casa —explicó mientras entrábamos en la habitación que daba a la parte de delante. Tenía una mesa, archivadores y libros—. Creo que los anteriores propietarios utilizaban este cuarto como dormitorio. —Me miró, pero no dije nada—. Es algo más grande que el otro cuarto, pero Giles no puede dormir aquí debido al ruido del tráfico. —Hizo una pausa—. Giles es arquitecto. —Tampoco ahora dije nada—. Curiosamente, el hombre al que le compramos la casa también era arquitecto —continuó—. Le conocimos cuando vinimos a verla. Él y Giles congeniaron enseguida. Creo que conseguimos que nos rebajara varios miles de libras gracias a esa conexión. —Otra pausa. Me pregunté si esperaba que la felicitáramos—. Giles está montándose su propio estudio.

Arquitecto, pensé. No profesor, como Ben. Esta no puede ser la pareja a la que mi marido vendió la casa. Traté de imaginarme la habitación con una cama en lugar de la mesa de cristal, con moqueta y papel pintado en lugar de parquet y paredes blancas.

El doctor Nash se volvió hacia mí.

—¿Algo?

Negué con la cabeza.

—Nada. No recuerdo nada.

Entramos en la otra habitación, en el cuarto de baño. No me vino ningún recuerdo, así que bajamos a la cocina.

—¿Seguro que no le apetece una taza de té? —me preguntó Amanda—. No es ninguna molestia. Ya está hecho.

—No, gracias —dije. La cocina era un espacio diáfano, de líneas rectas. Los muebles eran blancos y cromados y la encimera parecía hecha de cemento. Un cuenco de limas proporcionaba la única nota de color—. Creo que deberíamos irnos.

—Sí, claro —dijo Amanda.

Su actitud alegre y eficiente pareció desvanecerse y la decepción se dibujó en su rostro. Me sentí culpable; me daba cuenta de que Amanda estaba esperando que esta visita a su casa fuera el milagro que me curara.

—¿Podría darme un vaso de agua?

Su rostro se iluminó.

—¡Por supuesto! —exclamó—. ¡Ahora mismo!

Me tendió un vaso y cuando fui a cogerlo la escena apareció ante mí.

Amanda y el doctor Nash habían desaparecido. Estaba sola. En la encimera, sobre una fuente ovalada, brillaba un pescado crudo y húmedo. Oí una voz. Una voz de hombre. La voz de Ben, pensé, pero algo más joven.

—¿Blanco o tinto? —preguntó.

Me di la vuelta y lo vi entrar en la cocina. Era la misma cocina donde ahora me encontraba con Amanda y el doctor Nash, pero el color de las paredes era distinto. Ben sostenía una botella de vino en cada mano, y era el mismo Ben, solo que más delgado y con menos canas, y bigote. Estaba semidesnudo y su pene semierecto rebotaba cómicamente cuando andaba. Tenía la piel suave, tersa sobre los músculos de los brazos y el torso, y sentí una oleada de deseo. Me vi soltar una exclamación ahogada al tiempo que me reía.

—Mejor blanco —dijo, y se echó a reír también. Dejó las botellas en la mesa, avanzó hacia mí y me rodeó con sus brazos. Cerré los ojos y mi boca se abrió casi involuntariamente, y de pronto estaba besándole, y él a mí, y podía sentir la presión de su pene en mi entrepierna y mi mano descendiendo, yendo a su encuentro. Y mientras le besaba, pensé: He de recordar esto, las sensaciones que estoy teniendo. He de incluir esto en mi libro. Es esto sobre lo que quiero escribir.

Apreté mi cuerpo al suyo y sus manos empezaron a tirar de mi vestido, buscando la cremallera a ciegas.

—¡Para! —dije—. ¡No…! —Pero al mismo tiempo que le pedía que parara sentía que le deseaba como no había deseado antes a nadie—. Subamos —dije—. Subamos ya.

Salimos de la cocina desgarrándonos la ropa, en dirección al dormitorio de la moqueta gris y el papel estampado en azul, y mientras lo hacíamos no podía parar de pensar: Sí, sobre esto debería escribir en mi próxima novela, estas son las sensaciones que deseo plasmar.

Me tambaleé. Oí una rotura de cristales y la imagen desapareció bruscamente, como si el carrete se hubiera terminado y las imágenes de la pantalla hubieran sido reemplazadas por motas de polvo y una luz parpadeante. Abrí los ojos.

Seguía en la cocina, pero ahora tenía delante al doctor Nash y, algo más cerca, a Amanda, y los dos me estaban mirando con cara de preocupación. Me di cuenta de que había dejado caer el vaso.

—Christine —dijo el doctor Nash—. Christine, ¿estás bien?

No contesté. Ignoraba cómo me sentía. Era la primera vez —que yo supiera— que recordaba a mi marido.

Cerré los ojos e intenté recuperar la escena. Intenté ver el pescado, el vino, a mi marido desnudo, con bigote, con su pene bamboleante, pero no pude. El recuerdo se había ido, evaporado, como si nunca hubiera existido, o como si el presente lo hubiera hecho cenizas.

—Sí —dije—, estoy bien. He…

—¿Qué le ha ocurrido? —preguntó Amanda—. ¿Seguro que está bien?

—He recordado algo —dije.

Vi que Amanda se llevaba las manos a la boca y su rostro se iluminaba.

—¿En serio? —dijo—. ¡Eso es fantástico! ¿Qué? ¿Qué ha recordado?

—Por favor… —pidió el doctor Nash, acercándose a mí y cogiéndome del brazo. Los trozos de cristal crujían bajo sus pies.

—A mi marido —repuse—. Aquí. He recordado a mi marido…

El semblante de Amanda se ensombreció. «¿Eso es todo?», parecía estar diciendo.

—¡Doctor Nash, he recordado a Ben! —exclamé, y empecé a temblar.

—Bien —dijo—. ¡Bien! ¡Eso es fantástico!

Me llevaron al salón y me sentaron en el sofá. Amanda me tendió una taza de té caliente y un platito con una galleta. No lo entiende, pensé. No puede entenderlo. He recordado a Ben. Y a mí misma cuando era joven. A los dos juntos. Ahora sé que estábamos enamorados, ya no tengo que limitarme a creer en su palabra. Esto es importante. Mucho más importante de lo que ella pueda imaginar.

Durante el trayecto a casa me sentí exultante. Presa de una energía vigorizante. Contemplaba el mundo —el extraño, misterioso, desconocido mundo— y ya no me parecía un lugar amenazador, sino un lugar lleno de posibilidades. El doctor Nash dijo que pensaba que estábamos llegando a algún sitio. Parecía muy contento. «Genial», no paraba de decir. «Genial.» Ignoraba si se refería a que era genial para mí o para él, para su carrera. Me dijo que le gustaría que me hicieran un escáner y, casi sin pensarlo, le dije que vale. También me dio un móvil, diciéndome que había pertenecido a su novia. Era diferente del que Ben me había dado. Más pequeño, con una cubierta que se abría para mostrar un teclado y una pantalla. «Un teléfono de repuesto», me dijo. «Puedes llamarme a cualquier hora. Siempre que lo juzgues importante. Y tenlo siempre a mano. Te llamaré a este número para recordarte lo del diario.» De eso hace horas. Ahora comprendo que me lo ha dado para poder telefonearme sin que lo sepa Ben. De hecho, me lo insinuó. «El otro día te llamé y contestó Ben. La situación podría complicarse. Este móvil nos facilitará las cosas.» Lo acepté sin vacilar.

He recordado a Ben. He recordado que le amaba. No tardará en llegar a casa. Puede que más tarde, cuando nos vayamos a la cama, le compense por el rechazo de anoche. Me siento viva. Llena de esperanza.

Martes, 13 de noviembre

Por la tarde. Ben no tardará en llegar a casa después de otro día de trabajo. Estoy sentada con este diario delante. Un hombre —el doctor Nash— me telefoneó este mediodía y me dijo dónde encontrarlo. Me hallaba en la sala de estar en el momento en que me llamó, y al principio no me creí que supiera quién era yo. «Mira en la caja de zapatos del ropero», me dijo al fin. «Dentro encontrarás un cuaderno.» Se mantuvo al teléfono mientras iba a buscarlo, y tenía razón. Allí estaba mi diario, envuelto en papel de seda. Lo saqué de la caja como si fuera un objeto sumamente delicado y tras despedirme del doctor Nash, me arrodillé junto al ropero y lo leí. Hasta la última palabra.

Estaba nerviosa, aunque ignoraba por qué. Sentía el diario como algo prohibido, peligroso, aunque puede que fuera únicamente por el cuidado con que lo había escondido. Mientras leía iba levantando la vista de las hojas para consultar la hora, y en una ocasión hasta lo cerré de golpe y lo devolví al papel de seda cuando escuché el motor de un coche. Pero ya me he tranquilizado. Estoy escribiendo esto sentada en el saliente de la ventana del dormitorio. Este rincón me resulta familiar, como si me sentara en él a menudo. Desde aquí puedo ver la calle, a un lado una hilera de árboles altos al final de los cuales se vislumbra un parque, al otro una hilera de casas y otra calle más transitada. Caigo en la cuenta de que aunque elija ocultarle a

Ben la existencia de este diario, tampoco pasaría nada si lo encontrara. Es mi marido. Puedo confiar en él.

He vuelto a leer la parte donde describo la excitación que sentí ayer cuando volvía a casa. Ha desaparecido. Ahora estoy tranquila. Por la calle pasan coches. Y algún que otro transeúnte, un hombre silbando, una mujer joven llevando a su hijo al parque y regresando del mismo un rato después. A lo lejos, un avión se dispone a aterrizar, pero parece clavado al cielo.

Las casas de enfrente están vacías. En la calle reina un silencio roto únicamente por el hombre que silba y los ladridos de un perro descontento. El jaleo de la mañana, con su sinfonía de portazos, despedidas cantarinas y aceleración de motores, ha desaparecido. Me siento sola en el mundo.

Empieza a llover. Los goterones se estrellan contra la ventana que tengo delante y remolonean unos segundos antes de unirse a otros e iniciar su lento descenso. Poso mi mano en el frío cristal.

Es tanto lo que me separa del resto del mundo…

Leo sobre mi visita a la casa que había compartido con mi marido. ¿Realmente fue solo ayer cuando escribí esas palabras? No las siento como mías. Leo sobre el recuerdo que me vino estando allí. Estaba besando a mi marido —en la casa que habíamos comprado juntos— y cuando cierro los ojos me vuelve la imagen. Borrosa al principio, desenfocada, pero poco a poco gana en resolución y de repente se me muestra con una viveza casi abrumadora. Mi marido y yo arrancándonos la ropa. Ben abrazándome, cubriéndome de besos cada vez más urgentes, más profundos. Recuerdo que no nos comimos el pescado ni nos bebimos el vino; cuando terminamos de hacer el amor nos quedamos en la cama con las piernas entrelazadas, con mi cabeza reposando en su pecho, su mano acariciándome el cabello, su semen secándose sobre mi vientre. No hablábamos. La felicidad nos envolvía como una nube.

—Te quiero —dijo finalmente Ben. Hablaba en susurros,

como si nunca antes hubiera pronunciado esas palabras, y aunque probablemente lo había hecho cientos de veces, sonaban nuevas. Prohibidas. Peligrosas.

Contemple, su barbilla sin afeitar, sus labios carnosos, el contorno de su nariz.

—Y yo a ti —dije, murmurando las palabras en su pecho, como si fueran frágiles.

Me estrechó contra su cuerpo y me besó con dulzura en la cabeza, en la frente. Cerré los ojos y pasó suavemente sus labios por mis párpados. Me sentía segura, en casa. Sentía que este era mi lugar, aquí, acurrucada contra su cuerpo. El único lugar donde siempre había deseado estar. Permanecimos un rato en silencio, abrazados, formando una sola piel, un solo aliento. Pensé que si el silencio pudiera prolongar eternamente este momento, seguiría pareciéndome insuficiente.

Ben rompió el hechizo.

—Tengo que irme —dijo.

Abrí los ojos y le cogí la mano. La tenía caliente. Suave. Me la llevé a los labios y la besé. Sabía a cristal y a tierra.

—¿Ya? —dije.

Volvió a besarme.

—Es más tarde de lo que crees. Perderé el tren.

Sentí que mi cuerpo caía al vacío. La separación me parecía impensable. Insoportable.

—Quédate un poco más —le rogué—. Coge el siguiente tren.

Sonrió.

—No puedo, Chris —dijo—. Lo sabes muy bien.

Volví a besarle.

—Lo sé —repuse—, lo sé.

Cuando se hubo marchado me duché. Sin prisa, enjabonándome lentamente, sintiendo el agua en la piel como una experiencia nueva. En el dormitorio me eché perfume, me puse el camisón y la bata y bajé al comedor.

Estaba a oscuras. Encendí la luz. En la mesa había una máquina de escribir con una hoja en blanco ensartada, y al lado un pequeño legajo de folios colocados boca abajo. Me senté delante de la máquina y empecé a teclear: «Capítulo dos.»

Me detuve. No sabía qué otra cosa escribir, cómo continuar. Suspiré, descansando los dedos sobre el teclado. Fresco y suave, acogió mis yemas con naturalidad. Cerré los ojos y me puse a escribir.

Mis dedos se desplazaron por las teclas instintivamente, casi sin pensar. Cuando abrí los ojos había escrito una frase:

«Lizzy ignoraba lo que había hecho, o cómo deshacerlo.»

Contemplé la frase, su firme trazo grabado en la hoja.

Basura, pensé enfadada. Sabía que podía hacerlo mejor. Lo había hecho antes, dos veranos atrás, cuando las palabras me brotaban solas y cubrían las hojas como si fueran confeti. En cambio ahora… Algo iba mal. El lenguaje se había vuelto denso, rígido. Duro.

Agarré un lápiz y tracé una raya sobre la frase. Ahora que la había tachado me sentía un poco mejor, pero me había quedado de nuevo en blanco, sin un punto de partida.

Me levanté y encendí un cigarrillo del paquete que Ben había dejado sobre la mesa. Inhalé profundamente el humo, llevándolo hasta el fondo de mis pulmones, y lo retuve unos instantes antes de soltarlo. Por un momento lamenté que no fuera hierba y me pregunté dónde podría conseguir un poco, para la próxima vez. Me serví una copa —vodka a palo seco en un vaso de whisky— y le di un trago. Tendría que conformarme con eso. El bloqueo del escritor, pensé. ¿Cómo he podido convertirme en semejante cliché?

La última vez. ¿Cómo lo hice la última vez? Me acerqué a las estanterías que cubrían la pared del comedor y con el cigarrillo colgando de mis labios cogí un libro del estante superior. Tiene que haber alguna pista por aquí.

Dejé el vodka sobre la mesa y giré el libro sobre mis manos.

Posé los dedos sobre la tapa como si se tratara de un libro delicado y los deslicé suavemente por el título. *Para los pájaros madrugadores*, rezaba. «Christine Lucas.» Abrí la tapa y pasé las hojas.

La imagen se esfumó de golpe. Abrí los ojos. La habitación donde me encontraba era sosa, gris, y estaba respirando entrecortadamente. Detecté vagamente la sorpresa de que en otros tiempos hubiera sido fumadora, pero fue rápidamente sustituida por otra cosa. ¿Era cierto? ¿Era cierto que había escrito una novela? ¿Que la había publicado? Me levanté y el cuaderno se me cayó del regazo. Si lo era, significaba que había sido alguien, alguien con una vida, con metas y ambiciones, con logros. Bajé corriendo a la sala.

¿Era cierto? Esta mañana Ben no me había mencionado que yo hubiera sido escritora. Esta mañana había leído sobre nuestro paseo por Parliament Hill. Allí me contó que cuando sufrí el accidente estaba trabajando de secretaria.

Barrí con la mirada los estantes de la sala de estar. Diccionarios. Un atlas. Un libro de bricolaje. Algunas novelas en tapa dura y, a juzgar por su aspecto, aún por leer. Pero nada mío. Nada escrito por mí. Nada que sugiriera que me habían publicado una novela. Giré sobre mis talones, medio enloquecida. Tiene que estar aquí, pensé. Tiene que estar en esta casa. Pero en ese momento me asaltó otro pensamiento. Puede que mi visión no sea un recuerdo sino una invención. Puede que, al no tener un pasado real al que aferrarme, mi mente se haya creado uno. Puede que mi subconsciente haya decidido que soy escritora porque es lo que siempre he deseado ser.

Subí corriendo al estudio. Los estantes estaban llenos de clasificadores y manuales de informática, y esta mañana, cuando exploré la casa, no vi libros en ninguno de los dormitorios. Me quedé inmóvil unos instantes, desconcertada, hasta que vi el ordenador, oscuro y silencioso, delante de mí. Enseguida supe lo que debía hacer, aunque ignoraba por qué lo sabía. Le di al interruptor y la máquina situada debajo de la mesa cobró vida. Al cabo de unos segundos la pantalla se iluminó. Del altavoz que descansaba a su lado salió una musiquita y en la pantalla apareció una imagen. Una fotografía de mí y de Ben sonriendo. Encima de nuestros rostros había una casilla. «Nombre de usuario», ponía. Y otra debajo. «Contraseña.»

En la visión que había tenido deslizaba instintivamente mis dedos por las teclas de una máquina de escribir. Coloqué el cursor parpadeante sobre la casilla donde ponía «Nombre de usuario» y sostuve las manos sobre el teclado. ¿Era cierto? ¿Había aprendido a escribir a máquina? Dejé que mis dedos descendieran hasta las teclas. Los meñiques se desplazaron sin titubeos hasta sus respectivas letras y el resto siguió inmediatamente su ejemplo. Cerré los ojos y empecé a teclear. Sin pensar, escuchando únicamente mi respiración y el repiqueteo del teclado. Cuando hube terminado, miré lo que había escrito en la casilla. Esperaba algo carente de sentido, pero lo que leí me dejó estupefacta:

«El raudo zorro castaño se abalanza sobre el perro perezoso.»

Miré la pantalla de hito en hito. Era verdad. Sabía escribir a máquina. Puede que mi visión no fuera, después de todo, una invención, sino un recuerdo.

Puede que, efectivamente, hubiera escrito una novela.

Entré corriendo en el dormitorio. No podía ser. Durante unos instantes tuve la sensación casi insoportable de que estaba enloqueciendo. La novela parecía existir y no existir al mismo tiempo, parecía real pero también imaginaria. No podía recordar nada acerca de ella, de su argumento o sus personajes, ni siquiera por qué le había puesto ese título. Y sin embargo, la sentía como algo real, como si latiera dentro de mí igual que un corazón.

¿Por qué no me había dicho nada Ben? ¿Por qué no mantenía un ejemplar de mi novela a la vista? Me imaginé el ejemplar escondido en la casa, en el desván o en el sótano, envuelto en papel de seda y enterrado en una caja. ¿Por qué?

Se me ocurrió una explicación. Ben me había dicho que había trabajado de secretária. Quizá fuera esa la razón, la única razón, de que supiera escribir a máquina.

Hurgué en mi bolso en busca de uno de los teléfonos, el que fuera, sin importarme a quién llamaba. A mi marido o a mi médico. Los dos eran unos extraños para mí. Lo abrí, avancé por el menú hasta dar con un nombre que reconocí y pulsé el botón de llamada.

—¿Doctor Nash? —dije cuando descolgaron—. Soy Christine. —Empezó a hablar pero le interrumpí—. ¿He escrito una novela?

—¿Qué? —Parecía desconcertado y por un momento sentí que había cometido un terrible error. Me dije que a lo mejor ni siquiera sabía quién era yo, hasta que dijo—: ¿Christine?

Le repetí la pregunta.

—Acabo de recordar algo. Que hace muchos años, creo que cuando conocí a Ben, estaba escribiendo algo. Una novela. ¿He escrito yo una novela?

No parecía entender de qué le estaba hablando.

—¿Una novela?

—Sí —dije—. Creo recordar que de pequeña quería ser escritora, pero me pregunto si alguna vez llegué a escribir algo. Ben me contó que trabajaba de secretaria, pero estaba pensando que...

—¿Es que no te lo ha explicado? —me interrumpió—. Cuando perdiste la memoria estabas escribiendo tu segunda novela. Te habían publicado la primera. Fue un éxito. No se hallaba entre las más vendidas, pero fue decididamente un éxito.

Las palabras se arremolinaban en mi cabeza. Una novela. Un

éxito. Publicada. Era cierto, mi recuerdo era real. No supe qué más decir. Qué pensar.

Me despedí y subí para escribir esto.

* * *

El despertador de la mesita de noche marca las diez y media. Supongo que Ben no tardará en venir a la cama, pero sigo sentada en el borde, escribiendo. Después de cenar hablé con él. Había pasado una tarde frenética, entrando y saliendo de las habitaciones, mirándolo todo como si fuera por primera vez, preguntándome por qué Ben había retirado las pruebas incluso de este modesto éxito. No podía entenderlo. ¿Acaso se avergonzaba? ¿Estaba abochornado? ¿Había escrito acerca de él, de nuestra vida juntos? ¿O el motivo era algo peor? ¿Algo sombrío que yo todavía no era capaz de vislumbrar?

Para cuando llegó a casa había decidido preguntárselo sin rodeos, pero ¿ahora? Ahora lo veía inviable. Daría la impresión de que le estoy tachando de embustero.

Hablé tan despreocupadamente como pude.

—Ben —dije—, ¿cómo me ganaba la vida? —Levantó la vista del periódico—. ¿Trabajaba?

—Trabajaste una temporada de secretaria —respondió—. Justo después de casarnos.

Intenté mantener a raya el temblor de la voz.

—¿En serio? ¿Sabes una cosa? Tengo la sensación de que deseaba ser escritora.

Cerró el periódico, prestándome toda su atención.

—¿Una sensación?

—Sí. Recuerdo claramente que de niña me encantaba leer, y tengo un recuerdo vago de que quería ser escritora. —Ben deslizó su brazo por la superficie de la mesa del comedor para cogerme la mano. Había tristeza en sus ojos. Decepción. «Qué pena», parecían estar diciendo. «Mala suerte.» «Me temo que

Smart And Final
Store 441
249 KENWOOD WAY
SOUTH SAN FRANCISCO, CA 94080
Telephone (650) 737-0915

030000010402
Quaker Old Fashioned Oa   4.99 F

050000159918
Carnation Low Fat 2% Ev   1.99 F
DISCOUNTS   -0.49

048001711082
Knorr Chicken bouillon   4.99 F

SUBTOTAL [3]   11.48
       11.48 @ 0.000% =   0.00

TOTAL   11.48
Cash   100.00
Change   -88.52

         0010441251021003000220

You were served by:
Delta

Date   Time   Store   Term Opr   Tran
10/25/21 04:06 PM   441   3   40027 0220

Thank you for shopping at
Smart and Final

We want to know your thoughts!
Complete our survey and enter to win
1 of 5
$100 SMART & FINAL GIFT CARDS
Visit www.smartandfinal.com/survey
within 7 days of this shop - thank you!

The health and safety of our customers
and our associates is our top priority

Thank you for wearing a face covering

nunca lo sabrás»—. ¿Estás seguro de que no? —continué—. Me parece recordar que…

—Christine, por favor —me interrumpió—. Estás imaginando cosas.

No abrí la boca el resto de la noche. Solo podía escuchar los pensamientos que retumbaban en mi cabeza: ¿Por qué lo hace? ¿Por qué hace ver que jamás he escrito una sola palabra? ¿Por qué?

Le observé mientras dormitaba en el sofá, roncando suavemente. ¿Por qué no le había dicho que sabía que había escrito una novela? ¿Tan poco confiaba en él? Había recordado la escena de los dos en la cama, abrazados, murmurando nuestro amor por el otro mientras fuera caía la noche. ¿Cómo habíamos pasado de aquello a esto?

Pero entonces empecé a imaginar qué ocurriría si tropezara realmente con un ejemplar de mi novela en un armario o en lo alto de una estantería. Qué otra cosa me diría aparte de «Mira lo bajo que has caído. Mira de lo que eras capaz antes de que un coche te lo arrebatara todo en una carretera helada, antes de que te dejara peor que inútil.»

No sería una experiencia agradable. Me imaginé poniéndome histérica —mucho más histérica que esta tarde, cuando por lo menos el descubrimiento fue gradual, desencadenado por un recuerdo buscado—, gritando, llorando. El efecto podría ser devastador.

Con razón Ben desea ocultármelo. Me lo imagino retirando todos los ejemplares, quemándolos en la barbacoa metálica del porche de atrás antes de decidir qué contarme, cómo reinventar mi pasado para hacerlo tolerable, qué debería creer el resto de mis días.

Pero eso se ha acabado. Ahora sé la verdad. Mi verdad, una verdad que no me ha sido contada, que yo he recordado. Y está escrita, grabada en este diario en lugar de en mi memoria, pero permanente de todos modos.

Caigo en la cuenta de que el libro que estoy escribiendo ahora —mi segundo libro, advierto con orgullo— podría ser, además de necesario, peligroso. No es ficción. Podría desvelar cosas que sería preferible mantener enterradas. Secretos que no deberían buscar la luz.

Así y todo, mi bolígrafo sigue deslizándose por la página.

Miércoles, 14 de noviembre

E sta mañana le pregunté a Ben si alguna vez había llevado bigote. Seguía confundida, seguía dudando de qué era y qué no era verdad. Me había despertado temprano, y a diferencia de otros días, no lo hice pensando que era una niña, sino una mujer adulta, sexual. Lo primero que pensé no fue ¿Por qué estoy en la cama con un hombre?, sino ¿Quién es? y ¿Qué hemos hecho? En el cuarto de baño observé mi reflejo con horror, pero sentí que las fotos del espejo eran reales. Leí el nombre del individuo —Ben— y me resultó familiar. Mi edad, mi matrimonio, me parecían hechos que me estaban siendo recordados, no contados por primera vez. Recuerdos enterrados, mas no a demasiada profundidad.

El doctor Nash me había telefoneado casi inmediatamente después de que Ben se marchara a trabajar. Me recordó lo del diario y, después de decirme que pasaría a recogerme más tarde para lo de mi escáner, procedí a leerlo. Contenía algunas cosas que creía recordar, y pasajes enteros que recordaba haber escrito. Era como si algún residuo de mi memoria hubiera sobrevivido a la noche.

Probablemente por eso necesité asegurarme de que las cosas que contenía eran ciertas. Llamé a Ben al trabajo.

—Ben —dije cuando descolgó y me contó que no estaba ocupado—, ¿alguna vez has llevado bigote?

—¡Qué pregunta tan rara!

Oí el tintineo de una cuchara contra una taza y me lo imaginé echándose azúcar en el café con un periódico desplegado delante. Me puse nerviosa. No sabía muy bien cómo continuar.

—Lo digo porque… —comencé—. Tuve un recuerdo. Creo.

Silencio.

—¿Un recuerdo?

—Creo que sí. —En mi mente centellearon las cosas sobre las que había escrito el otro día (el bigote de Ben, su cuerpo desnudo, su erección) y las que había recordado ayer. Los dos en la cama, besándonos. Brillaron fugazmente antes de sumergirse de nuevo en las profundidades. De repente me entró miedo—. Me parece que te he recordado con bigote.

Ben soltó una carcajada y le oí dejar la taza. Sentí que el suelo desaparecía bajo mis pies. Puede que todo lo que había escrito fuera mentira. Después de todo, pensé, soy novelista. O lo fui, cuando menos.

Reparé en lo absurdo de mi razonamiento. Si escribía ficción, la afirmación de que era novelista quizá formara parte de esa ficción, lo cual significaría que no había sido novelista. La cabeza me daba vueltas.

Así y todo, lo había sentido como algo real. Además, sabía escribir a máquina, o por lo menos había escrito que sabía…

—¿Has llevado bigote alguna vez? —insistí, desesperada—. Es… es importante…

—Déjame pensar. —Me lo imaginé cerrando los ojos, mordiéndose los labios para hacer ver que se concentraba—. Supongo que es posible —dijo al fin—. Poco tiempo. Hace muchos años, por eso. He olvidado… —Una pausa—. Sí, ahora que lo pienso, es muy probable que sí. Una semana más o menos. Hace mucho tiempo.

—Gracias —dije, aliviada. Noté que el suelo bajo mis pies recuperaba cierta solidez.

—¿Estás bien? —me preguntó.

Respondí que sí.

El doctor Nash me recogió al mediodía. Me había aconsejado que comiera algo antes de salir, pero no tenía hambre. Debido a los nervios, supongo.

—Vamos a ver a un colega mío —me explicó en el coche—. El doctor Paxton. —No dije nada—. Es un experto en el campo de la imagen funcional de pacientes con problemas como el tuyo. Trabajamos juntos.

—Bien —repuse. Estábamos detenidos en un atasco—. ¿Te llamé ayer? —le pregunté.

Me dijo que sí.

—¿Has leído tu diario?

—Casi todo. Me he saltado algunos trozos. Empieza a alargarse.

Parecía interesado.

—¿Qué trozos?

Lo medité.

—Hay partes que me suenan. Tengo la sensación de que me están recordando cosas que ya sé, que ya recuerdo…

—Eso está bien —dijo, mirándome—. Muy bien.

Sentí que me henchía de orgullo.

—¿Por qué te llamé ayer?

—Querías saber si realmente habías escrito una novela.

—¿Y es así? —pregunté—. ¿La he escrito?

Se volvió hacia mí con una sonrisa.

—Sí —respondió—, has escrito una novela.

El tráfico comenzó de nuevo a rodar. Sentí un profundo alivio. Ahora ya sabía que lo que había escrito era verdad. Me relajé el resto del trayecto.

El doctor Paxton era mayor de lo que me había imaginado. Vestía una americana de tweed, y por las orejas y la nariz le asomaban algunos pelos blancos. Tenía pinta de haber sobrepasado la edad de jubilación.

—Bienvenida al Centro de Imagen Vincent Hall —me dijo cuando el doctor Nash nos hubo presentado. Sin apartar sus ojos de los míos, me hizo un guiño y me estrechó la mano—. No se inquiete, es menos importante de lo que pueda hacer creer el nombre. Se lo enseñaré.

Entramos en el edificio.

—Estamos conectados con el hospital y la universidad —comentó mientras cruzábamos el vestíbulo—, lo cual es una bendición y una maldición.

Ignoraba a qué se refería y esperé a que se explicara, pero no lo hizo. Sonreí.

—¿De veras? —dije. Deseaba ayudarme. Quería ser amable con él.

—Todos quieren que les hagamos el trabajo —repuso, riendo—, pero nadie quiere pagarnos por él.

Pasamos a una sala de espera. Tenía algunas sillas vacías y desperdigadas, ejemplares de las mismas revistas que Ben había dejado en casa para mí —*Radio Times*, *Hello!*, además de *Country Life* y *Marie Claire*— y tazas de plástico usadas. Daba la impresión de que se hubiera celebrado una fiesta de la que los invitados habían tenido que marcharse deprisa y corriendo. El doctor Paxton se detuvo frente a otra puerta.

—¿Le gustaría ver la sala de control?

—Sí, por favor —dije.

—La técnica IRM es bastante nueva —explicó una vez dentro—. ¿Ha oído hablar de la IRM? ¿Imagen por Resonancia Magnética?

Estábamos en un cuarto pequeño, iluminado únicamente por la luz espectral de una hilera de pantallas de ordenador. En una de las paredes había un cristal que conectaba con otro cuarto dominado por una gran máquina con forma cilíndrica de la que asomaba, como una lengua, una cama. Me asusté. No sabía nada sobre esa máquina. ¿Cómo iba a saberlo careciendo de memoria?

—No —dije.

Sonrió.

—Lo siento. Es lógico que no haya oído hablar de ella. La IRM es un procedimiento bastante sencillo. Se parece un poco a una radiografía del cuerpo. Aquí utilizamos algunas de esas técnicas, pero para observar cómo funciona el cerebro cuando está trabajando.

El doctor Nash tomó entonces la palabra —la primera vez desde hacía rato— y su voz sonó queda, casi cohibida. Me pregunté si el doctor Paxton le intimidaba o si estaba deseando desesperadamente causarle buena impresión.

—Si tuvieras un tumor cerebral necesitaríamos escanearte la cabeza para averiguar dónde se aloja, qué parte del cerebro está afectada. Al hacer eso estaríamos observando la estructura. Lo que la IRM funcional nos permite ver es qué parte del cerebro utilizas cuando haces determinadas tareas. Queremos ver de qué modo tu cerebro procesa la memoria.

—Qué partes se encienden, como si dijéramos —añadió Paxton—. Por dónde circulan los líquidos.

—¿Y eso me ayudará? —pregunté.

—Esperamos que nos ayude a identificar dónde se encuentra la lesión —dijo el doctor Nash—. Dónde está el fallo. Qué es lo que no funciona como debiera.

—¿Y eso me ayudará a recuperar la memoria?

Guardó silencio. Luego dijo:

—Esperemos que sí.

Me quité la alianza y los pendientes y los puse en una bandeja de plástico.

—También debe dejar el bolso —dijo el doctor Paxton antes de preguntarme si tenía algún otro piercing—. Se sorprendería, querida —añadió cuando indiqué que no con la cabeza—. Esta pequeña bestia hace un poco de ruido, por lo que necesitará esto. —Me tendió unos tapones para los oídos de color amarillo—. ¿Está lista?

Vacilé.

—No lo sé. —Estaba empezando a asustarme. El cuarto me parecía cada vez más pequeño y oscuro, y la máquina se alzaba amenazadora al otro lado del cristal. Tenía la sensación de haberla visto antes, o de haber visto una igual—. No estoy segura de querer hacerlo.

El doctor Nash se acercó entonces a mí y posó una mano en mi brazo.

—No hace ningún daño —dijo—. Solo ruido.

—¿No corro ningún peligro? —le pregunté.

—Ninguno. Y yo estaré aquí, a este lado del cristal. Podremos verte durante todo el proceso.

Probablemente seguía sin parecer convencida, porque en ese momento el doctor Paxton dijo:

—No se preocupe, querida, está en buenas manos. Todo irá bien. —Le miré y me sonrió—. Piense en sus recuerdos como si estuvieran extraviados en algún lugar de su mente. Lo único que haremos con esta máquina es intentar descubrir dónde se encuentran.

Tenía frío, pese a la manta con que me habían envuelto, y la habitación estaba a oscuras salvo por una luz roja que parpadeaba en algún lugar y un espejo colgado a unos centímetros de mi cabeza que reflejaba la imagen de una pantalla de ordenador. Además de los tapones en las orejas llevaba unos auriculares por los que habían dicho que me hablarían, pero hasta el momento no habían abierto la boca. Solo alcanzaba a oír un zumbido distante, el sonido de mi respiración, fuerte y pesada, y los amortiguados latidos de mi corazón.

En mi mano derecha sostenía una perilla llena de aire. «Apriétela si necesita decirnos algo», me había indicado el doctor Paxton. «No podremos oírla si habla.» Acaricié su superficie gomosa. Me habría gustado cerrar los ojos, pero me habían pedido que los mantuviera abiertos y mirara la pantalla. Unas cuñas de espuma me inmovilizaban por completo la cabeza; no habría podido moverme aunque hubiese querido. Sobre mi cuerpo una manta, como una mortaja.

Un instante de quietud y luego un chasquido. Tan fuerte que di un respingo pese a los tapones, seguido de otro, y de un tercero. Un sonido profundo que no podía decir si provenía de la máquina o de mi cabeza. Una bestia enorme despertando, ese momento de silencio que precede al ataque. Sujeté firmemente la perilla, decidida a no apretarla, y de pronto otro ruido, semejante a una alarma, o a un taladro, repetitivo y sumamente fuerte, tan fuerte que el cuerpo me temblaba con cada nueva descarga. Cerré los ojos.

Una voz en mi oído.

—Christine, ¿te importaría abrir los ojos? —De modo que podían verme—. No te preocupes, todo va bien.

¿Bien?, pensé. Qué sabrán ellos. Qué sabrán ellos de lo que se siente estando aquí tumbada, en una ciudad que no recuerdo y con gente que no he visto antes. Estoy flotando, pensé, totalmente a la deriva, a merced del viento.

Otra voz. La del doctor Nash.

—¿Te importaría mirar las imágenes? Piensa a qué corresponden y dilo, pero para ti. No digas nada en voz alta.

Abrí los ojos. En el espejo situado sobre mi cabeza estaban pasando unos dibujos blancos sobre fondo negro. Un hombre. Una escalera de mano. Una silla. Un martillo. Los fui mencionando conforme aparecían, y en un momento dado asomaron las palabras «¡Gracias! Ahora, relájese», y también me las dije, para mantenerme ocupada, al tiempo que me preguntaba cómo era posible relajarse dentro de la panza de semejante máquina.

En la pantalla aparecieron otras instrucciones. «Recuerde un acontecimiento pasado», decía y, debajo, «Una fiesta». Cerré los ojos.

Intenté pensar en la fiesta que me había venido a la memoria cuando Ben y yo estábamos viendo los fuegos artificiales. Traté de verme con mi amiga en la azotea, escuchar el barullo de la fiesta que tenía lugar bajo nuestros pies, aspirar el olor de los fuegos artificiales.

Me venían imágenes, pero no parecían reales. Me daba cuenta de que no las estaba recordando, sino inventando.

Intenté ver a Keith, recordar su indiferencia, pero no pude. Había vuelto a perder esos recuerdos, a enterrarlos, puede que para siempre, aunque por lo menos ahora sabía que existían, que estaban cerrados bajo llave en algún lugar.

Mi mente se trasladó a las fiestas de mi infancia. A cumpleaños con mi madre, mi tía y mi prima Lucy. El Twister. El juego de las sillas. El juego de las estatuas. Mi madre con bolsas de caramelos para envolverlos como premios. Sándwiches de patés de carne y pescado con las cortezas recortadas. Bizcocho y gelatina.

Me vino a la memoria un vestido blanco con volantes en las mangas, unos calcetines también con volantes y unos zapatos negros. Todavía tengo el cabello rubio y estoy sentada frente a una tarta con velas. Cojo aire, me inclino hacia delante y soplo. El humo de las velas se eleva en el aire.

Recuerdos de otra fiesta se arremolinaron en mi mente. Me vi en casa, mirando por la ventana de mi cuarto. Estoy desnuda, tengo unos diecisiete años. La calle está invadida por mesas de caballete dispuestas en largas hileras y cubiertas de bandejas con sándwiches y hojaldres de salchicha, y de jarras de naranjada. Hay banderas del Reino Unido por doquier y de todas las ventanas cuelgan banderines. Azules. Rojos. Blancos.

Veo niños con elaborados disfraces —piratas, magos, vikingos— y adultos intentando organizarlos en equipos para la carrera del huevo en la cuchara. Puedo ver a mi madre al otro lado de la calle, atando una capa al cuello de Matthew Soper y, justo debajo de mi ventana, a mi padre sentado en una silla de playa con un zumo en la mano.

—Vuelve a la cama —dice una voz. Me doy la vuelta. Dave Soper está sentado en mi cama, debajo de mi póster de The Slits. Tiene la sábana blanca enrollada en la cadera, salpicada de sangre. No le había dicho que era mi primera vez.

—No —digo—. ¡Levántate! ¡Tienes que vestirte antes de que lleguen mis padres!

Se ríe, pero no con crueldad.

—¡Ven aquí!

Me pongo los tejanos.

—No —digo, agarrando una camiseta—. Levántate, te lo ruego.

Parece decepcionado. Yo no había planeado esto —lo que no quiere decir que no lo deseara— y ahora me apetece quedarme sola. No tiene nada que ver con él.

—Está bien —dice, poniéndose en pie. Tiene el cuerpo blanco y flaco, un pene casi ridículo. Mientras se viste desvío la mirada hacia la ventana. Mi mundo ha cambiado, pienso. Acabo de cruzar una línea y no puedo dar marcha atrás—. Adiós —dice, pero no respondo. No me doy la vuelta hasta que se ha marchado.

Una voz en mi oído me devolvió al presente.

—Bien. Ahora vamos a pasarle otras imágenes, Christine

—dijo el doctor Paxton—. Obsérvelas detenidamente y diga para sí qué o quién es. ¿De acuerdo? ¿Está lista?

Tragué saliva. ¿Qué van a mostrarme?, pensé. ¿A quién? ¿Me afectarán?

Estoy lista, pensé para mí, y empezamos.

La primera foto era en blanco y negro. Una niña de cuatro o cinco años en los brazos de una mujer, señalando algo. Las dos están riendo y a su espalda, algo desenfocada, hay una valla con un tigre detrás, tumbado. Una madre, pensé. Una hija. En el zoo. Observé la cara de la niña con detenimiento y advertí, sobresaltada, que era yo, y que la mujer era mi madre. Se me cortó la respiración. No podía recordar haber visitado nunca un zoo, y sin embargo aquí estaba la prueba de que lo había hecho. Yo, dije en silencio, recordando lo que me habían pedido que hiciera. Mi madre. Miré fijamente la pantalla, tratando de grabar la imagen en mi memoria, pero la foto desapareció y fue sustituida por otra, también de mi madre, ahora mayor, aunque no lo parece tanto como para necesitar el bastón en el que se apoya. Sonríe pero tiene aspecto de cansada, los ojos hundidos en el delgado rostro. Mi madre, pensé de nuevo, y otra palabra brotó espontáneamente en mi mente: sufriendo. Cerré instintivamente los ojos, tuve que obligarme a abrirlos de nuevo. Cada vez sujetaba la perilla con más fuerza.

Las fotografías transcurrían ahora con rapidez y solo alcanzaba a reconocer algunas. En una aparecía la amiga que había visto en mi recuerdo. La reconocí casi al instante. Salía tal y como la había imaginado, con unos tejanos gastados y una camiseta, un cigarrillo en la mano y la melena pelirroja suelta y despeinada. En otra foto salía con el pelo corto, teñido de negro, y unas gafas de sol sobre la cabeza. A esta le siguió un retrato de mi padre —con la misma cara que cuando yo era niña, sonriente y feliz, leyendo el periódico en el salón— y una foto donde aparecemos Ben y yo con otra pareja a la que no reconocí.

Otras fotos eran de gente que no conocía. Una mujer de raza negra vestida de enfermera, otra con traje sentada frente a una estantería y mirando por encima de sus gafas de media luna con expresión grave. Un hombre con el pelo rojizo y la cara redonda, otro con barba. Un niño de seis o siete años comiendo un helado, y luego el mismo niño sentado a una mesa, dibujando. Un grupo de personas desperdigadas mirando a la cámara. Un hombre atractivo, con el pelo negro y un poco largo, unas gafas de montura oscura enmarcando unos ojos afilados y una larga cicatriz en una mejilla. Las fotografías se sucedían y yo trataba de identificarlas, de recordar cómo —o incluso si— estaban entretejidas en el tapiz de mi vida. Estaba haciendo justo lo que me habían pedido, pero sentí que el pánico se apoderaba de mí. El zumbido de la máquina pareció aumentar de tono y de volumen, hasta convertirse en una alarma, una señal de aviso, y el estómago se me cerró. No podía respirar. Cerré los ojos y la manta empezó a empujarme hacia abajo, pesada como una losa de mármol, y sentí que me ahogaba.

Apreté la mano derecha, pero esta se cerró en un puño vacío. Las uñas se me clavaron en la carne. Había soltado la perilla. De mi garganta escapó un grito mudo.

—Christine —dijo una voz en mi oído—. Christine.

No sabía quién era, ni qué quería de mí. Solté otro grito y empecé a quitarme la manta a patadas.

—¡Christine!

Más fuerte esta vez. La alarma calló de golpe, una puerta se abrió bruscamente y oí voces en el cuarto. Noté unas manos en los brazos y las piernas, en el torso. Abrí los ojos.

—Tranquila —dijo el doctor Nash en mi oído—. Estás bien. Estoy aquí.

Después de tranquilizarme y asegurarme de que todo iría bien —y devolverme el bolso, los pendientes y la alianza— el doctor Nash y yo nos fuimos a una cafetería situada junto al pasillo. Era pequeña, con sillas de plástico naranja y mesas de formica amarilla. Bandejas de pastas y bocadillos se marchitaban bajo la agresiva iluminación. No llevaba dinero, por lo que dejé que el doctor Nash me invitara a un café y un trozo de bizcocho de zanahoria, y luego elegí un lugar junto a la ventana mientras él pagaba y traía la bandeja. Fuera lucía el sol, y en el césped del patio las sombras eran alargadas. Flores moradas moteaban la hierba.

El doctor Nash acercó su silla a la mesa. Parecía mucho más relajado ahora que estábamos solos.

—Toma —dijo, colocándome la bandeja delante—. Espero que esté bueno.

Advertí que había escogido té para él; la bolsita todavía flotaba en el líquido marrón cuando se sirvió azúcar del cuenco colocado en el centro de la mesa. Di un sorbo a mi café y torcí el gesto. Estaba amargo y demasiado caliente.

—Está bueno —dije—. Gracias.

—Lo siento —se disculpó al cabo de unos instantes. Al principio pensé que se refería al café—. No imaginé que estar dentro de esa máquina te afectaría tanto.

—Es claustrofóbica —dije—, y ruidosa.

—Lo sé.

—Solté la perilla de emergencia sin querer.

No comentó nada. Removió el té, sacó la bolsita y la dejó sobre la bandeja. Bebió un sorbo.

—¿Qué ocurrió? —pregunté.

—Es difícil saberlo. Te entró el pánico, lo cual no es tan extraño. Como bien has dicho, no es un lugar agradable.

Contemplé mi bizcocho. Intacto. Reseco.

—¿Quiénes eran las personas de las fotografías? ¿De dónde las has sacado?

—Son una mezcla. Unas fotos las obtuve de tus historiales médicos. Ben las había donado años atrás. Otras te pedí que las trajeras de tu casa para este ejercicio; dijiste que estaban dispuestas alrededor de tu espejo. Algunas las traje yo y en ellas sale gente que no conoces. Las llamamos controles. Las mezclamos todas. Algunas fotos eran de personas que conociste de niña, gente que deberías o podrías recordar, como familiares y amigos del colegio. El resto eran de personas de la etapa de tu vida que no recuerdas. El doctor Paxton y yo estamos tratando de averiguar si existe alguna diferencia en la manera en que intentas acceder a los recuerdos de estos dos períodos. La reacción más fuerte la tuviste con tu marido, claro, pero también reaccionaste con otras personas. Aunque no recuerdas a esa gente de tu pasado, los patrones de excitación neural están decididamente presentes.

—¿Quién era la mujer pelirroja? —dije.

Sonrió.

—Una vieja amiga, probablemente.

—¿Sabes cómo se llama?

—Me temo que no. Las fotos estaban en tu historial pero sin catalogar.

Asentí. «Una vieja amiga.» Eso ya lo sabía. Quería su nombre.

—¿Has dicho que reaccionaba al ver las fotos?

—Con algunas.

—¿Y eso es bueno?

—Antes de sacar conclusiones debemos examinar los resultados con más detenimiento. Se trata de un método muy nuevo —dijo—. Experimental.

—Entiendo.

Corté un trozo de bizcocho. También estaba amargo, y el glaseado demasiado dulce. Nos quedamos un rato callados. Le ofrecí un poco de bizcocho y lo rechazó dándose unas palmaditas en la barriga.

—¡He de vigilarme! —dijo, aunque yo no veía razones para

preocuparse aún. El doctor Nash tenía el estómago prácticamente liso, aunque parecía la clase de hombre que criaría barriga con el tiempo. Por el momento, sin embargo, era joven y la edad apenas había hecho mella en él.

Pensé en mi cuerpo. No estoy gorda, ni siquiera me sobran kilos, pero no por eso deja de sorprenderme. Cuando me siento adopta una forma distinta de la que espero. Las nalgas se hunden, los muslos se rozan cuando los cruzo. Me inclino hacia delante para coger la taza y los senos se reajustan dentro del sujetador, como si quisieran recordarme que existen. Me ducho y noto un ligero bamboleo en la carne interna de los brazos. Soy más grande de lo que creo, ocupo más espacio del que pienso. No soy una niña, compacta y con la carne bien pegada a los huesos, ni siquiera una adolescente. Mi cuerpo está empezando a distribuir su grasa en capas.

Contemplé el bizcocho y me pregunté qué me depararía el futuro. Tal vez siga ensanchándome, pensé. Me pondré rellenita, después gorda, y acabaré hinchada como un globo. O puede que conserve mi talla actual y siga sin acostumbrarme a ella, y me dedique a observar en el espejo del cuarto de baño cómo las arrugas de mi cara se hacen más profundas y la piel de mis manos se vuelve fina como la de una cebolla, y cómo me convierto, poco a poco, en una anciana.

El doctor Nash inclinó la cabeza para rascarse y a través del pelo pude verle el cuero cabelludo, una pizca más evidente en la zona de la coronilla. Todavía no es consciente, pensé, pero un día lo será. Verá una fotografía suya hecha desde atrás, o se sorprenderá ante el espejo de un probador, o su peluquero o su novia le harán algún comentario. La edad acaba por alcanzarnos a todos, pensé cuando levantó la cabeza. De una manera u otra.

—Por cierto —dijo con una alegría que parecía forzada—, te he traído algo. Un regalo. Bueno, no exactamente. Se trata de algo que creo que te gustará tener. —Se inclinó para recoger su cartera del suelo—. Es posible que ya tengas un ejemplar —dijo, abriéndola. Sacó un sobre—. Ten.

Ya sabía qué era antes incluso de cogerlo. ¿Qué otra cosa podía ser? Noté su peso en mi mano. El sobre era acolchado y estaba cerrado con celo. Tenía mi nombre escrito con rotulador negro. «Christine.»

—Es la novela que escribiste —dijo.

No sabía qué sentir. He aquí una prueba, me dije. Una prueba, en el caso de que mañana la necesitara, de que lo que había escrito en mi diario era verdad.

El sobre contenía un ejemplar de una novela. Lo saqué. Era una edición en rústica. No era nueva. Había un círculo de café sobre la tapa y el tiempo había amarilleado los cantos de las páginas. Me pregunté si el doctor Nash me estaba regalando su ejemplar, si estaba siquiera disponible en el mercado. Al sostenerlo entre las manos volví a verme como el otro día: más joven, mucho más joven, buscando en esta novela inspiración para comenzar la siguiente. Sabía que no había funcionado, que nunca llegué a terminar mi segunda novela.

—Gracias —dije—. Muchas gracias.

Sonrió.

—De nada.

Me la guardé debajo del abrigo, donde estuvo latiendo como un corazón durante todo el trayecto hasta casa.

* * *

Abrí la novela nada más cruzar la puerta de la calle, pero solo le eché un vistazo rápido. Quería anotar en mi diario todo lo que había sucedido antes de que Ben llegara a casa, pero en cuanto hube terminado regresé corriendo abajo para mirar con más detenimiento lo que el doctor Nash me había regalado.

Giré el libro. La tapa exhibía un dibujo al pastel de una mesa sobre la que descansaba una máquina de escribir con un cuervo encaramado al carro, ladeando la cabeza como si estuviera leyendo el folio en él ensartado. Encima del cuervo estaba escrito el título y, debajo de este, mi nombre.

Para los pájaros madrugadores, rezaba. «Christine Lucas.»

Abrí el libro con mano temblorosa. En la portada había una dedicatoria: «A mi padre», y a continuación las palabras «Te echo de menos».

Cerré los ojos. El roce de un recuerdo. Vi a mi padre tendido en una cama bajo unas fuertes luces blancas, la piel translúcida y cubierta de una pátina de sudor. Un tubo en el brazo, una bolsa con un líquido transparente colgando de un soporte intravenoso, una bandeja de cartón y un frasco de pastillas. Una enfermera tomándole el pulso, la tensión, y mi padre sin reaccionar. Mi madre, sentada al otro lado de la cama, conteniendo las lágrimas mientras yo intento forzar las mías.

De pronto, un olor. A flores cortadas y a tierra sucia. Dulce y empalagoso. Vi el día que lo incineramos. Yo vestida de negro —color que sé que es habitual en mí— pero esta vez sin maquillaje. Mi madre sentada al lado de mi abuela. Las cortinas se abren, el féretro desaparece tras ellas y yo lloro al imaginar a mi padre transformándose en polvo. Mi madre estrujando mi mano. Nos vamos a casa, bebemos vino espumoso barato y comemos sándwiches mientras cae el sol y mi madre se desvanece en la penumbra.

Suspiré. La imagen desapareció y abrí los ojos. Delante, mi novela.

Giré la portada y leí la primera frase. «Fue entonces», había escrito, «con el motor aullando y el pie derecho hundido en el acelerador, cuando soltó el volante y cerró los ojos. Ella sabía lo que iba a ocurrir. Sabía adónde le llevaría. Siempre lo había sabido.»

Abrí la novela por el centro. Leí un párrafo, y otro próximo al final.

Había escrito sobre una mujer llamada Lou y un hombre

—su marido, supuse— llamado George. La historia parecía ubicada en una guerra. Estaba decepcionada. Ignoro qué esperaba —¿una autobiografía, quizá?— pero intuí que las respuestas que pudiera darme esta novela serían limitadas.

Por lo menos me la habían publicado me dije mientras la giraba para ver la contraportada.

No había ninguna foto de la autora, solo una biografía breve. «Christine Lucas nació en el norte de Inglaterra en 1960», decía. «Estudió filología inglesa en el University College de Londres, donde reside actualmente. Esta es su primera novela.»

Sonreí para mí, de orgullo y felicidad. «La he escrito yo.» Quería leerla, desentrañar sus secretos, pero al mismo tiempo no quería. Temía que la realidad pudiera arrebatarme la felicidad que ahora sentía. Una de dos, o la novela me gustaba y me entristecía el hecho de no haber escrito otra, o no me gustaba y me frustraba por no haber desarrollado nunca el talento de escritora. Ignoraba cuál de esas dos opciones era la más probable, pero sabía que un día, incapaz de resistir la atracción de mi único logro, lo descubriría.

Hoy no, por eso. Hoy tenía otro descubrimiento que hacer, algo mucho más doloroso que la tristeza, más dañino que la mera frustración. Algo que podría hacerme pedazos.

Traté de meter el libro en el sobre. Había algo más en su interior. Una hoja pulcramente doblada en cuatro. El doctor Nash había escrito en ella: «Pensé que podría interesarte».

La desplegué. En el margen superior había escrito «Standard, 1988». Debajo había una copia de un artículo de periódico acompañado de una fotografía. Tardé varios segundos en percatarme de que el artículo era una crítica de mi novela y de que la mujer de la foto era yo.

Empecé a temblar. No entendía por qué. Se trataba de una reseña escrita muchos años atrás; buena o mala, sus repercusiones ya eran historia. Sus efectos se habían diluido por completo. No obstante, saber qué acogida había recibido mi obra en aquel entonces era importante para mí. ¿Había triunfado como escritora?

Leí el artículo por encima, confiando en poder captar el tono antes de verme obligada a analizar los detalles. Algunas palabras llamaron mi atención. La mayoría positivas. «Incisiva.» «Perceptiva.» «Hábil.» «Humanidad.» «Brutal.»

Contemplé la fotografía. En blanco y negro, aparezco sentada frente a mi mesa con el cuerpo girado hacia la cámara. Tengo una postura un poco forzada, como si algo me incomodara, y me pregunto si es la persona situada detrás de la cámara o la forma en que estoy sentada. Así y todo, estoy sonriendo. Llevo el pelo largo y liso, y aunque la fotografía es en blanco y negro me da la impresión de que lo llevo más oscuro que ahora, como si me lo hubiera teñido de castaño o estuviera húmedo. Detrás de mí hay una puertaventana y por una esquina del marco asoma un árbol deshojado. Debajo de la fotografía hay una leyenda. «Christine Lucas en su casa del norte de Londres.»

Caí en la cuenta de que probablemente era la casa que había visitado con el doctor Nash. Por un momento me asaltó un deseo casi irrefrenable de volver, de llevarme esta fotografía conmigo y convencerme de que, efectivamente, era cierto. De que yo había existido.

Claro que eso ya lo sabía. Pese a no poder recordarlo ahora, sabía que en aquella cocina había recordado a Ben, y también su erección bamboleante.

Sonreí, y acaricié la fotografía, deslicé mis dedos por ella buscando pistas ocultas como podría hacer un ciego. Seguí el contorno de mis cabellos, paseé las yemas por mi cara. En la foto parezco incómoda y al mismo tiempo radiante. Doy la impresión de estar guardando un secreto que sostengo como un amuleto. Me han publicado la novela, sí, pero eso no es todo. Hay algo más.

La observé con detenimiento. Podía ver la redondez de mis pechos bajo el holgado vestido, la forma en que descanso un brazo sobre la barriga. Un recuerdo brota de la nada: estoy posando para el retrato, el fotógrafo se halla detrás de su trípode, la periodista con la que acabo de hablar sobre mi novela está en la cocina. Desde allí pregunta cómo nos va y los dos respondemos con un alegre «¡Bien!» y reímos. «Ya casi estamos», dice él mientras cambia el carrete. La periodista ha encendido un cigarrillo y me pregunta no si me importa, sino si tengo un cenicero. Eso me irrita, pero no en exceso. Lo cierto es que daría lo que fuera por un cigarrillo, pero lo he dejado, lo dejé cuando me enteré de que…

Miré de nuevo la foto y en aquel momento lo supe. En ella estoy embarazada.

Mi mente se detuvo un instante, y luego empezó a correr. Tropezaba consigo misma, atrapada en los afilados márgenes de este descubrimiento, del hecho de que no solo había llevado un bebé en las entrañas mientras posaba en ese comedor, sino que lo sabía y estaba feliz.

No tenía sentido. ¿Qué había pasado? El niño debería tener ahora… ¿cuántos? ¿Dieciocho? ¿Diecinueve años? ¿Veinte?

Pero no hay ningún niño, pensé. ¿Dónde está mi hijo?

Sentí que el mundo volvía a inclinarse. Esa palabra: «hijo». La había pensado, la había pronunciado con convicción. Por la razón que fuera, en algún lugar profundo de mi ser sabía que el bebé que había llevado dentro era varón.

Me agarré al borde de la silla para no caer, y en ese momento otra palabra trepó como una burbuja hasta la superficie y estalló. «Adam.» Sentí que mi mundo salía de un pozo para entrar en otro.

Había tenido un hijo. Y le habíamos llamado Adam.

Me levanté y el sobre con la novela cayó al suelo. Mi mente se aceleró como un motor reacio que finalmente hace contacto. Una energía desesperada por salir hervía dentro de mí.

Mi hijo tampoco figuraba en el álbum de recortes de la sala. Estaba segura. Me habría acordado de haber visto una foto de mi hijo cuando hojeé el álbum esta mañana. Le habría preguntado a Ben quién era. Habría escrito sobre él en mi diario. Devolví el artículo al sobre y corrí escaleras arriba. Me detuve frente al espejo del cuarto de baño, pero en lugar de mirarme en él contemplé su contorno, las imágenes del pasado, las fotografías que debo utilizar para construir mi persona cuando no tengo memoria.

Ben y yo. Ben solo. Yo sola. Los dos con una pareja mayor que imagino son sus padres. Yo mucho más joven, con bufanda y una gran sonrisa, acariciando un perro. Pero no hay ningún Adam. Ningún bebé, ningún niño. Ninguna fotografía de su primer día de colegio, o de la exhibición deportiva, o de las vacaciones. Ninguna imagen de él construyendo castillos de arena. Nada.

No tenía sentido. Seguro que era la clase de fotos que todos los padres hacían y jamás tiraban.

Tienen que estar aquí, pensé. Levanté las fotos del espejo para ver si había otras pegadas debajo, capas de historia sobrepuestas cual estratos. Nada. Nada salvo los azulejos celestes de la pared, el vidrio liso del espejo. Un espacio vacío.

Adam. El nombre resonaba en mi cabeza. Cerré los ojos y me asaltaron otros recuerdos, cada uno irrumpiendo con violencia y vibrando unos segundos antes de diluirse y dar paso al siguiente. Vi a Adam, sus cabellos rubios que sabía que el tiempo oscurecería, la camiseta de Spiderman que se empeñaba en ponerse hasta que ya no le entró y hubo que tirarla. Le vi durmiendo en un cochecito, y recuerdo haber pensado que era un bebé perfecto, la cosa más bonita que había visto en mi vida. Le vi subido a un triciclo azul de plástico y supe que se lo habíamos regalado por su cumpleaños, y que iba con él a todas partes. Le vi en un parque, inclinado sobre el manillar, sonriendo mientras bajaba como una flecha por una pendiente hacia mí, y un segundo después dándose de bruces contra el suelo cuando el triciclo tropezó con algo y se volcó. Me vi abrazándolo mientras lloraba, limpiándole la sangre de la cara y vislumbrando uno de sus dientes en el suelo, junto a una rueda. Le vi enseñándome un dibujo que había hecho —una franja azul para el cielo, una verde para el suelo y entre ambas tres siluetas borrosas y una casita— y vi el conejo de trapo del que nunca se separaba.

Regresé bruscamente al presente, al cuarto de baño donde me encontraba, y cerré de nuevo los ojos. Quería recordarle en el colegio, o en la adolescencia, verle conmigo o con su padre, pero cuando intentaba dirigir mis recuerdos, estos se alejaban como una pluma atrapada en el viento que cambia de dirección cada vez que una mano intenta atraparla. Le vi con un helado semiderretido en la mano, con la cara manchada de regaliz, durmiendo en el asiento trasero de un coche. No me quedaba más remedio que ver cómo esos recuerdos venían para luego irse con la misma rapidez.

Tuve que recurrir a toda mi fuerza de voluntad para no romper las fotos que tenía delante. Quería arrancarlas de la pared para buscar pruebas de la existencia de mi hijo. En lugar de eso, como si temiera que las piernas fueran a fallarme al más mínimo movimiento, me quedé muy quieta delante del espejo, tensando hasta el último músculo de mi cuerpo.

Tampoco había fotografías en la repisa de la chimenea. Ni el cuarto de un adolescente con pósters de cantantes en la pared. Ni camisetas en la cesta de la ropa sucia o en la pila de la plancha. Ni zapatillas de deporte destrozadas en el armario del hueco de la escalera. Aunque se hubiera marchado simplemente de casa, tendría que quedar algún rastro de su existencia, ¿no? Alguna prueba.

Pero no, él no está en esta casa. Comprendí con un estremecimiento que era como si no existiera, como si nunca hubiera existido.

Ignoro cuánto tiempo estuve en el cuarto de baño contemplando su ausencia. ¿Diez minutos? ¿Veinte? ¿Una hora? En un momento dado oí una llave en la puerta de la calle, el roce de los zapatos de Ben contra la alfombrilla. No me moví de donde estaba. Entró en la cocina, luego en el comedor, y desde el pie de la escalera me preguntó si estaba bien. Parecía nervioso, había una agitación en su voz que no había percibido esta mañana, pero me limité a farfullar que sí. Le oí entrar en la sala de estar y poner la tele.

El tiempo se detuvo. Mi mente se vació. No quedó nada salvo la necesidad de saber qué le había sucedido a mi hijo y el miedo, en igual medida, a lo que pudiera descubrir.

Escondí mi novela en el armario y bajé.

Me detuve frente a la puerta de la sala de estar. Traté sin éxito de calmar la respiración, que siguió saliendo en forma de tibios jadeos. Ignoraba qué debía decirle a Ben, cómo debía contarle que sabía lo de Adam. Seguro que me preguntaba cómo lo había averiguado. ¿Qué le diría entonces?

En realidad me daba igual. Solo me importaba saber dónde estaba mi hijo. Cerré los ojos y cuando me sentí todo lo calmada que pensaba que podría sentirme abrí suavemente la puerta. Noté cómo rozaba la moqueta.

Ben no me oyó. Estaba en el sofá, viendo la tele con un plato en el regazo y, sobre el plato, media galleta. Sentí un arrebato de ira. Parecía increíblemente relajado y satisfecho, y una sonrisa jugaba en sus labios. Soltó una carcajada. Me dieron ganas de abalanzarme sobre él y no parar de gritar hasta que me lo contara todo, por qué me había ocultado lo de mi novela, por qué había escondido todo lo referente a mi hijo. De exigirle que me devolviera cuanto me había quitado.

Pero sabía que eso no resultaría en nada bueno, así que me limité a toser. Fue una tos minúscula, delicada. Una tos que decía «No quiero molestarte, pero...».

Al verme, sonrió.

—¡Cariño! —exclamó—. ¡Estás aquí!

Entré en la sala.

—Ben —dije. Tenía la voz tensa. No parecía mi voz—. Tengo que hablar contigo.

Se levantó con cara de preocupación y se acercó, dejando que el plato resbalara hasta el suelo.

—¿Qué ocurre, cielo? ¿Estás bien?

—No —dije.

Se detuvo a un metro de mí. Abrió los brazos para que me fundiera en ellos pero no me moví de donde estaba.

—¿Qué te ocurre?

Miré a mi marido, estudié la expresión de su cara. Parecía tranquilo, como si hubiera estado antes en esta situación, como si estuviera acostumbrado a estos momentos de histeria.

No pude reprimir la necesidad de pronunciar el nombre de mi hijo.

—¿Dónde está Adam? —pregunté. Las palabras sonaron como una exclamación ahogada—. ¿Dónde está?

La expresión de Ben cambió bruscamente. ¿Sorpresa? ¿Conmoción? Tragó saliva.

—¡Contesta! —grité.

Me tomó en sus brazos. Quise rechazarle, pero no lo hice.

—Christine, cálmate, te lo ruego —dijo—. No pasa nada. Puedo explicártelo todo, ¿de acuerdo?

Quería decirle que sí pasaba algo, pero callé. Le oculté mi rostro enterrándolo en los pliegues de su camisa y empecé a temblar.

—Cuéntamelo todo —rogué—. Cuéntamelo ahora, por favor.

Nos sentamos en el sofá. Yo en una punta, él en la otra. Era todo lo cerca que deseaba tenerlo.

No quería que hablara, pero lo hizo.

Volvió a decirlo.

—Adam murió.

Noté que me cerraba. Herméticamente, como una concha. Sus palabras, afiladas como alambre de cuchillas.

Pensé en cuando me enteré de la enfermedad de mi padre, en la mosca del parabrisas cuando volvía de casa de mi abuela.

Habló de nuevo.

—Christine, cariño, lo siento mucho.

Estaba enfadada. Enfadada con él. Cabrón, pensé, pese a saber que él no tenía la culpa.

Me obligué a hablar.

—¿Cómo?

Suspiró.

—Estaba en el ejército.

Le miré paralizada. Todas mis emociones recularon, hasta dejarme a solas con el dolor. El dolor. Reducido a un solo punto.

Un hijo que ni siquiera sabía que había tenido, y se había hecho soldado. De pronto me asaltó un pensamiento. Un pensamiento absurdo: ¿Qué pensará mi madre?

Ben empezó a hablar atropelladamente.

—Estaba en el Cuerpo de Marines. Le destinaron a Afganistán, donde le mataron hace un año.

Tragué saliva. Tenía la garganta seca.

—¿Por qué? —dije, y a renglón seguido—: ¿Cómo?

—Christine…

—Quiero saberlo. Necesito saberlo.

Alargó un brazo para cogerme la mano y le dejé hacer, si bien me tranquilizó que no intentara arrimarse a mí.

—No creo que quieras saberlo todo.

Finalmente mi ira estalló. No pude evitarlo. Mi ira y mi pánico.

—¡Era mi hijo!

Ben volvió la cara hacia la ventana.

—Viajaba en un vehículo blindado. —Lo dijo despacio, casi en susurros—. Estaban escoltando a una compañía. Una bomba explotó junto a la carretera. Un soldado sobrevivió. Adam y otro compañero fallecieron.

Cerré los ojos y también mi voz se redujo a un susurro.

—¿Murió en el acto? ¿Sufrió?

Ben suspiró.

—No, no sufrió. Creen que fue muy rápido.

Me volví hacia él. Seguía mirando hacia la ventana.

Me estás mintiendo, pensé.

En mi cabeza empezaron a agolparse las preguntas. Preguntas que no me atrevía a formular porque temía que las respuestas me mataran. «¿Cómo había sido de niño, de adolescente, de adulto? ¿Estábamos unidos? ¿Discutíamos? ¿Era feliz? ¿Fui una buena madre?» Y «¿Cómo es posible que aquel niño del triciclo de plástico hubiera acabado asesinado en la otra punta del mundo?».

—¿Qué estaba haciendo en Afganistán? —pregunté—. ¿Por qué allí?

Ben me contó que estábamos en guerra. En guerra contra el terrorismo, añadió, aunque ignoro qué significa eso. Dijo que hubo un atentado en Estados Unidos, un terrible atentado en el que murieron miles de personas.

—¿Y por eso mi hijo acabó muriendo en Afganistán? —espeté—. No lo entiendo.

—Es complicado. Siempre quiso ingresar en el ejército. Creía que estaba cumpliendo con su deber.

—¿Su deber? ¿Y tú también lo pensabas? ¿Que estaba cumpliendo con su deber? ¿Lo pensaba yo? ¿Por qué no le convenciste para que hiciera otra cosa? Lo que fuera.

—Christine, era lo que él quería.

Durante un espantoso instante casi me eché a reír.

—¿Que le mataran? ¿Era eso lo que él quería? ¿Por qué? No llegué a conocerle.

Ben no respondió. Me estrechó la mano y por mi cara rodó una lágrima caliente como el ácido, seguida de otra, y otra. Las enjugué, temiendo que si empezaba a llorar ya nunca fuera capaz de parar.

Sentí que mi mente se cerraba, se vaciaba, retrocedía hacia la nada.

—No llegué a conocerle.

Ben bajó más tarde con una caja y la dejó sobre la mesa del café, frente a los dos.

—La guardo arriba —dijo—, por seguridad.

¿Contra qué?, pensé. La caja era de metal gris, el tipo de caja donde uno guardaría dinero o documentos importantes.

Su contenido debía de ser peligroso. Imaginé bichos salvajes, escorpiones y serpientes, ratas hambrientas, sapos venenosos. O un virus invisible, algo radiactivo.

—¿Por seguridad? —dije.

Suspiró.

—Hay cosas con las que es preferible que no tropieces cuando estás sola —contestó—. Cosas que es mejor que te las explique yo.

Se sentó a mi lado y abrió la caja. Dentro solo vi papeles.

—Este es Adam de bebé —dijo, sacando un puñado de fotografías que después me tendió.

Era una foto de mí, en la calle, caminando hacia la cámara con un bebé —Adam— dentro de una bolsa que llevo amarrada al pecho. Lo tengo de cara pero está mirando por encima de su hombro a la persona que nos está haciendo la foto. Su sonrisa es igual que la mía pero sin dientes.

—¿La hiciste tú?

Ben asintió. Volví a mirarla. Tenía algún desgarrón y los cantos manchados, y estaba perdiendo el color, como si estuviera blanqueándose lentamente.

Yo con un bebé. Me parecía irreal. Intenté decirme que había sido madre.

—¿Cuándo? —le pregunté.

Ben miró por encima de mi hombro.

—Aquí debía de tener unos seis meses, lo que quiere decir que debí de hacerla en mil novecientos ochenta y siete.

Yo habría tenido veintisiete años. Toda una vida atrás.

La vida de mi hijo.

—¿Cuándo nació?

Volvió a hurgar en la caja y me pasó un papel.

—En enero —dijo.

Era un papel amarillo y quebradizo. Una partida de nacimiento. La leí en silencio. En ella aparecía su nombre. Adam.

—Adam Wheeler —leí en voz alta. Tanto para mí como para Ben.

—Wheeler es mi apellido —dijo—. Los dos estuvimos de acuerdo en que llevara mi apellido.

—Claro. —Alcé el papel. Me costaba creer que algo tan ligero pudiera contener algo tan importante. Quería aspirarlo, convertirlo en parte de mí.

—Aquí hay más fotos —dijo Ben, plegando el papel—. ¿Quieres verlas?

Me las pasó.

—No tenemos demasiadas —señaló mientras las miraba—. Muchas se perdieron.

Lo dijo como si hubieran sido olvidadas en un tren o entregadas a extraños para que las pusieran a buen recaudo.

—Sí, recuerdo que hubo un incendio —dije sin pensar.

Me miró con extrañeza, entornando los párpados.

—¿Lo recuerdas?

De pronto me entró la duda. ¿Me había contado Ben lo del incendio esta mañana? ¿Estaba recordando que me lo había contado otro día? ¿O lo sabía porque lo había leído en mi diario después de desayunar?

—Me lo contaste tú.

—¿Sí?

—Sí.

—¿Cuándo?

¿Cuándo fue? ¿Esta mañana? ¿Hacía unos días? Pensé en mi diario. Recordaba haberlo leído después de que Ben se marchara a trabajar. Me había contado lo del incendio cuando nos sentamos en Parliament Hill.

Habría sido un buen momento para hablarle de mi diario, pero hubo algo que me frenó. No parecía alegrarse de que hubiera recordado algo.

—Antes de que te marcharas a trabajar —dije—. Cuando estábamos viendo el álbum de recortes. Debió de ser entonces.

Frunció el entrecejo. Detestaba la idea de mentirle, pero no me veía capaz de soportar más revelaciones.

—¿Cómo iba a saberlo si no?

Me miró directamente a los ojos.

—Supongo que tienes razón.

Contemplé las fotografías que tenía en la mano. Eran muy pocas, y podía ver que en la caja no había más. ¿Realmente esa era toda la descripción de la vida de mi hijo con la que contaba?

—¿Cómo empezó el incendio? —pregunté.

El reloj de la repisa dio la hora.

—Ocurrió hace muchos años, en la casa donde vivíamos antes de mudarnos aquí. —Me pregunté si se refería a la casa que yo había visitado—. Perdimos muchas cosas. Libros, documentos. Cosas así.

—Pero ¿cómo empezó? —insistí.

Tardó en contestar. Abrió y cerró la boca, y finalmente dijo:

—Fue un accidente.

Me pregunté qué era eso que no me estaba contando. ¿Me había dejado un cigarrillo encendido, la plancha enchufada, una olla en el fuego? Me imaginé en la cocina donde había estado dos días antes, con su encimera de cemento y sus muebles blancos, pero muchos años atrás. Me vi frente a una freidora caliente, sacudiendo la cesta de alambre que contenía las patatas que estaba friendo, viéndolas flotar en la superficie antes de rodar y hundirse de nuevo en el aceite. Me vi oyendo el timbre del teléfono, limpiándome las manos en el delantal que llevaba atado a la cintura, saliendo al pasillo.

¿Y luego? ¿Acaso había prendido el aceite mientras atendía el teléfono? ¿Me había ido a la sala de estar o al cuarto de baño, olvidando por completo que había empezado a preparar la cena?

No lo sé, no puedo saberlo. Pero agradecí que Ben me hubiera dicho que había sido un accidente. Las tareas domésticas encierran muchos peligros para una persona sin memoria, y es posible que otro marido hubiera hecho hincapié en mis errores y carencias, hubiera sido incapaz de reprimir el deseo de ejercer la autoridad moral que tal vez le correspondiera por derecho. Le acaricié el brazo y sonrió.

Ojeé el puñado de fotos. En una salía Adam con un sombrero vaquero de plástico y un pañuelo amarillo en el cuello, apuntando con una escopeta también de plástico a la persona situada detrás de la cámara, y en otra aparecía con unos años más, la cara más delgada, el pelo más oscuro, con una camisa abotonada hasta arriba y una corbata de niño.

—Esta se la hicieron en el colegio —dijo Ben—. Es un retrato oficial. —Señaló la fotografía y rió—. Mírala bien. ¡Qué desastre de foto!

Adam tenía el elástico de la corbata sobre el cuello de la camisa. Pasé las manos por el retrato. No era un desastre de foto, pensé. Era perfecta.

Traté de recordar a mi hijo, traté de verme arrodillada delante de él sosteniendo una corbata con elástico, o peinándole, o limpiándole la sangre reseca de una rodilla arañada.

No pude. El niño de la fotografía tenía mis labios carnosos, y sus ojos guardaban cierto parecido con los de mi madre, pero por lo demás podría tratarse de un extraño.

Ben sacó otra foto de Adam y me la tendió. En esta debía de tener cinco o seis años.

—¿Crees que se parece a mí? —me preguntó.

Vestía un pantalón corto y una camiseta blanca y en las manos sostenía un balón de fútbol. Tenía el pelo muy corto, y tieso por el sudor.

—Un poco —dije—. Puede que un poco.

Ben sonrió y seguimos mirando las fotografías. Casi todas eran de Adam y de mí, y unas pocas solo de Adam; Ben debió de hacer la mayoría. En algunas Adam salía con amigos, en un par en una fiesta disfrazado de pirata y blandiendo una espada de cartón. En otra con un perrito negro en los brazos.

Entre las fotos había una carta. Estaba escrita con rotulador azul y dirigida a Papá Noel. Las entrecortadas letras bailaban por la hoja. En ella cuenta que quiere una bicicleta, o un cachorro, y promete ser bueno. Está firmada y ha anotado su edad. Cuatro años.

Ignoro por qué, pero mientras leía la carta sentí que mi mundo se desmoronaba. La pena estalló en mi pecho como una granada. Hasta ese momento había estado tranquila —no contenta, ni siquiera resignada, pero sí tranquila— pero esa serenidad se evaporó de golpe. Debajo tenía el corazón en carne viva.

—Lo siento —dije, devolviéndole las fotos—. No puedo. Ahora no.

Me abrazó. Las náuseas treparon hacia mi garganta pero las contuve. Ben me dijo que no me preocupara, que todo iría bien, me recordó que él estaba conmigo, que siempre lo estaría. Me apreté contra él y nos mecimos en silencio. Estaba como atontada, ausente de la habitación donde nos encontrábamos. Le vi traerme un vaso de agua, le vi cerrar la caja de las fotografías mientras yo sollozaba. Podía ver que él también estaba afectado, pero en su semblante había algo más. Resignación, tal vez, o aceptación.

Con un estremecimiento, comprendí que él ya había pasado antes por esto. Ha tenido tiempo de asentarlo en su interior, de convertirlo en parte de sus cimientos, no en algo que los sacude.

Lo único nuevo aquí, cada día, es mi dolor.

Puse una excusa y subí al dormitorio. Regresé al ropero y seguí escribiendo.

* * *

Estos momentos robados, arrodillada frente al ropero o recostada en la cama, escribiendo. Incansable. Brotan de mí casi sin pensar. Páginas y páginas. Vuelvo a estar aquí mientras Ben cree que estoy descansando. No puedo parar. Quiero anotarlo todo.

Me pregunto si también era así cuando escribí mi novela, este vertido imparable sobre la hoja. ¿O fue un proceso más lento, más meditado? Ojalá pudiera recordarlo.

Cuando hube terminado, bajé y preparé dos tazas de té. Mientras removía la leche pensé en la de veces que debí de prepararle la comida a Adam, triturando verduras, mezclando zumos. Le pasé una taza a Ben.

—¿Fui una buena madre? —le pregunté.

—Christine…

—Necesito saberlo —dije—. ¿Cómo me las apañaba con un hijo? Debía de ser muy pequeño cuando…

—…tuviste el accidente —terminó por mí—. Tenía dos años. Fuiste una madre maravillosa hasta ese momento. Luego, en fin…

Se interrumpió, dejando que el resto de la frase se diluyera en el aire, y desvió la mirada. Me pregunté qué estaba omitiendo, qué había juzgado preferible no decirme.

Pero yo ya sé lo suficiente para llenar esos espacios en blanco. Aunque no sea capaz de recordar esa época, puedo imaginármela. Puedo verme mientras se me recordaba que era madre y esposa, que mi marido y mi hijo vendrían a verme. Puedo verme recibiéndoles cada día como si nunca les hubiera visto antes, algo fría quizá, o simplemente desconcertada. Puedo ver el dolor que probablemente eso nos causaba. A los tres.

—No importa —dije—. Lo entiendo.

—No podías cuidar de ti misma, y estabas demasiado enferma para que yo pudiera cuidar de ti en casa. No podías quedarte sola ni un minuto. Olvidabas lo que estabas haciendo. Te ponías a caminar sin rumbo fijo. Me inquietaba que te prepararas un baño y te dejaras el grifo abierto, o que empezaras a cocinar algo y lo olvidaras. Era demasiado para mí. Así que me quedé en casa para cuidar de Adam. Mi madre me ayudaba. Cada tarde, por eso, íbamos a verte y…

Le cogí la mano.

—Lo siento —dijo—. No me resulta fácil recordar aquellos tiempos.

—Lo sé, lo sé. Pero háblame de mi madre. ¿Te ayudaba también? ¿Le gustaba ejercer de abuela? —Ben asintió con la cabeza y pareció que iba a decir algo—. Esta muerta, ¿verdad? —me adelanté.

—Murió hace unos años. Lo siento.

No me había equivocado. Pese a saber que mañana me despertaría y no recordaría nada de esto, sentí que mi mente se cerraba, incapaz de procesar más dolor, más detalles sobre mi caótico pasado.

¿Qué podía escribir en mi diario para hacer soportable mañana, y pasado mañana?

Una imagen flotó delante de mí. Una mujer pelirroja. Adam en el ejército. De repente, un nombre. «¿Qué pensará Claire?»

Ahí estaba. El nombre de mi amiga. «Claire.»

—¿Y Claire? —pregunté—. Mi amiga Claire. ¿Vive todavía?

—¿Claire? —Ben me miró con cara de pasmo un largo instante antes de mudar la expresión—. ¿Te acuerdas de Claire?

Parecía sorprendido. Me recordé que —de acuerdo con mi diario al menos— ya habían pasado unos días desde que le dijera que me había acordado de la fiesta en la azotea.

—Sí —dije—. Éramos amigas. ¿Qué fue de ella?

Me miró con tristeza y por un momento se me heló la sangre. Habló despacio, pero las noticias no eran tan malas como había temido.

—Se mudó —dijo—. Hace unos veinte años. Dos años después de que nosotros nos casáramos, para ser exactos.

—¿Adónde?

—A Nueva Zelanda.

—¿Estamos todavía en contacto?

—Lo estuvisteis durante un tiempo, pero ya no lo estáis.

Me parece increíble. «Mi mejor amiga», había escrito después de recordarla en Parliament Hill. Y hoy, al pensar en ella, había experimentado la misma sensación de cercanía. ¿Por qué si no iba a importarme lo que ella pensara?

—¿Discutimos?

Ben titubeó y volví a intuir un cálculo, un reajuste. Comprendí que él sabía mejor que nadie lo que podía disgustarme. Ha tenido años para aprender qué puedo asimilar y qué constituye terreno peligroso. Después de todo, esta no es la primera vez que mantiene esta conversación conmigo. Ha tenido la oportunidad de practicar, de aprender a tomar senderos que no rasguen el paisaje de mi vida y me lancen al abismo.

—No, creo que no discutisteis —dijo—, o por lo menos no me lo contaste. Creo que simplemente os fuisteis alejando, y luego Claire conoció a un hombre, se casó con él y se fue a vivir a Nueva Zelanda.

Me vino una imagen. Claire y yo diciendo en broma que nunca nos casaríamos. «¡El matrimonio es para los perdedores!», decía mientras se llevaba una botella de vino a los labios, y yo asentía con la cabeza pese a saber que algún día yo sería su dama de honor y ella la mía, y que, vestidas de organza, beberíamos champán en copas largas en una habitación de hotel mientras alguien nos peinaba.

De repente sentí una oleada de cariño. Aunque recuerdo muy poco de nuestra relación, de nuestra vida juntas —y mañana hasta eso habré olvidado— tuve la sensación de que seguimos conectadas, de que durante un tiempo ella lo había significado todo para mí.

—¿Fuimos a su boda? —pregunté.

—Sí. —Ben asintió con la cabeza mientras hurgaba en la caja—. Hay algunas fotos.

Eran fotos de una boda, aunque oscuras y borrosas, hechas por un aficionado. Por Ben, supuse. Contemplé la primera con cautela. Hasta el momento solo había visto a Claire en mi memoria.

Era tal como me la había imaginado. Alta, delgada. En todo caso, más guapa. Estaba en lo alto de un acantilado con un vestido diáfano mecido por el viento y un sol que empezaba a descender sobre el mar situado a su espalda. Dejé la foto a un lado y miré las demás. En algunas salía con su marido —un hombre al que no reconocí— y en otras aparecía yo con ellos, con un vestido de seda celeste y casi igual de guapa. Era verdad; había sido su dama de honor.

—¿Tenemos fotos de nuestra boda?

Ben meneó la cabeza.

—Estaban en otro álbum. Se perdieron.

Claro. El incendio.

Le tendí las fotos de Claire. Tenía la impresión de estar mirando una vida que no era mía. Deseaba desesperadamente subir al dormitorio y anotar todo lo que había averiguado.

—Estoy cansada —dije—. Necesito tumbarme.

—Claro. —Ben alargó una mano—. Dame. —Cogió las fotografías y las devolvió a la caja—. Las pondré a buen recaudo —dijo, cerrando la tapa, y yo subí al dormitorio y escribí esto en mi diario.

* * *

Medianoche. Estoy en la cama. Sola. Intentando encontrarle el sentido a todo lo que me ha sucedido hoy. A todo lo que he averiguado. No sé si podré.

Antes de la cena decidí darme un baño. Cerré la puerta del lavabo con pestillo y examiné las fotos del espejo, fijándome únicamente en aquello que no estaba. Abrí el grifo del agua caliente.

Supongo que la mayoría de los días no recuerdo a Adam en absoluto, sin embargo hoy me acordé de él después de ver tan solo una foto. ¿Acaso Ben ha seleccionado las fotografías de este espejo para que me anclen sin recordarme lo que he perdido?

La habitación empezó a llenarse de vaho. Podía oír a mi marido abajo. Había puesto la radio y una música de jazz se elevaba hasta el cuarto de baño, vaga e indistinguible. Por debajo de la música podía oír los golpes rítmicos de un cuchillo sobre una tabla de cortar; recordé que aún no habíamos cenado. Ben debía de estar troceando zanahorias, cebollas, pimientos. Preparando la cena, como si hoy fuera un día como otro cualquiera.

Para él lo era, comprendí. Yo estoy abrumada por la pena, pero él no.

No le reprocho que no me hable a diario de Adam, de mi madre, de Claire. Yo en su lugar haría lo mismo. Son temas dolorosos, y si puedo pasar un día entero sin recordarlos, yo me ahorro la pena y él el dolor de causármela. Cuán tentador debe de ser para él no contarme nada, y cuán difícil debe de ser para él la vida sabiendo que llevo esos fragmentos de memoria conmigo siempre, como bombas diminutas, y que en cualquier momento uno de esos fragmentos podría agujerear la superficie y obligarme a revivir el dolor como si fuera la primera vez, arrastrándole a él conmigo.

Me desvestí despacio, doblé la ropa y la dejé sobre la silla

137

que hay junto a la bañera. Me puse delante del espejo y contemplé mi cuerpo extraño. Me obligué a mirar de frente las arrugas de la piel, los pechos caídos. No me conozco, pensé. No reconozco mi cuerpo ni mi pasado.

Me acerqué un poco más al espejo. Ahí estaban, en mi estómago, en las nalgas, en los senos. Unas vetas finas, plateadas, las cicatrices de mi pasado. No las había visto antes porque no las había buscado. Me imaginé siguiendo atentamente su crecimiento, deseando que desaparecieran a medida que mi cuerpo se ensanchaba. Ahora me alegro de que estén ahí. Son un recordatorio.

Mi reflejo empezó a desaparecer bajo el vaho. Soy afortunada, pensé. Afortunada de tener a Ben, alguien que cuide de mí en esta casa que es mi hogar aunque no lo recuerde como tal. No soy la única que sufre. Él ha pasado hoy por lo mismo que yo, pero se acostará sabiendo que quizá mañana tenga que volver a pasar por ello. Puede que otro marido no hubiera sido capaz de sobrellevar esta situación, o no hubiera querido. Puede que otro marido me hubiera dejado. Observé detenidamente mi cara, como si quisiera grabarla en mi cerebro, dejarla cerca de la superficie para que al despertarme mañana no me fuera tan ajena, tan perturbadora. Cuando el vaho la cubrió por completo me di la vuelta y entré en la bañera. Me quedé dormida.

No soñé —o por lo menos no me lo pareció— pero cuando desperté no sabía dónde estaba. Me encontraba en otro cuarto de baño, con el agua de la bañera todavía caliente, y alguien estaba llamando a la puerta. Abrí los ojos y no reconocí el espacio. El espejo era liso, sin adornos, y estaba atornillado a unos azulejos blancos en lugar de celestes. Sobre mi cabeza, una cortina de ducha pendía de una barra. En un estante situado sobre el lavamanos había dos vasos colocados boca abajo y, junto al retrete, un bidet.

Oí una voz.

—Ya voy —dijo, y me di cuenta de que era mi voz. Me senté en la bañera y miré hacia la puerta cerrada con pestillo. De la pared de enfrente colgaban dos albornoces, los dos blancos y con las letras R. G. H. bordadas. Me levanté.

—¡Va! —dijo una voz al otro lado de la puerta. En parte parecía la de Ben, en parte no. Empezó a canturrear—.¡Va! ¡Va, va, va, va!

—¿Quién es? —pregunté, pero la voz siguió canturreando.

Salí de la bañera. El suelo era de baldosas negras y blancas dispuestas en diagonal. Estaba mojado. Resbalé y mis piernas cedieron. Caí al suelo, llevándome por detrás la cortina de la ducha. Mientras caía me golpeé la cabeza contra el lavamanos. Grité:

—¡Socorro!

Me desperté, esta vez de verdad, mientras otra voz me llamaba:

—¡Christine! ¡Chris! ¿Estás bien?

Comprendí, con gran alivio, que era la voz de Ben y que había estado soñando.

Abrí los ojos. Estaba tendida en la bañera, con la ropa doblada sobre una silla y fotos de mi vida pegadas a los azulejos celestes de encima del lavamanos.

—Estoy bien —dije—. Solo ha sido un mal sueño.

Me levanté, cené y me fui a la cama. Quería escribir, anotar todo lo que había averiguado antes de olvidarlo. No sabía si tendría tiempo de hacerlo antes de que Ben subiera a acostarse.

Pero ¿qué podía hacer? Hoy he dedicado mucho tiempo a escribir, pensé. Ben acabará sospechando algo, preguntándose qué he estado haciendo tanto tiempo aquí arriba, sola. Le he dicho que estoy fatigada, que necesito descansar, y por el momento se lo ha creído.

En cierto modo, me siento culpable. Le he oído caminar sigilosamente por la casa, abriendo y cerrando armarios con suavidad para no despertarme mientras yo escribía frenéticamente en mi diario. Pero no tengo elección. He de dejar constancia de estas cosas. Casi me parece lo más importante ahora mismo, porque de lo contrario las perderé para siempre. Tenía que excusarme y regresar a mi cuaderno.

—Creo que esta noche dormiré en la habitación de invitados —le había dicho—. Estoy muy afectada. Espero que lo entiendas.

Le pareció bien. Me dijo que entraría a verme por la mañana, antes de irse a trabajar, para asegurarse de que estaba bien, y me dio un beso de buenas noches. Ahora le oigo apagar el televisor y girar la llave de la puerta de la calle. Encerrándonos. No me conviene salir a deambular, supongo. En mi estado, no.

No puedo creer que dentro de un rato, cuando me duerma, me olvidaré por completo de mi hijo. Los recuerdos que he tenido de él me han parecido —todavía me parecen— increíblemente vívidos. Y seguí recordándole después de dormitar en la bañera. Me parece imposible que una noche de sueño vaya a borrarlo todo. Sin embargo, Ben y el doctor Nash dicen que eso es exactamente lo que ocurrirá.

¿Sería una locura pensar que podrían estar equivocados? Cada día recuerdo más cosas, me despierto sabiendo un poco más sobre mí. Puede que mi situación esté mejorando. Este diario está sacando mis recuerdos a la superficie.

Hoy podría ser el día que en un futuro rememore y reconozca como el día que di un paso decisivo. Quién sabe.

Ahora estoy cansada. Pronto dejaré de escribir, entonces esconderé mi diario, apagaré la luz y me dormiré. Ruego para que mañana, al despertarme, me acuerde de mi hijo.

Jueves, 15 de noviembre

Estaba en el cuarto de baño. Ignoraba cuánto tiempo llevaba en él, contemplando las fotos donde salíamos Ben y yo juntos, sonriendo, fotos donde tendríamos que haber sido tres. Las miré sin mover un solo músculo, como si eso pudiera hacer que la imagen de Adam se materializara. Pero no se materializó. Adam siguió ausente.

Me había despertado sin recordar nada de él, creyendo que mi maternidad era un proyecto futuro, emocionante e inquietante. Y ni siquiera el hecho de ver mi rostro maduro en el espejo, de averiguar que era una esposa con edad suficiente para empezar pronto a tener nietos —ni siquiera el fuerte impacto de esos descubrimientos— había logrado prepararme para el diario que el doctor Nash me contó que escondía en el ropero cuando me telefoneó. En ningún momento imaginé que me disponía a descubrir que había sido madre. Que había tenido un hijo.

Tenía el diario en mi mano. En cuanto lo leí, supe que era cierto. Había tenido un hijo. Lo sentí dentro de mí como si lo llevara todavía en las entrañas. Lo leí y releí, tratando de grabarlo en mi mente.

Seguí leyendo, y entonces descubrí que había muerto. No podía creerlo. Mi corazón luchó contra esa información, trató de rechazarla pese a saber que era cierta. Sentí náuseas. La bilis trepó por mi garganta y mientras bajaba la habitación empezó a dar vueltas. Tuve la sensación de que caía hacia delante. El diario resbaló por mi regazo y ahogué un grito de dolor. Me levanté y salí precipitadamente de la habitación.

Entré en el cuarto de baño y volví a mirar las fotos donde hubiera debido estar Adam. Estaba fuera de mí, ignoraba cómo iba a reaccionar cuando Ben llegara a casa. Me lo imaginé entrando, besándome, preparando la cena. Nos imaginé a los dos cenando y, a continuación, viendo la tele o lo que sea que hacemos por la noche, y teniendo que fingir durante todo ese rato que ignoro que he perdido un hijo. Después nos iríamos a la cama, juntos, y...

Era más de lo que podía soportar. No pude frenarme. Ni siquiera sabía muy bien qué estaba haciendo. Empecé a tirar de las fotos, a arrancarlas. Y unos segundos después ahí estaban, en mis manos, desparramadas por el suelo del cuarto de baño, flotando en el agua del retrete.

Agarré el diario y me lo metí en el bolso. Mi monedero estaba vacío, de modo que cogí uno de los billetes de veinte libras que, según había leído, guardábamos detrás del reloj de la chimenea y salí de casa. Ignoraba adónde iba. Quería ver al doctor Nash, pero no sabía dónde estaba, ni cómo llegar hasta allí aunque lo hubiera sabido. Me sentía indefensa. Sola. Y eché a correr.

Giré a la izquierda, hacia el parque. Hacía una tarde soleada. La luz naranja se reflejaba en los coches aparcados y en los charcos dejados por el aguacero de la mañana, pero hacía frío y mi aliento se condensaba a mi alrededor. Me ceñí el abrigo, me subí la bufanda hasta las orejas y seguí corriendo. Las hojas caían de los árboles, eran transportadas por el viento, se arremolinaban en los canalones formando una masa marrón.

Bajé de la acera. El chirrido de unos frenos. Un coche deteniéndose en seco. La voz ahogada de un hombre desde el otro lado del parabrisas.

—¡Quítate de en medio, maldita hija de puta!

Levanté la vista. Estaba en medio de la calzada, con un coche calado delante de mí y un hombre en su interior gritando improperios. Tuve una visión: mi cuerpo, metal contra hueso, encogiéndose, combándose, volando por encima del capó del coche o rodando por debajo, hasta quedar tendido en el suelo, hecho un guiñapo, el fin de una vida destrozada.

¿Realmente podía ser tan sencillo? ¿Podía una segunda colisión poner fin a lo iniciado por la primera todos esos años atrás? Siento como si ya llevara muerta veinte años.

¿Quién me echaría de menos? Mi marido. Y tal vez un médico, aunque para él solo sea una paciente más. Pero eso es todo. ¿Es posible que mi círculo se haya recudido tanto? ¿Me han ido abandonando poco a poco mis amigos? ¿Con qué rapidez sería olvidada si muriera?

Miré al hombre del coche. Él, o alguien como él, me había hecho esto. Me lo había arrebatado todo, incluso a mí misma. Y sin embargo aquí estaba él, todavía vivo.

Aún no, pensé. Aún no. No quería que mi vida terminara así. Pensé en la novela que había escrito, en el hijo que había criado, incluso en la fiesta, viendo los fuegos artificiales con mi mejor amiga. Todavía tengo recuerdos que desenterrar. Cosas que descubrir. Mi propia verdad que encontrar.

Pronuncié con los labios las palabras «Lo siento», seguí corriendo por la calzada hasta la verja de un parque y la crucé.

Sobre el césped había una caseta. Una cafetería. Entré, pedí un café y me senté en uno de los bancos de fuera mientras me calentaba las manos con la taza de poliestireno. Delante había una zona de juegos. Un tobogán, columpios, un tiovivo. Un niño encaramado a un asiento con forma de mariquita que estaba fijado al suelo por un pesado muelle. Observé cómo se columpiaba sobre la mariquita. En la mano sostenía un helado, pese al frío.

De pronto me vino una imagen. Yo y otra niña en un parque, subiendo a una jaula de madera para tirarnos por un tobogán de metal. En aquel entonces me había parecido altísimo, pero ahora, mirando el parque, me doy cuenta de que no debía de ser mucho más alto que yo. Nos llenábamos el vestido de barro y éramos regañadas por nuestras madres, y regresábamos a casa dando brincos, con una bolsa de chucherías o de relucientes galletas de naranja.

¿Era un recuerdo o una invención?

Observé al niño. Estaba solo. No se veía a nadie más en el parque. Los dos solos en este frío, bajo un cielo encapotado. Bebí un sorbo de café.

—¡Eh! —dijo el niño—. ¡Eh, señora!

Levanté un instante la mirada y volví a posarla en mis manos.

—¡Eh! —gritó, más fuerte esta vez—. ¡Señora, ayúdeme! ¡Empújeme!

Se acercó al tiovivo.

—¡Empújeme! —insistió. Intentó girar el artilugio de metal pero, pese al esfuerzo reflejado en su cara, este apenas se movió. Me miró con cara de derrota—. Por favor —dijo.

—Seguro que puedes tú solo —respondí. Bebí un sorbo de café. Decidí no moverme del banco hasta que su madre regresara de dondequiera que estuviera. Lo vigilaría.

Subió al tiovivo y avanzó hasta colocarse justo en el centro.

—¡Empújeme! —insistió. Su voz sonaba débil ahora, implorante. Lamenté haber venido, lamenté no poder hacer que se marchara. Me sentía excluida del mundo. Extraña. Peligrosa. Pensé en las fotos que había arrancado de la pared y arrojado al suelo. Había venido aquí buscando paz, no esto.

Miré al niño. Se había cambiado de sitio y estaba intentando empujar de nuevo el tiovivo. Sus pies apenas rozaban el suelo. Parecía tan frágil, tan indefenso. Me acerqué.

—¡Empújeme! —dijo.

Dejé el café en el suelo y sonreí.

—¡Agárrate fuerte! —Empujé la barra, ayudándome con el peso de mi cuerpo. El tiovivo era increíblemente pesado, pero empezó a ceder y giré con él para ganar velocidad—. ¡Ahí vamos! —exclamé, sentándome en el borde de la plataforma.

Con una sonrisa de oreja a oreja, el niño se agarró a la barra como si estuviéramos girando a toda velocidad. Parecía tener las manitas frías, casi amoratadas. Llevaba un abrigo verde excesivamente fino y unos tejanos volteados a la altura de los tobillos. Me pregunté quién le había dejado salir sin guantes, o sin bufanda, o sin gorro.

—¿Dónde está tu mamá? —le pregunté. Se encogió de hombros—. ¿Tu papá?

—No lo sé —respondió—. Mamá dice que papá se ha ido. Dice que ya no nos quiere.

Le miré de hito en hito. Lo había dicho sin dolor, sin pena. Para él era una simple afirmación. Por un momento sentí que el tiovivo se detenía y era el mundo el que giraba a nuestro alrededor.

—Apuesto a que tu mamá te quiere mucho —dije.

Tardó unos segundos en responder.

—A veces.

—¿A veces no?

Esperó.

—Creo que no. —Sentí un ruido sordo en mi pecho, como si algo estuviera dándose la vuelta. O despertando—. Ella dice que a veces no me quiere.

—Es una pena —supuse.

El banco donde había estado sentada se acercaba y se alejaba de nosotros. Seguimos dando vueltas.

—¿Cómo te llamas? —le pregunté.

—Alfie —dijo.

Empezamos a perder velocidad y el mundo situado detrás de su cabeza se detuvo finalmente. Mis pies tocaron el suelo, volví a dar un impulso al tiovivo y empezamos a girar otra vez. Pronuncié su nombre para mis adentros: «Alfie.»

—Mamá dice a veces que estaría mejor si yo viviese en otro sitio —dijo.

Me esforcé por seguir sonriendo, por mantener un tono alegre.

—Apuesto a que lo dice en broma.

Se encogió de hombros.

Mi cuerpo se puso tenso. Me vi preguntándole si le gustaría venir a vivir a mi casa. Me imaginé que la cara se le iluminaba pese a decirme que no debía ir a ningún lugar con extraños. «Yo no soy una extraña», le decía entonces. Le cogía en brazos —pesaba y olía dulce, a chocolate— y entrábamos juntos en el café. «¿De qué quieres el zumo?», le preguntaba, y me respondía que de manzana. Le compraba el zumo, y algunos dulces, y nos marchábamos del parque. Camino de çasa, de la casa que compartía con mi marido, me cogía la mano, y por la noche le troceaba la carne y le aplastaba las patatas, y después de ponerse el pijama le contaba un cuento, luego le arropaba bien y le besaba dulcemente en la frente. Y mañana...

¿Mañana? Yo no tengo mañana, pensé. Como tampoco tenía ayer.

—¡Mamá! —gritó. Por un momento pensé que me estaba hablando a mí, pero saltó del tiovivo y echó a correr hacia la cafetería.

—¡Alfie! —grité, hasta que vi que una mujer se acercaba a nosotros con una taza de plástico en cada mano.

Al llegar junto al pequeño se acuclilló.

—¿Estás bien, cariño? —dijo cuando se le tiró a los brazos, y levantó la vista hacia mí. Me miró muy seria, con los párpados entornados.

«¡Déjeme en paz!», quise gritarle. «¡No he hecho nada malo!» Pero en lugar de eso miré hacia otro lado, y no bajé del tiovivo hasta que se hubo marchado con Alfie. El cielo empezaba a teñirse de azul marino. Me senté en el banco. Ignoraba qué hora era o cuánto tiempo llevaba fuera. Solo sabía que no podía ir a casa, todavía no. No soportaba la idea de ver a Ben. No soportaba la idea de tener que fingir que no sabía nada de Adam, que ignoraba por completo que había tenido un hijo. Por un momento me entraron ganas de contárselo todo. Lo de mi diario, lo de mis citas con el doctor Nash. Todo. Pero enseguida aparté esa idea de mi mente. No quería ir a casa, pero tampoco tenía otro lugar adonde ir.

Me levanté y eché a andar mientras la noche caía.

La casa estaba a oscuras. No sabía qué esperar cuando abrí la puerta. Suponía que Ben me estaría echando de menos; había dicho que estaría de vuelta a las cinco. Me lo imaginé en la sala, caminando de un lado a otro —por alguna razón, aunque esta mañana no le había visto fumar, mi imaginación añadió un cigarrillo a la escena— o fuera, buscándome por las calles en coche. Imaginé cuadrillas de policías y voluntarios yendo de puerta en puerta con una fotocopia de mi cara, y me sentí culpable. Aunque intenté decirme que pese a no tener memoria no era ninguna niña, ni una persona desaparecida, entré en casa decidida a disculparme

—¿Ben? —le llamé. No obtuve respuesta pero intuí, más que oí, movimiento. Un crujido en la madera del suelo, sobre mi cabeza, un cambio casi imperceptible en el equilibrio de la casa. Volví a llamarle, más fuerte esta vez—. ¿Ben?

—¿Christine? —llegó una voz. Sonaba débil, ronca.

—Ben, soy yo —dije—. Estoy aquí.

Apareció en lo alto de la escalera. Tenía aspecto de haber estado durmiendo. Todavía llevaba la ropa que se había puesto esta mañana para ir a trabajar, pero ahora tenía la camisa arrugada y fuera del pantalón, y el pelo le apuntaba en todas direcciones, como electrizado, lo que daba un toque cómico a su expresión de pasmo. Un recuerdo rozó mi mente —clases de ciencias y generadores Van der Graaf— pero no llegó a materializarse.

Empezó a bajar.

—¡Chris, has vuelto!

—Necesitaba… necesitaba que me diera el aire —dije.

—Gracias a Dios. —Se acercó y me cogió la mano. La sostuvo como si fuera a estrecharla, o como si quisiera asegurarse de que era real, pero se quedó quieto—. Gracias a Dios.

Me miró con los ojos muy abiertos. Le brillaban en la tenue luz, como si hubiera estado llorando. Cuánto me quiere, pensé. Mi sentimiento de culpa aumentó.

—Lo siento —dije—. No era mi intención…

Me interrumpió.

—Oh, no merece la pena preocuparse por eso.

Se llevó mi mano a los labios. La expresión de su rostro cambió, pasó a ser de placer, de alegría. Todo rastro de inquietud desapareció. Me besó.

—Pero…

—Has vuelto, eso es lo único que importa. —Encendió la luz y se aplastó el pelo—. ¡Bien! —dijo mientras se remetía la camisa—. ¿Por qué no subes a arreglarte? He pensado que podríamos salir. ¿Qué me dices?

—No lo creo —dije—. Estoy…

—¡Oh, Christine, haríamos bien en salir! ¡Necesitas distraerte un poco!

—No me apetece, Ben.

—Por favor. —Me cogió la mano y la estrechó suavemente—. Significaría mucho para mí. —Tomó mis manos entre las suyas—. No sé si te lo conté esta mañana. Hoy es mi cumpleaños.

¿Qué podía hacer? No tenía ganas de salir, aunque en realidad no tenía ganas de nada. Le prometí que me arreglaría, tal como me había pedido, y luego vería cómo me sentía. Subí. La actitud de Ben me había desconcertado. Había dado la impresión de estar muy preocupado, pero en cuanto me vio aparecer por la puerta sana y salva su preocupación se había evaporado. ¿Tanto me quería? ¿Tanto confiaba en mí que lo único que le importaba era que estuviera bien, no dónde había estado?

Entré en el cuarto de baño. A lo mejor Ben no había visto las fotografías desparramadas por el suelo y creía realmente que solo había salido a dar un paseo. Puede que aún estuviera a tiempo de recogerlas. De esconder mi ira, mi dolor.

Cerré la puerta tras de mí. Tiré del cordón de la luz. El suelo estaba barrido. Y perfectamente dispuestas alrededor del espejo, como si nadie las hubiera tocado, estaban las fotografías,

Le dije a Ben que estaría lista en media hora. Me senté en el dormitorio y escribí esto deprisa y corriendo.

Viernes, 16 de noviembre

No sé qué sucedió después. ¿Qué hice después de que Ben me dijera que era su cumpleaños? ¿Después de subir y ver que las fotografías habían sido devueltas a su lugar? No lo sé. A lo mejor me duché y me cambié de ropa, a lo mejor salimos a cenar, o al cine. No lo escribí, y aunque solo han pasado unas horas desde entonces, no puedo recordarlo. Nunca lo sabré a menos que se lo pregunte a Ben. Tengo la sensación de estar enloqueciendo.

Esta mañana me desperté antes del alba con él tumbado a mi lado. Una vez más, un desconocido. La habitación estaba a oscuras y en silencio. Me quedé tendida en la cama, paralizada de miedo, sin saber quién era ni dónde estaba. Solo podía pensar en echar a correr, en escapar, pero no podía moverme. Tenía la mente vacía, hueca, hasta que unas palabras se abrieron paso hasta la superficie. Ben. Marido. Memoria. Accidente. Muerte. Hijo.

Adam.

Quedaron suspendidas delante de mí. No podía relacionarlas. Ignoraba qué significaban. Se repetían en mi mente como un mantra, y entonces recordé el sueño, el sueño que probablemente me había despertado.

Estaba en un dormitorio, tumbada sobre una cama. Entre

mis brazos había un cuerpo, un hombre. Estaba estirado sobre mí, pesado, ancho de espaldas. Yo tenía una sensación rara, extraña, me notaba la cabeza demasiado ligera, el cuerpo demasiado pesado. La habitación se movía y cuando abría los ojos veía el techo desenfocado.

No sabía quién era el hombre —tenía su cabeza demasiado pegada a la mía para poder verle la cara— pero era consciente de todo, incluso del vello de su torso, áspero contra mis senos desnudos. En la lengua notaba un sabor pastoso, dulzón. Me estaba besando. Con excesiva brusquedad. Deseaba que parara pero no se lo decía. «Te quiero», murmuró en mi pelo, en la curva de mi cuello. Yo sabía que quería hablar —aunque no tenía ni idea de lo que deseaba decir— pero no sabía cómo. Mi boca no parecía estar conectada con mi cerebro, así que guardé silencio mientras él me besaba y le hablaba a mi pelo. Recordé que había querido que siguiera y al mismo tiempo que parara, que me había dicho a mí misma, cuando empezó a besarme, que no tendríamos sexo, pero luego su mano resbaló por la curva de mi espalda hasta las nalgas y no la detuve. Y de nuevo, cuando introdujo la mano por debajo de mi blusa, pensé: Esto es todo lo lejos que te dejaré llegar. No te detendré ahora porque estoy disfrutando, porque siento el calor de tu mano en mi pecho, porque mi cuerpo está respondiendo con pequeños estremecimientos de placer. Porque, por primera vez en mi vida, me siento mujer. Pero no tendré sexo contigo. Esta noche no. No pasaremos de aquí. Me quitó la blusa y me desabrochó el sujetador, y lo que ahora tenía en mi pecho no era su mano, sino su boca, y volví a decirme que le detendría dentro de muy poco. La palabra «No» había incluso empezado a formarse en mi mente, a consolidarse, pero cuando la pronuncié en voz alta él ya estaba empujándome hacia la cama y bajándome las bragas, y eso se transformó en otra cosa, en un gemido de algo que reconocía vagamente como placer.

Noté algo entre las piernas, algo duro. «Te quiero», volvió a decir, y me di cuenta de que era su rodilla y estaba intentando separarme las piernas. Yo no quería, pero al mismo tiempo sabía de debía permitírselo, que había esperado más de la cuenta, dejado que mis oportunidades de decir algo, de detenerle, desaparecieran una a una. Y ahora no me quedaba opción. Si lo había deseado entonces, cuando se desabrochó el pantalón y se quitó los calzoncillos, debía de desearlo ahora que me encontraba debajo de su cuerpo.

Traté de relajarme. Arqueó el torso hacia atrás y soltó un gemido —grave, sobrecogedor, un ruido que le nacía en las entrañas— y en ese momento le vi la cara. En el sueño no la había reconocido, pero ahora sí la reconocía. Ben. «Te quiero», dijo, y yo sabía que debía decir algo, que era mi marido aunque sintiera que le había conocido esa misma mañana. Podía detenerle. Podía confiar en que él mismo se frenara.

—Ben, yo…

Me silenció con su boca húmeda y noté que entraba en mí, desgarrándome. Dolor, o placer. No podía distinguir dónde terminaba uno y empezaba el otro. Me aferré a su espalda bañada en sudor e intenté abrirme a él, disfrutar de lo que estaba sucediendo, y cuando vi que no podía intenté ignorarlo. Yo lo he buscado, pensé, al mismo tiempo que pensaba que yo no lo había buscado. ¿Es posible desear y no desear algo al mismo tiempo? ¿Que el deseo vaya acompañado del miedo?

Cerré los ojos. Vi una cara. Un extraño de pelo moreno. Una barba. Una cicatriz en la mejilla. Su cara me sonaba, pero no tenía ni idea de qué. Su sonrisa desapareció y fue entonces cuando, en mi sueño, solté un grito. Fue en ese instante cuando me desperté y me encontré en una cama tranquila, silenciosa, con Ben tendido a mi lado y sin tener ni idea de dónde estaba.

Me levanté. ¿Para ir al cuarto de baño? ¿Para escapar? Ignoraba adónde iría, qué haría. Si hubiese sabido que existía, habría abierto con sumo sigilo el ropero y cogido la caja de zapatos que contenía mi diario. Bajé al recibidor. La puerta estaba cerrada con llave, la luna entraba azulada por el vidrio esmerilado. Caí en la cuenta de que estaba desnuda.

Me senté en el primer peldaño de la escalera. El sol salió, el recibidor pasó del azul a un naranja fuego. Nada tenía sentido, y aún menos mi sueño. Me parecía demasiado real, y me había despertado en el mismo dormitorio donde había soñado que estaba, junto a un hombre que no esperaba ver.

Y ahora, ahora que he leído el diario después de que el doctor Nash me telefoneara, me viene un pensamiento: ¿podría tratarse de un recuerdo?, ¿un recuerdo que había retenido de la noche antes?

No lo sé. Si es así, significa, supongo, que estoy progresando. Pero también que Ben me forzó y, lo que es peor, que mientras me forzaba me apareció la imagen de un desconocido con barba y una cicatriz en la cara. De todos los recuerdos que podría retener, este me parece el más cruel.

Por otro lado, quizá no signifique nada. No fue más que un sueño. Una pesadilla. Ben me ama y el desconocido de la barba no existe.

Pero ¿cómo puedo estar segura?

Más tarde vi al doctor Nash. Estábamos detenidos en un semáforo: el doctor Nash martilleando el volante con los dedos, algo descompasado con la música que sonaba en el aparato —pop que no reconocía y tampoco me gustaba—, y yo mirando hacia delante. Le había telefoneado por la mañana, casi inmediatamente después de leer mi diario y anotar el sueño que a lo mejor era un recuerdo. Necesitaba hablar con alguien —la noticia de que había tenido un hijo había provocado un pequeño desgarro en mi vida que ahora amenazaba con agrietarse y abrirse del todo— y el doctor Nash había propuesto que adelantáramos la cita de esta semana a hoy. Me pidió que llevara mi diario. No le conté qué me pasaba porque quería esperar a que estuviéramos en su consulta, pero no sabía si podría contenerme.

El semáforo cambió. El doctor Nash dejó de martillear y nos pusimos en marcha.

—¿Por qué Ben no me habla de Adam? —me oí decir—. No lo entiendo. ¿Por qué?

Me miró sin responder y siguió conduciendo. En la repisa del coche de delante había un perro de plástico moviendo cómicamente la cabeza y detrás podía ver los cabellos rubios de un niño. Pensé en Alfie.

El doctor Nash tosió.

—Cuéntame qué ha pasado.

Entonces era verdad. Una parte de mí había esperado que me preguntara de qué estaba hablando, pero en cuanto pronuncié la palabra «Adam» comprendí lo vana, lo ingenua que había sido esa esperanza. Porque siento que Adam es real. Existe dentro de mí, dentro de mi conciencia, ocupando un espacio que nadie más puede ocupar. Ni Ben, ni el doctor Nash. Ni siquiera yo.

Me enfadé. El doctor Nash lo había sabido todo este tiempo.

—¿Y qué me dices de ti? —le pregunté—. Me diste mi novela. ¿Por qué no me hablaste de Adam?

—Christine, cuéntame qué ha pasado.

Miré por el parabrisas.

—Tuve un recuerdo —dije.

Se volvió hacia mí.

—¿En serio? —No respondí—. Christine, estoy intentando ayudarte.

Se lo conté.

—El otro día, después de que me dieras la novela —dije—. Estaba observando la fotografía que habías metido en el sobre y, de golpe, recordé el día que me la hicieron. No sé decir por qué, sencillamente ocurrió. Y también recordé que en aquel entonces estaba embarazada.

Guardó silencio.

—¿Sabías lo de Adam? —le pregunté.

Habló lentamente.

—Sí, está en tu historial. Era muy pequeño cuando perdiste la memoria. —Hizo una pausa—. Además, hemos hablado de él con anterioridad.

Me quedé helada. Tuve un escalofrío, pese al calor del coche. Sabía que era posible, incluso probable, que hubiera recordado antes a Adam, pero encontrarme de frente con esa verdad —que había pasado antes por esto y que volvería a hacerlo en el futuro— me dejó tambaleando.

El doctor Nash debió de captar mi sorpresa.

—Hace unas semanas —dijo—. Me contaste que habías visto a un niño en la calle y que al principio tuviste la sensación de que le conocías, de que se había perdido pero estaba volviendo a casa, a tu casa, y que tú eras su madre. Más tarde rememoraste esa escena y se la relataste a Ben, y Ben te habló entonces de Adam. Me llamaste ese mismo día para contármelo.

No recordaba nada de eso. Tuve que recordarme que el doctor Nash no estaba hablando de una desconocida, sino de mí.

—Pero no volviste a mencionármelo —dije.

Suspiró.

—No…

De pronto me vino a la mente lo que había leído esta mañana en mi diario sobre las imágenes que me habían pasado mientras yacía en el escáner.

—¡Había fotos de él! —exclamé—. Cuando estaba en el escáner me enseñasteis fotos de…

—Sí. Las sacamos de tu historial…

—¡Y no me lo dijisteis! ¿Por qué? No lo entiendo…

—Christine, has de comprender que no puedo iniciar cada sesión contándote todas las cosas que yo sé pero tú no. Además, en este caso pensé que era algo que probablemente no te beneficiaría.

—¿Beneficiarme?

—Sabía que sería muy doloroso para ti saber que tuviste un hijo y que lo habías olvidado.

Estábamos entrando en un aparcamiento subterráneo. La luz natural fue sustituida por agresivos fluorescentes y el olor a petróleo y cemento. Me pregunté qué otras cosas juzgaba poco ético contarme, qué otras bombas de relojería transportaba dentro de mi cabeza, haciendo tictac, listas para estallar.

—¿Tuve más...? —dije.

—No —me interrumpió—. Solo tuviste a Adam. Fue tu único hijo.

Tiempo pretérito. Por tanto, él también sabía que mi hijo había muerto. No quería preguntárselo, pero sabía que debía hacerlo.

Me obligué a hablar.

—¿Sabes que le mataron?

Detuvo el coche y apagó el motor. El aparcamiento estaba en penumbra, iluminado únicamente por algunos focos de luz fluorescente, y en silencio. Tan solo se oía algún que otro portazo y el traqueteo de un ascensor. Durante un breve instante pensé que todavía quedaba una oportunidad. Puede que yo estuviera equivocada y Adam estuviera vivo. Mi mente brilló con esa posibilidad. Adam me había parecido real cuando leí sobre él esta mañana; su muerte, en cambio, no. Había intentado imaginármela, recordar cómo me había sentido cuando recibí la noticia de que le habían matado, pero no pude. Algo no encajaba. Debería sentirme abrumada por la pena. Mis días deberían estar llenos de dolor, de añoranza por saber que una parte de mí había muerto y ya nunca sería una mujer completa. El amor por mi hijo debería ser lo bastante fuerte para hacerme recordar mi pérdida. Si mi hijo estuviera realmente muerto, mi dolor sería más fuerte que mi amnesia.

Me di cuenta de que no creía a mi marido, de que no me creía que mi hijo estuviera muerto. Durante un instante mi dicha quedó suspendida en el aire, hasta que el doctor Nash dijo:

—Lo sé.

La esperanza reventó dentro de mí y se transformó en su contrario. Algo peor que la desilusión, más destructivo. Y atravesado por el dolor.

—¿Cómo…? —fue cuanto pude decir.

Me contó la misma historia que Ben. Adam en el ejército. Una bomba junto a la carretera. Yo escuchaba, decidida a encontrar fuerzas para no llorar. Cuando hubo terminado se hizo el silencio. El doctor Nash posó su mano en la mía.

—Lo siento mucho, Christine.

No supe qué decir. Le miré. Estaba inclinado hacia mí. Miré su mano sobre la mía, salpicada de pequeños arañazos. Me lo imaginé en su casa, más tarde, jugando con un gatito, o con un cachorro. Viviendo una vida normal.

—Mi marido no me habla de Adam —dije—. Tiene todas sus fotografías guardadas en una caja de metal. Para protegerme. —El doctor Nash calló—. ¿Por qué lo hace?

Miró por la ventanilla. Vi la palabra «coño» escrita en la pared que teníamos delante.

—Déjame hacerte la misma pregunta. ¿Por qué crees que lo hace?

Lo medité. Pensé en todas las razones posibles. Para controlarme. Para tener poder sobre mí. Para privarme de la única cosa que podría hacerme sentir completa. Y me di cuenta de que no creía que ninguna de ellas fuera cierta. Solo me quedaba la razón más obvia.

—Supongo que para él es más fácil, ya que no lo recuerdo, no contármelo.

—¿Por qué es más fácil para él?

—¿Por lo mucho que me afecta? Debe de ser espantoso para él tener que contarme cada día no solo que he tenido un hijo, sino que ha muerto. Y de una forma tan horrible.

—¿Se te ocurren otras razones?

Guardé silencio, hasta que caí en la cuenta de algo.

—Imagino que para él también es duro. Es el padre de Adam y… —Pensé que además de mi dolor, debía sobrellevar el suyo.

—Todo esto es difícil para ti, Christine, pero no debes olvidar que también lo es para Ben. En cierto modo, para él lo es más. Imagino que te quiere mucho y…

—… y yo ni siquiera recuerdo que existe.

—Exacto.

Suspiré.

—Supongo que en otros tiempos le quise, si me casé con él.

No dijo nada. Pensé en el extraño con el que me había despertado esta mañana, en las fotos de nuestra vida juntos que había visto, en el sueño —o el recuerdo— que había tenido en mitad de la noche. Pensé en Adam, y en Alfie, en lo que hice o se me pasó por la cabeza hacer. El pánico se apoderó de mí. Me sentía atrapada, sin salida. Mi mente saltaba de una cosa a otra buscando soltarse, liberarse.

«Ben», pensé para mis adentros. «Puedo agarrarme a Ben. Él es fuerte.»

—Menudo desastre —dije—. Todo esto me supera.

El doctor Nash se volvió hacia mí.

—Ojalá pudiera hacer algo para facilitarte las cosas.

Parecía sincero, dispuesto a hacer lo que estuviera en su mano para ayudarme. Percibí ternura en su mirada, en la forma en que su mano descansaba en la mía, y envueltos en la tenue luz del aparcamiento subterráneo me descubrí preguntándome qué pasaría si cubriera su mano con la mía, o acercara ligeramente la cabeza, sosteniéndole la mirada, abriendo los labios solo una pizca. ¿Se acercaría él? ¿Intentaría besarme? ¿Se lo permitiría?

¿O me tendría por una loca? Por una ingenua. Esta mañana me había despertado pensando que tenía veintipocos años, pero no los tengo. Tengo casi cincuenta. Soy casi lo bastante mayor para ser su madre. Me quedé, por tanto, donde estaba. Él me estaba mirando, inmóvil. Parecía fuerte. Lo bastante fuerte para ayudarme a salir de esto.

Abrí la boca para hablar, ignorando lo que me disponía a decir, cuando el timbre de un teléfono me detuvo. El doctor Nash no se movió, salvo para retirar su mano, y comprendí que se trataba de mi teléfono.

Lo saqué del bolso. No era el teléfono que se abría, sino el que me había dado mi marido. «Ben», indicaba la pantalla.

Al ver su nombre me di cuenta de lo injusta que estaba siendo con él. Ben también estaba de luto. Y tenía que convivir con su dolor todos los días, sin poder hablarme de él, sin poder acudir a su esposa en busca de consuelo.

Y hacía todo eso por amor.

Y aquí estaba yo, sentada en un aparcamiento subterráneo con un hombre que Ben prácticamente ni sabía que existía. Pensé en las fotos que había visto esta mañana en el álbum de recortes. De mí y de Ben. Sonrientes. Felices. Enamorados. Si ahora volviera a mirarlas, probablemente solo vería lo que no está. Adam. Sin embargo, son las mismas fotos, y en ellas nos miramos como si no existiera nadie más en el mundo.

Era evidente que habíamos estado muy enamorados.

—Le llamaré más tarde —dije, devolviendo el teléfono al bolso. Esta noche se lo contaré todo, pensé. Lo de mi diario, lo del doctor Nash. Todo.

El doctor Nash tosió.

—Deberíamos subir a la consulta —sugirió—. Ponernos en marcha.

—Claro —dije sin mirarle a la cara.

* * *

Empecé a escribir eso en el coche, mientras el doctor Nash me llevaba a casa. Frases escritas a toda prisa, prácticamente ilegibles. El doctor Nash conducía en silencio, pero lo veía volverse hacia mí cada vez que buscaba una palabra o una expresión adecuada. Me pregunté qué le rondaba por la cabeza. Antes de dejar la consulta me había pedido permiso para hablar de mi caso en una conferencia a la que había sido invitado.

—En Ginebra —dijo sin poder disimular su orgullo.

Se lo di, y supuse que no tardaría en preguntarme si podía fotocopiar mi diario. «Para la investigación.»

Cuando llegamos a casa me dijo adiós y añadió:

—Me ha sorprendido que quisieras escribir tu diario en el coche. Pareces muy… decidida. Supongo que no quieres dejarte nada.

Pero sé lo que quería decir en realidad. Frenética. Desesperada. Desesperada por anotar hasta el último detalle.

Y tiene razón. Estoy decidida. Una vez en casa, terminé la entrada en la mesa del comedor, cerré el diario y lo guardé en su escondrijo antes de desvestirme con parsimonia. Ben me había dejado un mensaje en el teléfono. «Salgamos esta noche a cenar», decía. «Es viernes…»

Me quité el pantalón de lino azul marino que había encontrado esta mañana en el ropero y, a renglón seguido, la blusa celeste que había decidido que mejor le iba. Me sentía desconcertada. Durante nuestra sesión le había entregado mi diario al doctor Nash. Me había preguntado si podía leerlo y le había dicho que sí. Eso ocurrió antes de que me mencionara la invitación a Ginebra, y ahora me pregunto si me lo pidió por eso.

—¡Es fantástico! —dijo cuando hubo terminado—. En serio. Estás recordando muchas cosas, Christine. Te están volviendo muchos recuerdos. No hay razón para que la cosa no vaya a más. Deberías sentirte muy esperanzada…

Pero no me sentía esperanzada. Me sentía confundida. ¿Había coqueteado con él, o él conmigo? Él había puesto su mano sobre la mía, pero yo le había permitido que lo hiciera, y había dejado que la mantuviera allí.

—Deberías seguir escribiendo —dijo cuando me devolvió el diario, y le contesté que lo haría.

Luego, ya en mi dormitorio, intenté convencerme de que no había hecho nada malo, pero seguí sintiéndome culpable. Porque me había gustado. La atención, la conexión. En medio de todo lo que me estaba sucediendo, había gozado de un momento de dicha. Me había sentido atractiva. Deseable.

Fui hasta el cajón de mi ropa interior. Arrinconadas en el fondo encontré unas bragas de seda negra y un sujetador a juego. Me puse ambas prendas —prendas que sé que son mías aunque no las sienta como tales— mientras pensaba en mi diario escondido en el ropero. ¿Qué pensaría Ben si lo encontrara? ¿Si leyera todo lo que había escrito, todo lo que había sentido? ¿Lo entendería?

Me coloqué delante del espejo. Sí, me dije. Tendría que entenderlo. Examiné mi cuerpo con los ojos y con las manos. Lo exploré, deslizando mis dedos por sus curvas y hondonadas, como si fuera algo nuevo, un regalo. Algo que descubrir por entero.

Aunque sabía que el doctor Nash no había estado coqueteando conmigo, durante ese breve margen de tiempo en que creí que sí lo había hecho no me sentí vieja. Me sentí viva.

Ignoro cuánto tiempo pasé delante del espejo. Para mí el tiempo se estira, carece casi de sentido. Años enteros han pasado por mí sin dejar huella. Los minutos no existen. Solo tenía las campanadas del reloj de abajo para indicarme el paso del tiempo. Seguí contemplando mi cuerpo, el volumen de las nalgas y las caderas, el vello oscuro de las piernas, de las axilas. Encontré una maquinilla en el cuarto de baño, me enjaboné las piernas y pasé la fría cuchilla por la piel. Seguro que he hecho esto incontables veces, pensé, sin embargo seguía pareciéndome un acto extraño, casi ridículo. Me hice un pequeño corte en la pantorrilla. Una punzada de dolor, una gota roja temblando antes de rodar por mi pierna. Recogí la sangre con el dedo, esparciéndola como si fuera melaza, y me la llevé a los labios. Sabía a jabón y a hierro caliente. Dejé que corriera por mi piel recién afeitada y la limpié con un pañuelo húmedo.

De vuelta en el dormitorio, me puse unas medias y un vestido negro ceñido. Escogí un collar de oro del joyero que descansaba sobre el tocador y unos pendientes a juego. Me senté delante del tocador, me maquillé, me ondulé el pelo y me puse laca. Me rocié perfume en las muñecas y detrás de las orejas. Y mientras hacía todo esto un recuerdo rondaba en mi mente. Me vi poniéndome unas medias, cerrando las pinzas de un liguero, abrochándome un sujetador, pero era otra yo, otra estancia. La estancia estaba en silencio. Oía una música, pero queda, y a lo lejos unas voces, puertas que se abrían y cerraban, un vago murmullo de tráfico. Estaba tranquila y contenta. Me volví hacia el espejo, observé mi rostro a la luz de una vela. No está mal, pensé. Nada mal.

Era un recuerdo esquivo. Temblaba bajo la superficie, y aunque podía ver ciertos detalles, fragmentos, instantes, estaba demasiado profundo para poder seguirle el rastro. Vi una botella de champán sobre una mesita de noche. Dos copas. Un ramo de flores sobre la cama, una tarjeta. Vi que estaba en la habitación de un hotel, sola, esperando al hombre que amo. Oí unos golpecitos en la puerta, me vi levantarme y caminar hacia ella. La imagen desapareció bruscamente, como si hubiera estado viendo la tele y la antena se hubiera desconectado de golpe. Levanté la vista y me vi de nuevo en mi casa. Aunque la persona que veía en el espejo era para mí una extraña —sensación que el maquillaje y la laca de pelo acentuaban—, sentí que estaba lista. Para qué, lo ignoraba, pero me sentía lista. Bajé a esperar a mi marido, el hombre con quien me había casado, el hombre al que amaba.

Que amo, me recordé. El hombre al que amo.

Oí la llave en la cerradura, la puerta que se abría, unos pies frotando la alfombrilla. ¿Un silbido? ¿O el sonido de mi respiración, fuerte y pesado?

Una voz.

—¿Christine? Christine, ¿estás bien?

—Sí —respondí desde la sala—. Estoy aquí.

Una tos, el roce de un anorak al colgarlo, de una cartera al dejarla en el suelo.

—¿Va todo bien? —dijo—. Te llamé antes. Te dejé un mensaje.

Un crujido en la escalera. Por un momento pensé que subiría al cuarto de baño, o al estudio, sin pasar a verme primero, y me sentí estúpida y ridícula acicalada de ese modo, esperando a mi marido de no sé cuántos años con la ropa de otra. Me dieron ganas de quitarme el vestido, sacarme el maquillaje y transformarme de nuevo en la mujer que soy, pero le oí gruñir al quitarse un zapato, y luego el otro, y comprendí que se había sentado en un escalón para ponerse las zapatillas. La escalera crujió de nuevo y Ben entró en la sala.

—Cariño… —comenzó.

Su mirada viajó por mi rostro, descendió por mi cuerpo y subió para encontrarse con mis ojos. Ignoraba qué estaba pensando.

—¡Caray! —exclamó—. Estás… —Meneó la cabeza.

—Encontré esta ropa —dije—. Se me ocurrió arreglarme un poco, ya que es viernes.

—Claro —dijo, todavía en la puerta—. Pero…

—¿Aún te apetece que salgamos?

Me levanté y fui a su encuentro.

—Bésame —le pedí. Aunque no lo había planeado, me pareció lo más adecuado, y me abracé a su cuello. Olía a jabón, y a sudor, y a trabajo. Dulce como los lápices de colores. Me rondó un recuerdo —arrodillada en el suelo con Adam, dibujando— pero enseguida desapareció.

—Bésame —repetí.

Me rodeó la cintura. Nuestros labios se encontraron. Fugazmente, como un beso de buenas noches, o de despedida, un beso que se da en público, un beso que se da a una madre. Mantuve firme el abrazo y volvió a besarme. De la misma manera.

—Bésame, Ben —dije—. Bésame de verdad.

—Ben, ¿somos felices? —le pregunté más tarde.

Estábamos en un restaurante donde ya habíamos cenado otras veces, me dijo, aunque a mí, obviamente, no me decía nada. En las paredes había fotografías enmarcadas de personas que supuse eran pequeñas celebridades. Al fondo, un horno abría la boca, esperando una pizza. Picoteé el plato de melón que tenía delante. No recordaba haberlo pedido.

—El caso es que —continué— llevamos casados… ¿cuánto tiempo?

—Déjame pensar —dijo—. Veintidós años.

Me pareció una eternidad. Pensé en la visión que había tenido mientras me arreglaba. Flores en una habitación de hotel. Solo podía estar esperándole a él.

—¿Somos felices?

Dejó el tenedor y tomó un sorbo del vino blanco seco que había pedido. Llegó una familia y ocupó la mesa de al lado. Unos padres de edad avanzada y una hija de veintipocos.

—Estamos enamorados, si es a eso a lo que te refieres —dijo Ben—. Yo, desde luego, te quiero.

Ahí estaba, el pie para que yo le dijera que también le quería. Los hombres siempre dicen te quiero como una pregunta.

¿Qué podía responder? Es un extraño para mí. El amor no puede surgir en veinticuatro horas, por mucho que en otros tiempos me gustara creer que sí.

—Sé que tú no me quieres —continuó. Le miré atónita—. No te preocupes. Comprendo tu situación. Nuestra situación. Tú no lo recuerdas, pero en otros tiempos estuvimos muy enamorados. Locamente enamorados. Como en las novelas, como en Romeo y Julieta y todas esas cursiladas. —Intentó reír, pero parecía incómodo—.Yo te quería y tú me querías. Éramos felices, Christine. Muy felices.

—Hasta mi accidente.

Frunció el entrecejo. ¿Había hablado más de la cuenta? Había leído mi diario, pero ¿era hoy cuando me habló del accidente? Lo ignoraba. No obstante, un accidente constituía una suposición razonable para cualquier persona en mi situación. Decidí no darle importancia.

—Sí —dijo con tristeza—. Hasta ese momento fuimos felices.

—¿Y ahora?

—¿Ahora? Me gustaría que las cosas fueran diferentes, pero no me siento desdichado, Chris. Te quiero. No querría estar con ninguna otra persona.

¿Y yo?, pensé. ¿Me siento desdichada yo?

Desvié la mirada hacia la mesa de al lado. El padre estaba escudriñando la carta plastificada sosteniendo unas gafas delante de sus ojos mientras su esposa enderezaba el sombrero a su hija y le quitaba la bufanda. La chica tenía la mirada perdida y la boca ligeramente abierta. Su mano derecha temblaba bajo la mesa. Un delgado hilo de baba le caía por la barbilla. Su padre advirtió que estaba observándola. Me volví rápidamente hacia mi marido, demasiado deprisa para dar la impresión de que no había estado mirando. Deben de estar acostumbrados a que la gente desvíe la mirada una fracción de segundo demasiado tarde.

Suspiré.

—Ojalá pudiera recordar lo que ocurrió.

—¿Lo que ocurrió? —dijo Ben—. ¿Por qué?

Pensé en todos los demás recuerdos que me habían venido. Recuerdos breves, pasajeros, que ya no estaban, que se habían evaporado, pero que había anotado, que sabía que habían existido, que todavía existían en algún lugar.

Estaba convencida de que existía una llave, un recuerdo que podría liberar todos los demás.

—Creo que si lograra recordar el accidente, lograría recordar otras cosas. Quizá no todas, pero sí las suficientes. Nuestra boda, por ejemplo, nuestra luna de miel. Ni siquiera puedo recordar eso. —Bebí un sorbo de vino. Había estado en un tris de mencionar el nombre de nuestro hijo antes de recordar que Ben no sabía que había leído sobre él—. El mero hecho de despertarme y saber quién soy sería un gran paso.

Ben entrelazó los dedos y apoyó el mentón en el puño.

—Los médicos dijeron que eso jamás ocurrirá.

—No pueden saberlo con certeza. Podrían estar equivocados.

—Lo dudo.

Dejé la copa. Ben se equivocaba. Creía que estaba todo perdido, que mi pasado había desaparecido por completo. Quizá hubiera llegado el momento de hablarle de los pequeños instantes que afloraban en mi mente, del doctor Nash, de mi diario. De todo.

—A veces recuerdo cosas —dije. Me miró sorprendido—. Creo que estoy empezando a recuperar algunos recuerdos.

Separó las manos.

—¿En serio? ¿Qué cosas?

—Oh, depende del día. A veces nada importante. Solo sensaciones, emociones. Visiones que semejan sueños, pero que son demasiado reales para que haya podido inventármelas. —No dijo nada—. Seguro que son recuerdos.

Esperé, confiando en que me hiciera más preguntas, que deseara que le contara todo lo que había visto y por qué sabía que se trataba de recuerdos.

Pero no dijo nada. Estaba mirándome con tristeza. Pensé en los recuerdos que había anotado, en la visión donde él me ofrecía una copa de vino en la cocina de nuestra primera casa.

—Tuve una visión donde salías tú —dije—. Mucho más joven…

—¿Qué estaba haciendo?

—Poca cosa. Estabas en la cocina. —Pensé en la chica, en sus padres sentados a apenas un metro de nosotros. Reduje mi voz a un susurro—. Besándome.

Sonrió.

—Si soy capaz de tener un recuerdo, puede que sea capaz de tener muchos otros…

Deslizó un brazo por la mesa y me cogió la mano.

—El problema es que mañana los habrás olvidado. Careces de una base sobre la que construir.

Suspiré. Lo que decía era cierto; no puedo pasarme el resto de mi vida anotando todo lo que me pasa si tengo que leerlo cada día.

Miré a la familia de la mesa contigua. La chica estaba llevándose torpes cucharadas de minestrone a la boca y empapando el babero de tela que su madre le había atado al cuello. Podía imaginarme sus vidas; rotas, atrapadas en el papel de cuidadores, un papel del que habían confiando liberarse años atrás.

Somos iguales, pensé. Yo también necesito que me den de comer. Y comprendí que, a diferencia de ellos y su hija, Ben me quiere de una manera que no puede ser correspondida.

Por otro lado, quizá no fuéramos tan iguales. Quizá aún hubiera esperanza para nosotros.

—¿Tú quieres que me cure? —le pregunté.

Mi miró sorprendido.

—Christine —dijo—, por favor…

—Podría verme alguien. Un médico.

—Ya lo hemos intentado…

—Puede que valga la pena intentarlo de nuevo. La ciencia avanza constantemente. Puede que hayan creado un nuevo tratamiento que podamos probar.

Me apretó la mano.

—Christine, no lo hay. Créeme. Lo hemos probado todo.

—¿Qué? —pregunté—. ¿Qué hemos probado?

—Chris, te lo ruego, no…

—¿Qué hemos probado? —insistí—. ¿Qué?

—Todo —dijo—. Todo. Y no imaginas lo que fue. —Parecía incómodo. Movía los ojos a derecha e izquierda, como si esperara un golpe y no supiera por dónde iba a venirle. Pude dejar la pregunta en el aire, pero no lo hice.

—¿Qué pasó, Ben? Necesito saberlo.

No respondió.

—¡Habla!

Levantó la cabeza y tragó saliva. Parecía asustado, tenía la cara roja y los ojos salidos.

—Estabas en coma y todo el mundo creía que te ibas a morir, todo el mundo menos yo. Yo sabía que eras fuerte, que saldrías adelante, que te repondrías. Un día me llamaron del hospital para decirme que habías despertado. Creían que era un milagro, pero yo sabía que no lo era. Eras tú, mi querida Chris, volviendo junto a mí. Estabas aturdida, confusa. No sabías dónde estabas y no podías recordar nada de tu accidente, pero me reconociste, y también a tu madre, aunque no sabías muy bien quiénes éramos. Nos dijeron que no nos preocupáramos, que la pérdida temporal de memoria era normal después de un accidente tan grave, que pasaría. Pero luego… —Se encogió de hombros y clavó la mirada en la servilleta que tenía en las manos. Por un momento temí que lo dejara ahí.

—¿Pero luego…?

—Empeoraste. Un día llegué y no supiste quién era. Me tomaste por un médico. Y luego olvidaste quién eras tú. No podías recordar tu nombre, ni tu fecha de nacimiento. Nada. Se dieron cuenta de que también habías dejado de crear recuerdos nuevos. Te hicieron pruebas, escáners, de todo, pero los resultados no fueron buenos. Dijeron que el accidente te había provocado una pérdida de memoria. Que sería permanente. Que no tenía cura. Que no podían hacer nada.

—¿Nada? ¿No hicieron nada?

—No. Dijeron que tanto podías recuperar la memoria como no, y que cuanto más tiempo pasara menos probabilidades tendrías de hacerlo. Me dijeron que lo único que yo podía hacer era cuidar de ti. Y eso es lo que he intentado hacer. —Tomó mis manos entre las suyas y me acarició los dedos, rozando el duro aro de mi alianza.

Se inclinó hacia delante, hasta tener su cabeza a solo unos centímetros de la mía.

—Te quiero —susurró, pero fui incapaz de responder, y comimos el resto de nuestra cena prácticamente en silencio.

Noté que en mi interior crecía el resentimiento. La rabia. Parecía tan convencido de que nadie podía ayudarme. Tan categórico. De repente se me quitaron las ganas de hablarle de mi diario, o del doctor Nash. Decidí conservar mis secretos un poco más. Sentí que era lo único en mi vida que podía decir que era mío.

* * *

Llegamos a casa. Ben se preparó una taza de café y yo subí al cuarto de baño. Allí escribí todo lo que pude acerca del día, después me desvestí y me quité el maquillaje. Me puse la bata. Otro día tocando a su fin. Pronto me dormiré y mi cerebro procederá a borrarlo todo. Mañana volveré a pasar por todo esto.

Caí en la cuenta de que no tengo ambiciones. No puedo tenerlas. Lo único que ambiciono es sentirme como una persona normal. Vivir como el resto de la gente, acumular experiencias, enlazar un día con el siguiente. Quiero crecer, aprender cosas, aprender de las cosas. En el cuarto de baño pensé en mi vejez. Traté de imaginármela. ¿Seguiré despertándome, a los setenta u ochenta años, creyendo que estoy en el comienzo de mi vida? ¿Me despertaré ignorando por completo que tengo los huesos viejos, las articulaciones duras y agarrotadas? No puedo ni imaginar cómo será mi reacción cada vez que descubra que mi vida ha quedado atrás, que ya la he vivido y no tengo nada para enseñar. Ni recuerdos, ni experiencias, ni sabiduría acumulada que legar. ¿Qué somos si no una acumulación de nuestros recuerdos? ¿Cómo me sentiré cuando me mire a un espejo y vea el reflejo de mi abuela? No lo sé, pero no puedo permitirme pensar ahora en eso.

Oí a Ben entrar en el dormitorio. Comprendí que no podría devolver el diario al ropero, de manera que lo dejé en la silla del cuarto de baño, debajo de la ropa que me había quitado. Lo guardaré luego, pensé, cuando se haya dormido. Apagué la luz y entré en el dormitorio.

Ben estaba recostado en la cama, mirándome. No dije nada, pero me recosté a su lado. Advertí que estaba desnudo.

—Te quiero, Christine —dijo, y empezó a besarme, en el cuello, en la mejilla, en los labios.

Tenía el aliento caliente, con un regusto a ajo. No quería que me besara, pero le dejé hacer. Yo me lo he buscado, pensé, por ponerme aquel estúpido vestido, por maquillarme, por perfumarme, por pedirle que me besara antes de salir a cenar.

Me volví hacia él, y aunque no quería, respondí a sus besos. Traté de imaginarnos a los dos en la casa que acabamos de comprar juntos, arrancándonos la ropa camino del dormitorio, el pescado echándose a perder en la cocina. Me dije que en aquel entonces seguro que le quería —por algo me había casado con él— y que, por tanto, no había razón para que no le quisiera ahora. Me dije que lo que estaba haciendo era importante, una muestra de amor, y de gratitud, y cuando su mano avanzó hacia mi pecho en lugar de detenerla me dije que era algo normal, natural. Tampoco le detuve cuando deslizó su mano entre mis piernas y me recogió el pubis, y solo más tarde, mucho más tarde, cuando empecé a gemir quedamente, supe que no era por lo que Ben estaba haciendo. No gemía de placer sino de miedo, miedo de lo que vi cuando cerré los ojos.

Yo en la habitación de un hotel. La misma que había visto mientras me arreglaba para salir a cenar. Veo las velas, el champán, las flores. Oigo los golpecitos en la puerta, me veo dejar la copa que estoy be-

biendo y levantarme para abrir. *Estoy nerviosa, ilusionada, el aire huele a promesa. Sexo y redención. Pongo la mano en el pomo frío y duro. Respiro hondo. Finalmente todo iba a arreglarse.*

De repente un vacío. Un espacio en blanco en mi memoria. *La puerta se abre hacia mí pero no veo quién hay detrás.* Y aquí, en la cama con mi marido, un pánico repentino se apoderó de mí.

—¡Ben! —grité, pero él continuó, ni siquiera parecía oírme—. ¡Ben! —volví a gritar. Cerré los ojos, me aferré a él. Y me sumergí de nuevo en el pasado.

Él está en la habitación. Detrás de mí. Ese hombre. ¿Cómo se atreve? Me doy la vuelta pero no veo nada. Un dolor punzante. Una presión en la garganta. No puedo respirar. No es mi marido, no es Ben, pero sus manos me tocan por todas partes, sus manos y su carne me cubren. Intento respirar pero no puedo. Mi cuerpo trémulo se desintegra, se convierte en ceniza y aire. Agua en los pulmones. Abro los ojos y solo veo rojo. Voy a morir, aquí, en esta habitación de hotel. Dios mío, pienso. Esto no es lo que deseo. Esto no es lo que buscaba. Que alguien me ayude. Que alguien venga. He cometido un terrible error, sí, pero no merezco este castigo. No merezco morir.

Siento que desaparezco. Quiero ver a Adam. Quiero ver a mi marido. Pero no están. Aquí no hay nadie salvo yo y este hombre, este hombre que tiene las manos alrededor de mi garganta.

Caigo. Me hundo en las profundidades. No debo dormirme. No debo dormirme. No. Debo. Dormirme.

El recuerdo terminó bruscamente, dejando un terrible vacío. Abrí los ojos. Volvía a estar en mi casa, en mi cama, con mi marido dentro de mí.

—¡Ben! —grité, pero demasiado tarde. Con pequeños y ahogados gemidos, eyaculó.

Me aferré a él, le abracé con todas mis fuerzas. Me besó en el cuello, volvió a decirme que me quería, y luego:

—Chris, estás llorando…

Estaba sollozando incontroladamente.

—¿Qué ocurre? —me preguntó—. ¿Te he hecho daño?

¿Qué podía decirle? Negué con la cabeza mientras mi mente intentaba procesar lo que acababa de ver. Una habitación de hotel llena de flores. Champán y velas. Un extraño con las manos alrededor de mi cuello.

¿Qué podía decirle? Solo podía seguir llorando, y apartarle, y esperar. Esperar a que se durmiera para poder levantarme sigilosamente y escribirlo todo.

Sábado, 2.07

No puedo dormir. Ben ha vuelto a acostarse y yo estoy escribiendo esto en la cocina. Cree que estoy bebiendo una taza de chocolate caliente que acaba de prepararme. Cree que regresaré pronto a la cama.

Y lo haré, pero primero tengo que escribir.

Ahora la casa está tranquila y a oscuras, pero hace un rato parecía que todo tuviera vida. Había escondido el diario en el ropero y regresado a la cama después de escribir sobre lo que había visto mientras hacíamos el amor, pero seguía inquieta. Podía oír el tictac del reloj de la sala, las campanadas dando las horas, los quedos ronquidos de Ben. Podía sentir el peso del edredón sobre mi pecho. No podía ver otra cosa que la luz del despertador. Giré sobre mi espalda y cerré los ojos. Enseguida me vi con unas manos alrededor del cuello que no me dejaban respirar. Solo podía oír el eco de mi voz diciendo «Voy a morir».

Pensé en mi diario. ¿Me ayudaría escribir un poco más? ¿Volver a leerlo? ¿Podía sacarlo de su escondite sin despertar a Ben?

Estaba tendido a mi lado, su cuerpo apenas visible en la penumbra. Me estás mintiendo, pensé. Porque es cierto. Mintiendo sobre mi novela, sobre Adam. Y ahora estoy segura de que me está mintiendo sobre cómo llegué a este estado, a quedar atrapada de este modo.

Me dieron ganas de despertarle, de gritar «¿Por qué? ¿Por qué me cuentas que un coche me atropelló en una carretera helada?». Me pregunto de qué me está protegiendo, cuán terrible podría ser la verdad.

¿Qué más cosas no sé?

De pensar en el diario pasé a pensar en la caja de metal, la caja donde Ben guarda las fotografías de Adam. Tal vez haya más respuestas ahí dentro, pensé. Tal vez encuentre la verdad.

Decidí levantarme. Abrí muy lentamente el edredón para no despertar a mi marido. Saqué el diario de su escondrijo y salí descalza al rellano. Envuelta en la luz azulada de la luna, la casa tenía ahora un aire diferente. Quieto y tranquilo.

Cerré la puerta del dormitorio tras de mí, el suave roce de la madera sobre la moqueta, el chasquido quedo del pomo. Allí, en el rellano, leí por encima lo que había escrito. Leí que Ben me había contado que un coche me atropelló. Leí que me había negado que yo hubiera escrito una novela. Leí sobre nuestro hijo.

Necesitaba ver una foto de Adam. Pero ¿dónde debería buscarla? «Las guardo arriba», había dicho Ben. «Por seguridad.» Eso lo sabía. Lo había anotado. Pero ¿dónde exactamente? ¿En la habitación de invitados? ¿En el estudio? ¿Cómo podía empezar a buscar algo que no recordaba haber visto antes?

Devolví el diario a su lugar, entré en el estudio y cerré la puerta tras de mí. La luna entraba por la ventana, envolviendo la estancia de una claridad grisácea. No me atreví a encender la luz, no podía arriesgarme a que Ben me encontrara hurgando en sus cosas. Me preguntaría qué estoy buscando y yo no sabría qué responder, qué excusa ponerle. Serían demasiadas las preguntas que me vería obligada a contestar.

Había escrito que la caja era de metal gris. Busqué primero en la superficie del escritorio. Un ordenador diminuto con una pantalla increíblemente plana, bolígrafos y lápices en una taza, papeles dispuestos en ordenados legajos, un pisapapeles de cerámica con forma de caballito de mar. En la pared situada detrás del escritorio, una agenda salpicada de pegatinas de colores, círculos y estrellas. Debajo de la mesa, una cartera de piel y una papelera, ambas vacías, y al lado un archivador.

Tiré del primer cajón, despacio, con sigilo. Estaba lleno de carpetas clasificadas bajos los títulos «Casa», «Trabajo», «Finanzas». Las pasé y detrás descubrí un frasco de pastillas, pero no alcanzaba a leer el nombre en la penumbra. El segundo cajón estaba repleto de artículos de escritorio: cajas, blocs de notas, bolígrafos, correctores. Lo cerré suavemente antes de acuclillarme para abrir el último cajón.

Una manta, o una toalla; me costaba distinguirlo en la tenue luz. Levanté una esquina, introduje la mano, toqué metal frío. Retiré la tela. Debajo estaba la caja de metal, más grande de lo que había imaginado, tan grande que casi llenaba el cajón entero. La envolví con las manos y descubrí que también era más pesada de lo que pensaba, y casi se me cayó al sacarla.

La dejé en el suelo, delante de mí. Y empecé a dudar. No sabía qué quería hacer, si abrirla o no. ¿Qué nuevas sorpresas podría esconder? Puede que, como la memoria misma, contuviera verdades que no podía ni empezar a imaginar. Sueños reales, horrores inesperados. Me invadió el miedo. Pero estas verdades, me dije, son todo lo que tengo. Son mi pasado. Son lo que me hace humana. Sin ellas no soy nada. Solo un animal.

Respiré hondo, cerré los ojos y procedí a levantar la tapa.

Cedió un poco, pero no pasó de ahí. Probé otra vez, creyéndola atascada, y otra, hasta que comprendí que estaba cerrada con llave. Ben la había cerrado con llave.

Traté de mantener la calma, pero la rabia se apoderó de mí. ¿Quién era él para cerrar con llave esta caja de recuerdos? ¿Para ocultarme lo que es mío?

No podía andar muy lejos, la llave. Miré dentro del cajón.

Desplegué la manta, la zarandeé. Me levanté, volqué la taza de los bolígrafos. Nada.

Desesperada, registré los demás cajones todo lo exhaustivamente que pude en la semioscuridad. No encontré ninguna llave, y comprendí que podía estar en cualquier sitio. En cualquier sitio. Caí al suelo de rodillas.

Un ruido. Un crujido tan quedo que pensé que lo había provocado mi propio cuerpo. Hasta que oí otro ruido. Una respiración. O un suspiro.

Una voz. Ben.

—¿Christine? —llamó. Luego, más fuerte—: ¡Christine!

¿Qué hago? Estaba sentada en el suelo de su estudio, con la caja de metal que cree que no recuerdo delante. Empecé a asustarme. Oí una puerta y la luz del rellano se encendió, alumbrando la rendija de la puerta del estudio. Ben se disponía a entrar.

Reaccioné con presteza. Devolví la caja a su lugar y, sacrificando el silencio por la rapidez, cerré el cajón de golpe.

—¿Christine? —llamó de nuevo. Pasos en el rellano—. Christine, cariño, soy yo, Ben.

Metí los bolígrafos en la taza y me acurruqué en el suelo. La puerta se abrió lentamente.

No supe lo que iba a hacer hasta que lo hice. Fue una reacción instintiva, visceral.

—¡Socorro! —grité cuando Ben apareció en el marco de la puerta. Su silueta se recortaba contra la luz del rellano y por un momento sentí el pavor que estaba fingiendo—. ¡Por favor, que alguien me ayude!

Encendió la luz y se acercó a mí.

—¡Christine! ¿Qué te ocurre? —Hizo ademán de acuclillarse.

Retrocedí por el suelo hasta chocar con la pared situada debajo de la ventana.

—¿Quién eres? —le pregunté. Descubrí que había empezado a llorar, a temblar descontroladamente. Arañé la pared y agarré la cortina de la ventana como si quisiera auparme con ella. Ben no se movió de donde estaba. Alargó una mano hacia mí, como si fuera peligrosa, un animal salvaje.

—Soy yo —dijo—. Tu marido.

—¿Mi qué? —dije, y a continuación—: ¿Qué me está pasando?

—Sufres amnesia —dijo—. Llevamos años casados.

Y mientras me preparaba el chocolate caliente que todavía tengo delante, dejé que me contara desde el principio lo que ya sabía.

Domingo, 18 de noviembre

Eso sucedió la madrugada del sábado. Hoy es domingo. Sobre el mediodía. Un día entero ha transcurrido sin dejar huella. Veinticuatro horas perdidas. Veinticuatro horas creyendo todo lo que Ben me contaba. Creyendo que nunca he escrito una novela, que no he tenido un hijo. Creyendo que fue un accidente lo que me robó mi pasado.

Puede que, a diferencia de hoy, el doctor Nash no me telefoneara y por eso no encontré este diario. O sí me telefoneó pero decidí no leerlo. Me estremezco. ¿Qué pasaría si un día decidiera dejar de llamarme? No volvería a encontrar el diario, no volvería a leerlo, ni siquiera sabría que existe. No conocería mi pasado.

Eso sería impensable, ahora lo sé. Mi marido me cuenta una versión de cómo perdí la memoria y mis emociones me cuentan otra. ¿Le he preguntado alguna vez al doctor Nash qué me ocurrió realmente? Aunque lo haya hecho, ¿puedo creer lo que me dice? La única verdad que poseo es la que está escrita en este diario.

Escrita por mí. No debo olvidar eso. Escrita por mí.

Pienso en esta mañana. Recuerdo que el sol golpeó las cortinas, despertándome de golpe. Abrí los ojos a un escenario desconocido y me desconcerté. No obstante, aunque no me vinieron imágenes concretas, sentí que me zambullía en un largo pasado, no solo unos pocos años. Y supe, aunque solo vagamente, que en ese pasado había un hijo mío. En esa fracción de segundo antes de despertarme del todo supe que era madre. Que había criado a un hijo, que mi cuerpo ya no era el único al que tenía el deber de alimentar y proteger.

Me di la vuelta, consciente de la presencia de otro cuerpo en la cama, de un brazo sobre mi cintura. No me asusté. Me sentí segura. Feliz. Me despabilé un poco más y las imágenes y sentimientos se fundieron en un recuerdo. Primero vi a mi pequeño, luego me vi a mí diciendo su nombre —Adam— y a él corriendo hacia mí. Después recordé a mi marido, recordé su nombre. Me sentía profundamente enamorada. Sonreí.

La sensación de paz duró poco. Miré al hombre que tenía al lado y vi una cara que no era la que esperaba. Un segundo después me percaté de que no reconocía la habitación donde había pasado la noche, de que no podía recordar cómo había llegado hasta ella. Por último, comprendí que no podía recordar nada con claridad. Esas imágenes breves e inconexas no habían sido una muestra de mis recuerdos, sino la suma total de los mismos.

Ben, naturalmente, me explicó la situación. O por lo menos una parte. Y este diario me explicó el resto después de que el doctor Nash me telefoneara y me dijera dónde encontrarlo. No tenía tiempo de leerlo todo —había subido a tumbarme fingiendo un dolor de cabeza, y estuve pendiente de todos los movimientos de Ben porque temía que en cualquier momento subiera con una aspirina y un vaso de agua— y me salté párrafos enteros. Pero leí lo suficiente. El diario me contaba quién era, cómo llegué hasta aquí, qué tengo y qué he perdido. Me contaba que aún hay esperanza. Que, aunque lentamente, estoy recuperando mis recuerdos. Así me lo había dicho el doctor Nash el día que estuve observando cómo leía mi diario. «Estás recordando muchas cosas, Chris», dijo. «No hay razón para que no continúe siendo así.» Y el diario me contaba que el accidente es una mentira, que en algún lugar oculto y remoto de mi mente puedo recordar qué me sucedió la noche que perdí la memoria. Que no está relacionado con un coche y una carretera helada, sino con champán y flores y una llamada a la puerta de una habitación de hotel.

Y ahora tengo un nombre. El nombre de la persona que había esperado ver cuando abrí los ojos esta mañana no era Ben.

Ed. Me desperté esperando encontrar a mi lado a alguien llamado Ed.

Entonces no sabía quién era ese Ed. Pensé que a lo mejor no era nadie, solo un nombre que me había inventado, que me había surgido sin más. O un antiguo amante, un rollo de una noche que no he olvidado del todo. Pero ahora he leído este diario. Y he descubierto que fui atacada en la habitación de un hotel. Por tanto, sé quién es ese Ed.

Es el hombre que estaba esperando al otro lado de la puerta aquella noche. El hombre que me atacó. El hombre que me robó la vida.

* * *

Esta noche he puesto a prueba a mi marido. No era mi intención, ni siquiera lo había planeado, pero me había pasado el día dándole vueltas a la cabeza. «¿Por qué me ha mentido? ¿Por qué? ¿Me miente cada día? ¿Solo existe la versión del pasado que él me cuenta o existen otras?» «Necesito confiar en él», me dije. No tengo a nadie más.

Estábamos comiendo cordero; un trozo barato, con mucha grasa, y demasiado hecho. Yo estaba dando vueltas al mismo pedazo, sumergiéndolo en la salsa, llevándomelo a la boca, devolviéndolo al plato.

—¿Cómo he llegado a este estado? —le pregunté. Había intentado rememorar la escena del hotel, pero se mantenía esquiva. En parte lo agradecía.

Ben levantó la vista de su plato. Tenía los ojos muy abiertos.

—Christine, cariño, no…

—Por favor —le interrumpí—. Necesito saberlo.

Soltó el cuchillo y el tenedor.

—Está bien —dijo.

—Necesito que me lo cuentes todo, absolutamente todo.

Me escudriñó con la mirada.

—¿Estás segura?

—Sí. —Después de dudarlo unos instantes, finalmente me lancé—. Puede que haya gente que piense que sería preferible no contarme todos los detalles, sobre todo si son desagradables, pero yo no pienso igual. Pienso que deberías contármelo todo para que así pueda decidir cómo sentirme. ¿Lo entiendes?

—Chris, ¿de qué estás hablando?

Desvié la mirada. Mis ojos se posaron en la fotografía de nosotros dos que había en el aparador.

—No lo sé —respondí—. Sé que no siempre he sido como soy ahora, por lo que algo tuvo que ocurrir. Algo malo. Solo estoy diciendo que eso lo sé. Sé que debió de ser algo espantoso, pero aun así quiero saberlo. Necesito saber qué ocurrió, qué me pasó. No me mientas, Ben. Por favor.

Deslizó un brazo por la mesa y me cogió la mano.

—Cariño, yo nunca haría eso.

Y empezó a hablar.

—Era diciembre —comenzó—. Había hielo en la carretera… —Y yo escuché, con una creciente sensación de temor, cómo me hablaba del accidente de coche. Cuando hubo terminado, cogió el cuchillo y el tenedor y siguió comiendo.

—¿Estás seguro? —dije—. ¿Estás seguro de que fue un accidente?

Suspiró.

—¿Por qué lo preguntas?

Traté de calcular hasta dónde podía decir. No quería desvelar que estaba escribiendo un diario, pero deseaba ser lo más sincera posible.

—Hoy tuve una sensación extraña —dije—. Casi como un recuerdo. No sé por qué, pero sentí que guardaba relación con mi estado actual.

—¿Qué clase de sensación?

—No lo sé.

—¿Un recuerdo?

—Más o menos.

—¿Recordaste detalles concretos de lo que sucedió?

Pensé en la habitación de hotel, en las velas, las flores. La sensación de que no las había puesto Ben, de que no era a él a quien estaba esperando. También pensé en la sensación de que no podía respirar.

—¿A qué detalles te refieres? —pregunté.

—A los que sean. La marca del coche que te atropelló, por ejemplo, o el color. Si viste quién conducía.

Quería gritarle: «¿Por qué quieres que piense que me atropelló un coche? ¿No será porque es una historia más fácil de creer que lo que pasó en realidad?».

Una historia más fácil de escuchar, pensé, o más fácil de contar.

Me pregunté qué haría si le dijera: «La verdad es que no. Ni siquiera recuerdo que me atropellara un coche. Recuerdo estar en una habitación de hotel esperando a alguien que no eras tú».

—No —repuse—. La verdad es que no. Fue solo una impresión global.

—¿Una impresión global? —repitió—. ¿Qué quieres decir con «una impresión global»?

Había elevado la voz, sonaba casi enfadado. Ya no estaba tan segura de querer continuar con esta conversación.

—A nada —dije—. Solo fue una sensación extraña, como si algo terrible estuviera sucediendo, y un sentimiento de dolor. Pero no recuerdo los detalles.

Pareció relajarse.

—Probablemente no sea nada —dijo—. Solo la mente jugándote malas pasadas. Trata de no hacerle caso.

¿No hacerle caso?, pensé. ¿Cómo podía pedirme eso? ¿Le asustaba que pudiera recordar la verdad?

Supongo que es posible. Ya me ha dicho que me atropelló un coche. Seguro que no le gusta la idea de quedar como un embustero, ni siquiera el resto del único día que podré retener el recuerdo. Sobre todo si está mintiendo por mi propio bien. Soy consciente de que creer que me atropelló un coche sería más fácil para los dos. Pero ¿cómo voy a descubrir qué ocurrió en realidad?

¿Y a quién estaba esperando en esa habitación?

—Vale —acepté, porque, ¿qué otra cosa podía decir?—. Probablemente tengas razón.

Regresamos a nuestro cordero, ya frío. De pronto me asaltó un pensamiento. Un pensamiento terrible y brutal: ¿Y si tiene razón? ¿Y si es cierto que un coche me atropelló y el conductor se dio a la fuga? ¿Y si mi mente se ha inventado la habitación de hotel, la agresión? A lo mejor todo era una invención mía. Imaginación, no recuerdo. ¿Era posible que, incapaz de asimilar el simple hecho de un accidente en una carretera helada, me lo hubiera inventado todo?

Si es así significa que mi memoria no está funcionando. Que no estoy recuperando recuerdos. Que no estoy mejorando, sino enloqueciendo.

Abrí el bolso y lo vacié sobre la cama. El contenido salió rodando. El monedero, la agenda, una barra de labios, una polvera, pañuelos. Un móvil, otro móvil. Una caja de pastillas de menta. Monedas sueltas. Un papelito amarillo.

Me senté en la cama mientras hurgaba. Lo primero que cogí fue la diminuta agenda, y pensé que la suerte me sonreía cuando vi el nombre del doctor Nash escrito en tinta negra en la última hoja, hasta que me di cuenta de que el número que aparecía debajo tenía la palabra «Consulta» al lado, anotada entre paréntesis. Era domingo. No estaría allí.

El papelito amarillo estaba pegado a uno de los márgenes, acumulando polvo y pelos pero, por lo demás, vacío. Estaba empezando a preguntarme qué demonios me había llevado a pensar que el doctor Nash me habría dado su número personal cuando recordé haber leído que me lo había anotado en la primera hoja de mi diario. «Llámame si te sientes desconcertada», había dicho.

Lo encontré. Cogí ambos teléfonos, pero no podía recordar cuál de ellos era el que me había dado el doctor Nash. Encendí el más grande y vi que todas las llamadas eran de o a Ben. El segundo —el que se abría— apenas había sido utilizado. ¿Por qué me ha dado el doctor Nash este teléfono si no para esto?, pensé. ¿Qué estoy ahora, si no desconcertada? Lo abrí, marqué su número y pulsé «Llamar».

Unos segundos de silencio y, a continuación, un tono alto, interrumpido por una voz.

—¿Diga? —contestó el doctor Nash. Tenía la voz adormilada, pero no era tarde—. ¿Quién es?

—Doctor Nash —susurré. Podía oír a Ben abajo, en la sala, donde le había dejado viendo un programa de talentos en la tele. Sonaban canciones y risas rociadas de aplausos—. Soy Christine.

Una pausa. Un reajuste mental.

—Ah, sí. ¿Cómo…?

Noté que me invadía la decepción. No parecía alegrarse de oír mi voz.

—Lo siento —me disculpé—. Tenía tu número apuntado en mi diario.

—Claro, claro —dijo—. ¿Cómo estás? —No respondí—. ¿Va todo bien?

184

—Lo siento. —Las palabras empezaron a salir de mi boca atropelladamente—. Necesito verte. Ahora. O mañana. Sí. Mañana. Anoche recordé algo. Lo he anotado. Una habitación de hotel. Alguien llamó a la puerta. No podía respirar. Yo… ¿Doctor Nash?

—Christine —dijo—, ve más despacio. ¿Qué ha pasado?

Respiré.

—Tuve un recuerdo. Estoy segura de que está relacionado con mi amnesia. Pero no lo entiendo. Ben dice que me atropelló un coche.

Oí movimiento, como si estuviera cambiando de postura, y otra voz. De mujer.

—No es nada —dijo quedamente, y murmuró algo que no alcancé a oír bien.

—¿Doctor Nash? —inquirí—. Doctor Nash, ¿me atropelló un coche?

—Ahora mismo no puedo hablar —replicó, y volví a oír la voz de la mujer, más fuerte esta vez, quejándose. Noté que algo se revolvía dentro de mí. Rabia. O tal vez pánico.

—¡Por favor! —farfullé.

Silencio. Y de nuevo su voz, esta vez firme.

—Lo siento —dijo—, ahora mismo estoy ocupado. ¿Lo has escrito?

No respondí. «Ocupado.» Pensé en su novia, me pregunté qué había interrumpido. Habló de nuevo.

—Lo que has recordado… ¿lo has anotado en el diario? Tienes que anotarlo.

—Vale, pero…

Me interrumpió.

—Hablaremos mañana. Te llamaré a este número. Te lo prometo.

Alivio mezclado con algo más. Algo inesperado. Difícil de definir. ¿Felicidad? ¿Gozo?

No. Era más que eso. Parte ansiedad, parte certeza, unidas a la emoción de un futuro placer. Todavía lo siento mientras escribo esto, una hora más tarde, pero ahora sé qué es. Algo que ignoro si he sentido con anterioridad. Expectación.

¿Pero expectación acerca de qué? ¿De que me diga lo que necesito saber, de que me confirme que estoy recuperando lentamente mis recuerdos, que el tratamiento está funcionando? ¿O hay algo más?

Pienso en cómo debí de sentirme cuando me tocó en el aparcamiento, lo que debía de estar pasando por mi cabeza para ignorar una llamada de mi marido. Puede que la verdad sea más sencilla. Estoy impaciente por hablar con él.

—Hazlo, por favor —respondí cuando me dijo que me llamaría. Pero para entonces ya había colgado. Pensé en la voz de la mujer y comprendí que estaban en la cama.

Aparto ese pensamiento de mi mente. Si lo alimento querrá decir que estoy enloqueciendo de verdad.

Lunes, 19 de noviembre

La cafetería estaba abarrotada. Pertenecía a una cadena. Todo era de color verde y marrón, y desechable, aunque, según los carteles que colgaban de las paredes tapizadas, hecho con material reciclable. Di un sorbo a mi café, servido en una taza de papel demasiado grande, mientras el doctor Nash se sentaba en una butaca frente a mí.

Era la primera vez que tenía la oportunidad de observarle detenidamente, o por lo menos la primera vez hoy, lo que viene a ser lo mismo. El doctor Nash me había llamado al teléfono que se abre poco después de que hubiera retirado los restos del desayuno, y recogido en coche una hora más tarde, cuando ya me había leído casi todo el diario. Me pasé el trayecto hasta la cafetería mirando por la ventanilla. Estaba confundida. Terriblemente confundida. Esta mañana —pese a no estar segura de cómo me llamaba— me había despertado sabiendo que era adulta y madre, pero ignorando por completo que me encontraba en la madurez y que mi hijo había muerto. Hasta el momento había tenido un día desconcertante, plagado de sorpresas —primero el espejo del cuarto de baño, luego el álbum de recortes, después este diario—, que culminó con el descubrimiento de que no confío en mi marido. A partir de ese momento se me quitaron las ganas de seguir indagando.

Comprobé que el doctor Nash era más joven de lo que había imaginado, y aunque había escrito que no necesitaba preocuparse por su peso, advertí que eso no quería decir que estuviera flaco. Tenía una complexión robusta, reforzada por la holgada americana que descansaba sobre sus hombros y por la que raras veces asomaban sus antebrazos sorprendentemente velludos.

—¿Cómo te sientes hoy? —me preguntó cuando se hubo sentado.

Me encogí de hombros.

—No lo sé muy bien. Confundida, supongo.

Asintió.

—Continúa.

Aparté la galleta que me había traído pese a no habérsela pedido.

—Me he despertado sabiendo que era una mujer adulta. Ignoraba que estaba casada, pero no me sorprendió demasiado que hubiera alguien en la cama conmigo.

—Eso está bien… —comenzó.

Le interrumpí.

—Pero ayer escribí que me desperté sabiendo que estaba casada…

—Entonces, ¿todavía estás escribiendo cosas en el cuaderno? —preguntó, y asentí con la cabeza—. ¿Lo has traído?

Lo había traído. Lo tenía en el bolso. Pero contenía cosas que no quería que el doctor Nash leyera, que no quería que nadie leyera. Cosas personales. Mi historia. La única historia que tengo.

Cosas que había escrito sobre él.

—Me lo he olvidado —mentí. No supe ver si estaba decepcionado o no.

—No importa —dijo—. Imagino lo frustrante que debe de ser que un día recuerdes algo y al día siguiente no. Así y todo, estás progresando. Estás recordando más cosas que antes.

Me pregunté hasta qué punto eso seguía siendo verdad. En las primeras entradas de este diario había escrito que había recordado mi infancia, mis padres, una fiesta con mi mejor amiga. Había visto a mi marido cuando éramos una joven pareja de enamorados, me había visto a mí escribiendo una novela. ¿Pero desde entonces? Últimamente solo he visto al hijo que perdí y la agresión que me dejó así. Cosas que casi preferiría olvidar.

—Has dicho que te preocupan las cosas que Ben te cuenta sobre lo que provocó tu amnesia.

Tragué saliva. Lo que había escrito el día antes se me antojaba imposible, casi ficticio. Un accidente de coche. Violencia en la habitación de un hotel. Nada de eso me parecía que tuviera que ver conmigo, pero no me quedaba más remedio que creer que lo que había escrito era cierto. Que Ben realmente me había mentido sobre la causa de mi amnesia.

—Continúa… —dijo.

Le conté lo que había escrito, empezando por la descripción de Ben del accidente y terminando por el recuerdo de la habitación de hotel, pero no le mencioné que cuando me asaltó este último estábamos haciendo el amor, y tampoco la romántica atmósfera —las flores, las velas y el champán— que lo envolvía.

Mientras le hablaba me dediqué a observarle. De tanto en tanto farfullaba palabras de ánimo, y en un momento dado hasta se frotó la barbilla y entornó los párpados, aunque semejaba más una expresión pensativa que de asombro.

—Ya lo sabías, ¿verdad? —dije cuando hube terminado—. Lo sabías todo.

Dejó su taza.

—Todo no. Sabía que no fue un accidente de coche lo que te provocó la amnesia, pero no he sabido que Ben te ha estado diciendo que lo fue hasta el otro día, cuando leí tu diario. También sabía que probablemente te hallabas en un hotel la noche que te… que te… la noche que perdiste la memoria. Pero los demás detalles que has mencionado son nuevos para mí. Si no me equivoco, esta es la primera vez que has recordado algo tú sola. Es una gran noticia, Christine.

«¿Una gran noticia?» Me pregunté si el doctor Nash pensaba que debería alegrarme.

—Entonces, ¿es cierto? —dije—. ¿No fue un accidente de coche?

Hizo una pausa.

—No, no lo fue.

—¿Por qué no me dijiste, después de leer el diario, que Ben me mentía? ¿Por qué no me contaste la verdad?

—Porque pensé que Ben probablemente tenía sus razones —contestó—. Y no me pareció bien decirte que te estaba mintiendo. En aquel momento, no.

—Y preferiste mentirme también.

—No —replicó—. Yo nunca te he mentido. Nunca te dije que la causa fuera un accidente de coche.

Pensé en lo que había escrito esta mañana.

—Pero el otro día, en tu consulta, hablamos del tema…

Negó con la cabeza.

—Yo no me estaba refiriendo a un accidente. Dijiste que Ben te había contado cómo perdiste la memoria, así que di por hecho que conocías la verdad. No olvides que todavía no había leído tu diario. Supongo que nos hicimos un lío…

Podía imaginar cómo ocurrió. Los dos esquivando un tema que no queríamos mencionar.

—Entonces, cuéntame qué ocurrió en esa habitación de hotel —dije—. ¿Qué estaba haciendo allí?

—No conozco todos los detalles.

—Pues cuéntame lo que sepas. —Las palabras salieron de mi boca con rabia, pero ya nada podía hacer. Le observé retirar del pantalón una miga inexistente.

—¿Estás segura de que quieres saberlo?

Tuve la sensación de que me estaba dando una última oportunidad. «Todavía puedes dar marcha atrás», parecía estar diciéndome. «Todavía puedes seguir con tu vida sin saber lo que me dispongo a contarte.»

Pero se equivocaba. No podía. Sin la verdad no estoy viviendo ni media vida.

—Sí —respondí.

La voz le salía entrecortada, titubeante. Empezaba frases que interrumpía a las tres o cuatro palabras. La historia parecía una espiral que rodeaba algo espantoso, algo que era preferible no expresar. Algo que ridiculizaría las conversaciones frívolas a las que imagino que está más acostumbrada esta cafetería.

—Es cierto. Te agredieron. Fue… —se interrumpió—. En fin, fue bastante fuerte. Te encontraron deambulando por la calle, desorientada. No llevabas encima ningún tipo de identificación. Tenías heridas en la cabeza. Al principio la policía pensó que te habían atracado. —Otra pausa—. Te encontraron envuelta en una manta y cubierta de sangre.

Me invadió un frío helado.

—¿Quién me encontró? —pregunté.

—No estoy seguro…

—¿Ben?

—No, no fue Ben. Un desconocido. Logró tranquilizarte y pidió una ambulancia. Fuiste admitida en un hospital, como es lógico. Sufrías una hemorragia interna y era preciso operarte de inmediato.

—¿Cómo supieron quién era?

Durante un angustioso instante pensé que a lo mejor no llegaron a averiguar mi identidad. A lo mejor todo, una historia completa, incluso un nombre, me fue dado el día que me encontraron. Incluso Adam.

—No fue difícil —dijo el doctor Nash—. Te habías registrado en el hotel con tu nombre. Y Ben había denunciado tu desaparición a la policía antes incluso de que te encontraran.

Pensé en el hombre que había llamado a la puerta de esa habitación, el hombre al que estaba esperando.

—¿Ben no sabía dónde estaba?

—No —dijo—. No tenía la menor idea, al parecer.

191

—¿Ni con quién estaba? ¿Quién me hizo esto?

—No. La policía no pudo arrestar a nadie. Apenas tenían pistas con las que trabajar, y tú, lógicamente, no podías ayudarles con la investigación. Llegaron a la conclusión de que la persona que te atacó borró todas las huellas y huyó. Por lo visto el hotel se hallaba muy concurrido esa noche. Estaban celebrando una recepción en uno de los salones y había mucha gente entrando y saliendo. Es probable que permanecieras un tiempo inconsciente después de la agresión. Luego bajaste y te marchaste del hotel en mitad de la noche. Nadie te vio salir.

Suspiré. Caí en la cuenta de que probablemente hacía muchos años que la policía había cerrado el caso. Para todo el mundo salvo para mí —incluso para Ben— se trataba de una noticia obsoleta, una historia antigua. Jamás sabré quién me hizo esto y por qué. A menos que recuerde.

—¿Qué sucedió entonces? —dije—. ¿Después de ingresar en el hospital?

—La operación fue un éxito, pero hubo efectos secundarios. Parece ser que después de la intervención los médicos tuvieron problemas para estabilizarte, sobre todo la presión arterial. —Hizo una pausa—. Estuviste un tiempo en coma.

—¿En coma?

—Sí —dijo—. Tu situación era crítica, pero tuviste suerte. Te hallabas en el lugar idóneo y los médicos trataron tu estado con determinación. Saliste del coma, pero descubrieron que habías perdido la memoria. Al principio creyeron que se trataba de algo temporal, la mezcla de lesión cerebral y anoxia. Una suposición razonable si…

—Un momento —le interrumpí—. ¿Anoxia? —Desconocía esa palabra.

—Lo siento —dijo—. Falta de oxígeno.

Sentí un mareo. Tuve la sensación de que todo se encogía, se deformaba, o era yo que estaba creciendo. Me oí preguntar:

192

—¿Falta de oxígeno?

—Sí. Mostrabas síntomas de haber sufrido una severa falta de oxígeno en el cerebro, ya fuera por un envenenamiento de dióxido de carbono, aunque no había otro indicio que lo demostrara, o por estrangulamiento. Tenías unas marcas en el cuello que apoyaban la segunda hipótesis. Pero la explicación más probable era que habías estado a punto de ahogarte. —El doctor Nash hizo una pausa para que pudiera asimilar sus palabras—. ¿Recuerdas haber estado a punto de ahogarte?

Cerré los ojos. Solo vi una tarjeta sobre una almohada con las palabras «Te quiero». Negué con la cabeza.

—Te recuperaste, pero tu memoria no mejoró —continuó—. Pasaste en el hospital un par de semanas, primero en la unidad de cuidados intensivos y luego en una habitación. Cuando ya fue posible moverte, te devolvieron a Londres.

Me devolvieron a Londres. Claro. Me encontraron cerca de un hotel. Probablemente me hallaba lejos de casa. Le pregunté dónde.

—En Brighton —dijo—. ¿Tienes idea de qué hacías allí? ¿Tienes alguna conexión con esa ciudad?

Traté de pensar en unas posibles vacaciones, pero no me vino nada.

—Ninguna —dije—. O ninguna que yo recuerde.

—Algún día te convendría volver allí. Podría ayudarte a recordar.

Se me heló la sangre. Negué con la cabeza.

Asintió.

—De acuerdo. Como es lógico, son muchas las razones que pudieron llevarte hasta allí.

Es cierto, pensé. Pero una razón que incluía velas y ramos de rosas, y excluía a mi marido.

—Claro —dije. Me pregunté si alguno de los dos mencionaría la palabra «aventura», y cómo debió de sentirse Ben cuando descubrió dónde había estado y por qué.

De pronto lo entendí. Entendí por qué Ben me ocultaba la verdadera causa de mi amnesia. ¿Por qué iba a querer recordarme que durante una época, por breve que fuera, había preferido a otro hombre? Me recorrió un escalofrío. Había preferido a otro hombre, y hete aquí el precio que había pagado.

—¿Qué sucedió después? —pregunté—. ¿Volví con Ben?

Negó con la cabeza.

—No. Todavía estabas muy enferma. Tuviste que quedarte en el hospital.

—¿Cuánto tiempo?

—Primero estuviste unos meses en la sección general.

—¿Y luego?

—Te trasladaron. —Titubeó. Pensaba que tendría que pedirle que continuara cuando dijo—: A la sección psiquiátrica.

La palabra me dejó muda.

—¿La sección psiquiátrica? —dije al fin. Visualicé un lugar horrible, lleno de locos soltando alaridos. No podía imaginarme en semejante lugar.

—Sí.

—Pero ¿por qué? ¿Por qué allí?

El doctor Nash habló con calma, si bien su tono revelaba cierta irritación. Inopinadamente tuve el convencimiento de que ya habíamos tenido esta conversación, puede que en multitud de ocasiones, presumiblemente antes de que hubiera empezado a escribir mi diario.

—Era más seguro —respondió—. Te habías recuperado bastante de tus lesiones físicas, pero tus problemas de memoria se habían agudizado. No sabías quién eras ni dónde estabas. Mostrabas síntomas de paranoia, decías que los médicos conspiraban contra ti. Siempre estabas intentando escapar. —Esperó—. Cada vez era más difícil controlarte. Te trasladaron por tu propia seguridad y la de los demás.

—¿La de los demás?

—A veces atacabas a la gente.

Traté de visualizar la situación. Me imaginé a una persona despertándose cada día en medio de un gran desconcierto, sin saber quién era o dónde estaba, o qué hacía en un hospital. Pidiendo respuestas que nadie le daba. Rodeada de gente que sabía más cosas de ella que ella misma. Debió de ser un auténtico infierno.

Recordé que estábamos hablando de mí.

—¿Y luego?

No respondió. Vi que levantaba los ojos y miraba por encima de mi hombro, hacia la puerta, como si estuviera esperando a alguien. Pero allí no había nadie, la puerta no se abría, nadie entraba ni salía. Me pregunté si estaba pensando en huir.

—Doctor Nash —dije—, ¿qué ocurrió después?

—Estuviste allí un tiempo. —Su voz se había reducido casi a un susurro. Esto ya me lo ha explicado antes, pensé, pero ahora sabe que lo escribiré y lo llevaré conmigo más que unas pocas horas.

—¿Cuánto tiempo?

No contestó. Se lo pregunté de nuevo.

—¿Cuánto tiempo?

Me miró con una mezcla de tristeza y dolor.

—Siete años.

Pagó y salimos de la cafetería. Estaba aterida. No sé qué había estado esperando, dónde creía que había pasado el peor período de mi enfermedad, pero ni por un momento se me había ocurrido que pudiera ser allí. En medio de todo ese dolor.

Camino del coche el doctor Nash se volvió hacia mí.

—Christine, tengo algo que proponerte. —Reparé en el desenfado con que hablaba, como si me estuviera preguntando cuál era mi sabor de helado favorito. Un desenfado que solo puede fingirse.

—Adelante —dije.

—Creo que podría ayudarte visitar la sección donde estuviste ingresada —sugirió—. El lugar donde pasaste todo ese tiempo.

Mi reacción fue instantánea. Automática.

—¡Ni hablar! —dije—. ¿Por qué?

—Estás haciendo progresos con tu memoria —insistió—. Piensa en lo que sucedió cuando visitamos tu antigua casa. —Asentí—. Recordaste algo. Creo que la experiencia podría repetirse. Puede que desencadene algo.

—Pero…

—No tienes que hacerlo. Pero… Seré sincero contigo. Ya he hablado con ellos. Estarían encantados de recibirte, de recibirnos, cuando nos vaya bien. Solo tenemos que telefonearles para decirles que estamos en camino. Yo te acompañaría y en cuanto sintieras angustia o malestar, nos marcharíamos. Todo irá bien, te lo prometo.

—¿Realmente crees que podría ayudarme a mejorar?

—No lo sé —admitió—. Pero es una posibilidad.

—¿Cuándo quieres que vayamos?

Dejó de caminar. Advertí que el coche que teníamos al lado era el suyo.

—Hoy —dijo—. Creo que deberíamos ir hoy. —Y añadió algo extraño—: No tenemos tiempo que perder.

* * *

No tenía que ir. El doctor Nash no me había insistido para que accediera a ir. Pero aunque no recuerdo haberlo hecho —en realidad, no recuerdo gran cosa— debí de aceptar.

El viaje fue largo, y lo hicimos en silencio. No podía pensar en nada. Nada que decir, nada que sentir. Tenía la mente vacía. Hueca. Saqué el diario del bolso —sin importarme que le hubiera dicho al doctor Nash que no lo tenía conmigo— y escribí esa última entrada. Quería dejar constancia de nuestra conversación. Y así lo hice, en silencio, casi sin pensar. Tampoco hablamos mientras aparcábamos el coche, ni mientras recorríamos los pasillos asépticos, con su olor a café rancio y pintura fresca. La gente pasaba por nuestro lado en silla de ruedas, conectada a un gotero de suero. De las paredes colgaban carteles medio caídos. Las luces del techo zumbaban y parpadeaban. Yo solo podía pensar en los siete años que había pasado allí. Se me antojaba toda una vida; una vida de la que nada recordaba.

Nos detuvimos frente a una puerta de doble hoja. Sala Fisher. El doctor Nash apretó un botón del interfono instalado en la pared y musitó algo. El doctor Nash se equivoca, pensé mientras la puerta se abría. No sobreviví al ataque. La Christine Lucas que abrió la puerta de esa habitación de hotel está muerta.

Otra puerta doble.

—¿Estás bien, Christine? —me preguntó mientras la primera puerta se cerraba a nuestra espalda, dejándonos atrapados—. Estamos en una unidad de seguridad.

De repente me asaltó el convencimiento de que la puerta que tenía detrás se había cerrado para siempre, de que ya nunca podría salir de allí.

Tragué saliva.

—Ya veo —dije.

La segunda puerta empezó a abrirse. No sabía qué me esperaba al otro lado, no podía creer que hubiera estado antes allí.

—¿Preparada? —preguntó.

Un pasillo largo con puertas a los lados. Al pasar frente a ellas vi que daban a habitaciones con ventanas en las paredes. En cada habitación había una cama, unas hechas, otras deshechas, unas ocupadas, otras no.

—Los pacientes de esta sección sufren problemas diversos —me explicó el doctor Nash—. Muchos muestran síntomas de esquizofrenia, pero también hay casos de bipolaridad, ansiedad aguda y depresión.

Miré por una de las ventanas. Había una chica sentada en la

cama, en cueros, viendo la tele. En otra había un hombre en cuclillas, meciéndose y con los brazos alrededor del torso, como si quisiera protegerse del frío.

—¿Están prisioneros? —dije.

—Los pacientes de esta sección permanecen aquí retenidos de acuerdo con la ley de salud mental, también conocida como ley de internamiento. Están aquí por su bien pero en contra de su voluntad.

—¿Por su bien?

—Sí. Son un peligro o bien para sí mismos o bien para los demás, por lo que hay que mantenerlos en un lugar seguro.

Seguimos andando. Una mujer levantó la vista cuando pasamos junto a su habitación, y aunque nuestras miradas se cruzaron, en la suya no había emoción alguna. Se dio una bofetada, sin dejar de mirarme, y cuando fruncí el entrecejo repitió el gesto. De pronto tuve una visión —de niña, en un zoo, viendo cómo una tigresa se paseaba por su jaula— pero la ahuyenté y seguí caminando, decidida a no mirar ni a izquierda ni a derecha.

—¿Por qué me trajeron aquí? —pregunté.

—Antes de ingresar en esta zona estabas en la sección general, en una cama como los demás pacientes. Algunos fines de semana los pasabas en casa, con Ben, pero cada vez le era más difícil manejarte.

—¿Difícil?

—Te escapabas de casa. Ben tuvo que empezar a cerrar las puertas de la casa con llave. En dos ocasiones sufriste un ataque de histeria. Estabas convencida de que Ben te había hecho daño y que te había encerrado en contra de tu voluntad. Durante un tiempo, cuando regresabas al hospital te tranquilizabas, pero poco a poco empezaste a mostrar el mismo comportamiento que en tu casa.

—Así que tuvieron que encontrar la manera de internarme —dije.

Habíamos llegado a un puesto de enfermería. Un hombre uniformado estaba detrás de una mesa, introduciendo datos en un ordenador. Cuando nos acercamos levantó la vista, dijo que la doctora vendría enseguida y nos invitó a sentarnos. Estudié su cara —la nariz torcida, el pendiente dorado— con la esperanza de encontrar algo que me resultara familiar, pero fue en vano. La sección me era del todo extraña.

—Sí —dijo el doctor Nash—. En una ocasión desapareciste durante cuatro horas y media. La policía te encontró en uno de los canales en bata y pijama. Ben tuvo que venir a recogerte porque te negabas a ir con ninguno de los enfermeros. No tuvieron elección.

Me contó que Ben enseguida empezó a hacer campaña para que me trasladaran.

—Creía que una sección psiquiátrica no era el mejor lugar para ti. Y tenía razón. No eras peligrosa, ni para ti ni para los demás. Hasta puede que el hecho de estar rodeada de pacientes más enfermos que tú estuviera empeorando tu estado. Escribió a los médicos, al director del hospital, pero no había plazas en ningún centro. Entonces —prosiguió— abrieron una residencia para gente con lesiones cerebrales agudas. Ben hizo presión y te evaluaron. Llegaron a la conclusión de que tu caso encajaba, pero estaba la cuestión económica. Ben había tenido que tomarse una excedencia para cuidar de ti y no podía pagar la residencia, pero no estaba dispuesto a aceptar un no por respuesta. Por lo visto amenazó con ir a la prensa con tu historia. Hubo reuniones y apelaciones, y finalmente el Estado accedió a pagar tu estancia el tiempo que hiciera falta y fuiste aceptada como paciente. Te trasladaron a la residencia hace unos diez años.

Pensé en mi marido, traté de imaginármelo escribiendo cartas, haciendo campaña, amenazando. Me costaba creerlo. El hombre que había conocido esta mañana parecía una persona modesta, deferente. No débil, pero sí resignada. No parecía la clase de persona capaz de causar problemas.

No soy la única, pensé, a quien le ha cambiado el carácter como consecuencia de mi trastorno.

—La residencia era bastante pequeña —continuó el doctor Nash—. Un centro de rehabilitación con algunas habitaciones. Había pocos residentes y mucho personal para cuidar de ti. Allí gozabas de un poco más de independencia. Estabas en un lugar seguro, y mejoraste.

—¿No estaba con Ben?

—No. Él vivía en vuestra casa. Necesitaba seguir trabajando y no podía hacerlo y cuidar de ti al mismo tiempo. Decidió...

Un recuerdo súbito me trasladó bruscamente al pasado. Las imágenes aparecían ligeramente desenfocadas, como envueltas en una neblina, y refulgían de tal manera que casi me dañaban los ojos. Me vi caminando por estos mismos pasillos, regresando a una habitación que reconocía vagamente como mía. Llevo zapatillas de felpa y un camisón azul con lazos en la espalda. La mujer que me acompaña es negra y va uniformada.

—Ya hemos llegado, cariño —me dice—. ¡Mira quién ha venido a verte! —Me suelta la mano y me guía hacia la cama.

Un grupo de desconocidos está sentado alrededor, mirándome. Veo a un hombre moreno y a una mujer con boina, pero no alcanzo a distinguir sus caras. Me he equivocado de habitación, quiero decir. Ha habido un error. Pero no lo digo.

Un niño —de unos cuatro o cinco años— se levanta del borde de la cama y corre hacia mí diciendo «Mamá». Veo que me está hablando a mí y solo entonces caigo en la cuenta de quién es. Adam. Me acuclillo y se me echa a los brazos. Le estrecho con fuerza y le doy un beso en la coronilla antes de levantarme.

—¿Quiénes son ustedes? —pregunto a las personas que rodean la cama—. ¿Qué hacen aquí?

De repente, el hombre se pone triste. La mujer de la boina se levanta y me dice:

—Chris, Chrissy, soy yo. Me reconoces, ¿verdad? —Se acerca a mí y veo que también ella está llorando.

—No —digo—. No. ¡Fuera de aquí! ¡Fuera!

Me doy la vuelta para salir de la habitación cuando reparo en la presencia de otra mujer. Está de pie detrás de mí y no sé quién es ni de dónde ha salido, y rompo a llorar. Las piernas me fallan pero el niño está abrazado a mis rodillas, y yo no sé quién es, pero no hace otra cosa que llamarme «mamá». «Mamá, mamá, mamá», y yo no sé por qué, ni quién es, ni por qué se abraza a mí de esa manera…

Una mano me tocó el brazo. Di un respingo, como si pinchara. Una voz.

—Christine, ¿estás bien? La doctora Wilson está aquí.

Abrí los ojos y miré a mi alrededor. De pie frente a nosotros había una mujer con una bata blanca.

—Doctor Nash —dijo. Le estrechó la mano y a renglón seguido se volvió hacia mí—. ¿Christine?

—Sí —dije.

—Me alegro de conocerla. Soy Hilary Wilson. —Le estreché la mano. Era algo mayor que yo; su pelo estaba empezando a criar canas y de su cuello colgaba una cadena dorada con unas gafas de media luna en la punta—. ¿Cómo está? —dijo, y de repente tuve la certeza de que nos habíamos visto antes. Señaló el pasillo con la cabeza—. Por aquí.

Su despacho era espacioso y estaba forrado de libros y cajas repletas de papeles. Tomó asiento detrás de una mesa y nos señaló dos sillas situadas enfrente donde el doctor Nash y yo nos sentamos. Cogió una carpeta de un legajo que tenía sobre la mesa y la abrió.

—A ver qué encontramos aquí —dijo.

Su imagen se congeló. La conocía. Había visto su foto cuando estaba tumbada en el escáner, pero en aquel momento no la reconocí. Yo había estado antes en ese despacho. Muchas veces. Sentada en esa misma silla, o en una parecida, viendo cómo la doctora Wilson anotaba cosas en una carpeta mirando por las gafas que sostenía delicadamente frente a sus ojos.

—Usted y yo nos hemos visto antes… —dije—. La recuerdo…

—El doctor Nash me miró a mí y luego a la doctora Wilson.

—Es cierto —respondió—, aunque no nos hemos visto muchas veces. —Explicó que llevaba poco tiempo trabajando aquí cuando yo me marché y que al principio ni siquiera me hallaba entre sus casos—. Pero resulta muy esperanzador que se acuerde de mí. Hace mucho que dejó este lugar. —El doctor Nash se inclinó hacia delante y dijo que tal vez me ayudaría ver la habitación donde había vivido. La doctora Wilson asintió, buscó en la carpeta y al cabo de un minuto dijo que no sabía cuál era—. Es posible que cambiara varias veces de habitación, por eso —argumentó—. Muchos pacientes lo hacen. ¿Cree que podríamos preguntárselo a su marido? Según su expediente, él y su hijo venían a verla casi todos los días.

Esta mañana había leído sobre Adam y sentí una oleada de felicidad al oír su nombre, y también de alivio por haberle visto crecer, pero negué con la cabeza.

—Preferiría no llamar a Ben.

La doctora Wilson no insistió.

—Al parecer una amiga suya llamada Claire también venía a verla con regularidad. ¿Qué me dice de ella?

Negué con la cabeza.

—Hemos perdido el contacto.

—Qué lástima. Bueno, no importa, yo misma puedo explicarle un poco cómo era la vida aquí. —Echó un vistazo a sus notas y luego juntó las manos—. Su tratamiento lo dirigía principalmente un especialista en psiquiatría. Se sometió a sesiones de hipnosis pero me temo que dieron escasos resultados. —Siguió leyendo—. No recibía mucha medicación. De vez en cuando le daban un sedante, pero más que nada para ayudarla a dormir. Este lugar puede ser muy ruidoso a veces, como bien imaginará —dijo.

Recordé los alaridos que había imaginado y me pregunté si yo los había emitido alguna vez.

—¿Cómo me comportaba? —le pregunté—. ¿Era feliz?

Sonrió.

—Por lo general, sí. La gente le tenía cariño. Por lo visto se hizo muy amiga de una enfermera en particular.

—¿Cómo se llama?

Buscó en sus notas.

—Me temo que aquí no lo dice. Usted jugaba mucho al solitario.

—¿Al solitario?

—Un juego de cartas. Quizá el doctor Nash pueda explicárselo más tarde. —Levantó la vista—. Según su expediente, a veces se ponía violenta —continuó—. No se alarme, es algo corriente en casos como el suyo. Las personas que han sufrido un serio trauma cerebral suelen mostrar cierta propensión a la violencia, sobre todo si tienen afectada la parte del cerebro que rige la autocontención. Además, los pacientes con amnesia como la suya tienden a algo que denominamos confabulación. Como para ellos su entorno carece de sentido, sienten el impulso de inventarse cosas. Se cree que se debe al deseo de llenar agujeros en la memoria. En cierto modo es comprensible, pero el amnésico puede volverse violento si alguien contradice su fantasía. La vida era sumamente desconcertante para usted, sobre todo cuando recibía visitas.

Visitas. De repente me entró el temor de que hubiera podido pegar a mi hijo.

—¿Qué hacía?

—De tanto en tanto atacaba a algún miembro del personal —dijo.

—¿Pero no a mi hijo? ¿No a Adam?

—Según su expediente, no. —Suspiré, no del todo aliviada—. Tenemos algunas hojas de una especie de agenda que mantenía —dijo—. Puede que el hecho de echarle un vistazo le ayude a comprender mejor su confusión.

Me asusté. Miré al doctor Nash y este asintió con la cabeza. La doctora Wilson me pasó una hoja azul y la cogí sin atreverme a mirarla.

Cuando finalmente lo hice vi que estaba escrita con una caligrafía irregular. Las letras estaban bien formadas y seguían los renglones de la hoja, pero a medida que descendían se iban volviendo más grandes e irregulares, de varios centímetros de altura, apenas dos o tres palabras por línea. Aunque me asustaba lo que pudiera encontrar, empecé a leer. «8.15», decía la primera entrada. «Me he despertado. Ben está aquí.» En la siguiente línea había escrito, «8.17. Ignora la última entrada. La escribió otro», y debajo, «8.20. AHORA sí estoy despierta. Antes no lo estaba. Ben está aquí».

Mis ojos descendieron por la hoja. «9.45. Acabo de despertarme, POR PRIMERA VEZ», y unas líneas más abajo, «10.07. AHORA no hay duda de que estoy despierta. Todas esas entradas son falsas. AHORA sí estoy despierta».

Levanté la vista.

—¿Esto lo escribí yo?

—Sí. Durante un tiempo tenía la sensación perpetua de que acababa de despertar de un sueño muy largo y profundo. Mire aquí. —La doctora Wilson señaló la hoja que me había puesto delante y leyó algunas entradas—: «He dormido una eternidad. Era como estar MUERTA. Acabo de despertarme. Otra vez puedo ver, por primera vez». Al parecer los médicos le animaban a escribir lo que sentía con la esperanza de que eso le ayudara a recordar lo que había sucedido antes, pero me temo que solo conseguía convencerse de que todas las entradas anteriores las había escrito otra persona. Empezó a pensar que el personal estaba haciendo experimentos con usted y reteniéndola en contra de su voluntad.

Volví a mirar la hoja. Estaba llena de entradas casi idénticas, separadas por apenas unos minutos. Me recorrió un frío helado.

—¿Tan mal estaba? —pregunté. Las palabras resonaron en mi cabeza.

—Durante un tiempo, sí —respondió el doctor Nash—. Tus anotaciones sugieren que solo podías conservar un recuerdo unos segundos, a veces un minuto o dos. Con los años dicho lapso de tiempo se ha ido alargando.

No podía creer que yo hubiera escrito eso. Parecía obra de una persona con la mente completamente rota. Reventada. Volví a leer las palabras. «Era como estar MUERTA.»

—Lo siento —dije—, pero no puedo…

La doctora Wilson me cogió la hoja.

—Lo entiendo, Christine. Debe de ser muy doloroso.

De pronto el pánico se apoderó de mí. Me puse de pie pero la habitación empezó a dar vueltas.

—Quiero irme —dije—. Esa no soy yo. No puedo haber sido yo. Yo… yo nunca pegaría a nadie. Nunca. Yo…

El doctor Nash se levantó también, seguido de la doctora Wilson. La mujer dio un paso al frente y chocó con su mesa. Varios papeles cayeron al suelo, entre ellos una fotografía.

—Dios mío… —susurré. La doctora Wilson bajó la vista y se acuclilló para cubrir la foto con un folio, pero yo ya la había visto.

—¿Soy yo? —pregunté, gritando—. ¿Soy yo?

La fotografía era de la cabeza de una mujer joven con el pelo recogido hacia atrás. Al principio me pareció que llevaba puesta una careta de Halloween. Tenía un ojo abierto, con el que miraba a la cámara, y el otro cerrado a causa de una enorme inflamación morada, los labios rojos y tumefactos, cubiertos de cortes. Las mejillas estaban hinchadas, lo que daba a todo el rostro un aspecto grotesco. Pensé en una fruta madura. Una ciruela podrida a punto de reventar.

—¿Soy yo? —grité, pese a haberme reconocido ya en esa cara deformada.

Aquí mi recuerdo se divide en dos. Una parte de mí estaba tranquila, serena, observando cómo la otra parte gritaba, se revolvía, tenía que ser refrenada por el doctor Nash y la doctora Wilson. «Compórtate», parecía estar diciéndole aquella. «Menudo bochorno.»

Pero esta otra parte era más fuerte. Había tomado las riendas, se había convertido en mi verdadero yo. Seguí gritando y corrí hacia la puerta. El doctor Nash me siguió. La abrí y eché a correr, aunque ignoraba hacia dónde. Una imagen de puertas con cerrojos. Alarmas. Un hombre persiguiéndome. Mi hijo llorando. No es la primera vez que actúo así, pensé. Esto me ha sucedido antes.

Mi memoria se queda en blanco.

Supongo que me calmaron y me convencieron de que me fuera con el doctor Nash. Lo siguiente que recuerdo es su coche, yo sentada en el lado del copiloto y el doctor Nash conduciendo. El cielo se estaba cubriendo y las calles aparecían grises, sin relieve. El doctor Nash estaba hablando de algo pero era incapaz de seguirle. Era como si mi mente hubiera partido a otro lugar y ahora no pudiera darle alcance. Miré por la ventanilla a los que iban de compras, a la gente paseando a su perro, empujando un cochecito, montando en bicicleta, y me pregunté si realmente deseaba seguir buscando la verdad. Puede que me ayude a mejorar, vale, pero ¿cuánto puedo esperar recuperar? Dudo mucho que un día me despierte sabiéndolo todo, como en el caso de la gente normal, sabiendo lo que hice el día antes, qué planes tengo para el día siguiente, qué enrevesado camino me ha llevado hasta el aquí y ahora, hasta la persona que soy. Solo puedo aspirar a que un día me mire al espejo y no sufra una conmoción, a que recuerde que estoy casada con un hombre llamado Ben y que perdí a un hijo llamado Adam, a que no tenga que ver un ejemplar de mi novela para saber que escribí una.

Pero hasta eso se me antoja inalcanzable. Pensé en lo que había visto en la Sala Fisher. Locura y dolor. Mentes destrozadas. Estoy más cerca de eso, me dije, que de la recuperación. Tal vez debería aprender a convivir con mi estado. Podría decirle al doctor Nash que no quiero volver a verle y quemar mi diario, enterrando así las verdades que he descubierto, sepultándolas tan hondo como las que todavía no conozco. Estaría huyendo de mi pasado, sí, pero por lo menos no tendría nada de qué lamentarme —dentro de unas pocas horas ni siquiera sabría que mi diario o mi médico existieron alguna vez— y a partir de ahí podría vivir con sencillez. Los días se sucederían, inconexos. De tanto en tanto el recuerdo de Adam asomaría a la superficie. Tendría un día de pena y el dolor al recordar lo que perdí, pero ahí quedaría todo. Por la noche me dormiría y lo olvidaría. Qué fácil sería, me dije. Mucho más fácil que esto.

Pensé en la fotografía que había visto de mi rostro. La imagen se me había quedado grabada en la mente. «¿Quién me hizo eso? ¿Por qué?» Recuperé el recuerdo que había tenido de la habitación de hotel. Seguía ahí, bajo la superficie, escurridizo. Por la mañana había leído que tenía motivos para creer que estaba teniendo una aventura, pero ahora me daba cuenta de que —aun siendo así— no podía recordar con quién. Solo disponía de un nombre de pila, recordado al despertarme unos días antes, y ninguna garantía de que algún día fuera a recordar algo más, incluso aunque lo deseara.

El doctor Nash seguía hablando. No tenía la más mínima idea de qué.

—¿Estoy mejorando? —le interrumpí.

Un segundo, durante el cual pensé que no tenía una respuesta, hasta que dijo:

—¿Crees que estás mejorando?

¿Lo creía? No supe qué responder.

—No lo sé. Sí, supongo que sí. A veces, cuando estoy leyendo mi diario, me vienen acontecimientos de mi pasado, imágenes fugaces, cosas que siento como reales. Recuerdo a Claire, a Adam, a mi madre. Así y todo, son como hilos que no puedo retener, globos que se elevan en el cielo antes de que pueda agarrarlos. No puedo recordar mi boda. No puedo recordar los primeros pasos de Adam, su primera palabra. No puedo recordar su primer día de colegio, su graduación. Nada. Ni siquiera sé si estuve. A lo mejor Ben decidió que no tenía sentido que asistiera. —Respiré—. Ni siquiera puedo recordar cómo me enteré de que había muerto. O haberle enterrado. —Rompí a llorar—. Tengo la sensación de que estoy enloqueciendo. A veces hasta dudo de que esté muerto. ¿No es increíble? A veces pienso que Ben me miente al respecto, como con todo lo demás.

—¿Todo lo demás?

—Sí —declaré—. Mi novela. La agresión. La causa de mi amnesia. Todo.

—¿Y por qué crees que querría mentirte?

Me asaltó una idea.

—¿Porque estaba teniendo una aventura? —dije—. ¿Porque le estaba siendo infiel?

—Christine, ¿no te parece un poco improbable?

No contesté. El doctor Nash tenía razón, desde luego. En el fondo no creía que las mentiras de Ben pudieran ser una prolongada venganza de algo que había sucedido tantos años atrás. Seguro que la explicación era mucho más simple.

—Yo creo que estás mejorando —dijo el doctor Nash—. Estás recordando cosas y con mucha más frecuencia que cuando nos conocimos. Esos recuerdos fugaces son, sin duda, una señal de progreso. Significan…

Me volví hacia él.

—¿Progreso? ¿Llamas a eso progreso? —Estaba casi gritando. La rabia brotó de mi interior como si no pudiera contenerla más—. Porque entonces, no sé si me interesa. —Había empezado a llorar—. ¡De hecho, no me interesa!

Cerré los ojos y me entregué a mi dolor. En cierto modo, me sentía mejor aceptando mi impotencia. No sentía vergüenza. El doctor Nash me estaba hablando, diciéndome que no me viniera abajo, que todo iría bien, y luego que me calmara. Ignoré sus palabras. No podía calmarme, no quería calmarme.

Detuvo el coche y apagó el motor. Abrí los ojos. Nos habíamos salido de la calle principal y estábamos delante de un parque. A través de las lágrimas vislumbré a un grupo de chicos —adolescentes, supuse— que estaban jugando al fútbol con una portería formada por sendas pilas de abrigos. Aunque había empezado a llover, seguían dándole a la pelota. El doctor Nash se volvió hacia mí.

—Christine, lo siento mucho. No sé, puede que lo de hoy fuera un error. Pensé que podría desencadenar otros recuerdos, pero me equivoqué. De todos modos, no entraba en los planes que vieras esa foto…

—No estoy segura de que haya sido la foto —repuse. Había dejado de llorar pero tenía la cara húmeda. Noté que una masa de mucosa empezaba a descender por mi nariz—. ¿Tienes un pañuelo? —Me pasó un brazo por delante y hurgó en la guantera—. Ha sido todo —proseguí—. Ver a esas personas, pensar que en otros tiempos yo estuve como ellas. Y la agenda. Me cuesta creer que yo haya escrito eso, que pudiera estar tan enferma.

—Pero ya no lo estás —dijo, y me pasó un pañuelo.

Lo acepté y me soné la nariz.

—Tal vez esto sea peor —dije con voz queda—. En la agenda escribí que era como estar muerta, pero ¿esto? Esto es peor. Tengo la sensación de morir cada día. Necesito sentir que estoy progresando. No puedo imaginarme continuando así mucho más tiempo. Sé que esta noche me dormiré y mañana me despertaré de nuevo sin saber nada, y pasado mañana, y al otro, todos los días de mi vida. No me lo puedo ni imaginar. No puedo afrontarlo. Esto no es vida, es solo una existencia, saltar de un momento al siguiente ignorando el pasado y sin planes para el futuro. Lo peor de todo es que ni siquiera sé qué no sé. Puede que haya muchas cosas esperando a hacerme daño. Cosas que ni siquiera soy capaz de imaginar.

El doctor Nash posó una mano en la mía. Me derrumbé sobre él, sabedora de lo que haría, de lo que debía hacer e hizo. Me abrazó y yo me dejé abrazar.

—Tranquila, tranquila. —Podía notar su pecho bajo mi mejilla. Inspiré hondo, inhalé su olor a ropa limpia y a algo más. A sudor, y a sexo. Su mano descansaba en mi espalda, y noté que se movía, que me acariciaba el pelo, la cabeza, suavemente al principio, con más firmeza cuando rompí de nuevo a llorar—. Todo irá bien —susurró, y yo cerré los ojos.

—Solo quiero recordar qué ocurrió la noche que me atacaron —dije—. Presiento que el hecho de recordar eso me llevará a recordar todo lo demás.

Me habló con dulzura.

—No existe garantía alguna de que así vaya a ser, ninguna razón para…

—Pero es lo que creo —dije—. De hecho, lo sé.

Me estrechó con suavidad, con tanta suavidad que apenas lo noté. Sentí su cuerpo duro contra el mío y respiré profundamente y, mientras respiraba, pensé en otro momento en que alguien me tenía abrazada. En otro recuerdo. *Tengo los ojos cerrados, como ahora, y un hombre está apretando mi cuerpo contra el suyo, pero en este caso la sensación es distinta. No quiero que me abrace. Me hace daño. Estoy forcejeando, intentando soltarme, pero él es fuer-*

te y tira de mí. *Habla.* «*Zorra*», *dice.* «*Puta*», *y aunque quiero repli-*
carle no lo hago. Tengo la cara aplastada contra su camisa, e igual que
con el doctor Nash, estoy llorando, gritando. Abro los ojos y veo la tela
azul de la camisa, una puerta, un tocador con tres espejos y, encima, un
cuadro de un pájaro. Veo su brazo fuerte y musculoso, con una vena re-
corriéndolo a lo largo. «*¡Suéltame!*», *digo, y de pronto estoy dando*
vueltas y cayendo, o el suelo se está elevando hacia mí. No lo sé. Me
agarra del pelo y me arrastra hacia la puerta. Me giro para verle la cara.

Y en ese instante la memoria vuelve a fallarme. Aunque recuerdo que le miraba la cara, no puedo recordar lo que vi. Su
cara es un espacio en blanco. Incapaz de soportar este vacío, mi
mente se pasea por los rostros que conozco, por absurdos imposibles. Veo al doctor Nash. A la doctora Wilson. Al recepcio-
nista de la Sala Fisher. A mi padre. A Ben. Llego incluso a ver
mi propia cara, riendo mientras levanto el puño para asestar un
golpe.

«*No, por favor*», *suplico*, «*no*». *Pero mi agresor de múltiples caras*
me golpea de todos modos, y noto el sabor de la sangre. Me arrastra
por el suelo y de repente estoy en el cuarto de baño, sobre las frías bal-
dosas, blancas y negras. El suelo está cubierto de vaho, la estancia
huele a azahar, y entonces recuerdo que estaba impaciente por darme
un baño, por ponerme guapa, pensando que a lo mejor todavía esta-
ría en la bañera cuando él llegara, y que podría unirse a mí y haría-
mos el amor levantando olas en el agua enjabonada, empapando el
suelo, la ropa, todo. Porque después de todos estos meses de duda,
finalmente lo he visto claro. Amo a este hombre. Finalmente lo sé.
Le amo.

Mi cabeza golpea el suelo. Una, dos, tres veces. La vista se me
nubla unos instantes. Un zumbido en los oídos. Grita algo pero no
puedo oírle. Su voz resuena como si fueran dos, ambos sujetándome,
ambos torciéndome el brazo, ambos agarrándome del pelo mientras
se arrodillan sobre mi espalda. Le suplico que me suelte, y hay dos
yo, también. Trago sangre.

Me echa la cabeza hacia atrás. Pánico. Estoy de rodillas. Veo agua, burbujas que ya empiezan a diluirse. Intento hablar pero no puedo. Tengo su mano en mi garganta, no puedo respirar. Caigo hacia delante, tan deprisa que creo que nunca me detendré, y de pronto tengo la cabeza dentro del agua. Azahar en la garganta.

Oí una voz.

—¡Christine! ¡Christine, detente!

Abrí los ojos. Me había bajado del coche y estaba corriendo. Por el parque, todo lo deprisa que me lo permitían mis piernas, y el doctor Nash me seguía.

Nos sentamos en un banco. Era de cemento, atravesado por listones de madera. Le faltaba un listón, y el resto cedió bajo nuestro peso. Notaba el sol en la nuca, veía las largas sombras que proyectaba en el suelo. Los chicos seguían jugando al fútbol, aunque el encuentro debía de haber finalizado; algunos estaban recogiendo, otros hablando, una de las pilas de abrigos había desaparecido, dejando la portería coja. El doctor Nash me había preguntado qué había sucedido.

—Recordé algo —dije.

—¿Sobre la noche que te atacaron?

—Ajá. ¿Cómo lo sabes?

—Gritabas «Suéltame» una y otra vez.

—Fue como si estuviera allí —dije—. Lo siento.

—No te disculpes, te lo ruego. ¿Quieres contarme qué viste?

En realidad no quería. Sentía como si un viejo instinto me estuviera diciendo que era preferible mantener este recuerdo en secreto. Pero necesitaba su ayuda y sabía que podía confiar en él. Se lo conté todo.

Cuando hube terminado, guardó un breve silencio antes de decir:

—¿Algo más?

—No, creo que no.

—¿No recuerdas qué aspecto tenía el hombre que te atacó?

—No. No puedo verle la cara.

—¿Su nombre?

—Tampoco —contesté—. ¿Crees que el hecho de saber quién me hizo esto, de verle, de recordarle, podría ayudarme?

—Christine, no existen pruebas que lo evidencien, nada que sugiera que así será.

—Pero ¿podría?

—Parece ser uno de tus recuerdos más reprimidos…

—Entonces, podría.

Guardó silencio antes de responder:

—Insisto en que lo que tal vez podría ayudarte es volver al lugar de…

—No lo menciones siquiera.

—Podríamos ir juntos. Estarías bien, te lo prometo. Si volvieras allí… a Brighton…

—No.

—… podrías recordar…

—¡Ya basta, por favor!

—… podría ayudarte.

Me miré las manos. Las tenía cruzadas sobre el regazo.

—No puedo volver allí —dije—. Sencillamente no puedo.

Suspiró.

—De acuerdo. ¿Qué tal si volvemos a hablarlo más adelante?

—No —susurré—. No puedo.

—Vale, vale.

Sonrió, pero parecía decepcionado. Quise darle algo, para que no se rindiera conmigo.

—¿Doctor Nash?

—¿Sí?

—El otro día escribí algo que me vino a la mente. A lo mejor es importante.

Se volvió hacia mí.

—Continúa. —Nuestras rodillas se tocaron. Ninguno de los dos las retiró.

—Me desperté sabiendo que estaba en la cama con un hombre, y recordé un nombre, pero no era el de Ben. Me pregunto si es el nombre de la persona con la que tuve una aventura. La persona que me atacó.

—Es posible —dijo—. Podría indicar que el recuerdo reprimido está empezando a mostrarse. ¿Qué nombre recordaste?

Me di cuenta de que no quería decírselo, no quería pronunciarlo en voz alta. Sentía que si lo hacía, estaría convirtiéndolo en algo real, haciendo que mi agresor volviera a existir. Cerré los ojos.

—Ed —susurré—. Imaginé que me despertaba con alguien llamado Ed.

Silencio. Un segundo que me pareció una eternidad.

—Christine —dijo—, ese es mi nombre. Yo me llamo Ed. Ed Nash.

Mi mente se disparó. Lo primero que pensé fue que él era el hombre que me había atacado.

—¿Qué? —exclamé, presa del pánico.

—Es mi nombre. Te lo he dicho otras veces, pero puede que no lo hayas anotado. Me llamo Edmund. Ed.

Entonces comprendí que el doctor Nash no podía ser mi agresor. En aquel entonces apenas debía de ser un niño.

—Pero…

—Es probable que estés confabulando —comentó—. ¿Recuerdas lo que explicó la doctora Wilson?

—Sí —dije—. Pero…

—O a lo mejor te atacó alguien con el mismo nombre.

Lo dijo riendo, quitando peso al asunto, pero desvelando con ello que había captado lo que yo no entendí hasta más tarde, de hecho hasta que me dejó en casa. Aquella mañana me había despertado contenta. Contenta de estar en la cama con alguien llamado Ed. Pero no era un recuerdo, sino una fantasía. Despertarme con este hombre llamado Ed no era algo que había hecho en el pasado sino —aunque mi mente consciente, mi mente despierta no supiera quién era— algo que deseaba hacer en el futuro. Quería acostarme con el doctor Nash.

Y ahora, sin pretenderlo, sin darme cuenta, se lo he dicho. Le he desvelado lo que probablemente siento por él. El doctor Nash reaccionó, no obstante, como un profesional. Los dos fingimos no dar importancia a lo que acababa de suceder y con ello pusimos de manifiesto toda su importancia. Regresamos al coche y me llevó a casa. Por el camino charlamos de nimiedades. El tiempo. Ben. Son pocas las cosas de las que podemos hablar; hay ámbitos enteros de experiencia de los que estoy excluida. En un momento dado, comentó:

—Esta noche vamos al teatro —y reparé en su intencionado uso del plural.

«No te preocupes», quise decirle. «Sé cuál es mi lugar.» Pero callé. No quería que pensara que estaba resentida.

Me dijo que me telefonearía mañana.

—Si estás segura de querer continuar.

Sé que no puedo dejarlo ahora. No hasta que descubra la verdad. Me lo debo a mí misma, si no quiero seguir viviendo solo media vida.

—Lo estoy —afirmé. De todos modos, le necesito para que me recuerde que debo escribir mi diario.

—Bien —concluyó—. Creo que la próxima vez deberíamos visitar otro lugar relacionado con tu pasado. —Se volvió hacia mí—. No te preocupes, allí no. Creo que deberíamos ir al centro psiquiátrico donde ingresaste después de abandonar la Sala Fisher. Se llama Waring House. —No dije nada—. No está lejos de tu casa. ¿Les telefoneo?

Me pregunté hasta qué punto podría beneficiarme eso. Entonces comprendí que no tenía más opciones, y que algo es mejor que nada.

—Sí —dije—. Telefonéales.

Martes, 20 de noviembre

Es por la mañana. Ben me ha propuesto que limpie las ventanas.

—Lo he escrito en la pizarra —dijo mientras se subía al coche—. Está en la cocina.

Fui a mirarlo. Había escrito «Limpiar ventanas» junto a un signo de interrogación. Me pregunté si Ben pensaba que quizá no tendría tiempo, me pregunté qué pensaba que hacía en todo el día. No sabe que ahora me paso horas leyendo mi diario y a veces otras tantas escribiendo en él. No sabe que hay días que quedo con el doctor Nash.

Me pregunto qué hacía antes de que mis días estuvieran tan llenos. ¿Realmente me los pasaba viendo la tele, dando paseos, realizando tareas domésticas? ¿Permanecía hora tras hora sentada en un sillón, escuchando el tictac del reloj, preguntándome cómo vivir?

«Limpiar ventanas.» Supongo que hay días que leo eso y me enfado, que lo veo como una manera de controlar mi vida, pero hoy lo veo con cariño, como algo tan simple como el deseo de mantenerme ocupada. Sonreí para mis adentros, pero mientras eso hacía pensé en lo difícil que debía de ser convivir conmigo. Seguro que Ben hace cuanto está en su mano para garantizar mi seguridad, y aun así seguro que vive con la preocupación constante de que me aturda, de que salga a la calle y me pierda, o algo peor. Recordé haber leído sobre el incendio que destruyó casi todo nuestro pasado, el incendio que Ben nunca me ha dicho que provoqué aun cuando es probable que así fuera. Una imagen —una puerta ardiendo tras una densa cortina de humo, un sofá derritiéndose, convirtiéndose en cera— flotaba en mi mente, fuera de mi alcance, resistiéndose a cristalizarse en un recuerdo, permaneciendo como un sueño. Pero Ben me ha perdonado eso, pensé, como probablemente muchas otras cosas. Miré por la ventana de la cocina y a través del reflejo de mi rostro vislumbré el césped recién cortado, los cuidados arriates, el cobertizo, las vallas. Caí en la cuenta de que Ben debió de enterarse de que yo estaba teniendo una aventura cuando me encontraron en Brighton, por no decir antes. La fuerza que tuvo que necesitar para ocuparse de mí después, cuando perdí la memoria, sabiendo que me había marchado de casa con la intención de follarme a otro hombre. Pensé en lo que había visto, en la agenda que había escrito. En aquel tiempo tenía la mente rota. Destrozada. Ben, sin embargo, había permanecido a mi lado cuando otro hombre probablemente me habría dicho que me tenía merecido lo que me estaba pasando y habría dejado que me pudriera.

Aparté la vista de la ventana y miré debajo del fregadero. Productos de limpieza. Jabón. Cajas de polvos, pulverizadores de plástico. Cogí un cubo de plástico rojo, lo llené de agua caliente y añadí un chorrito de jabón y una gota de vinagre. ¿Y cómo se lo he pagado?, pensé. Empuñé una esponja y me puse a enjabonar la ventana en sentido descendente. He estado paseándome por Londres viendo a médicos, haciéndome escáneres, visitando nuestra antigua casa y los lugares donde fui tratada después de mi accidente, todo a espaldas de Ben. ¿Y por qué? ¿Porque no confío en él? ¿Porque ha decidido protegerme de la verdad, hacer que mi vida sea lo más sencilla y fácil posible? Observé cómo el agua jabonosa descendía en forma de diminutos arroyos y se congregaba en el marco inferior. Cogí un trapo y saqué brillo al cristal.

Ahora sé que la verdad es aún peor. Esta mañana me desperté con un sentimiento de culpa abrumador y las palabras «Debería darte vergüenza» retumbando en mi cabeza. «Lo lamentarás.» Al principio pensé que me había despertado con un hombre que no era mi marido, y no fue hasta más tarde que descubrí la verdad. Que le he engañado dos veces. La primera años atrás, con un hombre que me lo arrebató todo, y la segunda ahora, aunque solo sea con el corazón. Me he enamorado como una cría de un médico que está intentando ayudarme, intentando reconfortarme. Un médico al que no puedo visualizar, al que no puedo recordar haber conocido, pero que sé que es mucho más joven que yo y tiene novia. ¡Y voy y le cuento lo que siento! Sin querer, vale, pero se lo he contado. No solo me siento culpable, sino como una estúpida. No puedo ni empezar a imaginar lo que me ha llevado hasta aquí. Soy patética.

Tomo una decisión. Aunque Ben no crea, como yo, que mi tratamiento funcionará, no puedo admitir que me negara la oportunidad de comprobarlo por mí misma. No si es lo que quiero. Soy una mujer adulta. Mi marido no es ningún monstruo. Por fuerza he de poder contarle la verdad. Vacié el agua en el fregadero y llené de nuevo el cubo. Se lo contaré esta misma noche, cuando llegue a casa. Esto no puede continuar así. Seguí limpiando las ventanas.

* * *

Escribí eso hace una hora pero ahora ya no estoy tan segura. Pienso en Adam. He leído sobre la caja de metal con sus fotografías, pero no hay fotos de él a la vista. Ni una sola. No puedo creer que Ben —que cualquiera— pueda perder a un hijo y retirar de su casa todo lo relacionado con él. Me parece un error, me parece imposible. ¿Puedo confiar en un hombre capaz de hacer algo así? Recordé haber leído sobre el día que fuimos a Parliament Hill y se lo pregunté directamente. Retrocedo en mi diario y vuelvo a leerlo. «¿No tuvimos hijos?», le dije, y me respondió: «No, no tuvimos hijos». ¿Lo había dicho únicamente para protegerme? ¿Realmente cree que es lo mejor para mí? ¿Qué es mejor no contarme nada salvo lo indispensable, lo conveniente?

Y lo más rápido. Debe de estar hasta la coronilla de contarme cada día las mismas cosas. Puede que la razón de que abrevie las explicaciones y modifique las historias no tenga nada que ver conmigo. Tal vez lo haga para no volverse loco de repetirlas tantas veces.

Tengo la sensación de estar enloqueciendo. Todo es líquido, todo cambia. Pienso una cosa y al rato pienso lo contrario. Me creo todo lo que mi marido me cuenta y un instante después no me creo nada. Confío en él y luego no confío. Todo, hasta yo misma, me parece irreal, una invención.

Ojalá supiera con certeza aunque solo fuera una cosa. Una cosa que nadie tuviera que explicarme, que nadie tuviera que recordarme.

Ojalá supiera con quién estaba aquel día en Brighton. Ojalá supiera quién me hizo esto.

* * *

Más tarde. Acabo de hablar con el doctor Nash. Estaba echando una cabezada en la sala de estar cuando sonó el teléfono. Tenía la televisión puesta, con el volumen apagado. Durante unos instantes no supe dónde estaba, si me hallaba dormida o despierta. Me parecía oír voces, cada vez más fuertes. Caí en la cuenta de que una era mía, y la otra semejaba la de Ben, pero estaba diciendo «Maldita zorra» y cosas aún peores. Empecé a gritarle, al principio enfadada, luego asustada. De pronto un portazo, el ruido sordo de un puñetazo, un cristal haciéndose añicos. Fue entonces cuando me di cuenta de que estaba soñando.

Abrí los ojos. Sobre la mesa, frente a mí, descansaba una taza desportillada con café helado, y un teléfono sonaba frenéticamente a su lado. El que se abre. Contesté.

Era el doctor Nash. Se presentó, pero su voz me sonaba familiar. Me preguntó si estaba bien. Le dije que sí y que había leído el diario.

—Entonces, ¿sabes de qué hablamos ayer? —me preguntó.

Me quedé estupefacta. Horrorizada. De modo que había decidido abordar el asunto. Un rayo de esperanza apareció ante mí —a lo mejor había sentido lo mismo que yo, la misma mezcla de deseo y temor— pero enseguida se apagó.

—¿La posibilidad de ir al lugar donde viviste después de dejar el hospital? —continuó—. ¿Waring House?

—Sí —dije.

—Pues bien, esta mañana les he telefoneado y me han dicho que no hay ningún problema, que podemos ir cuando queramos. —El futuro. Una vez más, se me antojaba casi irrelevante—. Voy a estar muy ocupado los próximos dos días. ¿Qué tal si vamos el jueves?

—Me parece bien —dije. En realidad me daba igual el día. No esperaba que la experiencia fuera a ayudarme en lo más mínimo.

—Bien —dijo—. Te llamaré.

Iba a despedirme cuando recordé qué había estado escribiendo antes de quedarme dormida. Comprendí que no había caído en un sueño profundo, o de lo contrario lo habría olvidado todo.

—Doctor Nash, ¿puedo hablarte de algo?

—Claro.

—¿De Ben?

—Claro.

—Me tiene un poco desconcertada. Hay cosas de las que no

me habla, cosas importantes. Adam. Mi novela. Y me miente sobre otras. Me cuenta que me hallo en este estado debido a un accidente.

—Ya. —Hizo una pausa antes de continuar—. ¿Y por qué crees tú que hace eso? —Hizo hincapié en el tú y no en el porqué.

Lo medité unos segundos.

—No sabe que estoy anotándolo todo. No sabe que sé esas cosas. Supongo que es más fácil para él.

—¿Solo para él?

—No. Supongo que también es más fácil para mí, o por lo menos eso cree él. Pero no lo es. Lo único que consigue es que ni siquiera sepa si puedo confiar en él.

—Christine, estamos constantemente transformando hechos, reescribiendo nuestro pasado para facilitarnos las cosas, para que encajen en nuestra versión preferida de los acontecimientos. Lo hacemos de forma automática. Nos inventamos recuerdos sin pensarlo siquiera. Si nos decimos suficientes veces que algo sucedió, acabamos creyéndolo y al final hasta podemos recordarlo. ¿No te parece que eso es lo que Ben está haciendo?

—Supongo que sí, pero tengo la sensación de que se está aprovechando de mí, de mi enfermedad. Cree que puede reescribir mi pasado como le plazca y que nunca me daré cuenta, que nunca lo sabré. Pero lo sé. Sé exactamente qué está haciendo y, por consiguiente, no puedo confiar en él. En realidad me está alejando de él, doctor Nash. Está destruyéndolo todo.

—¿Y qué crees que puedes hacer al respecto? —me preguntó.

Conocía la respuesta. He leído varias veces lo que escribí esta mañana. Que debería confiar en él. Que no debería. Al final solo me venían las palabras «Esto no puede continuar así».

—Contarle que estoy escribiendo un diario —dije—. Y que te estoy viendo.

Guardó silencio. No sé qué esperaba. ¿Desaprobación? Finalmente dijo:

—Tal vez tengas razón.

Me inundó un gran alivio.

—¿En serio?

—Sí —repuso—. Llevo un par de días pensando que quizá sea lo más sensato. No tenía ni idea de que la versión de Ben acerca de tu pasado diferiría tanto de lo que estás empezando a recordar. Ni de lo mucho que iba a afectarte. Así y todo, también pienso que actualmente solo nos llega una parte de la historia. De acuerdo con lo que me has contado, se diría que cada vez son más los recuerdos reprimidos que están saliendo a la superficie. Puede que hablar con Ben sobre el pasado te resulte útil. Podría favorecer tu proceso.

—¿Tú crees?

—Sí. Puede que haya sido un error ocultarle nuestro trabajo a Ben. Además, hoy he hablado con el personal de Waring House para hacerme una idea de cómo te fueron las cosas allí. Hablé con una mujer del personal con la que llegaste a estar muy unida. Se llama Nicole. Me dijo que hace poco que se reincorporó a Waring House, pero le alegró mucho saber que habías vuelto a tu casa. Dijo que nadie podría haberte querido tanto como Ben. Iba a verte casi todos los días. Me contó que se sentaba contigo en tu habitación o en los jardines de la residencia y que, pese a todo, se esforzaba mucho por estar alegre. Todo el personal acabó por conocerle muy bien. Esperaba con impaciencia sus visitas. —Hizo una pausa—. ¿Por qué no le propones a Ben que nos acompañe a Waring House. —Otra pausa—. Además, ya es hora de que le conozca.

—¿No os conocéis?

—No —respondió—. Solo hablamos brevemente por teléfono cuando le planteé que quería conocerte. Y no fue muy bien que digamos...

De pronto lo entendí. He ahí la razón de que estuviera proponiéndome que invitara a Ben. Quería conocerle, quería sacar lo nuestro a la luz para asegurarse de que la violenta situación de ayer no volvería a repetirse.

—Está bien —admití—. Si crees que es lo mejor.

Dijo que sí. Calló un largo instante, luego me preguntó:

—Christine, ¿has dicho que esta mañana leíste tu diario?

—Sí.

Calló otro instante.

—Yo no te telefoneé esta mañana. No te dije dónde estaba.

Caí en la cuenta de que tenía razón. Había ido hasta el ropero sin ayuda de nadie, y aunque ignoraba lo que iba a encontrar, descubrí la caja de zapatos e instintivamente la abrí. La había encontrado yo sola. Casi como si hubiera recordado que estaría allí.

—Es fantástico —dijo.

* * *

Estoy escribiendo esto en la cama. Aunque es tarde, Ben sigue en su estudio, al otro lado del rellano. Puedo oír cómo trabaja, el repiqueteo del teclado, el clic del ratón. De vez en cuando oigo un suspiro, el crujido de su silla. Me lo imagino escudriñando la pantalla, completamente absorto en su trabajo. Confío en que pueda escuchar cómo apaga el ordenador antes de venir a la cama, en que me dé tiempo de esconder mi diario. Ahora, pese a lo que pensé esta mañana y convine con el doctor Nash, estoy segura de que no quiero que mi marido se entere de lo que he estado escribiendo.

Hablé con él esta noche, cuando nos sentamos en el comedor a cenar.

—¿Puedo hacerte una pregunta? —dije. Él levantó la vista—. ¿Por qué no hemos tenido hijos?

Supongo que deseaba ponerle a prueba. Quería que me contara la verdad, que me contradijera.

—Siempre pensábamos que aún no era el momento —dijo—. Y luego fue demasiado tarde.

Empujé mi plato a un lado. Estaba decepcionada. Ben había llegado tarde a casa, gritado mi nombre al entrar, preguntado cómo estaba.

—¿Dónde estás? —Su tono había sonado a acusación.

Grité que me encontraba en la cocina. Estaba preparando la cena, troceando cebollas para rehogarlas en el aceite de oliva que estaba calentando en el hornillo. Se detuvo en el marco de la puerta, como si no supiera si entrar o no. Parecía cansado. Descontento.

—¿Estás bien? —le pregunté.

Vio el cuchillo en mi mano.

—¿Qué estás haciendo?

—La cena —contesté. Sonreí, pero no me devolvió la sonrisa—. Pensé que podríamos cenar una tortilla. En la nevera encontré huevos y champiñones. ¿Tenemos patatas? He mirado en todas partes pero...

—Había planeado chuletas de cerdo para cenar —dijo—. Las compré ayer con la idea de que las comiéramos hoy.

—Lo siento —repuse—. Pensaba...

—No importa. La tortilla me parece bien. Si es lo que quieres.

Me daba cuenta de que la conversación se me estaba yendo de las manos, tomando un cariz que no deseaba. Ben estaba mirando fijamente la tabla de picar, encima de la cual flotaba mi mano empuñando un cuchillo.

—No —dije. Reí, pero no me acompañó—. Da igual. No había visto las chuletas. Podría...

—Ya has troceado las cebollas. —Lo dijo sin emoción, como una simple corroboración.

—Lo sé, pero... ¿Qué tal si cenamos las dos cosas?

—Como quieras. —Se dio la vuelta para entrar en el comedor—. Voy a poner la mesa.

No respondí. Ignoraba qué había hecho mal. Regresé a las cebollas.

Ahora estábamos sentados a la mesa, frente a frente. Habíamos cenado prácticamente en silencio. Le había preguntado si iba todo bien y él se había encogido de hombros y respondido que sí.

—He tenido un día largo —fue cuanto me dijo. Al ver que yo esperaba algo más, se limitó a añadir—: En el trabajo.

La conversación murió antes incluso de que hubiera empezado, y decidí que era mejor no hablarle de mi diario ni del doctor Nash. Me llevé algunos bocados a la boca, procurando no inquietarme —después de todo, me dije, Ben también tiene derecho a tener un mal día— pero los nervios me estaban comiendo por dentro. Veía cómo la oportunidad de hablar se me escurría de las manos, y no sabía si mañana también me despertaría convencida de que era lo más conveniente. Al final no pude soportarlo más.

—Pero ¿queríamos tener hijos? —insistí.

Suspiró.

—Christine, ¿es necesario?

—Lo siento. —Todavía no sabía lo que iba a decirle, en el caso de que fuera a decirle algo. Tal vez debería olvidar el tema, pensé. Pero me di cuenta de que no podía—. Es que hoy me ha sucedido algo muy raro —dije, procurando inyectar a mi voz una despreocupación que no sentía—. Creí recordar algo.

—¿Algo?

—Sí. Bueno, no sé…

—Continúa. —Se inclinó hacia delante con repentino interés—. ¿Qué recordaste?

Fijé la mirada en la pared que Ben tenía detrás y de la que pendía una fotografía en blanco y negro. Los pétalos cerrados de una flor con gotas de agua adheridas a ellos. Parecía un póster barato, pensé, más propio de unos grandes almacenes que de una casa.

—Recordé que había tenido un hijo.

Se reclinó en su silla. Abrió mucho los ojos y luego los cerró por completo. Cogió aire y dejó ir un largo suspiro.

—¿Es cierto? —dije—. ¿Tuvimos un bebé?

Si miente ahora, pensé, no sé qué haré. Discutir con él, supongo. Contárselo todo en un arrebato incontrolado, catastrófico. Abrió los ojos y me miró fijamente.

—Sí —dijo—. Es cierto.

Me habló de Adam y eso me llenó de alivio. Aunque un alivio rociado de dolor. Todos esos años perdidos para siempre. Todos esos momentos de los que no tengo recuerdo, que nunca podré recuperar. Sentí que una profunda nostalgia crecía dentro de mí, hasta el punto de que temí que fuera a engullirme. Ben me habló del nacimiento de Adam, de su infancia, de su vida. Del colegio al que había ido, de la obra navideña en la que había participado, de sus habilidades para el fútbol y el atletismo, de su decepción con las notas. De sus novias. De la vez que le confundieron un indiscreto cigarrillo liado con un porro. Yo le hacía preguntas y él las contestaba; parecía contento de hablar de nuestro hijo, parecía que el recuerdo hubiera ahuyentado su mal humor.

Me descubrí cerrando los ojos mientras hablaba. Veía imágenes —de Adam, de mí, de Ben— pero no podía decir si eran reales o imaginarias. Cuando terminó de hablar abrí los ojos y por un momento me impactó la persona que tenía delante, lo mucho que había envejecido, lo poco que se parecía al joven padre que había estado imaginando.

—Pero no tenemos fotografías suyas en toda la casa —dije.

Me miró incómodo.

—Lo sé. Te ponen triste.

—¿Triste?

No respondió. A lo mejor no tenía fuerzas para contarme

que Adam había muerto. Parecía derrotado. Exhausto. Me sentí culpable por lo que le estaba haciendo, por lo que le hacía cada día.

—No te preocupes —dije—. Sé que está muerto.

Parecía sorprendido. Vacilante.

—¿Lo... sabes?

—Sí. —Me disponía a contarle lo de mi diario, que ya me había explicado todo eso antes, cuando cambié de parecer. Su humor todavía parecía inestable, el aire todavía tenso. Podía esperar—. Es una sensación —dije.

—Es comprensible. Te he hablado de ello otras veces.

Era cierto, lo había hecho. Y también me había hablado de la vida de Adam. No obstante, me di cuenta de que una historia la sentía como real y la otra no. Me di cuenta de que no me creía que mi hijo hubiera muerto.

—Vuelve a contármelo —le pedí.

Me habló de la guerra, de la bomba al lado de la carretera. Yo le escuchaba todo lo serenamente que podía. Me habló del funeral de Adam, de las salvas que dispararon sobre su féretro, de la bandera que lo envolvía. Yo intentaba empujar mi mente hacia esos recuerdos, por espantosos y difíciles que fueran, pero no conseguía ver nada.

—Quiero ir allí —declaré—. Quiero ver su tumba.

—Chris, no me parece...

Me di cuenta de que, sin memoria, necesitaba ver una prueba de que Adam estaba muerto. De lo contrario, me pasaría la vida cargando con la esperanza de que estuviera vivo.

—Quiero ir —repetí—. Necesito ir.

Todavía temía que pudiera decirme que no, que argumentara que no le parecía una buena idea, que me afectaría mucho. ¿Qué haría entonces? ¿Cómo podría obligarle?

Pero no lo hizo.

—Iremos este fin de semana, te lo prometo.

Una mezcla de alivio y pavor que me dejó aterida.

Lavamos los platos de la cena. De pie frente al fregadero, yo introducía en un agua caliente y jabonosa los platos que Ben me pasaba, los fregaba y se los devolvía para que los secara, evitando en todo momento mi reflejo en la ventana. Me obligué a pensar en el entierro de Adam, a imaginarme sobre el césped en un día nublado, junto a un montículo de tierra, mirando un féretro suspendido sobre un agujero abierto en el suelo. Traté de imaginarme la descarga de salvas, al solitario corneta tocando mientras nosotros —su familia, sus amigos— sollozábamos en silencio.

Pero no podía. No hacía mucho de eso y sin embargo no podía visualizarlo. Traté de imaginar cómo me sentía. Aquella mañana me habría despertado sin saber siquiera que era madre; Ben probablemente tuvo que convencerme primero de que tenía un hijo, y luego de que íbamos a dedicar esa misma tarde a enterrarlo. No imagino dolor sino aturdimiento, incredulidad, sensación de irrealidad. La mente puede asimilar hasta un punto, y seguro que no hay mente capaz de soportar algo así. La mía, desde luego, no podía. Me imaginé a Ben diciéndome lo que debía ponerme, conduciéndome hasta un coche que aguardaba delante de casa, instalándome en el asiento de atrás. Puede que durante el trayecto me preguntara al entierro de quién nos dirigíamos realmente. Tal vez lo sentía como mi propio entierro.

Miré el reflejo de Ben en la ventana. Había tenido que hacer frente a todo eso en un momento en que su propio dolor se hallaba en su punto más agudo. Hubiera sido mejor para todos que no me hubiera llevado al entierro. Con un escalofrío, me pregunté si, de hecho, eso fue lo que hizo.

Todavía no sabía si debía hablarle o no del doctor Nash. Otra vez parecía cansado, casi deprimido. Únicamente sonreía cuando nuestras miradas se cruzaban y yo le sonreía. Tal vez en otro momento, pensé, aunque lo cierto era que no podía saber si habría un momento mejor. No podía evitar sentir que yo tenía la culpa de su estado de ánimo, ya fuera por algo que había hecho o por algo que había dejado de hacer. Me di cuenta de que este hombre me importaba de veras. No sabía decir si le amaba o no —y todavía no puedo— pero eso es porque en realidad no sé qué es el amor. Pese al vago e impreciso recuerdo que tengo de él, siento amor por Adam, el impulso de protegerle, el deseo de dárselo todo, la sensación de que forma parte de mí y sin él soy una mujer incompleta. También por mi madre siento amor cuando mi mente la ve. Un vínculo más complejo, con advertencias y reservas. Un amor diferente, que no comprendo del todo. Pero ¿y Ben? A Ben lo encuentro atractivo. Y confío en él —pese a las mentiras que me ha contado sé que solo piensa en lo que es mejor para mí—, pero ¿puedo decir que le quiero cuando tengo la sensación de que solo hace unas horas que le conozco?

No sabía qué responder. Pero deseaba que fuera feliz y, en cierto modo, entendía que yo deseara ser la persona que le hiciera feliz. Debo esforzarme más, me dije. Tomar las riendas. Este diario podría constituir una herramienta para mejorar no solo mi vida, sino la de ambos.

Me disponía a preguntarle cómo estaba cuando ocurrió. Debí de soltar el plato antes de que él lo cogiera. Cayó al suelo —acompañado de un «¡Mierda!» farfullado por Ben— y se hizo añicos.

—¡Lo siento! —dije, pero Ben ni me miró. Se agachó mientras despotricaba entre dientes—. Déjame hacerlo a mí —me ofrecí, pero no me hizo caso y procedió a coger los trozos más grandes y a apilarlos en su mano derecha—. Lo siento —repetí—. ¡Qué torpe estoy!

No sé qué esperaba de él. Que me perdonara, supongo, o me dijera que no tenía importancia. Pero en lugar de eso, exclamó:

—¡Joder!

Soltó bruscamente los trozos de porcelana y se llevó el pulgar de la mano izquierda a los labios. Gotas de sangre salpicaron el linóleo.

—¿Estás bien? —le pregunté.

Alzó la vista.

—Sí, sí. Me he cortado, eso es todo. Condenado…

—Déjame ver.

—No es nada. —Se levantó.

—Déjame ver —insistí, buscando su mano—. Iré a buscar una venda, o mejor una tirita. ¿Tenemos…?

—¡Maldita sea! —espetó, apartándome la mano—. Déjalo ya, ¿quieres?

Le miré estupefacta. Podía ver que el corte era profundo; la sangre se congregaba en los bordes y descendía en una línea fina por su muñeca. No sabía qué hacer, qué decir. Ben no me había gritado por así decirlo, pero tampoco había intentado ocultar su irritación. Estábamos el uno frente al otro, a la expectativa, al borde de una discusión, aguardando a que el otro dijera algo, no sabiendo muy bien qué acababa de suceder, cuánta importancia había tenido ese momento.

Finalmente no pude más.

—Lo siento —dije, a pesar de que una parte de mí estaba molesta.

Su semblante se suavizó.

—No pasa nada. Yo también lo siento. —Hizo una pausa—. Creo que estoy un poco tenso, eso es todo. He tenido un día largo.

Arranqué una hoja del rollo de cocina y se la tendí.

—Deberías limpiarte.

La aceptó.

—Gracias —dijo, retirándose la sangre de la muñeca y los dedos—. Subiré a ducharme. —Se inclinó para besarme—. ¿De acuerdo?

Se dio la vuelta y se fue.

Le oí cerrar la puerta del cuarto de baño, abrir el grifo. La caldera que tenía a mi lado se encendió. Recogí los trozos de porcelana y los tiré a la basura, envolviéndolos primero con papel, barrí los pedazos más pequeños y, por último, limpié la sangre. Cuando hube terminado entré en la sala de estar.

El móvil que se abría estaba sonando dentro de mi bolso. Lo saqué. El doctor Nash.

El televisor estaba encendido. Por encima de mi cabeza podía oír el crujido del parquet cada vez que Ben pasaba de una estancia a otra. No quería que me oyera hablar por un teléfono que ignoraba que tenía. Susurré:

—¿Diga?

—Christine, soy Ed. El doctor Nash. ¿Puedes hablar?

Por la tarde su voz había sonado serena, casi reflexiva, mientras que ahora tenía un tono apremiante. Me inquieté.

—Sí —dije, bajando aún más la voz—. ¿Qué ocurre?

—¿Has hablado ya con Ben?

—Sí. Más o menos. ¿Por qué? ¿Qué ocurre?

—¿Le has hablado de tu diario? ¿De mí? ¿Le has propuesto que nos acompañe a Waring House?

—Todavía no. Me disponía a hacerlo. Está arriba… ¿Qué ocurre?

—Lo siento —dijo—. Probablemente no tenga importancia. Verás, me han llamado de Waring House. Concretamente Nicole, la mujer con la que hablé esta mañana. Quería darme un número de teléfono. Me contó que tu amiga Claire había telefoneado a la residencia para hablar contigo y que dejó su número de teléfono.

Noté que me ponía tensa. Oí la cadena del retrete, el chorro del agua del lavamanos.

—No lo entiendo —farfullé—. ¿Recientemente?

231

—No. Llamó dos semanas después de que salieras de Waring House para irte a vivir con Ben. Le dieron su número, pero Nicole me ha contado que Claire telefoneó de nuevo a Waring House para decirles que no conseguía comunicarse con Ben. Preguntó si podían facilitarle vuestra dirección y le contestaron que no, pero que podía dejar su número por si tú o Ben llamabais a la residencia. Después de hablar conmigo esta mañana, Nicole encontró un papel con el número en tu historial y volvió a llamarme para dármelo.

No entendía nada.

—¿Por qué no me lo enviaron por correo? ¿O por qué no se lo enviaron a Ben?

—Nicole dice que lo hicieron pero que nunca volvieron a saber de vosotros.

—Ben se encarga del correo —dije—. Lo recoge por la mañana, o por lo menos eso hizo hoy…

—¿Ben te ha dado el número de Claire?

—No. Me explicó que hace años que perdimos el contacto. Se marchó al poco tiempo de casarnos nosotros. A Nueva Zelanda.

—Entiendo —dijo—. Christine, ya me has contado eso antes, pero el caso es que… no es un número internacional.

Noté que se me formaba un nudo en el estómago, pero no sabía decir por qué.

—¿Significa eso que ha vuelto?

—Nicole me contó que Claire iba a verte a Waring House muy a menudo, casi tanto como Ben. Y que nunca le comentó que tuviera intención de irse a vivir a Nueva Zelanda o a cualquier otro país.

Tuve la sensación de que todo salía disparado, de que las cosas estaban yendo demasiado deprisa para que yo pudiera seguirlas. Oía a Ben arriba. El agua de la ducha había dejado de correr, la caldera había enmudecido. Tiene que haber una explicación razonable, pensé. Tiene que haberla. Me dije que lo único que tenía que hacer era frenar las cosas para poder darles alcance, para poder entender qué estaba pasando. Quería que el doctor Nash cerrara la boca, quería deshacer las cosas que había dicho, pero siguió hablando.

—Hay algo más —prosiguió—. Lo siento, Christine, pero Nicole me preguntó cómo estabas y se lo conté. Dijo que le sorprendía que estuvieras viviendo de nuevo con Ben. Le pregunté por qué.

—Está bien —me oí decir—. Continúa.

—Lo siento, Christine, pero Nicole me contó que tú y Ben os habíais divorciado.

La habitación se inclinó. Me agarré al brazo del sillón, como si temiera caerme. No podía ser. En la tele, una mujer rubia estaba gritando a un hombre mayor, diciéndole que le odiaba. Me dieron ganas de gritar también.

—¿Qué? —dije.

—Dijo que tú y Ben estabais separados. Ben te dejó un año después de que ingresaras en Waring House.

—¿Que nos separamos? —Sentí que la habitación retrocedía, se reducía hasta casi desaparecer—. ¿Estás seguro?

—Eso fue lo que me contó. También me dijo que creía que vuestra separación pudo tener algo que ver con Claire. No quiso decirme más.

—¿Claire?

—Ajá. —Pese a mi desconcierto, podía oír lo difícil que estaba encontrando el doctor Nash esta conversación, el titubeo en su voz, el lento recorrido por las diferentes posibilidades para elegir la más conveniente—. No sé por qué Ben te oculta cosas —dijo—. Estoy seguro de que piensa que está haciendo lo correcto, que está protegiéndote, pero ¿no contarte que Claire sigue viviendo aquí? ¿No mencionar lo de vuestro divorcio? No sé. A mí no me parece lo más adecuado, pero supongo que sus razones tendrá. —No dije nada—. He pensado que sería bueno que hablaras con Claire. Puede que ella tenga algunas respues-

233

tas. Puede que hasta se preste a hablar con Ben. No sé. —Otra pausa—. Christine, ¿tienes un bolígrafo? ¿Quieres el número?

Tragué saliva.

—Sí —murmuré—. Sí, por favor.

Alcancé el periódico que descansaba sobre la mesita del café, y el bolígrafo que tenía al lado, y anoté el número en una esquina. Oí que el pestillo de la puerta del cuarto de baño se descorría y Ben salía al rellano.

—¿Christine? —dijo el doctor Nash—. Te llamaré mañana. No le cuentes nada a Ben, por lo menos hasta que averigüemos qué está pasando. ¿De acuerdo?

Me oí decirle que sí, decirle adiós. Me recordó que no olvidara anotarlo todo en este diario antes de acostarme. Escribí «Claire» junto al número, sin saber aún qué iba a hacer con él. Lo arranqué y me lo guardé en el bolso.

No dije nada cuando Ben bajó, nada cuando se sentó en el sofá, frente a mí. Tenía la mirada fija en el televisor. Un documental sobre naturaleza. Los habitantes del lecho marino. Una nave sumergible dirigida por control remoto estaba explorando una falla submarina. Dos focos penetraban en lugares que nunca habían visto la luz. Fantasmas en la profundidad del océano.

Deseaba preguntarle si seguía en contacto con Claire, pero no quería escuchar otra mentira. Un calamar gigante flotaba en la penumbra mecido por la suave corriente. «Esta criatura no ha sido filmada antes», decía la voz en *off* acompañada de música electrónica.

—¿Estás bien? —me preguntó.

Asentí sin apartar los ojos de la pantalla. Se levantó.

—He de trabajar un rato —dijo—. En el estudio. No tardaré en acostarme.

Finalmente le miré. No sabía quién era.

—Bien —repuse—. Hasta luego.

Miércoles, 21 de noviembre

Me he pasado la mañana leyendo este diario. Aunque no lo he leído todo. Me he saltado algunas páginas, mientras que otras las he leído varias veces, tratando de darles crédito. Y ahora estoy sentada en el saliente del dormitorio, escribiendo.

Tengo el teléfono en la falda. ¿Por qué me está costando tanto marcar el número de Claire? Impulsos neuronales, contracciones musculares. No se precisa nada más. No es complicado. No es difícil. Y sin embargo, se me antoja mucho más fácil coger un bolígrafo y escribir sobre ello.

Esta mañana entré en la cocina. Mi vida, pensé, está construida sobre arenas movedizas. Cambia de un día para otro. Cosas que creo saber no son ciertas, cosas de las que estoy segura, hechos sobre mi vida, sobre mí misma, pertenecen a años atrás. Todo el pasado que poseo parece ficticio. El doctor Nash, Ben. Adam. Y ahora Claire. Existen, pero como sombras en la oscuridad. Entran y salen de mi vida como seres extraños. Esquivos, etéreos. Como espectros.

Y no solo ellos. Todo. Todo es una invención. Necesito urgentemente un suelo firme, algo real, algo que no desaparezca cuando me duerma. Necesito anclarme.

Levanté la tapa del cubo de la basura. Un calor tibio manó de su interior —el calor de la descomposición, de la putrefacción— y un olor. El olor dulzón, nauseabundo, de la comida

235

rancia. Vi un periódico, con su crucigrama a medio hacer, teñido de marrón por una bolsa de té. Contuve la respiración y me arrodillé en el suelo.

Dentro del periódico había trozos de porcelana, migas, un polvillo blanco, y debajo una bolsa de plástico cerrada con un nudo. La saqué, pensando en pañales sucios, y opté por abrirla más tarde si fuera necesario. Debajo de la bolsa encontré peladuras de patata y una botella de plástico casi vacía goteando ketchup. Aparté ambas cosas.

Cáscaras de huevo —cuatro o cinco— y pieles de cebolla. Los restos de un pimiento rojo con sus semillas, un champiñón grande medio podrido.

Satisfecha, devolví las cosas al cubo y lo cerré. Era verdad. Anoche cenamos una tortilla. Y un plato se hizo añicos. Miré en la nevera. Dos chuletas de cerdo en una bandeja de poliestireno. En el recibidor, junto a la escalera, las zapatillas de Ben. Todo estaba ahí, exactamente como lo describí anoche en mi diario. No me lo había inventado. Era todo cierto.

Y eso significaba que el número era de Claire. Que el doctor Nash me había llamado. Que Ben y yo nos habíamos divorciado.

Quiero telefonear al doctor Nash. Quiero preguntarle qué debo hacer o, mejor aún, que lo haga por mí. ¿Cuánto más tiempo, no obstante, puedo seguir siendo una visita en mi propia vida? ¿Mantenerme pasiva? Necesito tomar el control. Se me pasa por la cabeza que quizá no vuelva a ver al doctor Nash ahora que le he hablado de mis sentimientos, de mi enamoramiento, pero no dejo que ese temor eche raíces. Además, necesito hablar con Claire personalmente.

Pero ¿qué voy a decirle? Siento que tenemos tanto de qué hablar y, sin embargo, tan poco. Tanto pasado compartido pero del que no sé nada.

Pienso en lo que el doctor Nash me ha dicho sobre por qué nos separamos Ben y yo. «Algo que ver con Claire.»

Todo encaja. Hace años, cuando más le necesitaba pero menos le entendía, mi marido se divorció de mí, y ahora que hemos vuelto me cuenta que mi mejor amiga se fue a vivir a la otra punta del mundo antes de que todo esto pasara.

¿Es por eso por lo que no puedo llamar a Claire? ¿Porque temo que tenga más cosas que ocultar de las que he empezado a imaginar? ¿Es por eso por lo que a Ben no parece hacerle gracia que empiece a recordar? ¿Es por eso por lo que insiste en que todo intento de tratamiento es una pérdida de tiempo, para que nunca sea capaz de enlazar un recuerdo con otro y averiguar qué ha estado ocurriendo?

No puedo creer que sea capaz de tal cosa. Ni él ni nadie. Esto es ridículo. Pienso en lo que el doctor Nash me explicó sobre mi temporada en el hospital. «Decías que los médicos conspiraban contra ti», dijo. «Mostrabas síntomas de paranoia.» Me pregunto si eso es lo que me está pasando ahora.

De repente me invade un recuerdo. Emerge de mi vacuo pasado casi con violencia, tirándome hacia atrás, y se evapora con igual rapidez. Claire y yo en otra fiesta. «¡Por Dios, qué coñazo!», está diciendo. «¿Sabes cuál creo que es el problema? Que la gente está enganchada al sexo. No somos más que animales copulando. Por mucho que intentemos darle la vuelta, disfrazarlo, eso es todo lo que hay.»

¿Es posible que conmigo atrapada en mi propio infierno, Claire y Ben hayan buscado consuelo el uno en el otro?

Bajo la vista. El teléfono descansa, inerte, en mi regazo. En realidad ignoro por completo adónde va Ben cada mañana, cuando se marcha, o dónde se detiene de regreso a casa. Podría ser cualquier parte. Y carezco de la posibilidad de apilar una sospecha sobre otra, de enlazar un hecho con otro. Aunque un día me encontrara a Claire y a Ben en la cama, al día siguiente lo habría olvidado. Soy la persona ideal para que la engañen.

A lo mejor todavía se ven. A lo mejor ya les he descubierto y lo he olvidado.

Lo creo y, por otro lado, no lo creo. Confío en Ben y al mismo tiempo no confío en Ben. Es del todo posible vivir manteniendo dos puntos de vista contrarios en la mente a la vez, fluctuando entre los dos.

Pero ¿por qué me mentiría Ben? «Porque piensa que es lo mejor para mí», me repito una y otra vez. «Al ocultarte las cosas que no es necesario que sepas te está protegiendo.»

Como es lógico, marqué el número. No hubiera podido no hacerlo. Tras sonar varias veces escuché un clic y, a continuación, una voz. «Hola», dijo. «Por favor, deje su mensaje.»

La reconocí al instante. Era la voz de Claire. Inconfundible.

Le dejé un mensaje. «Llámame, por favor. Soy Christine.»

Bajé a la sala. Había hecho cuanto estaba en mi mano.

* * *

Esperé una hora. Una hora que se convirtió en dos. Pasé todo ese tiempo escribiendo en mi diario, y cuando decidí que Claire ya no iba a llamar me preparé un sándwich y me lo comí en la sala de estar. Mientras me hallaba en la cocina —limpiando la encimera, recogiendo migas en la palma de mi mano y disponiéndome a vaciarlas en el fregadero— llamaron a la puerta. El timbre me sobresaltó. Dejé la esponja, me sequé las manos con el trapo tendido en la barra del horno y fui a ver quién era.

A través del vidrio esmerilado podía ver la silueta de un hombre. No iba uniformado. Parecía llevar traje y corbata. ¿Ben?, pensé antes de caer en la cuenta de que aún estaba en el trabajo. Abrí la puerta.

Era el doctor Nash. Lo supe, en parte, porque no podía ser nadie más, y en parte porque —si bien es cierto que al leer esta mañana sobre él no pude imaginarme su cara, y mi marido había seguido siendo para mí un completo desconocido incluso después de decirme quién era— le reconocí. Llevaba el pelo corto, con la raya al lado, la corbata floja y torcida, debajo de la americana un jersey que desentonaba.

Debió de reparar en mi cara de sorpresa.

—¿Christine? —dijo.

—Sí —respondí, abriendo la puerta apenas una rendija.

—Soy yo, Ed. Ed Nash. ¿Doctor Nash?

—Lo sé —dije—.Yo…

—¿Has leído tu diario?

—Sí, pero…

—¿Estás bien?

—Sí —asentí—. Estoy bien.

Bajó la voz.

—¿Está Ben en casa?

—No, no está. La verdad es que… no te esperaba. ¿Habíamos acordado una cita?

Hubo una pausa, de apenas una fracción de segundo, pero bastó para romper el ritmo de la conversación. No habíamos acordado ninguna cita, eso lo sabía. O por lo menos no la había anotado.

—Sí —dijo—. ¿No la anotaste?

No lo había hecho, pero no se lo dije. Nos quedamos en el umbral de esta casa que sigo sin sentir como mi hogar, mirándonos.

—¿Puedo entrar? —me preguntó al fin.

No respondí. No estaba segura de querer que entrara. En cierta manera, me parecía incorrecto. Un abuso.

Pero ¿un abuso de qué? ¿De la confianza de Ben? No sabía decir hasta qué punto me importaba eso, después de todas sus mentiras. Mentiras sobre las que me había pasado gran parte de la mañana leyendo.

—Sí —dije al fin. Abrí la puerta. Cuando entró miró a izquierda y derecha. Le cogí el abrigo y lo colgué en el perchero, al lado de un impermeable que supuse era mío—. Por aquí —señalé, indicando la sala de estar, y entró.

Preparé dos cafés, le tendí uno y me senté frente a él con el otro. No dijo nada. Bebí un lento sorbo y aguardé mientras él hacía otro tanto. Dejó su taza sobre la mesa de centro que había entre los dos.

—¿No recuerdas haberme pedido que viniera? —me preguntó.

—No —respondí—. ¿Cuándo te lo pedí?

Me quedé helada cuando lo oí.

—Esta mañana, cuando te llamé para decirte dónde estaba el diario.

No podía recordar que esta mañana me hubiera llamado el doctor Nash, y sigo sin poder recordarlo ahora que ya se ha ido.

Pensé en otras cosas que había escrito. Un plato de melón que no recordaba haber pedido. Una galleta que no había solicitado.

—No lo recuerdo —dije. Empecé a asustarme.

Puso cara de preocupación.

—¿Has dormido algo hoy? ¿Algo más que una breve cabezada?

—No, en absoluto. Simplemente, no puedo recordarlo. ¿Cuándo fue? ¿Cuándo?

—Christine, cálmate —dijo—. Seguro que no tiene importancia.

—Pero ¿y si...?

—Christine, por favor, no significa nada. Simplemente lo has olvidado, eso es todo. A todos se nos olvidan cosas a veces.

—¿Conversaciones enteras? ¡No deben de haber pasado ni dos horas desde que hablamos!

—Sí —respondió. Hablaba con suavidad, tratando de serenarme, pero no se movió de su asiento—. Últimamente te han pasado muchas cosas. Tu memoria siempre ha sido variable. Que hayas olvidado una cosa no significa que estés empeorando, que no vayas a mejorar de nuevo, ¿de acuerdo? —Asentí con la cabeza, desesperada por creerle—. Me pediste que viniera porque querías hablar con Claire pero no sabías si serías capaz. Y querías que hablara con Ben en tu nombre.

—¿Yo quería eso?

—Ajá. Me dijiste que no te veías capaz de hacerlo sola.

Le miré, pensé en todas las cosas que había escrito. Me di cuenta de que no le creía. Debí de encontrar el diario por mi cuenta. No le había pedido que viniera hoy. No quería que hablara con Ben. ¿Por qué iba a quererlo si yo misma había decidido no contarle nada? ¿Y por qué iba a decirle que le necesitaba aquí para que me ayudara a hablar con Claire cuando yo ya le había telefoneado y dejado un mensaje?

«Está mintiendo.» Me pregunté qué otras razones le habían traído hasta aquí. Qué era eso que no era capaz de contarme.

No tengo memoria, pero no soy idiota.

—¿A qué has venido realmente? —le pregunté. Se removió en su asiento. Puede que solo quisiera ver la casa donde vivo. O verme una última vez antes de que yo hablara con Ben—. ¿Te preocupa que Ben no me permita volver a verte una vez que le haya hablado de nosotros?

Se me ocurre otra posibilidad. A lo mejor no está escribiendo ningún artículo. A lo mejor sus razones para querer pasar tanto tiempo conmigo son otras. Aparto esa idea de mi mente.

—No —dijo—, no es nada de eso. Vine porque tú me lo pediste. Y fuiste tú la que decidió esperar a haber hablado con Claire para contarle a Ben que me estás viendo. ¿Lo recuerdas?

Negué con la cabeza. No lo recordaba. No tenía ni idea de lo que me estaba hablando.

—Claire se está tirando a mi marido —solté.

Me miró estupefacto.

—Christine…

—Me trata como si fuera idiota —continué—. No me cuenta más que mentiras. Pues bien, no soy ninguna idiota.

—Dudo mucho que eso sea así —dijo—. ¿Por qué…?

—Llevan años follando. Eso lo explica todo. Por qué me cuenta que Claire se fue a vivir al extranjero. Por qué no la veo cuando se supone que es mi mejor amiga.

—Christine, estás imaginando cosas. —Rodeó la mesa y se sentó a mi lado—. Ben te quiere. Yo sé que te quiere. Hablé con él cuando quise convencerle de que me dejara verte. Te era fiel, completamente fiel. Me dijo que te había perdido una vez y no quería volver a perderte. Que te había visto sufrir mucho cada vez que alguien intentaba tratarte y no quería volver a verte sufrir. Es evidente que te quiere. Está intentando protegerte. De la verdad, supongo.

Pensé en lo que había leído esa mañana. En lo del divorcio.

—Pero me dejó. Para estar con ella.

—Christine, estás ofuscada. Si eso fuera cierto, ¿por qué iba a querer traerte a casa? Te habría dejado en Waring House. Pero no lo hizo. Se ocupa de ti. Todos los días.

Tuve la sensación de que me derrumbaba, de que me replegaba en mí misma. Sentí que comprendía sus palabras y, al mismo tiempo, no las comprendía. Sentí el calor que desprendía su cuerpo, vi la ternura que se reflejaba en sus ojos. Sonrió. Empezó a crecer, y llegó un momento en que su cuerpo era lo único que podía ver, su respiración lo único que podía oír. Me dijo algo pero no lo oí. Solo era capaz de oír una palabra. «Amor.»

No fue mi intención hacer lo que hice. No lo tenía planeado. Ocurrió sin más. Mi vida tembló como una tapadera atascada que finalmente estalla. De pronto solo era consciente de mis labios en los suyos, de mis brazos alrededor de su cuello. Su pelo estaba húmedo y no entendí por qué pero tampoco me importaba. Quería hablar, decirle lo que sentía, pero no lo hice, porque eso habría significado dejar de besarle, poner fin a ese instante que quería que durara eternamente. Al fin me sentía mujer. Al mando. Aunque he debido de hacerlo, aunque he debido de escribir sobre ello, no puedo recordar haber besado a otro hombre aparte de mi marido; lo sentía como si fuera la primera vez.

Ignoro cuánto duró. Ni siquiera sé cómo sucedió, cómo pasé de estar encogida en el sofá, tan pequeña que sentía que podía desaparecer, a besarle. No recuerdo haberlo provocado, que no es lo mismo que decir que no recuerdo haberlo deseado. No recuerdo cómo empezó. Solo que pasé de un estado a otro de golpe, sin darme tiempo a meditarlo, a decidirlo.

No me apartó bruscamente. Fue amable. Me concedió eso, al menos. No me insultó preguntándome qué estaba haciendo o, peor aún, qué creía que estaba haciendo. Simplemente apartó sus labios de los míos, mis manos de su cuello, y suavemente dijo:

—No.

Estaba atónita. ¿Por lo que acababa de hacer? ¿Por su reacción? No lo sé. Solo sabía que, durante un instante, había estado en otro lugar y una nueva Christine había entrado en escena, reemplazándome por completo, y desaparecido después. Pero no estaba escandalizada. Ni siquiera decepcionada. Estaba agradecida. Agradecida de que, por causa de ella, algo hubiera ocurrido.

El doctor Nash me miró fijamente.

—Lo siento —dijo. No podía percibir qué estaba sintiendo. ¿Rabia? ¿Lástima? ¿Pesar? Cualquiera de esas emociones era posible. Tal vez lo que veía en su cara fuera una mezcla de las tres. Todavía me tenía cogidas las manos. Las posó en mi regazo y las soltó—. Lo siento, Christine —repitió.

Yo no sabía qué decir. Qué hacer. Me disponía a disculparme cuando dije:

—Te quiero, Ed.

Cerró los ojos.

—Christine, no…

—No, por favor —le interrumpí—, no me digas que tú no

sientes lo mismo. —Frunció el entrecejo—. Tú sabes que me quieres.

—Christine, te lo ruego, estás… estás…

—¿Qué? ¿Loca?

—No. Confundida. Estás confundida.

Reí.

—¿Confundida?

—Sí. Tú no me quieres. ¿Recuerdas que hablamos de la tendencia a confabular? Es algo bastante común en la gente que…

—Oh, lo sé —dije—, lo recuerdo. En la gente que no tiene memoria. ¿Es eso lo que crees que estoy haciendo?

—Es posible, muy posible.

En ese momento le odié. Creía saberlo todo, conocerme mejor de lo que yo me conocía a mí misma. Lo único que él conocía de verdad era mi enfermedad.

—No soy idiota —declaré.

—Lo sé, Christine, lo sé. No pienso que seas idiota. Lo que pienso es…

—Seguro que me quieres.

Suspiró. Estaba empezando a hartarle. Acabando con su paciencia.

—¿Por qué si no has estado viniendo tanto por aquí y paseándome por Londres en tu coche? ¿Haces eso con todos tus pacientes?

—Sí —empezó—. Bueno, no, no exactamente.

—Entonces, ¿por qué lo haces conmigo?

—Porque estoy intentando ayudarte —dijo.

—¿Eso es todo?

Una pausa. Luego:

—Bueno, no. También estoy escribiendo un artículo. Un artículo científico…

—¿Me estás estudiando?

—Más o menos.

Traté de desoír lo que acababa de decirme.

—No me dijiste que Ben y yo nos habíamos separado. ¿Por qué? ¿Por qué no me lo dijiste?

—¡Porque no lo sabía! —repuso—. Por ninguna otra razón. No aparecía en tu historial y Ben no me lo contó. ¡No lo sabía! —No dije nada. Fue a cogerme las manos, pero se detuvo a medio camino y optó por rascarse la frente—. De haberlo sabido te lo habría contado.

—¿En serio? —dije—. ¿Como lo de Adam?

Eso pareció dolerle.

—Christine, te lo ruego.

—¿Por qué no me hablaste de Adam? ¡Eres tan embustero como Ben!

—Por Dios, Christine, ya hemos hablado de esto. Hice lo que pensaba que era mejor. Si Ben no te hablaba de Adam, yo tampoco podía hacerlo. No habría estado bien. No habría sido ético.

Solté una carcajada hueca, nasal.

—¿Ético? ¿Qué tiene de ético ocultarme su existencia?

—Era Ben quien debía decidir si hablarte de Adam, no yo. No obstante, fui yo quien decidió proponerte que empezaras un diario donde poder anotar todas las cosas que ibas descubriendo. Pensaba que era lo mejor para ti.

—¿Y qué me dices de la agresión? ¡Te daba igual que siguiera pensando que había sufrido un accidente!

—No me daba igual, Christine. Fue Ben quien te lo dijo. Yo no sabía que te estaba contando eso. ¿Cómo querías que lo supiera?

Pensé en lo que había visto. En bañeras perfumadas de azahar y manos alrededor de mi cuello. En la sensación de que no podía respirar. En el hombre cuyo rostro seguía siendo un misterio. Rompí a llorar.

—Entonces, ¿por qué me lo contaste?

Me habló con dulzura pero sin tocarme.

—No lo hice. Yo no te conté que fuiste agredida. Lo recordaste tú. —Tenía razón, naturalmente. Me invadió la rabia—. Christine, yo…

—Quiero que te vayas —dije—. Por favor.

Estaba llorando con vehemencia, pero, curiosamente, me sentía viva. Ignoraba qué acababa de suceder, prácticamente ni podía recordar qué se había dicho, pero sentí como si un peso horrible se hubiera levantado, como si un dique dentro de mí hubiera reventado al fin.

—Vete, por favor.

Esperaba que protestara. Que me rogara que le dejara quedarse. Casi deseé que lo hiciera, pero no lo hizo.

—¿Estás segura?

—Sí —susurré.

Me giré hacia la ventana, decidida a no volver a mirarle, lo cual para mí significaba que mañana sería como si nunca le hubiera visto. Se levantó y caminó hacia la puerta.

—Te llamaré —dijo—. Mañana. Tu tratamiento. Yo…

—Vete, por favor.

No dijo más. Le oí cerrar la puerta tras de sí.

Me quedé un rato sentada en el sofá, unos minutos o unas horas, no lo sé. El corazón me latía con fuerza. Me sentía vacía y sola. Finalmente subí al cuarto de baño y contemplé las fotografías. Mi marido. Ben. «¿Qué he hecho?» Ahora ya no tengo nada. Nadie en quien poder confiar. Nadie a quien poder acudir. Mi mente daba vueltas, fuera de control. No podía dejar de pensar en lo que el doctor Nash me había dicho. «Ben te quiere. Está intentando protegerte.»

¿Protegerme de qué? De la verdad. Para mí no había nada más importante que la verdad. Quizá estuviera equivocada.

Entré en el estudio. Ben me ha mentido tanto… No puedo creerme nada de lo que me ha contado. Nada en absoluto.

Enseguida supe lo que debía hacer. Necesitaba saber. Saber que podía confiar en él acerca de, por lo menos, una cosa.

La caja estaba donde contaba en mi diario que estaría, y cerrada con llave, como sospechaba. No me derrumbé.

Me puse a buscar. Me dije que no pararía hasta encontrar la llave. Miré primero en el estudio. En los cajones, por encima de la mesa, metódicamente, devolviendo cada objeto a su lugar, y cuando hube terminado fui al dormitorio. Busqué en los cajones de Ben, debajo de su ropa interior, de sus pañuelos impecablemente planchados, de sus camisetas. Nada, y tampoco en mis cajones.

Las mesitas de noche tenían cajones. Decidí buscar en ellos, empezando por el lado de la cama donde yo no había dormido. Abrí el cajón superior y hurgué en su interior —bolígrafos, un reloj parado, una lámina de pastillas que no reconocía— antes de abrir el cajón inferior.

Al principio pensé que estaba vacío. Lo cerré con cuidado, pero en ese momento escuché un ruidito de metal contra la madera. Volví a abrirlo. El corazón se me había acelerado.

Era una llave.

Me senté en el suelo con la caja abierta delante. Estaba llena. De fotografías, en su mayor parte. Fotografías de Adam y de mí. Algunas me sonaban —supongo que las que Ben ya me había mostrado— pero muchas otras no. Encontré su partida de nacimiento, la carta que escribió a Papá Noel. Un montón de fotos de cuando era un bebé —gateando, sonriente, hacia la cámara, mamando de mi pecho, durmiendo envuelto en una manta verde— y conforme crecía. La foto donde aparecía disfrazado de vaquero, las fotos del colegio, del triciclo. Todas estaban ahí, tal y como las había descrito en mi diario.

Las saqué y las esparcí por el suelo, mirándolas una a una. También había fotos de Ben y de mí; una donde aparecíamos delante de las cámaras del Parlamento, sonrientes pero con una pose extraña, como si no fuéramos conscientes de la existencia del otro; otra de nuestra boda, una foto oficial. Estamos delante de una iglesia, bajo un cielo encapotado. Parecemos felices, increíblemente felices, y más felices aún se nos ve en otra que debieron de hacernos más tarde, en nuestra luna de miel. Estamos en un restaurante, inclinados sobre una mesa con comida, sonriendo y con los rostros ardiendo de amor y de sol.

Contemplé la fotografía. A la mujer sentada con su nuevo marido, mirando hacia un futuro que no podía ni quería predecir, y pensé en lo mucho que tenemos en común. Pero solo en el aspecto físico. Células y tejidos. ADN. Nuestra firma química. Por lo demás, es una extraña. No hay nada que nos una, nada que me permita regresar a ella.

Sin embargo, ella soy yo y yo soy ella, y me doy cuenta de lo enamorada que está. De Ben. Del hombre con el que acaba de casarse. El hombre con el que sigo despertándome cada día. Ben no rompió los votos que juró aquel día en la pequeña iglesia de Manchester. No me ha fallado. Miré de nuevo la fotografía y el amor volvió a brotar dentro de mí.

Puse la foto a un lado y seguí buscando. Sabía qué quería encontrar, y qué temía encontrar. Lo único que podía demostrarme que mi marido no me estaba mintiendo, lo único que podía devolverme a mi pareja aunque ello me privara de mi hijo.

Ahí estaba. En el fondo de la caja, dentro de un sobre. La fotocopia, pulcramente doblada, de un artículo de prensa. Supe qué era antes de desplegarla, pero así y todo las manos me temblaron cuando empecé a leerla. «Un soldado británico fallecido cuando escoltaba a un contingente militar en la provincia de Helmand, Afganistán, ha sido nombrado por el ministro de Defensa. Adam Wheeler», decía, «tenía diecinueve años. Nacido en Londres…» El artículo iba acompañado de una fotografía. Flores dispuestas sobre una tumba con la inscripción: «Adam Wheeler. 1987-2006».

La pena me golpeó con una vehemencia que dudo que haya experimentado antes. Solté el papel y me doblé de dolor, un dolor demasiado desgarrador para poder llorar, y como un animal herido y hambriento suplicando que le llegue su final, solté algo semejante a un aullido. Cerré los ojos y se me apareció una imagen. Una medalla, entregada a mí en una caja de terciopelo negro. Un féretro, una bandera. Miré hacia otro lado, suplicando que la imagen no regresara. Hay cosas que es mejor que no recuerde, que es mejor que permanezcan en el olvido.

Empecé a recoger. Tendría que haber confiado en Ben todo este tiempo, pensé. Tendría que haber creído que me estaba ocultando cosas únicamente porque eran demasiado dolorosas para poder afrontarlas cada día como si fuera la primera vez. Ben solo estaba intentando ahorrarme ese sufrimiento. Esa verdad brutal. Guardé las fotografías y los papeles en la caja, dejándolos tal como los había encontrado. Dándome por satisfecha, devolví la llave al cajón, la caja al archivador. A partir de ahora podré verlas cuando quiera, pensé. Con la frecuencia que quiera.

Solo me quedaba una cosa por hacer. Averiguar por qué me había dejado Ben. Y qué había estado haciendo en Brighton aquel día. Tenía que averiguar quién me había arrebatado la vida. Tenía que probar de nuevo.

Marqué, por segunda vez hoy, el número de Claire.

Electricidad estática. Silencio. Un doble tono. No contestará, pensé. Después de todo, no ha respondido a mi mensaje. Tiene algo que esconder.

En el fondo lo agradecía. Era una conversación que solo deseaba tener en teoría. Estaba convencida de que sería dolorosa. Me preparé para otra fría invitación a dejar un mensaje.

Un clic, seguido de una voz.

—¿Diga?

Era Claire. Lo supe al instante. Su voz me resultaba tan familiar como la mía.

—¿Diga? —repitió.

Guardé silencio. Fugaces como destellos, se me aparecieron algunas imágenes. Vi su cara, su pelo corto tocado con una boina. Riendo. La vi en una boda —la mía, supongo, aunque no estoy segura— vestida de verde esmeralda, sirviendo champán. La vi llevando a un niño en los brazos y pasándomelo mientras decía «¡A cenar!». La vi sentada en el borde de una cama, hablando a la figura que yace a su lado, y me di cuenta de que la figura soy yo.

—¿Claire? —dije.

—Ajá —respondió—. ¿Con quién hablo?

Traté de concentrarme, de recordarme que en otros tiempos habíamos sido íntimas amigas, independientemente de lo que hubiera pasado después. La vi tendida en mi cama, agarrada a una botella de vodka, riendo, diciéndome que los hombres eran «jodidamente ridículos».

—¿Claire? —repetí—. Soy yo, Christine.

Silencio. Un silencio tan largo que pensé que no terminaría nunca. Temí que me hubiera olvidado, o que no quisiera hablar conmigo. Cerré los ojos.

—¡Chrissy! —exclamó. Una explosión. Le oí tragar saliva, como si hubiera estado comiendo—. ¡Chrissy! Dios mío. Cariño, ¿de verdad eres tú?

Abrí los ojos. Una lágrima había iniciado su lento descenso por las líneas desconocidas de mi rostro.

—¿Claire? —dije—. Sí, soy yo. Chrissy.

—Joder —espetó, y de nuevo—: ¡Joder! —Su voz sonaba queda—. ¡Roger! ¡Rog! ¡Es Chrissy! ¡Al teléfono! —Luego, elevando el tono—: ¿Cómo estás? ¿Dónde estás? ¡Roger!

—Estoy en casa.

—¿En casa?

—Sí.

—¿Con Ben?

Me puse súbitamente a la defensiva.

—Sí —dije—. Con Ben. ¿Escuchaste mi mensaje?

Oí una inhalación. ¿De sorpresa? ¿O estaba fumando?

—Sí —contestó—. Quería llamarte, pero este teléfono es fijo y no dejaste tu número. —Hizo una pausa, y por un momento me pregunté si había otras razones para que no me hubiera devuelto la llamada. Siguió hablando—. Pero, dime, cariño, ¿cómo estás? ¡Me alegro tanto de oírte! —No supe qué decir. En vista de que no respondía, Claire añadió—: ¿Dónde vives?

—No lo sé exactamente.

Me embargó una gran alegría, segura de que su pregunta significaba que no se estaba viendo con Ben, hasta que comprendí que quizá me lo había preguntado para que no sospechara la verdad. Deseaba tanto confiar en Claire —saber que Ben no me había dejado por algo que había encontrado en ella, por un amor que reemplazara el que yo no podía darle— porque eso significaría que también podía confiar en mi marido.

—¿En Crouch End? —dije.

—Ya. ¿Y cómo estás? ¿Cómo va todo?

—Si pudiera recordarlo, ten por seguro que te lo diría.

Nos echamos a reír. Me sentó bien esa erupción de una emoción que no era dolor, pero no duró mucho. Enseguida se hizo el silencio.

—Pareces animada —dijo finalmente Claire—. Muy animada. —Le conté que estaba escribiendo otra vez—. ¿En serio? Caray, es genial. ¿Y qué estás escribiendo? ¿Una novela?

—No. Sería un poco difícil escribir una novela cuando no puedes recordar nada de un día para otro. —Silencio—. Estoy escribiendo sobre lo que me está ocurriendo.

—Ya. —Hizo una pausa. Me pregunté si Claire comprendía realmente mi situación. Su tono me inquietaba, sonaba frío. Me pregunté cómo habían quedado las cosas entre nosotras la última vez que nos vimos—. ¿Y qué te está ocurriendo? —dijo al fin.

¿Qué podía responder? Me entraron ganas de enseñarle mi diario, de leérselo de principio a fin, pero no podía. Todavía no. Eran tantas las cosas que deseaba preguntarle, que deseaba saber. Mi vida entera.

—No lo sé —contesté—, es complicado…

Mi voz debió de sonar preocupada, porque dijo:

—Chrissy, cariño, ¿qué te ocurre?

—No me ocurre nada. Es solo que… —La voz se me quebró.

—¿Cariño?

—No lo sé. —Pensé en el doctor Nash, en las cosas que le había dicho. ¿Podía estar segura de que el doctor Nash no iba a hablar con Ben?—. Me siento perdida, eso es todo. Creo que he cometido una estupidez.

—Seguro que no. —Otro silencio (¿un cálculo?) antes de añadir—: Oye, ¿puedo hablar con Ben?

—No está —dije, agradeciendo que la conversación se hubiera desviado hacia algo concreto, objetivo—. Está en el trabajo.

—Ya —dijo Claire.

Otro silencio. De pronto, nuestra conversación se me antojó absurda.

—Necesito verte —declaré.

—¿«Necesito»? —repuso Claire—. ¿No «quiero»?

—No, claro que quiero…

—Tranquila, Chrissy —me interrumpió—. Solo bromeaba. Yo también quiero verte. Lo estoy deseando.

Respiré aliviada. Había imaginado que nuestra conversación finalizaría bruscamente, que terminaría con un adiós cortés y la vaga promesa de volver a hablar en un futuro próximo, y que otra puerta a mi pasado se cerraría para siempre.

—Gracias —dije—. Gracias…

—Chrissy, no imaginas cuánto te he echado de menos. Cada día esperaba que este condenado teléfono sonara, con la esperanza de que fueras tú y sin creer ni por un momento que lo serías. —Hizo una pausa—. ¿Cómo… cómo está ahora tu memoria? ¿Hasta dónde recuerdas?

—No estoy segura —respondí—. Creo que ha mejorado, pero sigo sin recordar mucho. —Pensé en todas las cosas que había anotado, en las imágenes que me habían venido de mí y de Claire—. Recuerdo una fiesta. Fuegos artificiales en una azotea. Te recuerdo a ti pintando y a mí estudiando. Pero poco más.

—¡Ah, la gran noche! —exclamó—. ¡Señor, hace mucho de eso! Voy a tener que ponerte al día de un montón de cosas.

Me pregunté a qué se refería, pero no dije nada. Eso puede esperar, pensé. Había otras cosas, más importantes, que necesitaba saber.

—¿Has vivido alguna vez en el extranjero? —le pregunté.

Se echó a reír.

—Pues sí, seis meses. Conocí a un tipo hace unos años. Fue un desastre.

—¿Dónde? ¿Dónde viviste? —insistí.

—En Barcelona. ¿Por qué?

—Oh, por nada importante —respondí, abochornada por no conocer esos detalles de la vida de mi amiga—. Es solo que alguien me contó que te habías ido a vivir a Nueva Zelanda. Probablemente se confundió.

—¿Nueva Zelanda? —repuso con una carcajada—. Jamás he estado allí.

De modo que Ben también me había mentido sobre eso. Seguía sin saber por qué, sin poder pensar en una razón por la que sintiera la necesidad de apartar a Claire de mi vida. ¿Era por lo mismo que sus otras mentiras, que las demás cosas que había elegido no contarme? ¿Era por mi propio bien?

He ahí otra cosa que tendría que preguntarle a Ben cuando mantuviéramos la conversación que ahora comprendía que debíamos tener. Cuando le contara todo lo que sé y cómo lo he averiguado.

Hablamos un rato más, salpicando nuestra conversación de largas brechas y erupciones repentinas. Claire me contó que se había casado y divorciado, y que ahora vivía con Roger.

—Es profesor de psicología. El pobrecillo quiere que nos casemos, pero yo, aunque le amo, no quiero precipitarme.

Me hacía bien hablar con Claire, escuchar su voz. Era una charla fácil, familiar. Casi tenía la sensación de haber vuelto a casa. No me reclamaba mucho, como si comprendiera que tengo poco que dar. En un momento dado guardó silencio y pensé que iba a despedirse. Entonces me percaté de que ni ella ni yo habíamos mencionado a Adam.

—Háblame de Ben —dijo—. ¿Cuánto hace que...?

—¿Que hemos vuelto? —terminé por ella—. No lo sé. Ni siquiera sabía que nos habíamos separado.

—Intenté ponerme en contacto con él —dijo.

Advertí que me ponía tensa, aunque ignoraba por qué.

—¿Cuándo?

—Esta tarde, después de tu primera llamada. Imaginé que Ben te había dado mi número de teléfono. Le llamé a un viejo número de trabajo que tengo, pero me dijeron que ya no trabajaba allí.

Me invadió una sensación de desasosiego. Miré en torno al dormitorio, ajeno y desconocido. Estaba segura de que Claire me estaba mintiendo.

—¿Hablas con él a menudo? —le pregunté.

—Hace años que no hablamos. —Su voz había adquirido un tono quedo que no me gustó. Noté que titubeaba—. He estado muy preocupada por ti.

Tuve miedo. Miedo de que Claire le contara a Ben que la había llamado antes de que yo pudiera hablar con él.

—No le llames, por favor —dije—. No le cuentes que te he llamado.

—¡Pero, Chrissy! —exclamó—. ¿Por qué no?

—Porque lo prefiero así.

Suspiró hondo.

—Oye, ¿qué demonios está pasando? —Parecía enojada.

—No sé cómo explicártelo —confesé.

—Pues inténtalo.

No fui capaz de mencionar a Adam, pero sí le hablé del doctor Nash, del recuerdo de la habitación de hotel y de lo mucho que insistía Ben en que yo había sufrido un accidente de coche.

—Creo que Ben no me cuenta la verdad porque sabe que me afectará mucho —dije. No respondió—. Claire, ¿qué estaba haciendo yo en Brighton?

Un largo silencio.

—Chrissy —dijo al fin—, si realmente quieres saberlo te lo contaré, o por lo menos te contaré hasta donde yo sé, pero no por teléfono. Te lo contaré cuando nos veamos. Te lo prometo.

La verdad. La tenía flotando justo delante, parpadeando, tan próxima que casi podía alcanzarla con la mano.

—¿Crees que podrías venir hoy? —le pregunté—. ¿Tal vez esta noche?

—Preferiría no ir a tu casa, si no te importa.

—¿Por qué?

—Porque… en fin, porque creo que es mejor que nos veamos en otro lugar. ¿Qué tal si te llevo a tomar un café?

Su tono era jovial, pero parecía forzado. Falso. Me pregunté de qué tenía miedo. Así y todo, acepté.

—De acuerdo.

—¿Qué me dices del Alexandra Palace? Te será fácil llegar allí desde Crouch End.

—Vale.

—Genial. ¿Nos vemos allí el viernes a las once? ¿Te parece bien?

Le dije que sí. No me quedaba otra opción.

—Llegaré sin problemas.

Me explicó qué autobuses debía tomar y anoté los detalles en un trozo de papel. Después de unos minutos más de conversación nos despedimos. Luego saqué mi diario y me puse a escribir.

* * *

—¿Ben? —le dije cuando llegó a casa. Estaba leyendo el periódico en el sillón de la sala de estar. Parecía cansado, como si no hubiera dormido bien—. ¿Tú confías en mí?

Levantó la vista. Sus ojos chispearon de amor, pero también de otra cosa. De algo parecido al miedo. Supongo que era comprensible; esa pregunta se hace, por lo general, antes de un reconocimiento de que dicha confianza no existe. Se mesó el pelo.

—Claro, cariño. —Se levantó y se sentó en el brazo de mi sillón, tomando mi mano entre las suyas—. Claro.

De repente ya no estaba segura de querer seguir adelante con esta conversación.

—¿Alguna vez hablas con Claire?

Me miró fijamente a los ojos.

—¿Con Claire? —dijo—. ¿Recuerdas a Claire?

Había olvidado que hasta no hacía mucho —de hecho, hasta que recordé la fiesta y los fuegos artificiales— Claire no había existido para mí.

—Vagamente —contesté.

Desvió la mirada hacia el reloj de la chimenea.

—No —dijo—. Creo que se fue a vivir al extranjero. Hace años.

Sentí una punzada de dolor.

—¿Estás seguro? —insistí.

No podía creer que se empeñara en seguir mintiéndome. En cierto modo, me parecía peor que me estuviera mintiendo sobre esto que sobre las demás cosas. Debería resultarle fácil ser sincero a este respecto. Descubrir que Claire seguía viviendo en Londres no solo no me resultaría doloroso, sino que podría ayudarme —si nos viéramos— a mejorar mi memoria. Así pues, ¿qué sentido tenía que me engañara? Una turbia posibilidad —la misma sospecha del principio— se abrió paso en mi mente, pero la ahuyenté.

—¿Estás seguro? —repetí—. ¿Adónde se fue? —Dime la verdad, pensé. Aún no es demasiado tarde.

—No lo recuerdo —contestó—. A Nueva Zelanda, creo, o a Australia.

Noté que mi esperanza menguaba, pero decidí arriesgarme.

—¿En serio? Porque creo recordar vagamente que en una ocasión, hace muchos años, me contó que estaba pensando en irse a vivir a Barcelona. —No respondió—. ¿Estás seguro de que no era Barcelona?

—¿Recordaste eso? —me preguntó—. ¿Cuándo?

—No lo sé —dije—. Es solo una sensación.

Me apretó la mano. Un consuelo.

—Seguramente lo imaginaste.

—Pero una sensación muy real —continué—. ¿Estás seguro de que no era Barcelona?

Suspiró.

—No, no era Barcelona. Decididamente se marchó a Australia. A Adelaide, creo, aunque no podría asegurarlo. Ha pasado mucho tiempo. —Meneó la cabeza—. Caray con Claire —dijo con una sonrisa—. Hacía siglos que no pensaba en ella.

Cerré los ojos. Cuando los abrí descubrí que Ben me estaba sonriendo. Tenía una expresión casi idiota. Patética. Me dieron ganas de abofetearle.

—Ben —susurré—, he hablado con Claire.

No sabía cómo iba a reaccionar. Al principio no hizo nada, como si no le hubiera hablado, pero luego se le encendió la mirada.

—¿Cuándo? —dijo. Su voz sonó dura como el cristal.

Podía o bien decirle la verdad, o bien reconocer que había estado escribiendo la historia de mis días.

—Esta tarde —respondí—. Me llamó.

—¿Claire te llamó? ¿Cómo? ¿Cómo pudo llamarte?

Decidí mentir.

—Me dijo que tú le habías dado mi número.

—¿Qué número? ¡Eso es absurdo! ¿Cómo hubiera podido dárselo? ¿Estás segura de que era ella?

—Me contó que, hasta no hace mucho, hablabais de vez en cuando.

Me soltó bruscamente la mano, la cual cayó sobre mi regazo como un peso muerto. Se levantó y se volvió hacia mí.

—¿Que dijo qué?

—Me contó que mantuvisteis el contacto hasta hace unos años.

Se inclinó hacia mí. Su aliento olía a café.

—¿Esa mujer te llamó así, como caída del cielo? ¿Estás segura de que era ella?

Puse los ojos en blanco.

—¡Por Dios, Ben! ¿Quién más podría ser? —Sonreí. En ningún momento había pensado que esta conversación sería fácil, pero estaba tomando un cariz que no me gustaba.

Se encogió de hombros.

—A saber. Ha habido gente que ha intentado ponerse en contacto contigo en el pasado. Periodistas. Personas que han leído sobre lo que te ocurrió y quieren conocer tu versión de la historia, o simplemente averiguar lo mal que estás o ver lo mucho que has cambiado. Personas que se hacen pasar por otra gente únicamente para hacerte hablar. También médicos. Y curanderos que creen que pueden ayudarte. Homeópatas. Terapeutas alternativos. Incluso brujos.

—Ben, Claire fue mi mejor amiga durante años —dije—. Reconocí su voz. —Me miró con cara de derrota—. Habéis mantenido el contacto, ¿verdad? —Advertí que estaba abriendo y cerrando la mano derecha—. ¿Ben?

Me miró. Tenía la cara colorada, la mirada vidriosa.

—De acuerdo —aceptó—. He hablado con Claire. Me pidió que la mantuviera al corriente de tu estado. Hablamos cada dos o tres meses, aunque solo brevemente.

—¿Por qué no me lo dijiste? —No respondió—. ¿Por qué, Ben? —Silencio—. Simplemente decidiste que era mejor ocultármelo, ¿es eso? Fingir que se fue a vivir a otro país, del mismo modo que finges que nunca escribí una novela.

—Chris… —comenzó—. ¿Qué…?

—No es justo, Ben. No tienes ningún derecho a ocultarme esas cosas, a mentirme simplemente porque es más fácil para ti.

—¿Más fácil para mí? —dijo, elevando la voz—. ¿Más fácil para mí? ¿Crees que te dije que Claire vive en el extranjero porque era más fácil para mí? Te equivocas, Christine, y mucho. Nada de esto es fácil para mí, nada. No te cuento que escribiste una novela porque no soporto recordar lo mucho que deseabas escribir otra ni ver tu dolor cuando comprendes que eso nunca ocurrirá. Te conté que Claire vive en el extranjero porque no soporto escuchar el dolor en tu voz cuando descubres que te abandonó, que dejó que te pudrieras en aquel lugar, como todos los demás. —Esperó a que yo reaccionara—. ¿Te contó eso? —dijo en vista de que no lo hacía, y pensé que no, no me lo había contado. De hecho, hoy he leído en mi diario que Claire me visitaba con frecuencia.

Repitió la pregunta.

—¿Te contó eso? ¿Que dejó de ir a verte en cuanto se dio cuenta de que a los quince minutos de marcharse te olvidabas por completo de que existía? Oh, sí, te llama por Navidad para saber cómo estás, pero fui yo el que permaneció a tu lado, Chris. Era yo el que iba a verte todos los días, el que rezaba para que te recuperaras lo suficiente para poder sacarte de allí y traerte aquí, a vivir conmigo en un lugar seguro. Yo. No te mentí porque era lo más fácil para mí. Ni se te ocurra pensar eso. ¡Ni se te ocurra!

Recordé haber leído lo que el doctor Nash me había contado. Le miré directamente a los ojos. No es cierto, pensé. No permaneciste a mi lado.

—Claire me contó que te divorciaste de mí.

Se quedó clavado donde estaba. Luego dio un paso atrás, como si le hubieran golpeado. Abrió la boca, la cerró. Tenía un aspecto casi cómico. Finalmente dejó ir una palabra.

—Zorra.

Su rostro se llenó de ira. Pensé que se disponía a pegarme y descubrí que me daba igual.

—¿Es cierto eso? —dije—. ¿Es cierto que te divorciaste de mí?

—Cariño...

Me levanté.

—¡Contesta! —espeté—. ¡Contesta! —Estábamos el uno frente al otro. No sabía lo que Ben se disponía a hacer, no sabía qué deseaba que hiciera. Lo único que sabía era que necesitaba que fuera sincero conmigo. Que dejara de mentirme—. Solo quiero la verdad.

Dio un paso hacia mí y cayó de rodillas, buscando mis manos.

—Cariño...

—¿Te divorciaste de mí? ¿Es cierto, Ben? ¡Contesta! —Dejó caer la cabeza. Luego la levantó y me miró con los ojos salidos, asustados—. ¡Ben! —grité, y rompió a llorar—. Claire también me habló de Adam. Me dijo que tuvimos un hijo. Sé que está muerto.

—Lo siento, lo siento mucho —dijo—. Pensé que era lo mejor para ti. —Y entre ahogados sollozos me prometió que me lo contaría todo.

La luz se había ido por completo, la noche había reemplazado al crepúsculo. Ben encendió una lámpara y nos sentamos frente a frente dentro de su círculo rosado, separados por la mesa del comedor. Delante teníamos una pila de fotografías, las mismas que yo había estado mirando por la mañana. Cada vez que Ben me pasaba una, contándome su origen, fingía sorpresa. Se entretuvo con las fotos de nuestra boda —contándome lo maravilloso, lo especial que había sido aquel día, explicándome lo preciosa que yo estaba— pero luego empezó a ponerse nervioso.

—Yo nunca he dejado de amarte, Christine, tienes que creerme —dijo—. Fue tu enfermedad. Tuviste que ingresar en ese lugar y yo… no podía… no podía soportarlo. Habría hecho cualquier cosa por recuperarte, lo que fuera, pero ellos no me dejaban… no me dejaban verte… decían que era lo mejor para ti…

—¿Quiénes? —pregunté—. ¿Quiénes lo decían? —No contestó—. ¿Los médicos?

Levantó la vista. Estaba llorando, tenía los ojos rojos.

—Sí —admitió—, los médicos. Dijeron que era lo mejor para ti, el único camino… —Se apartó una lágrima—. Hice lo que me pidieron. Ojalá no lo hubiera hecho. Ojalá hubiera peleado por ti. Fui un débil y un idiota. —Su voz se redujo a un susurro—. Es cierto que dejé de ir a verte, pero lo hice por tu propio bien. Aunque casi me mata, lo hice por ti, Christine. Tienes que creerme. Tú, y nuestro hijo. Pero nunca me divorcié de ti. En realidad no, aquí dentro no. —Me cogió la mano y la apretó contra su camisa—. Aquí dentro siempre hemos estado casados, siempre hemos estado juntos. —Sentí el algodón caliente, humedecido por el sudor. Los rápidos latidos de su corazón. Amor.

He sido una estúpida, pensé. Me he permitido creer que Ben hizo esas cosas para hacerme daño cuando en realidad las hizo por amor. No debería condenarle. Debería tratar de entenderle.

—Te perdono —dije.

Jueves, 22 de noviembre

Hoy, cuando me desperté, abrí los ojos y vi a un hombre sentado en una silla, en la habitación en la que me encontraba. Estaba muy quieto. Observándome. Esperando.

No me asusté. No sabía quién era, pero no me asusté. Una parte de mi ser sabía que no había peligro. Que ese hombre tenía derecho a estar ahí.

—¿Quién eres? —le pregunté—. ¿Cómo he llegado hasta aquí?

Me lo contó. No sentí pánico, ni incredulidad. Lo entendí. Entré en el cuarto de baño y me enfrenté a mi reflejo como si fuera un familiar largo tiempo olvidado, o el fantasma de mi madre. Con cautela. Con curiosidad. Me vestí, adaptándome a las nuevas dimensiones e inesperados comportamientos de mi cuerpo, y a renglón seguido desayuné con la vaga idea de que en otros tiempos había habido tres cubiertos en la mesa. Despedí a mi marido con un beso y no me pareció fuera de lugar. Luego, sin saber por qué, abrí la caja de zapatos del ropero y dentro encontré este diario. Enseguida supe qué era. Lo había estado buscando.

La verdad sobre mi situación se halla ahora más cerca de la superficie. Es posible que un día me despierte siendo consciente de ella. Las cosas empezarán entonces a adquirir sentido. Así y todo, sé que nunca seré normal. Mi pasado está incompleto. Son muchos los años que han desaparecido sin dejar rastro. Hay cosas sobre mí, sobre mi historia, que nadie puede contarme. Ni el doctor Nash —quien me conoce únicamente por lo que le he explicado, por lo que ha leído en mi diario y por lo que pone en mi expediente— ni Ben. Cosas que sucedieron antes de conocerle. Cosas que sucedieron después pero decidí no contarle. Secretos.

Existe, no obstante, una persona que quizá sepa. Una persona que quizá pueda explicarme el resto de la verdad. A quién había ido a ver a Brighton. La verdadera razón de que mi mejor amiga desapareciera de mi vida.

He leído este diario. Sé que mañana he quedado con Claire.

Viernes, 23 de noviembre

Estoy escribiendo esto en casa, el lugar que entiendo como mi hogar, como el lugar al que pertenezco. He leído este diario de principio a fin y he visto a Claire, y entre los dos me han contado todo lo que necesito saber. Claire me ha prometido que ha regresado a mi vida y no volverá a abandonarme. Delante tengo un sobre gastado con mi nombre escrito. Algo que me completa. Mi pasado finalmente tiene sentido.

Mi marido no tardará en volver a casa y estoy deseando verle. Le quiero. Ahora lo sé.

Escribiré esta historia y luego los dos juntos podremos hacer que las cosas mejoren.

Hacía un día radiante cuando bajé del autobús. La luz estaba envuelta por el frío azul del invierno, el suelo duro. Claire había dicho que me esperaría en lo alto de la colina, «junto a los escalones que suben al palacio». Así pues, doblé el papel donde había anotado las indicaciones y eché a andar por la suave pendiente que circundaba el parque. Me llevó más tiempo del previsto, y poco acostumbrada aún a las limitaciones de mi cuerpo, antes de llegar arriba tuve que parar a descansar. Supongo que en otros tiempos estuve en forma, pensé. O por lo menos en mejor forma que ahora. Me pregunté si no debería hacer algo de ejercicio.

El parque acogía una extensión de césped recién cortado atravesada por senderos de asfalto y salpicada de papeleras y mujeres con cochecitos. Noté que estaba nerviosa. No sabía qué esperar. ¿Cómo iba a saberlo? En las imágenes que tengo de ella, Claire viste básicamente de negro. Tejanos y camisetas. La visualizo con unas botas pesadas y una gabardina. O con una larga falda, hecha de un material desteñido que supongo podría describirse como «vaporoso». Suponía que ninguno de esos estilos la representaban ahora —no con nuestra edad actual— pero ignoraba por qué habían sido reemplazados.

Miré mi reloj. Era pronto. Me dije que Claire siempre llegaba tarde y al instante me pregunté cómo sabía eso, qué residuo de mi memoria me lo había recordado. Hay tanto justo debajo de la superficie, pensé. Tantos recuerdos nadando como pececillos en un arroyo poco profundo. Decidí esperarla en uno de los bancos.

Sobre la hierba se proyectaban sombras largas y perezosas. A lo lejos, por encima de los árboles, asomaban hileras de casas en un apiñamiento claustrofóbico. De pronto caí en la cuenta de que uno de los edificios que estaba mirando era la casa donde vivía ahora, indistinguible de las demás.

Me imaginé encendiendo un cigarrillo y dándole una ansiosa y larga calada. Reprimí el impulso de levantarme y ponerme a caminar. Estaba nerviosa, muy nerviosa. Sin embargo, no había motivos. Claire había sido mi amiga. Mi mejor amiga. No tenía de qué preocuparme. Con ella estaba a salvo.

La pintura del banco se estaba levantando y la pellizqué, descubriendo un poco más la húmeda madera. Alguien había utilizado el mismo método para dibujar unas iniciales cerca de donde yo me encontraba sentada, envolverlas con un corazón y añadir una fecha. Cerré los ojos. ¿Alguna vez me acostumbraré al sobresalto que me produce ver una confirmación del año en que vivo? Inspiré hondo: hierba húmeda, perritos calientes, gasolina.

Sobre mi rostro se cernió una sombra. Abrí los ojos. Una mujer se había detenido frente a mí. Era alta, de melena rojiza, y vestía pantalón y pelliza. De la mano llevaba un niño con una pelota de plástico encajada en la curva del codo.

—Lo siento —dije, desplazándome para dejarles sentar, pero la mujer me sonrió.

—¡Chrissy! —exclamó. Era la voz de Claire. Inconfundible—. ¡Chrissy, cariño, soy yo! —Miré al niño y luego la miré a ella. La piel de su rostro estaba arrugada en zonas donde en otros tiempos debió de estar tersa, y sus ojos tenían una caída que no aparecía en mi imagen mental, pero no había duda de que era ella—. Señor, no imaginas lo preocupada que me tenías. —Empujó al niño hacia mí—. Te presento a Toby.

El niño me miró.

—Vamos, dile hola.

Por un momento pensé que Claire me estaba hablando a mí, pero el muchacho dio entonces un paso al frente. Sonreí. Únicamente pensé ¿Es Adam?, pese a saber que no podía serlo.

—Hola —dije.

Toby arrastró los pies y farfulló algo que no alcancé a entender. Luego se volvió hacia Claire y preguntó:

—¿Puedo irme a jugar?

—Donde pueda verte, ¿de acuerdo? —Le acarició el pelo y el pequeño echó a correr hacia el parque.

Me levanté y me volví hacia ella. Casi habría preferido ser yo la que echara a correr, tan vasto era el abismo que sentía entre nosotras, pero justo en ese momento Claire extendió sus brazos hacia mí.

—Chrissy, cariño —dijo, y las pulseras de plástico que adornaban sus muñecas tintinearon—. Te he echado tanto de menos, tanto.

El peso que sentía se elevó de golpe y me hundí, sollozando, en sus brazos.

Durante un brevísimo instante sentí que lo sabía todo sobre

ella, y todo sobre mí, como si una luz más brillante que el sol hubiera iluminado el vacío alojado en el centro de mi alma. Un pasado —mi pasado— parpadeó frente a mí, pero demasiado deprisa para poder apresarlo.

—Te recuerdo —dije—. Te recuerdo.

La luz se apagó y la oscuridad entró de nuevo.

Nos sentamos en el banco y, durante un rato, observamos en silencio cómo Toby jugaba al fútbol con otros chicos. Estaba encantada de poder conectar con mi desconocido pasado, pero entre nosotras había una tirantez que no lograba sacudirme. En mi cabeza se repetía una frase. «Algo que ver con Claire.»

—¿Cómo estás? —le pregunté al fin, y se echó a reír.

—Fatal. —Abrió el bolso y sacó un paquete de tabaco de liar—. Tú no has vuelto aún, ¿verdad? —dijo, ofreciéndomelo, y negué con la cabeza mientras tomaba nuevamente conciencia de que Claire sabía de mí mucho más que yo misma.

—¿Qué te ocurre?

Se puso a liar un cigarrillo mientras señalaba con la cabeza a su hijo.

—Pues que Tobes tiene TDAH. Ha estado en pie toda la noche y, por tanto, también yo.

—¿TDAH? —dije.

Sonrió.

—Lo siento, supongo que es un término bastante nuevo. Trastorno por déficit de atención e hiperactividad. Tenemos que darle Ritalin, pese a lo mucho que lo detesto, pero es la única manera. Hemos probado todo lo demás, pero sin esa medicación es una auténtica bestia. Un horror.

Miré cómo Toby corría a lo lejos. Otro cerebro defectuoso, jodido, en un cuerpo sano.

—¿Está bien, a pesar de ello?

—Sí —dijo con un suspiro. Colocó un papel sobre su rodilla

y lo cubrió de tabaco—. Pero a veces es tan agotador como un niño de dos años.

Sonreí. Sabía a qué se refería, pero solo en teoría. Yo carecía de un punto de referencia, del recuerdo de cómo había sido Adam a la edad de Toby o más pequeño.

—Toby parece muy pequeño —dije.

Claire rió.

—Lo que me estás diciendo es que yo soy muy mayor. —Pasó la lengua por la parte engomada del papel—. La verdad es que lo tuve tarde. Estaba tan segura de que no ocurriría que nos relajamos y…

—Oh. ¿Me estás diciendo que…?

Volvió a reírse.

—No lo llamaría un accidente, pero digamos que fue una sorpresa. —Se llevó el cigarrillo a los labios—. ¿Te acuerdas de Adam?

La miré. Había girado la cabeza para proteger el mechero del viento, de modo que no podía verle la expresión de la cara ni distinguir si se trataba de un gesto evasivo.

—No —admití—. Hace unas semanas recordé que tenía un hijo y desde que lo escribí tengo la sensación de que cargo con una pesada roca en el pecho. Pero no, no recuerdo nada de él.

Lanzó una nube de humo azulado hacia el cielo.

—Es una pena —dijo—. Lo lamento de veras. Pero imagino que Ben te enseña fotos. ¿No te ayuda eso?

Traté de calcular hasta dónde debía contarle. Parecía que Claire y Ben hubieran estado en contacto, hubieran sido amigos, en otros tiempos. Tenía que ser prudente, pero de todos modos sentía una necesidad cada vez mayor de hablar y de oír la verdad.

—Me enseña fotos, sí, pero no tiene ninguna a la vista. Dice que me afectan demasiado. Las tiene escondidas. —Estuve en un tris de añadir «cerradas bajo llave».

Claire pareció sorprenderse.

—¿Escondidas? ¿En serio?

—Sí. Cree que me afectaría mucho tropezar de repente con una foto de Adam.

Claire asintió con la cabeza.

—¿Porque es posible que no lo reconozcas, que no sepas quién es?

—Supongo.

—Imagino que podría ocurrir. —Titubeó—. Ahora que ya no está.

Ahora que ya no está, pensé. Lo dijo como si se hubiera ausentado unas horas para llevar a su novia al cine o comprarse unos zapatos. Pero la entendía. Entendía nuestro acuerdo tácito de no hablar de la muerte de Adam. Todavía no. Entendía que Claire también quisiera protegerme.

No dije nada. En lugar de eso intenté imaginarme cómo debía de ser ver a mi hijo cada día cuando la expresión «cada día» aún tenía sentido para mí, antes de que cada día quedara cercenado del día previo. Traté de imaginarme despertándome cada mañana sabiendo quién era Adam, pudiendo planificar, pudiendo esperar con impaciencia la Navidad, su cumpleaños.

Esto es ridículo, pensé. Ni siquiera sé cuándo es su cumpleaños.

—¿Te gustaría verle…?

El corazón me dio un vuelco.

—¿Tienes fotografías de Adam? ¿Podría…?

Me miró sorprendida.

—¡Claro! ¡Un montón! En casa.

—Me encantaría tener una.

—Por supuesto. Pero…

—Te lo ruego. Significaría tanto para mí.

Claire posó su mano en la mía.

—Naturalmente que sí. Te traeré una la próxima vez que nos veamos, pero… —Un grito a lo lejos interrumpió sus palabras.

Miré hacia el parque. Toby estaba corriendo hacia nosotros,

llorando, mientras a su espalda el partido de fútbol seguía su curso.

—Mierda —farfulló Claire. Se levantó—. ¡Tobes! ¡Toby! ¿Qué ha ocurrido? —El pequeño siguió corriendo—. Joder. Voy a ver qué le pasa.

Se acercó a su hijo y, agachándose, le preguntó qué le sucedía. Bajé la vista hacia el suelo. El sendero estaba cubierto de musgo y por el asfalto asomaban algunas briznas de hierba buscando la luz. Me sentía contenta, no solo porque Claire fuera a darme una foto de Adam, sino porque había dicho que lo haría la próxima vez que nos viéramos. A partir de ahora nos veríamos con asiduidad. Caí en la cuenta de que cada vez que nos viéramos sería como la primera. Qué ironía, pensé, esta tendencia mía a olvidar que no tengo memoria.

También caí en la cuenta de que la forma en que hablaba de Ben —con cierta nostalgia— me hacía pensar que la idea de que tuvieran una aventura era ridícula.

Regresó.

—No es nada —dijo. Arrojó el cigarrillo al suelo y lo aplastó con el tacón—. Un pequeño malentendido sobre quién es el propietario de la pelota. ¿Caminamos un poco? —Asentí y se volvió hacia Toby—. ¡Cariño! ¿Un helado?

Toby asintió y los tres echamos a andar hacia el palacio, él cogido de la mano de su madre. Se parecen mucho, pensé. Tienen el mismo brillo en los ojos.

—Me encanta este lugar —dijo Claire—. Tiene unas vistas sumamente inspiradoras, ¿no crees?

Contemplé las casas grises moteadas de verde.

—Supongo. ¿Sigues pintando?

—Casi nada —dijo—. Ahora solo tonteo con la pintura. Tenemos las paredes repletas de cuadros míos, pero, por desgracia, no salen de ahí.

Sonreí. No mencioné mi novela, aunque deseaba preguntarle si la había leído y qué le había parecido.

—¿A qué te dedicas, entonces?

—Básicamente me ocupo de Toby —respondió—. Estudia en casa.

—Entiendo.

—No por una decisión personal, sino porque no lo quieren en ningún colegio. Dicen que se alborota demasiado, que no pueden manejarle.

Miré a Toby. Parecía un niño tranquilo caminando de la mano de su madre. Preguntó por su helado y Claire le dijo que lo tendría muy pronto. Me costaba creer que fuera un niño difícil.

—¿Cómo era Adam? —le pregunté.

—¿De niño? Era un buen muchacho —dijo—. Muy educado. Y obediente.

—¿Era yo una buena madre? ¿Era Adam feliz?

—No imaginas cuánto, Chrissy. Nunca un niño había sido tan deseado. No lo recuerdas, ¿verdad? Estuviste mucho tiempo intentándolo. Tuviste un aborto espontáneo bastante tarde y luego un embarazo extrauterino. Prácticamente habías perdido la esperanza de volver a quedarte encinta cuando llegó Adam. Tú y Ben no cabíais de gozo. Te encantaba estar embarazada. Para mí, en cambio, fue una tortura. Me hinché como un maldito globo y sufría unas náuseas horribles. Fue espantoso. Contigo fue diferente. Disfrutaste de cada segundo. Durante todo el tiempo que lo llevaste en el vientre estuviste radiante. Cada vez que entrabas en una habitación la llenabas de luz, Chrissy.

Sin dejar de andar, cerré los ojos y traté de recordarme, y luego de imaginarme, embarazada. No conseguí ni una cosa ni otra. Miré a Claire.

—¿Y después?

—¿Después? Después llegó el parto. Fue maravilloso. Ben estuvo presente, como es lógico. Yo llegué en cuanto me fue posible. —Detuvo sus pasos y se volvió hacia mí—. Fuiste una madre fantástica, Chrissy, sencillamente fantástica. Adam era un muchacho muy feliz y muy querido. Tenía todo lo que un niño podía desear.

Me esforcé por recordar mi maternidad, la infancia de mi hijo, pero fue en vano.

—¿Y Ben?

Claire hizo una pausa.

—Ben era un padrazo. Adoraba a ese niño. Cada noche se daba prisa en volver del trabajo para estar con él. Cuando Adam dijo su primera palabra llamó a todo el mundo para contárselo. Y lo mismo cuando empezó a gatear y cuando dio sus primeros pasos. En cuanto aprendió a caminar se lo llevó al parque con una pelota. ¡Y las Navidades! ¡Cuántos juguetes! Creo que ese es el único tema por el que os he visto discutir, por la cantidad de juguetes que Ben le compraba a Adam. Te preocupaba que lo malcriara.

Noté una punzada de arrepentimiento, el impulso de disculparme por haber intentando negarle algo a mi hijo alguna vez.

—Ahora le dejaría tener lo que quisiera —dije—. Si pudiera.

Me miró con tristeza.

—Lo sé, lo sé. Pero debería alegrarte saber que contigo nunca le faltó de nada.

Seguimos caminando. En el sendero había estacionada una furgoneta de helados y pusimos rumbo a ella. Toby empezó a tirar del brazo de su madre. Claire se inclinó y le dio un billete de su monedero antes de dejarle ir.

—¡Solo un helado! —gritó mientras se alejaba—. ¡Solo uno! ¡Y espera a que te den el cambio!

Le observé correr hasta la furgoneta.

—Claire, ¿cuántos años tenía Adam cuando perdí la memoria?

Sonrió.

—Unos tres. Puede que cuatro recién cumplidos.

Sentí que me disponía a entrar en terreno desconocido. Peligroso. Pero tenía que hacerlo. Tenía que descubrir la verdad.

—Mi médico me contó que fui atacada —dije. No contestó—. En Brighton. ¿Qué estaba haciendo en Brighton?

Miré fijamente a Claire, estudiando la expresión de su cara. Parecía que estuviera tomando una decisión, sopesando opciones, resolviendo qué hacer.

—No lo sé con certeza —concluyó—. Nadie lo sabe.

Calló y nos quedamos un rato mirando a Toby. Por fin tenía su helado y le estaba quitando el papel con cara de concentración. El silencio se alargó. Si no digo algo, se hará eterno, pensé.

—Estaba teniendo una aventura, ¿verdad?

No percibí reacción alguna. Ni una inhalación, ni una exclamación ahogada, ni una mirada de horror. Claire me estaba mirando con expresión serena.

—Sí —dijo—. Estabas engañando a Ben.

No había emoción en su voz. Me pregunté qué pensaba de mí. Ahora y entonces.

—Cuéntamelo —pedí.

—De acuerdo, pero vamos a sentarnos. Me muero por un café.

Caminamos hasta el edificio principal.

La cafetería hacía las veces de bar. Las sillas eran de acero, las mesas sencillas. Estaba rodeada de palmeras, un toque de calidez arruinado por el aire frío que se colaba cada vez que alguien abría la puerta. Nos sentamos a una mesa cubierta de café derramado, la una delante de la otra, calentándonos las manos con nuestras respectivas tazas.

—¿Qué ocurrió? —insistí—. Necesito saberlo.

—No es fácil de explicar —dijo Claire. Hablaba despacio, como si estuviera caminando sobre un terreno pedregoso—. Supongo que comenzó poco después de que tuvieras a Adam. Una vez pasada la ilusión inicial, atravesaste una época muy dura. —Hizo una pausa—. Es muy difícil ver qué está ocurriendo cuando te encuentras justo en medio de algo, ¿no crees? Solo la sabiduría que aporta la experiencia nos permite ver las cosas como realmente son. —Asentí sin comprender. Yo no puedo tener esa sabiduría. Continuó—. Llorabas mucho. Creías que no estabas creando un vínculo afectivo con tu bebé. En fin, lo normal. Ben y yo hacíamos lo posible por ayudarte, y también tu madre cuando estaba, pero no era fácil. Y cuando lo peor pasó, la situación seguía superándote. No conseguías volver a tu trabajo. Me llamabas en mitad del día hecha polvo, diciendo que te sentías un fracaso. No como madre, porque podías ver lo feliz que era Adam, sino como escritora. Pensabas que nunca serías capaz de volver a escribir. Yo me presentaba entonces en tu casa y te encontraba hecha una calamidad, llorando desconsoladamente. —Me pregunté qué vendría a continuación, cuánto peor podía ser, cuando dijo—: Para colmo, tú y Ben discutíais constantemente. Te molestaba lo fácil que él encontraba la vida. Se ofreció a pagar a una niñera, pero…

—¿Pero?

—Le dijiste que era muy típico de él solucionar los problemas con dinero. Llevabas algo de razón, pero… Puede que no estuvieras siendo del todo justa.

Puede, pensé. Caí en la cuenta de que en aquel entonces probablemente teníamos dinero; más del que teníamos después de que yo perdiera la memoria, más del que supongo que tenemos actualmente. La de dinero que debió de irse con mi enfermedad.

Traté de imaginarme discutiendo con Ben, cuidando del bebé, intentando escribir. Visualicé biberones. A Adam aferrado a mi pecho. Pañales sucios. Mañanas en que dar de comer a mi hijo y a mí eran las únicas aspiraciones razonables que podía tener y tardes en que me encontraba tan cansada que solo tenía ganas de dormir —algo para lo que aún faltaban horas— y desistía de la idea de ponerme a escribir. Podía verlo todo y sentir cómo mi resentimiento crecía lentamente.

No obstante, eran solo imágenes. No recordaba nada. Sentía que la historia de Claire no tenía nada que ver conmigo.

—¿De modo que tuve una aventura?

Levantó la vista.

—En aquel entonces yo estaba libre y me dedicaba a pintar. Me ofrecí a cuidar de Adam dos tardes por semana para que pudieras escribir. Insistí en ello. —Me cogió las manos—. Fue culpa mía, Chrissy. Fui yo la que te sugirió que fueras a un café.

—¿Un café?

—Pensé que sería una buena idea que salieras de casa, que cambiaras de aires, que te alejaras de todo unas horas a la semana. Al cabo de unas semanas empezaste a sentirte mejor. Se te veía más contenta, decías que la novela iba bien. Comenzaste a ir al café casi a diario, y te llevabas a Adam si yo no podía quedármelo. Luego reparé en que también habías cambiado tu manera de vestir. Lo típico, pero en aquel momento no supe verlo. Pensé que se debía sencillamente al hecho de que te sentías mejor, más segura de ti misma. Entonces Ben me telefoneó una noche. Creo que había estado bebiendo. Dijo que discutíais más que nunca y que no sabía qué hacer. Y que ya no teníais sexo. Le dije que probablemente fuera por el bebé, que probablemente no tenía motivos para preocuparse. Pero...

—Estaba viendo a otro hombre.

—Te lo pregunté. Al principio lo negaste, pero te dije que no era idiota, y tampoco Ben. Discutimos y finalmente me contaste la verdad.

La verdad. Nada glamuroso, nada excitante. La verdad pura y dura. Me había convertido en un cliché viviente, me estaba follando a alguien a quien había conocido en un café mientras mi mejor amiga cuidada de mi hijo y mi marido ganaba el dinero para pagar la ropa y la lencería que yo lucía para otro hombre. Me imaginé las llamadas furtivas, las citas canceladas cuando surgía un imprevisto y, los días que podíamos vernos, las sórdidas y patéticas tardes en la cama con un hombre que durante un tiempo me había parecido mejor —¿más interesante?, ¿más atractivo?, ¿mejor amante?, ¿más rico?— que mi marido. ¿Era el mismo hombre al que había estado esperando en aquella habitación de hotel, el hombre que acabaría por atacarme, por dejarme sin pasado y sin futuro?

Cerré los ojos. Un recuerdo fugaz. Manos agarrándome por el pelo, rodeándome el cuello. Mi cabeza debajo del agua. Resoplando, llorando. Recuerdo lo que estaba pensando en aquel momento. Quiero ver a mi hijo una última vez. Quiero ver a mi marido. Nunca debí hacerle esto. Nunca debí engañarle con este hombre. Nunca podré decirle lo mucho que lo siento. Nunca.

Abro los ojos. Claire me estaba apretando la mano.

—¿Estás bien? —me preguntó.

—Continúa —dije.

—No sé si…

—Continúa, te lo ruego. ¿Quién era él?

Suspiró.

—Me contaste que habías conocido a alguien que frecuentaba el café. Un hombre agradable, dijiste. Atractivo. Intentaste evitarlo, pero no pudiste.

—¿Cómo se llamaba? —le pregunté—. ¿Quién era?

—No lo sé.

—¡Tienes que saberlo! —espeté—. ¡Aunque solo sea su nombre! ¿Quién me hizo esto?

Me miró fijamente.

—Chrissy —dijo con calma—, nunca me desvelaste su nombre. Solo me dijiste que le habías conocido en un café. Supongo que no querías que conociera los detalles, por lo menos no más de los necesarios.

Sentí que otro retazo de esperanza se alejaba, arrastrado por la corriente del río. Nunca sabría quién me hizo esto.

—¿Qué ocurrió?

—Te dije que creía que estabas cometiendo un error, que además de pensar en Ben tenías que pensar en Adam. Te aconsejé que rompieras con él, que dejaras de verle.

—Pero no te hice caso.

—Al principio, no. Tuvimos una discusión fuerte. Te dije que me estabas poniendo en una situación muy difícil, que Ben también era mi amigo. Me estabas pidiendo que le mintiera, como hacías tú.

—¿Qué ocurrió entonces? ¿Cuánto tiempo duró?

Tras un breve silencio, dijo:

—No lo sé, probablemente unas pocas semanas. Un día me anunciaste que todo había terminado. Le habías dicho a ese hombre que no podíais continuar, que lo vuestro había sido un error. Me dijiste que estabas arrepentida, que te habías comportado como una estúpida, una insensata.

—¿Te estaba mintiendo?

—No lo sé. No lo creo. Tú y yo siempre nos decíamos la verdad. —Sopló en su café—. Unas semanas después te encontraron en Brighton. Ignoro por completo qué sucedió ese día.

Quizá fueran esas palabras —«Ignoro por completo qué sucedió ese día»—, el hecho de comprender que probablemente nunca llegaría a saber por qué fui agredida, lo que hizo que de mi garganta brotara un sonido extraño, algo entre un grito ahogado y un aullido, el alarido de un animal herido. Traté en vano de sofocarlo. Toby levantó la vista de su libro de colorear. La gente de la cafetería se volvió para mirarme, para mirar a la chiflada amnésica. Claire me cogió del brazo.

—¡Chrissy! —dijo—. ¿Qué te ocurre?

Estaba llorando. Temblaba y me costaba respirar. Lloraba por todos los años que había perdido y por los que seguiría perdiendo entre hoy y el día de mi muerte. Lloraba porque, pese a lo difícil que había sido para Claire hablarme de mi aventura, de mi matrimonio, de mi hijo, mañana tendría que volver a contármelo desde el principio. Pero, sobre todo, lloraba porque todo eso me lo había buscado yo.

—Lo siento mucho —musité—. Lo siento.

Claire se levantó y rodeó la mesa para acuclillarse a mi lado. Me rodeó los hombros y recosté mi cabeza en la suya.

—Tranquila, tranquila —dijo mientras yo seguía sollozando—. No pasa nada, Chrissy, cariño. Ahora estoy aquí. Estoy aquí.

Salimos de la cafetería. Como molesto porque alguien estuviera llamando la atención más que él, Toby había empezado a alborotarse después de mi ataque. Arrojó sus libros de colorear al suelo, y también la taza de plástico que contenía su zumo. Claire lo recogió todo y dijo:

—Necesito que me dé el aire. ¿Nos vamos?

Ahora estábamos sentadas en uno de los bancos que dominaban el parque, con nuestras rodillas mirándose. Claire tenía mis manos entre las suyas y las estaba acariciando como si quisiera calentarlas.

—¿Tenía…? —comencé—. ¿Tenía muchas aventuras?

Negó con la cabeza.

—En absoluto. Es cierto que en la universidad nos divertíamos, pero no más que la mayoría. Y en cuanto conociste a Ben todo aquello terminó. Siempre le fuiste fiel.

Me pregunté qué había tenido de especial el hombre del café. Según Claire, yo le había contado que era agradable. Atractivo. ¿A eso se reducía todo? ¿Tan superficial era yo?

Mi marido era agradable y atractivo, pensé. Ojalá hubiera sabido valorar lo que entonces tenía.

—¿Sabía Ben que estaba teniendo una aventura?

—Al principio, no. No lo supo hasta que te encontraron. Fue un golpe terrible para él, para todos nosotros. Creíamos que no sobrevivirías. Más tarde, Ben me preguntó si sabía qué estabas haciendo en Brighton y se lo conté. Tenía que hacerlo. Ya le había explicado a la policía todo lo que sabía. No me quedó más remedio que contárselo también a Ben.

El sentimiento de culpa me atravesó de nuevo cuando pensé en mi marido, el padre de mi hijo, intentando entender por qué su esposa agonizante había aparecido tan lejos de casa. ¿Cómo pude hacerle eso?

—Pero te perdonó —continuó Claire—. Nunca te lo echó en cara, nunca. Lo único que le importaba era que sobrevivieras y te pusieras bien. Lo habría dado todo por eso. Todo. Era lo único que le importaba.

Sentí un arrebato de amor por mi marido. Real. Espontáneo. Pese a todo lo sucedido, me había recogido, había cuidado de mí.

—¿Te importaría hablar con él? —dije.

Claire sonrió.

—¡En absoluto! Pero ¿de qué?

—Ben no me cuenta la verdad —confesé—. O, por lo menos, no siempre. Está intentando protegerme. Me cuenta lo que cree que seré capaz de afrontar, lo que cree que quiero oír.

—Ben no haría una cosa así. Te quiere. Siempre te ha querido.

—Pues lo hace. Él no sabe que yo sé. No sabe que lo estoy anotando todo. No me habla de Adam salvo cuando me acuerdo de él y le pregunto. No me cuenta que me dejó. Me asegura que tú vives en la otra punta del mundo. Cree que no soy capaz de afrontar la verdad. Ha tirado la toalla conmigo, Claire. Tal vez antes fuera diferente, pero el caso es que ahora Ben ha tirado la toalla conmigo. No quiere que vea a ningún médico porque piensa que no puedo mejorar, pero he estado viendo a uno, Claire. Al doctor Nash. En secreto. Ben no lo sabe.

Claire me estaba mirando muy seria. Parecía decepcionada. Conmigo, supongo.

—Eso no está bien —dijo—. Deberías contárselo. Ben te quiere. Él confía en ti.

—No puedo. No me reconoció que seguía en contacto contigo hasta el otro día. Hasta entonces siempre me había contado que hacía años que no hablaba contigo.

Su expresión de desaprobación cambió. Por primera vez podía ver que estaba sorprendida.

—¡Chrissy!

—Es cierto —continué—. Yo sé que Ben me quiere, pero necesito que sea sincero conmigo. En todo. Desconozco mi pasado y él es el único que puede ayudarme. Necesito que me ayude.

—Entonces deberías hablar con él. Confía en Ben.

—¿Cómo quieres que confíe en Ben con todas las mentiras que me ha contado? ¿Cómo?

Me apretó las manos.

—Chrissy, Ben te quiere. Lo sabes muy bien. Te quiere más que a su vida. Siempre te ha querido.

—Sin embargo… —comencé, pero me interrumpió.

—Tienes que confiar en él, créeme. Si quieres solucionar las cosas has de sincerarte con él. Háblale del doctor Nash. Háblale del diario que estás escribiendo. Es la única manera.

En el fondo sabía que tenía razón, pero seguía dudando de que fuera conveniente contarle lo de mi diario.

—Pero podría desear leer lo que he escrito.

Claire me escudriñó con la mirada.

—¿Acaso hay algo en ese diario que no quieres que él vea? —No contesté—. ¿Lo hay, Chrissy?

Desvié la mirada. Nos quedamos calladas. Claire abrió entonces su bolso.

—Chrissy, voy a darte algo —dijo—. Ben me lo dio cuando decidió que debía dejarte. —Sacó un sobre y me lo tendió. Estaba arrugado, pero conservaba el precinto—. Me dijo que dentro de este sobre lo explicaba todo. —Lo observé detenidamente. Delante aparecía mi nombre escrito en mayúsculas—. Me pidió que te lo diera si alguna vez juzgaba que estabas lo bastante recuperada para leerlo. —Miré a Claire sintiendo varias emociones a un tiempo. Agitación, y miedo—. Creo que ha llegado el momento de que lo leas.

Cogí el sobre y lo guardé en el bolso. Aunque ignoraba por qué, no quería leerlo delante de Claire. Tal vez temiera que pudiera leer el contenido en mi rostro y dejara de pertenecerme solo a mí.

—Gracias.

No me sonrió.

—Chrissy —dijo, mirándose las manos—, Ben tiene una razón para contarte que me fui a vivir al extranjero. —Sentí que mi mundo empezaba a cambiar, aunque no estaba segura de qué forma—. Tengo que explicarte por qué tú y yo dejamos de vernos.

Lo supe al instante, sin necesidad de que hablara. Simplemente lo supe. La pieza del rompecabezas que faltaba, la razón de que Ben me hubiera abandonado, la razón de que mi mejor amiga hubiera desaparecido de mi vida y de que mi marido me mintiera sobre los motivos. Había estado en lo cierto. Todo este tiempo había estado en lo cierto.

—De modo que es verdad —dije—. Dios mío, es verdad. Te estás viendo con Ben. Te estás tirando a mi marido.

Claire levantó la vista, horrorizada.

—¡No! —exclamó—. ¡No!

De repente ya no tuve ninguna duda. Quería gritar «¡Embustera!», pero no lo hice. Me disponía a preguntarle de nuevo qué quería contarme cuando vi que se retiraba algo del ojo. ¿Una lágrima? Lo ignoro.

—Actualmente, no —susurró, y volvió a mirarse las manos que descansaban en su regazo—. Pero en otros tiempos, sí.

De todas las emociones que podría haber esperado sentir, el alivio no era una de ellas. Y sin embargo eso fue lo que sentí, alivio. ¿Porque Claire estaba siendo sincera? No estoy segura.

Pero la rabia que debería haber experimentado no estaba, y tampoco el dolor. Tal vez me alegraba notar una pequeña punzada de celos, tener una prueba concreta de que quería a mi marido. Puede que simplemente me aliviara saber que Ben también tenía una infidelidad sobre sus hombros, que estábamos empatados.

—Cuéntamelo —susurré.

No levantó la vista.

—Siempre estuvimos muy unidos —dijo con voz queda—. Los tres, quiero decir. Tú, Ben y yo. Pero entre él y yo nunca había habido nada, tienes que creerme. Nunca. —Le insté a continuar—. Después de tu accidente hice cuanto estuvo en mi mano por ayudar. Puedes imaginar lo increíblemente difícil que la situación era para Ben, sobre todo en el aspecto práctico. Teniendo que cuidar de Adam… Yo le ayudaba en todo lo posible. Pasábamos mucho tiempo juntos, pero no nos acostábamos. En aquel entonces, no. Te lo juro, Chrissy.

—Entonces, ¿cuándo? —pregunté—. ¿Cuándo ocurrió?

—Justo antes de que te trasladaran a Waring House —dijo—. Estabas muy mal y Adam estaba dando muchos problemas. Era una situación difícil. —Desvió la mirada—. Ben había empezado a beber, no mucho, pero lo suficiente. No podía con todo. Una noche regresamos de hacerte una visita. Acosté a Adam. Ben estaba en el salón llorando. «No puedo», decía. «No puedo seguir con esto. La quiero, pero esta situación me está matando.»

El viento sopló colina arriba. Frío. Cortante. Me ceñí el abrigo.

—Me senté a su lado y…

Pude verlo todo. La mano en el hombro, después el abrazo. Las bocas que se encuentran a través de las lágrimas, el momento en que el sentimiento de culpa y la condición de que no se debe cruzar la línea ceden ante el deseo y la certeza de que no se puede parar.

¿Y luego qué? Sexo. ¿Sobre el sofá? ¿En el suelo? No quiero saberlo.

—¿Y?

—Lo siento. Nunca quise que ocurriera, pero ocurrió… y luego me sentí fatal. Los dos nos sentimos fatal.

—¿Cuánto tiempo?

—¿Qué?

—¿Cuánto tiempo duró?

Tras un titubeo, dijo:

—No lo sé. No mucho. Unas semanas. Lo… lo hicimos pocas veces. Sabíamos que no estaba bien. Después nos sentíamos fatal.

—¿Qué ocurrió? —dije—. ¿Quién decidió romper?

Se encogió de hombros.

—Los dos —susurró—. Hablamos y decidimos que no podíamos continuar. Decidí que tenía que alejarme de vosotros, que te lo debía a ti y a Ben. Supongo que me sentía culpable.

Me asaltó un pensamiento espantoso.

—¿Fue entonces cuando Ben decidió dejarme?

—En absoluto, Chrissy —se apresuró a contestar—. Ni se te ocurra pensar eso. Ben también se sentía fatal, pero no te dejó por mí.

No, pensé. Puede que no directamente, pero debiste de recordarle todo lo que se estaba perdiendo.

La miré. No estaba enfadada. No podía estarlo. Si me hubiera dicho que aún se acostaban, probablemente me habría sentido de otro modo. Pero lo que acababa de contarme me parecía que pertenecía a otra época, a la prehistoria. Me costaba creer que tuviera algo que ver conmigo.

Claire levantó la vista.

—Al principio mantuve el contacto con Adam, pero imagino que en algún momento Ben le contó lo sucedido, porque un día me dijo que no quería volver a verme, que no me acercara a él y tampoco a ti. Pero no podía, Chrissy, sencillamente no podía. Ben me había dado la carta, me había pedido que estuviera pendiente de ti, de modo que continué con mis visitas a Waring House. Al principio cada dos o tres semanas, luego cada dos meses. Pero mis visitas te alteraban terriblemente. Sé que mi comportamiento era egoísta, pero no podía dejarte allí, sola. Seguí visitándote solo para asegurarme de que estabas bien.

—¿Y luego se lo contabas a Ben?

—No. No estábamos en contacto.

—¿Es por eso por lo que no vienes a verme a casa? ¿Porque no quieres ver a Ben?

—No. Hace unos meses fui a verte a Waring House y me dijeron que te habías ido, que estabas viviendo con Ben. Yo sabía que Ben se había mudado de casa. Les pedí la dirección pero no quisieron dármela, alegando que era información confidencial. Dijeron que te darían mi número de teléfono y que si quería escribirte te harían llegar mis cartas.

—¿Me escribiste?

—Escribí a Ben. En la carta le decía que sentía mucho lo que había sucedido y le rogaba que me dejara verte.

—¿Te dijo que no podías verme?

—No. Tú misma me escribiste una carta donde me contabas que estabas mucho mejor y que eras feliz con Ben. —Dirigió la mirada al parque—. Decías que no querías verme, que en algunos momentos recuperabas la memoria y entonces descubrías que te había traicionado. —Se apartó una lágrima del ojo—. Me decías que no querías verme nunca más. Que era preferible que nos olvidáramos la una de la otra para siempre.

Me quedé helada. Traté de imaginarme lo enfadada que debía de estar para escribir semejante carta, pero entonces caí en la cuenta de que a lo mejor no lo estaba. En aquel entonces Claire no debía de existir prácticamente para mí. Seguro que había olvidado nuestra amistad.

—Lo siento —dije. No podía imaginarme siendo capaz de recordar su traición. Ben debió de ayudarme a escribir la carta.

Sonrió.

—No, no te disculpes. Tenías toda la razón. Así y todo, nunca perdí la esperanza de que cambiaras de parecer. Quería verte, quería contarte la verdad a la cara. —No dije nada—. No sabes cuánto lo siento. ¿Podrás perdonarme algún día?

Le cogí la mano. ¿Qué derecho tenía a estar enfadada con ella? ¿O con Ben? Mi enfermedad había supuesto una carga enorme para los dos.

—Sí —dije—. Te perdono.

Nos marchamos al poco rato. Cuando llegamos al pie de la cuesta, Claire se volvió hacia mí.

—¿Volveremos a vernos? —me preguntó.

Le sonreí.

—¡Espero que sí!

Parecía aliviada.

—No imaginas lo mucho que te he echado de menos, Chrissy.

Era cierto. No podía. Pero con ella y con este diario aún existía una posibilidad de que pudiera reconstruir una vida que mereciera la pena ser vivida. Pensé en la carta de Ben. Un mensaje del pasado. La última pieza del rompecabezas. Las respuestas que necesitaba.

—Te llamaré —dijo Claire—. ¿Te parece bien a principios de la próxima semana?

—Sí. —Me abrazó y mi voz se perdió en los rizos de su pelo. Sentí que era mi única amiga, la única persona en la que podía confiar aparte de Ben. Mi hermana. La estreché con fuerza—. Gracias por contarme la verdad —dije—. Gracias por todo. Te quiero.

Cuando nos separamos y nos miramos, las dos estábamos llorando.

* * *

Cuando llegué a casa me senté a leer la carta de Ben. Estaba nerviosa —¿me contaría lo que necesitaba saber? ¿Entendería al fin por qué me dejó?— pero también ilusionada. Tenía la certeza de que me lo contaría. Estaba convencida de que con Ben y Claire tendría todo lo que necesitaba.

Querida Christine:

Esto es lo más difícil que he tenido que hacer en toda mi vida. Ya he empezado con un cliché, pero sabes que no soy escritor —¡eso te lo dejo a ti!— de modo que te pido perdón. Intentaré hacerlo lo mejor que pueda.

Para cuando leas esta carta ya estarás al corriente de todo. El caso es que he decidido que debo dejarte. Me duele en el alma escribirte esto, y no digamos pensarlo, pero he de hacerlo. He intentado por todos los medios encontrar otra manera, pero sin éxito. Créeme.

Es preciso que comprendas que te quiero. Siempre te he querido y siempre te querré. Me da igual lo que ha ocurrido, o por qué ha ocurrido. No hago esto por venganza ni nada parecido. No he conocido a otra mujer. Durante el tiempo que estuviste en coma me di cuenta de lo importante que eres para mí; cada vez que te miraba me sentía morir. Y comprendí que no me importaba lo que hubieras estado haciendo aquella noche en Brighton, ni con quién te hubieras estado viendo. Solo quería que volvieras a mí.

Y así lo hiciste, y me sentí inmensamente dichoso. No imaginas lo feliz que estaba el día que me dijeron que te hallabas fuera de peligro, que no ibas a morir. Que no ibas a dejarme. A dejarnos. Adam era muy pequeño pero creo que lo entendía todo.

Cuando nos dimos cuenta de que no recordabas lo sucedido, lo interpreté como algo bueno. ¿Puedes creerlo? Ahora me avergüenzo de ello, pero en aquel momento pensé que era lo mejor. Después, no obstante, nos dimos cuenta de que estabas olvidando otras cosas. Poco a poco. Al principio solo fueron los nombres de tus vecinos de habitación, de los médicos y de los enfermeros que te trataban. Pero fuiste empeorando. Olvidaste qué hacías en el hospital, por qué no te dejaban ir a casa conmigo. Se te metió en la cabeza que los médicos estaban experimentando contigo. Un fin de semana que te llevé a casa no reconociste nuestra calle, y tampoco nuestra casa. Tu prima vino a verte y no tenías ni idea de quién era. Cuando te llevamos de vuelta al hospital ignorabas por completo adónde íbamos.

Creo que fue entonces cuando las cosas empezaron a ponerse difíciles. Adorabas a Adam. Se veía en el brillo de tus ojos cuando llegábamos al hospital. Adam echaba a correr hacia ti y se arrojaba a tus brazos, y tú lo levantabas y lo reconocías al instante. Luego —lo siento Chris, pero he de contarte esto— empezaste a creer que Adam no había estado contigo desde que era un bebé. Cada vez que lo veías pensabas que era la primera vez desde que tenía unos meses. Yo le pedía que te contara cuándo te había visto por última vez y decía «Ayer, mamá» o «La semana pasada», pero tú no te lo creías. «¿Qué le has estado contando?», me decías. «Eso es mentira.» Empezaste a acusarme de que te tenía encerrada allí. Pensabas que otra mujer estaba criando a Adam como si fuera su hijo mientras tú estabas en el hospital.

Un día llegué y no me reconociste. Te pusiste histérica. Agarraste a Adam cuando yo no estaba mirando y echaste a correr hacia la salida. Supongo que tu intención era rescatarle, pero Adam empezó a gritar. No entendía por qué hacías eso. Me lo llevé a casa e intenté explicárselo, pero seguía sin entenderlo. Empezó a tenerte miedo.

Pasó el tiempo y la situación empeoró. Un día llamé al hospital. Les pregunté cuál era tu estado cuando yo no estaba, cuando Adam no estaba. «Descríbanmela en estos momentos», les pedí. Dijeron que estabas tranquila, contenta. Estabas sentada en una silla, al lado de tu cama.

—¿Qué está haciendo? —pregunté.

Me dijeron que estabas hablando con otra paciente, una amiga tuya. A veces jugabais a las cartas.

—¿A las cartas? —dije. No podía creerlo. Me contaron que se te daban muy bien las cartas. Cada día tenían que explicarte las reglas, pero después ganabas a todo el mundo.

—¿Está contenta? —pregunté.

—Sí —dijeron—. Siempre está contenta.

—¿Se acuerda de mí? —dije—. ¿De Adam?

—No. Solo se acuerda de ustedes cuando vienen —respondieron.

Creo que en aquel momento supe que llegaría un día en que tendría que dejarte. Te he encontrado un lugar donde podrás vivir el tiempo que necesites. Un lugar donde puedes ser feliz. Porque serás feliz sin mí y sin Adam. No nos conocerás, por lo que no nos echarás de menos.

Te quiero mucho, Chrissy. Quiero que eso te quede bien claro. Te quiero más que a nada en este mundo. Pero debo dar a nuestro hijo la vida que se merece. Pronto será lo bastante mayor para entender qué está pasando. No le mentiré, Chris. Le explicaré la elección que he hecho. Le diré que aunque tenga muchas ganas de verte, no puede hacerlo porque eso le afectaría enormemente. Puede que me odie por ello. Que me lo reproche. Espero que no. Pero quiero que él sea feliz. Y que tú seas feliz, aunque solo puedas encontrar esa felicidad sin mí.

Ya llevas un tiempo en Waring House. Ya no sufres ataques de pánico. Tienes una vida ordenada. Eso es bueno. Por tanto, ha llegado el momento de irme.

Voy a darle esta carta a Claire. Le pediré que la guarde y te la enseñe cuando estés lo bastante recuperada para leerla y comprenderla. Si la guardo yo, no pararía de darle vueltas y no podría resistir la tentación de dártela la semana que viene, o el mes que viene, o incluso el año que viene. Demasiado pronto en cualquier caso.

No voy a negarte que aún abrigo la esperanza de que algún día podamos volver a estar juntos. Cuando te hayas recuperado. Los tres. Una familia. He de creer en esa posibilidad. He de creer si no quiero que la pena me mate.

No te estoy abandonando, Chris. Nunca te abandonaré. Te quiero demasiado.

Créeme, esto es lo mejor que puedo hacer, lo único que puedo hacer.

No me odies. Te quiero.

BEN

* * *

Ahora vuelvo a leerla, y hecho esto doblo la hoja. Cruje como si hubiera sido escrita ayer, pero el sobre donde la introduzco está blando, tiene los cantos gastados, y un olor dulzón, como de perfume. ¿Acaso Claire la llevaba siempre encima, en algún rincón de su bolso? ¿O la tenía guardada en un cajón de su casa, fuera de su vista pero siempre presente? Esta carta ha esperado muchos años el momento adecuado para ser leída. Años que he pasado sin saber quién era mi marido, sin saber siquiera quién era yo. Años en que no habría sido capaz de salvar el abismo entre nosotros porque era un abismo que no sabía que existía.

Deslizo el sobre entre las páginas de mi diario. Estoy llorando mientras escribo esto, pero no estoy triste. Lo comprendo todo. Por qué Ben me dejó, por qué me ha estado mintiendo.

Porque me ha estado mintiendo. No me ha hablado de la novela que escribí para que no me deprima el hecho de saber que no voy a escribir otra. Me ha estado contando que mi mejor amiga se fue a vivir al extranjero para protegerme del hecho de que los dos me traicionaron. Porque Ben no confiaba en que les quisiera lo bastante para poder perdonarles. Me ha estado contando que un coche me atropelló, que estoy así por un accidente, para que no tenga que enfrentarme al hecho de que fui atacada y de que lo que me pasó fue el resultado de un acto de odio feroz premeditado. Me ha estado contando que no tuvimos hijos, no solo para protegerme del hecho de que mi único hijo está muerto, sino de tener que experimentar cada día el dolor de su pérdida. Y no me ha contado que, después de buscar durante años la forma de mantener unida a nuestra familia, tuvo que aceptar que no podíamos estar juntos y llevarse a nuestro hijo por el bien de su felicidad.

Quizá pensaba que nuestra separación sería para siempre cuando escribió esta carta, pero puede que también abrigara la esperanza de que no lo fuera. De lo contrario, ¿por qué escribirla? ¿Qué pensó cuando se sentó en su casa, en nuestra casa, y empuñó un bolígrafo para intentar explicar a una persona de quien no podía esperar que le entendiera por qué pensaba que no tenía más remedio que abandonarla? «No soy escritor», decía, y sin embargo encuentro que sus palabras son bellas y profundas. Parece que esté hablando de otra persona y, sin embargo, en algún lugar de mi ser, bajo la piel y los huesos, bajo los tejidos y la sangre, sé que no es así. Está hablando de mí y a mí. A Christine Lucas. Su esposa enferma.

Mas no ha sido para siempre. Sus esperanzas se han cumplido. Mi estado ha mejorado o Ben encontró la separación más dura de lo que pensaba y fue a buscarme.

Todo me parece diferente ahora. La habitación donde me encuentro se me antoja igual de ajena que esta mañana, cuando desperté y tropecé con ella intentando dar con la cocina, desesperada por un vaso de agua, desesperada por tratar de recordar qué había sucedido la noche antes, pero ya no me parece impregnada de dolor y tristeza. Ya no me parece que simbolice una vida que no me merece la pena vivir. Junto a mi hombro, el tictac del reloj ya no solo marca las horas. Me habla. «Relájate», dice. «Relájate y acepta lo que te venga.»

He estado equivocada. He cometido un error. Una vez, y

otra, y otra, quién sabe cuántas. Mi marido es mi protector, sí, pero también mi amante. Y ahora soy consciente de que le quiero. Siempre le he querido, y si tengo que aprender a quererle de nuevo cada día, lo haré.

Ben no tardará en llegar —ya puedo sentirlo de camino— y cuando llegue se lo contaré todo. Le contaré que he visto a Claire —y al doctor Nash y al doctor Paxton— y que he leído su carta. Le diré que comprendo por qué hizo lo que hizo, por qué me dejó, y que le perdono. Le diré que sé lo de la agresión pero que ya no necesito saber cómo sucedió, que ya no me importa saber quién me hizo esto.

Y le diré que sé lo de Adam. Que sé lo que le pasó, y que aunque la idea de afrontarlo cada día me aterre, es algo que debo hacer. Debemos permitir que el recuerdo de nuestro hijo viva en esta casa, y en mi corazón, por mucho dolor que ello me cause.

Y le hablaré de este diario, le contaré que finalmente soy capaz de proporcionarme una historia, una vida, y se lo enseñaré si me pide verlo. Y hecho esto podré seguir escribiendo, narrando mi historia, mi autobiografía. Crearme a partir de la nada.

«Se acabaron los secretos», le diré a mi marido. «Te quiero, Ben, y siempre te querré. Hemos sido injustos el uno con el otro. Perdóname, por favor. Lamento haberte dejado todos esos años atrás para estar con otro hombre, y lamento que no podamos saber con quién quedé en aquella habitación de hotel, o lo que encontré en ella. Pero quiero que sepas que estoy decidida a compensarte por ello.»

Y luego, cuando entre nosotros ya solo quede amor, podremos empezar a buscar la forma de estar realmente juntos.

He llamado al doctor Nash.

—Quiero que nos veamos —le pedí—. Quiero que leas mi diario. —Creo que se sorprendió, pero aceptó.

—¿Cuándo? —preguntó.

—La próxima semana —dije—. Ven a buscarlo la próxima semana.

Dijo que lo recogería el martes.

TERCERA PARTE

Hoy

Giro la página pero descubro que está en blanco. El relato termina aquí. Llevo horas leyendo.

Estoy temblando y me cuesta respirar. Siento no solo que en estas últimas horas he vivido toda una vida, sino que he cambiado. No soy la misma persona que vio al doctor Nash esta mañana, que se sentó a leer este diario. Ahora tengo un pasado. Conciencia de mí misma. Sé lo que tengo y lo que he perdido. Me doy cuenta de que estoy llorando.

Cierro el diario. Me obligo a calmarme y el presente empieza a recomponerse. La estancia donde estoy sentada. La taladradora que todavía puedo oír en la calle. La taza de café, vacía, a mis pies.

Miro el reloj que tengo al lado y doy un respingo. Caigo en la cuenta de que es el mismo reloj sobre el que he estado leyendo en el diario, que estoy en esa misma sala de estar, que soy esa persona. Solo ahora me percato de que la historia que he estado leyendo es mi historia.

Llevo el diario y la taza a la cocina. En la pared está la misma pizarra blanca que he visto esta mañana, la misma lista de sugerencias en mayúsculas, la misma nota añadida por mí: «¿Preparar la bolsa para esta noche?».

La miro. Algo de ella me inquieta, pero no consigo averiguar qué.

Pienso en Ben. Cuán difícil tiene que haber sido la vida para él. No saber nunca con quién iba a despertarse. No saber nunca cuánto recordaría, cuánto amor sería capaz de darle.

Pero ¿ahora? Ahora lo entiendo todo. Ahora sé lo suficiente para que los dos podamos comenzar una nueva vida. Me pregunto si llegué a tener con él la conversación que había planeado. Probablemente, teniendo en cuenta lo convencida que estaba de que era lo mejor, pero no había escrito una sola línea al respecto. De hecho, hace una semana que no escribo. Puede que le pasara mi diario al doctor Nash antes de tener la oportunidad. Puede que no sintiera la necesidad de escribir, ahora que había compartido mi diario con Ben.

Vuelvo a la primera página del diario. Ahí están, trazadas con la misma tinta azul. Esas cuatro palabras escritas debajo de mi nombre: «No confíes en Ben».

Cojo un bolígrafo y las tacho. De vuelta en la sala de estar veo el álbum de recortes sobre la mesa. Sigue sin tener fotografías de Adam. Tampoco Ben me habló de él esta mañana. Ni me enseñó el contenido de la caja de metal.

Pienso en mi novela —*Para los pájaros madrugadores*— y me quedo mirando el diario. ¿Y si me lo he inventado todo?, pienso inopinadamente.

Me levanto. Necesito pruebas. Necesito encontrar una conexión entre lo que he leído y lo que estoy viviendo, un indicio de que el pasado sobre el que he estado leyendo no lo he inventado yo.

Me guardo el diario en el bolso y salgo al recibidor. El perchero está ahí, al pie de la escalera, junto a unas zapatillas. Si subo, ¿encontraré el estudio, el archivador? ¿Encontraré la caja de metal gris en el cajón inferior, escondido bajo al toalla? ¿Estará la llave en el cajón inferior de la mesita de noche?

Y, de ser así, ¿encontraré a mi hijo?

Necesito saberlo. Subo los escalones de dos en dos.

El estudio es más pequeño de lo que imaginaba y está más ordenado de lo que esperaba, pero ahí está el archivador de color gris plomo.

En el cajón inferior hay una toalla y, debajo, una caja. La cojo. Me siento ridícula, pues estoy convencida de que la encontraré cerrada con llave, o vacía.

Ni una cosa ni otra. Dentro encuentro mi novela. No el ejemplar que me regaló el doctor Nash; no tiene el círculo de café en la tapa y las hojas parecen nuevas. Probablemente sea un ejemplar que Ben ha guardado todos estos años. Esperando el día en que sepa lo suficiente para poder tenerlo nuevamente conmigo. Me pregunto dónde está mi ejemplar, el que me dio el doctor Nash.

Saco la novela y debajo encuentro una foto. Ben y yo sonriendo a la cámara, aunque con semblante triste. Parece reciente, mi cara coincide con la que he visto hoy en el espejo y Ben tiene el mismo aspecto que cuando se marchó esta mañana. Detrás se ve una casa, un camino de gravilla, tiestos de lozanos geranios rojos. En el dorso de la foto alguien ha escrito «Waring House». Debieron de hacérnosla el día que fue a recogerme para traerme aquí.

Pero eso es todo. No hay más fotografías. Ninguna de Adam. Tampoco las que he encontrado aquí otras veces y descrito en mi diario.

Seguro que hay una explicación, me digo. Tiene que haberla. Rebusco entre los papales amontonados sobre la mesa: revistas, catálogos de *software* informático, una agenda escolar con algunas clases subrayadas en amarillo. Un sobre cerrado que agarro instintivamente, pero no contiene fotografías de Adam.

Bajo y me preparo una bebida caliente. Agua hirviendo, una bolsita de té. No la dejes reposar mucho tiempo ni la estrujes con la cuchara o extraerás demasiado ácido tánico y el té te quedará amargo. ¿Por qué recuerdo eso y sin embargo no recuerdo haber dado a luz? Suena un teléfono en algún lugar de la sala. Lo saco del bolso —no el que se abre, sino el que me dio mi marido— y contesto. Ben.

—¿Christine? ¿Estás bien? ¿Estás en casa?

—Sí —dije—. Sí, gracias.

—¿Has salido hoy? —Su voz me resulta familiar, pero suena fría. Pienso en la última vez que hablamos. No recuerdo que esta mañana me mencionara que tenía una cita con el doctor Nash. Puede que, después de todo, no sepa que estoy viendo al doctor Nash, pienso. O a lo mejor me está poniendo a prueba para ver si se lo digo. Pienso en la nota escrita junto a la cita. «No se lo cuentes a Ben.» Debí de escribirlo antes de saber que podía confiar en mi marido.

Quiero confiar en él ahora. No quiero más mentiras.

—Sí —digo—. He ido a ver a un médico. —Guarda silencio—. ¿Ben?

—Sí, sí, te he oído —responde—. Perdona. —Reparo en la ausencia de sorpresa. Eso significa que sabe que estoy viendo al doctor Nash—. Estoy conduciendo y es un poco difícil hablar. Oye, solo quería asegurarme de que te has acordado de preparar las bolsas. Nos vamos de...

—Claro —digo, y a continuación añado—: ¡Estoy impaciente! —Y me doy cuenta de que es cierto. Nos hará bien salir de la ciudad, pienso. Puede ser un nuevo comienzo para nosotros.

—No tardaré en llegar —dice—. ¿Puedes hacer lo posible por tener las bolsas listas? Te ayudaré cuando llegue, pero estaría bien que pudiéramos salir cuanto antes.

—Lo intentaré —prometo.

—Utiliza las dos bolsas que hay en el armario de la habitación de invitados.

—De acuerdo.

—Te quiero —añade, y tras un largo instante, un instante durante el cual él ya ha colgado, le digo que yo también le quiero.

Entro en el cuarto de baño. Soy una mujer adulta, me digo. Tengo un marido. Un marido al que amo. Pienso en lo que he leído sobre el sexo. Sobre el día que hicimos el amor. No había escrito que disfruté.

¿Soy capaz de disfrutar del sexo? Me percato de que ni siquiera sé eso. Tiro de la cadena y me quito el pantalón, los calcetines, las bragas. Me siento en el borde de la bañera. Mi cuerpo me resulta totalmente extraño, desconocido. ¿Cómo puedo ser feliz entregándoselo a alguien si ni siquiera lo siento como mío?

Echo el pestillo y separo las piernas. Ligeramente al principio, un poco más después. Me levantó la blusa y miro. Veo las mismas estrías que el día que recordé a Adam, el áspero rebujo de mi vello púbico. Me pregunto si alguna vez lo afeito, si decido no hacerlo de acuerdo con mis preferencias o con las de mi marido. Puede que esas cosas hayan dejado de importar.

Ahueco una mano y la coloco sobre el monte de mi pubis. Mis dedos descansan sobre los labios, separándolos ligeramente. Acaricio la punta de lo que imagino es mi clítoris y aprieto, muevo suavemente los dedos, experimento un leve cosquilleo. La promesa de una sensación más que la sensación misma.

Me preguntó qué sucederá más tarde.

Las bolsas están donde Ben me ha dicho, en la habitación de invitados. Son compactas, resistentes, una algo más grande que la otra. Las llevo al dormitorio donde me he despertado esta mañana y las dejo sobre la cama. Abro el cajón superior y veo mi ropa interior junto a la de Ben.

Elijo por los dos, calcetines gruesos para él, finos para mí. Recuerdo lo que he leído sobre la noche que tuvimos sexo y caigo en la cuenta de que en algún lugar debo de tener medias y ligueros. Me digo que estaría bien encontrarlos ahora y llevármelos. Sería bueno para los dos.

Abro el ropero. Elijo un vestido, una falda y un tejano. Veo la caja de zapatos que descansa en el suelo —donde supuestamente escondía mi diario— ahora vacía. Me pregunto qué clase de pareja somos cuando hacemos vacaciones. Si de noche vamos al restaurante o nos sentamos en un bar acogedor y nos relajamos junto al calor de una chimenea. Me pregunto si caminamos, si exploramos la ciudad y sus alrededores, o tomamos taxis para escoger cuidadosamente los lugares. Hay cosas que todavía ignoro. Son las cosas que tengo el resto de mi vida para descubrir. Para disfrutar.

Casi al azar elijo la ropa de los dos, la doblo y la guardo en las bolsas. Mientras hago eso noto una sacudida, una descarga de energía, y cierro los ojos. Tengo una visión brillante pero vaga. Al principio la veo desenfocada, como si revoloteara fuera de mi alcance, y trato de abrir mi mente para dejarla entrar.

Estoy delante de una maleta blanda, de piel gastada. Estoy contenta. Me siento nuevamente joven, como una niña a punto de empezar sus vacaciones, o como una adolescente preparándose para una cita y preguntándose cómo irá, si me pedirá que vaya a su casa, si nos enrollaremos. Siento la novedad, la expectación, la noto en la boca. La deslizo por mi lengua, saboreándola, porque sé que no durará mucho. Abro los cajones, selecciono blusas, medias, ropa interior. Excitante. Sexy. Ropa interior que una mujer se pone para que se la quiten. Aparte de los mocasines que llevo puestos, guardo en la maleta unos zapatos de tacón, los saco, los vuelvo a guardar. No me gustan, pero esta es una noche para fantasear, para disfrazarse, para ser alguien que no soy. Solo entonces me concentro en los artículos prácticos. Cojo un neceser acolchado, de cuero rojo, e introduzco perfume, gel y pasta de dientes. Esta noche quiero ponerme guapa para el hombre al que amo, para el hombre que he estado tan cerca de perder. Añado sales de baño con olor a azahar. En ese momento comprendo que estoy recordando la tarde que preparé la maleta para ir a Brighton.

El recuerdo se esfuma. Abro los ojos. Entonces no podía saber que estaba preparándome para el hombre que iba a arrebatármelo todo.

Sigo preparándome para el hombre que aún conservo.

Oigo un coche detenerse en el bordillo. Un motor que se apaga. Una portezuela que se abre y luego se cierra. Una llave en la cerradura. Es Ben.

Estoy nerviosa. Asustada. No soy la misma persona que dejó esta mañana; he descubierto mi pasado. Me he descubierto a mí misma. ¿Qué pensará cuando me vea? ¿Qué dirá?

Debo preguntarle si sabe lo de mi diario. Si lo ha leído y qué piensa al respecto.

Me llama cuando cierra la puerta tras de sí.

—¿Christine? ¿Chris? Ya estoy en casa. —Su voz no suena alegre. Parece agotado. Le digo que estoy en el dormitorio.

El primer peldaño cruje cuando acepta su peso, y oigo una exhalación cuando se quita un zapato, y después el otro. Ahora se calzará las zapatillas y vendrá a mi encuentro. Me produce una satisfacción súbita conocer sus rituales —mi diario me ha introducido en ellos, aunque mi memoria no pueda— pero cuando sube me invade otra emoción. Miedo. Pienso en lo que escribí en la primera hoja de mi diario. «No confíes en Ben.»

Abre la puerta del dormitorio.

—¡Cariño! —dice.

Sigo sentada en el borde de la cama, con las bolsas a mi espalda. Se queda en la puerta hasta que me levanto y extiendo los brazos. Entonces se acerca y me besa.

—¿Qué tal el día? —le pregunto.

Se quita la corbata.

—Oh, no hablemos de eso. ¡Estamos de vacaciones!

Empieza a desabotonarse la camisa. Reprimo el impulso de mirar hacia otro lado, me recuerdo que es mi marido, que le amo.

—He preparado las bolsas —digo—. Espero haber elegido bien. No sabía qué querrías llevarte.

Se quita el pantalón y lo dobla antes de colgarlo en el ropero.

—Seguro que has elegido bien.

—Como no sé adónde vamos, no sabía qué meter.

Se da la vuelta y creo percibir un destello de irritación en sus ojos.

—Echaré un vistazo antes de subir las bolsas al coche, no te preocupes. ¡Y gracias por haber empezado! —Se sienta en la silla del tocador y se pone un tejano azul gastado. Reparo en la raya perfectamente planchada y mi yo veinteañero no puede resistir el impulso de encontrarlo ridículo.

—Ben —digo—, ¿sabes dónde he estado hoy?

Me mira.

—Sí —responde—. Lo sé.

—¿Sabes lo del doctor Nash?

Me da la espalda.

—Sí, me lo has contado. —Puedo ver su reflejo en los espejos del tocador. Tres versiones del hombre con el que me casé. El hombre que amo—. Todo —dice—. Me lo has contado todo. Lo sé todo.

—¿Te molesta que nos veamos?

Continúa de espaldas a mí.

—Habría preferido que me lo hubieras consultado, pero no, no me molesta.

—¿Y mi diario? ¿Sabes lo de mi diario?

—Sí, me lo contaste —responde—. Dijiste que te ayudaba.

Me asalta una duda.

—¿Lo has leído?

—No. Me dijiste que era privado. Jamás se me ocurriría husmear en tus cosas.

—Pero ¿sabes lo de Adam? ¿Sabes que yo sé lo de Adam?

Advierto que se encoge ligeramente, como si mis palabras le hubieran sido arrojadas con violencia. Me sorprende. Pensaba que se alegraría. Que se alegraría de no tener que volver a hablarme de su muerte.

Me mira.

—Sí —dice.

—No hay fotos —protesto. Me pregunta a qué me refiero—. Hay fotos por todas partes, pero ninguna de Adam.

Camina hasta la cama y se sienta a mi lado. Me coge la mano. Ojalá dejara de tratarme como si yo fuera una mujer frágil y quebradiza. Como si la verdad pudiera romperme.

—Quería darte una sorpresa. Introduce un brazo por debajo de la cama y saca un álbum de fotos—. Las he puesto aquí.

Me tiende el álbum. Pesado y negro, encuadernado con algo que intenta imitar el cuero sin conseguirlo. Cuando abro la tapa tropiezo con una pila de fotografías.

—Quería montar el álbum para regalártelo esta noche —dice—, pero no he tenido tiempo. Lo siento.

Miro las fotografías. Están desordenadas. Hay fotografías de Adam de bebé y de niño. Deben de ser las de la caja de metal. Hay una que llama especialmente mi atención. Un hombre joven sentado al lado de una mujer.

—¿Su novia? —le pregunto.

—Una de ellas —dice Ben—. Con la que estuvo más tiempo.

Es bonita, rubia, con el pelo corto. Me recuerda a Claire. En la fotografía Adam está mirando directamente a la cámara y ríe mientras ella le mira de reojo con una mezcla de regocijo y reproche en la cara. Hay complicidad entre ellos, como si acabaran de compartir un chiste con la persona situada detrás del objetivo. Parecen felices. Eso me alegra.

—¿Cómo se llamaba?

—Helen. Se llama Helen.

Me estremezco al percatarme de que he pensado en ella

en pasado, de que también a ella la he imaginado muerta. Un pensamiento se revuelve en mi mente —si hubiera muerto ella en lugar de Adam— pero lo ahuyento antes de que tome forma.

—¿Estaban juntos cuando él murió?

—Sí. Iban a prometerse.

Ella parece tan joven, tan espabilada, tan llena de posibilidades. Todavía no es consciente del dolor que le aguarda.

—Me gustaría conocerla —digo. Ben me quita la foto y suspira.

—Hemos perdido el contacto —dice.

—¿Por qué? —Ya lo he planeado todo en mi mente. Nos apoyaríamos mutuamente. Nos comprenderíamos, compartiríamos algo, un amor que traspasa todos los demás, no por nosotras sino por lo que hemos perdido.

—Discutíamos mucho —me explica Ben—. No era una relación fácil.

Le miro. Me doy cuenta de que no quiere contármelo. El hombre que escribió la carta, el hombre que creyó en mí y se ocupó de mí, y que al final me amó lo suficiente para dejarme y más tarde volver a mi lado, parece haberse desvanecido.

—¿Ben?

—Discutíamos mucho —repite.

—¿Antes o después de que Adam muriera?

—Antes y después.

La ilusión del apoyo es reemplazada por una profunda inquietud. ¿Y si Adam y yo también discutíamos? Probablemente se habría puesto del lado de su novia, no del de su madre.

—¿Estábamos unidos Adam y yo? —pregunto.

—Mucho, hasta que tuviste que ingresar en el hospital y perdiste la memoria. Pero incluso entonces estabais unidos. Todo lo unidos que podíais estar.

Siento sus palabras como un puñetazo en el estómago. Caigo en la cuenta de que Adam era todavía muy pequeño cuando perdió a su madre por culpa de la amnesia. En realidad nunca llegué a conocer a la prometida de mi hijo; cada día que veía a Adam debía de ser como la primera vez.

Cierro el álbum.

—¿Podemos llevárnoslo? —digo—. Me gustaría seguir mirándolo más tarde.

* * *

Tomamos el té que Ben ha preparado en la cocina mientras yo terminaba de hacer las bolsas y nos dirigimos al coche. Compruebo que tengo el bolso, y el diario todavía dentro. Ben ha añadido algunas cosas a su bolsa y se ha traído la cartera de piel con que salió de casa esta mañana, así como dos pares de botas de montaña que había en el fondo del armario. Me había quedado observando desde la puerta cómo guardaba las cosas en el maletero y luego esperé a que comprobara que todas las ventanas y puertas de la casa estaban cerradas. Ahora le pregunto cuánto tiempo cree que durará el trayecto.

Se encoge de hombros.

—Depende del tráfico —dice—. No demasiado, una vez que hayamos salido de Londres.

Una negativa a dar una respuesta disfrazada de respuesta. Me pregunto si Ben se comporta siempre así. Me pregunto si tantos años contándome siempre lo mismo han acabado por desgastarle, por hartarle hasta el punto de que ya no se ve con fuerzas de explicarme nada.

Es un conductor prudente. Conduce despacio, mirando a menudo el retrovisor y reduciendo la velocidad al más mínimo indicio de obstáculo.

Me pregunto si Adam conducía. Imagino que sí, si estaba en el ejército, pero ¿conducía cuando no estaba de servicio? ¿Me recogía, recogía a su madre inválida para llevarla a algún lugar que pensaba que podría gustarle? ¿O pensaba que no merecía la pena, que el gozo que pudiera sentir en ese momento desaparecería durante la noche, como nieve derritiéndose sobre un tejado caliente?

Estamos en la autopista, saliendo de la ciudad. Ha empezado a llover; los goterones se estampan contra el parabrisas y retienen brevemente su forma antes de iniciar su rápido descenso por el cristal. Recogido entre las nubes, el sol se pone a lo lejos, cubriendo el asfalto y el vidrio de un resplandor naranja. Es bello y sobrecogedor, pero en mi interior estoy librando una batalla. Desearía dejar de pensar en mi hijo como algo abstracto, mas no puedo hacerlo sin un recuerdo concreto. Siempre regreso a la única verdad: que no puedo recordarle y, por consiguiente, es como si nunca hubiera existido.

Cierro los ojos. Pienso en lo que he leído esta tarde sobre nuestro hijo y una imagen estalla delante de mí: Adam de pequeño empujando el triciclo azul por un sendero. Pero, pese a lo mucho que me maravilla, sé que no es real. Sé que no estoy recordando un hecho, sino la imagen que esta tarde me formé en mi mente mientras leía sobre él, y hasta eso es una evocación de un recuerdo anterior. Recuerdos de recuerdos, que para la mayoría de la gente abarcan años, décadas, y para mí apenas unas horas.

Ante la imposibilidad de recordar a mi hijo hago lo único que consigue calmar mi agitada mente. No pensar en nada. Absolutamente en nada.

Olor a gasolina, denso y dulzón. Noto un dolor en el cuello. Abro los ojos. A través de la neblina de mi aliento veo el parabrisas empapado de lluvia y a lo lejos unas luces borrosas. Me doy cuenta de que he estado dormitando. Estoy recostada contra el cristal, con la cabeza girada en un ángulo incómodo. El coche está en silencio, el motor apagado. Miro por encima de mi hombro.

Ben está sentado a mi lado, despierto, con la mirada clavada en el parabrisas. No se mueve, ni siquiera parece haber reparado en que me he despertado. Tiene el rostro inexpresivo, imposible de leer en la oscuridad. Me vuelvo para ver qué está mirando.

A través del parabrisas vislumbro el capó del coche y, detrás, una pequeña valla de madera débilmente iluminada por las farolas que hay a nuestra espalda. Más allá de la valla solo se ve una negrura enorme y misteriosa, en cuyo centro flota una luna llena y baja.

—Me encanta el mar —dice Ben sin volverse hacia mí, y entonces caigo en la cuenta de que estamos parados en lo alto de un acantilado, de que hemos alcanzado la costa—. ¿A ti no? —Se vuelve hacia mí. Tiene la mirada increíblemente triste—. A ti te gusta el mar, ¿verdad, Chris?

—Sí —digo. Habla como si no supiera eso, como si nunca hubiéramos estado en la costa, como si nunca hubiéramos salido juntos de fin de semana. El miedo empieza a desperezarse dentro de mí pero lo sofoco. Trato de estar aquí, en el presente, con mi marido. Trato de recordar todo lo que leí en mi diario esta tarde—. Lo sabes muy bien, cariño.

Suspira.

—Lo sé. Antes te gustaba, pero ahora ya no lo sé. Has cambiado con los años. Desde lo que te ocurrió. A veces no sé quién eres. Cada mañana me despierto sin saber quién vas a ser.

No respondo. No se me ocurre nada que decir. Los dos sabemos que es absurdo que intente defenderme, que le diga que se equivoca. Los dos sabemos que soy la última persona que sabe cuánto cambio de un día para otro.

—Lo siento —digo.

Me mira.

—Oh, no pasa nada. No tienes por qué disculparte, sé que no es culpa tuya. Nada de esto es culpa tuya. Me temo que he sido injusto contigo. Solo estaba pensando en mí.

Se vuelve de nuevo hacia el mar. A lo lejos se vislumbra una luz. Un barco en medio del oleaje. Una luz en un mar de empalagosa oscuridad. Ben habla.

—Nos irá bien, ¿verdad, Chris?

—Naturalmente que sí —digo—. Este es un nuevo comienzo para nosotros. Ahora cuento con mi diario y con la ayuda del doctor Nash. Estoy progresando, Ben, lo sé. Estoy pensando en volver a escribir. No veo por qué no debería hacerlo. Seguro que me hace bien. Además, Claire podría ayudarme ahora que hemos recuperado el contacto. —Se me ocurre una idea—. Podríamos vernos los tres, ¿no crees? Como en los viejos tiempos, como en la universidad. E incluir a su marido. Creo que me dijo que tenía un marido. Podríamos hacer algo los cuatro juntos. Sería genial. —Mi mente se desvía hacia las mentiras que he leído, hacia las muchas razones que Ben me ha dado para no confiar en él, pero me obligo a recuperar el hilo. A ser positiva—. Si nos prometemos que siempre seremos sinceros el uno con el otro, todo irá bien.

Se vuelve hacia mí.

—Me quieres, ¿verdad?

—Claro.

—¿Y me perdonas por haberte dejado? No quería hacerlo, pero no tuve elección. Lo siento mucho.

Le cojo la mano. La noto caliente y fría al mismo tiempo, y algo húmeda. Intento arroparla entre mis manos pero él ni contribuye ni se resiste a la acción. Su mano permanece inerte sobre su rodilla. La estrecho, y solo entonces parece notar que se la he cogido.

—Ben, lo entiendo. Te perdono. —Le miro a los ojos. También estos parecen apagados, sin vida, como si hubieran visto más horror del que pueden soportar—. Te quiero.

Su voz se reduce a un susurro.

—Bésame.

Hago lo que me pide y cuando me aparto susurra:

—Otra vez. Bésame otra vez.

Le beso una segunda vez. Pero aunque me lo pide una tercera, no puedo hacerlo. Nos quedamos contemplando el mar, la luna dibujada en el agua, las gotas de lluvia del parabrisas reflejando la luz amarilla de los faros de los coches que pasan. Los dos solos, con las manos cogidas. Juntos.

Tengo la sensación de que llevamos aquí horas. Ben está a mi lado, escudriñando el agua como si buscara algo, una respuesta en la oscuridad. Me pregunto por qué nos ha traído hasta aquí, qué espera encontrar.

—¿Realmente es nuestro aniversario? —le pregunto.

No responde. No parece que me haya oído. Le repito la pregunta.

—Sí —contesta con voz queda.

—¿Nuestro aniversario de boda?

—No. El aniversario de la noche que nos conocimos.

Quiero preguntarle si no era su intención celebrarlo, porque esto parece todo menos una celebración, pero me digo que sería una crueldad.

El tráfico de la carretera que transcurre a nuestra espalda ha menguado, la luna se está elevando en el cielo. Empieza a preocuparme que acabemos pasando la noche aquí, mirando el mar mientras fuera sigue lloviendo. Finjo un bostezo.

—Tengo sueño —digo—. ¿Te importa que vayamos a nuestro hotel?

Mira su reloj.

—No, claro —dice—. Lo siento. —Pone el coche en marcha—. Ahora mismo vamos.

Respiro aliviada. Tengo ganas de dormir, y al mismo tiempo me aterra.

La carretera de la costa desciende y se eleva al bordear las afueras de un pueblo. A través del mojado parabrisas diviso, en la distancia, las luces de una población de mayor tamaño. El tráfico de la carretera se hace más denso y un puerto deportivo asoma a lo lejos con sus barcos amarrados, sus tiendas y sus bares. Finalmente entramos en la ciudad. Todos los inmuebles a nuestra derecha parecen hoteles, todos anuncian habitaciones libres en letreros blancos zarandeados por el viento. Hay gente en las calles; o es más pronto de lo que pensaba o es la clase de ciudad que no descansa de noche.

Dirijo la vista al mar. Un embarcadero inundado de luz, con un parque de atracciones al fondo, se adentra en el agua. Vislumbro una caseta abovedada, una montaña rusa, un tobogán gigante. Casi puedo oír las exclamaciones y alaridos de los pasajeros cuando giran sobre el negro mar.

Una angustia a la que no puedo poner nombre comienza a formarse en mi pecho.

—¿Dónde estamos? —pregunto. Sobre la entrada del embarcadero diviso unas palabras escritas con unas luces blancas y brillantes, pero la lluvia que empapa el parabrisas me impide distinguirlas.

—Ya hemos llegado —dice Ben doblando por una calle secundaria y deteniéndose delante de una casa adosada. Sobre el baldaquín de entrada hay un letrero que reza «Rialto Guest House».

Unos escalones conducen hasta la puerta y una elaborada verja separa el edificio de la calzada. Junto a la puerta hay una pequeña maceta agrietada que en otros tiempos debió de alojar un arbusto. Un miedo intenso me encoge el estómago.

—¿Hemos estado antes aquí? —pregunto. Ben niega con la cabeza—. ¿Estás seguro? Me resulta familiar.

—Estoy seguro —afirma—. Puede que en alguna ocasión nos hayamos alojado en otro hotel de por aquí. Probablemente estés recordando eso.

Intento relajarme. Bajamos del coche. Junto a la casa de huéspedes hay un bar. Al otro lado de sus ventanales diviso una multitud de bebedores y una vibrante pista de baile al fondo. La música retumba, amortiguada por el cristal.

—Primero nos registraremos y después vendré a buscar el equipaje. ¿De acuerdo?

Me ciño el abrigo. Sopla un viento frío ahora, y la lluvia ha arreciado. Subo los peldaños corriendo y abro la puerta. En un letrero pegado al vidrio leo: «Completo». Entro.

—¿Has reservado? —pregunto a Ben cuando me da alcance.

Estamos en un vestíbulo. Al fondo hay una puerta entornada por la que se oye un televisor cuyo volumen compite con la música del bar contiguo. No hay un mostrador de recepción, solo una campanita sobre una mesa pequeña y un letrero que nos invita a tocarla para avisar de nuestra presencia.

—Naturalmente —contesta—. Tranquila. —Toca la campanita.

Durante unos instantes no ocurre nada, luego un hombre joven sale de una habitación situada en la parte trasera de la casa. Es alto y desgarbado, y advierto que, pese a lo grande que le va, lleva la camisa por fuera. Nos saluda como si hubiera estado esperándonos, pero sin excesiva cordialidad, y aguardo mientras él y Ben rellenan la ficha.

Es obvio que el hotel ha visto tiempos mejores. La moqueta está gastada en algunas zonas y la pintura que rodea los marcos de las puertas está llena de marcas y golpes. Frente al salón hay una puerta donde puede leerse «Comedor» y, al fondo, otras puertas que imagino corresponden a la cocina y las dependencias privadas de la persona que regenta el negocio.

—¿Le enseño su habitación? —dice el hombre alto cuando él y Ben han terminado. Caigo en la cuenta de que me está hablando a mí; Ben ha salido, supongo que a buscar el equipaje.

—Sí, gracias.

Me entrega una llave y subimos. En el primer rellano hay varias habitaciones, pero las dejamos atrás y continuamos hasta el siguiente piso. La casa parece encogerse a medida que subimos; los techos son más bajos, los rellanos más estrechos. Pasamos junto a otra habitación y nos detenemos al pie de un último tramo de escalones que imagino conduce a la última planta de la casa.

—Su habitación está ahí arriba —me dice—. Es la única.

Le doy las gracias. El hombre se da la vuelta para bajar y yo subo a nuestra habitación.

* * *

Abro la puerta. La habitación está a oscuras y es más grande de lo que esperaba aquí, en el punto más alto de la casa. Al fondo puedo ver una ventana por la que entra una luz grisácea que resalta la silueta de un tocador, una cama, una mesa y un sillón. La música del bar de al lado ha quedado reducida a un contrabajo sordo.

Me detengo en el umbral. El miedo me atenaza de nuevo. El mismo miedo que experimenté fuera del hotel, pero más intenso. Se me hiela la sangre. Algo pasa, aunque ignoro qué. Inspiro hondo pero no consigo llevar aire suficiente a mis pulmones. Siento como si me estuviera ahogando.

Cierro los ojos con la esperanza de que la habitación tenga otro aspecto cuando los abra, pero no cambia. Me embarga el pánico por lo que pueda suceder cuando encienda la luz, como si ese sencillo gesto pudiera provocar el desastre, el fin de todo.

¿Qué ocurriría si dejara la habitación a oscuras y regresara al vestíbulo? Podría pasar tranquilamente por delante del hombre alto y desgarbado, continuar pasillo abajo, pasar incluso por delante de Ben si fuera necesario, y marcharme del hotel.

Pensarían que me he vuelto loca, naturalmente. Saldrían a buscarme y me traerían de vuelta. ¿Y qué les contaría entonces? ¿Que la mujer que no recuerda nada tuvo un presentimiento, una sensación que no le gustó? Pensarían que soy idiota.

Estoy con mi marido. He venido aquí para reconciliarme con él. A su lado estoy a salvo.

Así pues, le doy al interruptor.

Mis ojos se ajustan a la luz y finalmente veo la habitación. Es corriente. No hay nada tenebroso en ella. La moqueta es de color gris claro y las cortinas y las paredes floreadas, aunque de estampados diferentes. El tocador, algo destartalado, tiene tres espejos, y en la pared de encima, el cuadro descolorido de un pájaro. El sillón es de mimbre, con un cojín también floreado, y la colcha de la cama es de color naranja, con un diseño de rombos.

Imagino la decepción que debe de llevarse la gente que reserva esta habitación para sus vacaciones, pero aunque Ben la ha reservado para las nuestras, no estoy decepcionada. Estoy asustada.

Cierro la puerta tras de mí e intento calmarme. Esto es absurdo. Estoy paranoica. He de entretenerme con algo. Mantenerme ocupada.

En la habitación hace frío y una ligera corriente de aire mece las cortinas. La ventana está abierta y me acerco para cerrarla, pero antes miro afuera. Estamos muy arriba; las farolas nos quedan muy lejos, cada una con una gaviota silenciosa encaramada en lo alto. Barro las azoteas con la mirada, contemplo la fría luna suspendida en el cielo y el mar en la distancia. Diviso el embarcadero, el tobogán gigante, el parpadeo de sus luces.

Y entonces las veo. Las palabras que coronan la entrada del embarcadero. «Brighton Pier.»

Pese al frío, y aunque he empezado a temblar, noto que una gota de sudor se forma en mi frente. Ahora lo entiendo. Ben me ha traído a Brighton, al lugar de mi tragedia. Pero ¿por qué? ¿Acaso cree que tengo más probabilidades de recordar lo que me ocurrió si regreso a la ciudad donde me fue arrebatada la vida? ¿Cree que así recordaré quién me hizo esto?

Recuerdo haber leído que el doctor Nash me propuso en una ocasión venir aquí y me negué en redondo.

Oigo pasos en la escalera, voces. El hombre alto acompañando a Ben hasta aquí, imagino, hasta nuestra habitación. Subiendo juntos el equipaje, doblando por los estrechos rellanos. Ben no tardará en llegar.

¿Qué debo decirle? ¿Que se equivoca? ¿Que venir aquí no servirá de nada? ¿Que quiero irme a casa?

Me dirijo a la puerta. Ayudaré a entrar las bolsas, luego las desharé, nos acostaremos y mañana...

Mañana no recordaré nada, comprendo. Eso es lo que Ben debe de llevar en la cartera. Fotografías. Y el álbum de recortes. Tendrá que utilizar todo lo que tenga a mano para explicarme una vez más quién es y dónde estamos.

Me pregunto si me he traído el diario y recuerdo que lo guardé en el bolso. Intento tranquilizarme. Esta noche lo pondré debajo de mi almohada y mañana lo descubriré y lo leeré. Todo irá bien.

Puedo oír a Ben en el rellano. Está hablando del desayuno con el hombre alto.

—Lo más seguro es que lo queramos en la habitación —le oigo decir.

Una gaviota grazna frente a la ventana, sobresaltándome.

Camino de la puerta lo veo. A mi derecha. Un cuarto de baño con la puerta abierta. Una bañera, un retrete, un lavamanos. Mas es el suelo lo que atrae mi atención, lo que me llena de pavor. Tiene un dibujo inusual: baldosas blancas y negras dispuestas en diagonal.

Se me cae la mandíbula. Me paralizo. Creo oírme gritar.

No hay duda. Reconozco ese dibujo.

No he reconocido únicamente Brighton.

Yo he estado antes aquí. En esta habitación.

La puerta se abre. No digo nada cuando Ben entra, pero mi mente no puede parar de pensar. ¿Es esta la habitación donde fui atacada? ¿Por qué no me dijo que veníamos aquí? ¿Cómo ha podido pasar de no querer hablarme de la agresión a traerme a la habitación donde sucedió?

Veo al hombre alto detenido justo delante de la habitación. Quiero llamarle, pedirle que se quede, pero se da la vuelta para marcharse y Ben cierra la puerta. Nos hemos quedado solos.

Me mira.

—¿Estás bien, cielo? —pregunta.

Asiento con la cabeza y digo que sí, pero siento como si me hubieran arrancado la palabra de la boca. Noto que el odio se abre paso en mi estómago.

Me coge del brazo, apretándome la carne con más fuerza de la necesaria. Una pizca más y protestaría, una pizca menos y dudo que lo notara.

—¿Estás segura?

—Sí —respondo. ¿Por qué hace esto? Por fuerza ha de saber dónde estamos, lo que esto significa. Por fuerza ha tenido que planearlo—. Un poco cansada, eso es todo.

Entonces caigo en la cuenta de algo. El doctor Nash. Seguro que tiene algo que ver con esto. ¿Por qué si no decidiría Ben traerme ahora aquí, después de todos estos años, cuando hubiera podido hacerlo antes?

Debieron de ponerse en contacto. Puede que Ben le llamara cuando le conté lo de nuestras reuniones. Seguramente lo planearon en algún momento de la semana pasada, la semana de la que no sé nada.

—¿Por qué no te tumbas? —sugiere Ben.

—Sí, será lo mejor —me oigo responder.

Me vuelvo hacia la cama. Tal vez hayan estado en contacto todo este tiempo. Puede que el doctor Nash me haya mentido con respecto a todo. Me lo imagino marcando el número de

Ben después de despedirse de mí, hablándole de mis progresos, o de la ausencia de ellos.

—Buena chica —dice Ben—. Me habría gustado traer champán. Creo que saldré a comprar una botella. Me parece que hay una tienda aquí cerca. —Sonríe—. Regreso enseguida.

Me vuelvo hacia él y me besa. El beso se alarga. Frota sus labios contra los míos, desliza una mano hasta mi pelo, me acaricia la espalda. Reprimo el impulso de apartarme. Su mano desciende y se detiene en la orilla de mi nalga. Trago saliva.

No puedo confiar en nadie. Ni en mi marido ni en el hombre que asegura que me está ayudando. Han estado conspirando a mi espalda, planeando este día, el día en que han decidido que debo hacer frente a mi terrible pasado.

«¿Cómo se atreven? ¿Cómo se atreven?»

—De acuerdo —digo. Ladeo ligeramente la cara, le empujo con delicadeza para que me suelte.

Se da la vuelta y sale de la habitación.

—Echaré la llave —dice, cerrando la puerta tras de sí—. Toda prudencia es poca...

Oigo el giro de la llave y me entra el pánico. ¿Realmente ha ido a comprar champán? ¿O ha quedado con el doctor Nash? No puedo creer que me haya traído engañada a esta habitación. Otra mentira que añadir a todas las demás. Le oigo bajar.

Retorciéndome las manos, me siento en el borde de la cama. Soy incapaz de calmar mi mente, de concentrarla en una única idea. Los pensamientos van de un lado a otro, como si en una mente desprovista de memoria cada idea tuviera espacio de sobra para crecer y moverse a su antojo, para chocar con otras ideas, provocando una lluvia de chispas antes de desaparecer.

Me levanto. Estoy furiosa. No soporto la idea de que Ben regrese, me sirva champán, se meta en la cama conmigo. Tampoco soporto la idea de sentir su piel junto a mi piel, o de que sus manos me toqueteen durante la noche, estrujándome, instándome a entregarme. ¿Cómo pretende que lo haga cuando no hay un yo que entregar?

Haría cualquier cosa, me digo. Cualquier cosa menos eso.

No puedo quedarme aquí, en la habitación donde me lo arrebataron todo, donde me destrozaron la vida. Intento calcular el tiempo de que dispongo. ¿Diez minutos? ¿Cinco? Me acerco a la bolsa de Ben y la abro. No sé por qué, no estoy pensando en un motivo, solo en que debo hacer algo mientras Ben está fuera, antes de que regrese y las cosas vuelvan a cambiar. Quizá intente dar con las llaves del coche, forzar la puerta y bajar a la calle. Aunque ni siquiera tengo la certeza de saber conducir, tal vez solo pretenda intentarlo, subirme al coche e irme muy lejos de aquí.

O puede que esté buscando una foto de Adam; sé que están ahí. Cogeré solo una y huiré. Correré y correré y cuando no pueda correr más telefonearé a Claire, o a quien sea, le diré que no puedo soportarlo más y le suplicaré que me ayude.

Hundo las manos en la bolsa. Toco metal, y plástico. Algo blando. Y un sobre. Lo saco pensando que quizá contenga fotografías y me doy cuenta de que es el sobre que encontré en el estudio de casa. Debí de guardarlo mientras le preparaba la bolsa a Ben con la intención de recordarle que aún no lo había abierto. Lo giro y veo que delante ha escrito la palabra «Privado». Sin pensarlo dos veces lo desgarro y saco el contenido.

Papel. Hojas y hojas de papel. Las reconozco al instante. El renglón azul, el margen rojo. Son como las hojas de mi diario.

Y en ese momento veo mi letra, y empiezo a entender.

No he leído toda mi historia. Hay más. Un montón de hojas más.

Saco mi diario del bolso. No había reparado antes en ello, pero después de la última hoja falta una sección entera. Las hojas han sido cortadas con sumo cuidado, con un escalpelo o una cuchilla de afeitar, a ras de lomo.

Cortadas por Ben.

Me siento en el suelo con las hojas delante. He aquí la semana de mi vida que falta. Comienzo a leer el resto de mi historia.

* * *

La primera entrada tiene fecha. Viernes, 23 de noviembre. El día que vi a Claire. Debí de escribirla por la noche, después de hablar con Ben. A lo mejor tuvimos la conversación que estaba barajando tener, después de todo. «Estoy sentada», comienza,

en el suelo del cuarto de baño de la casa donde supuestamente amanezco cada mañana desde hace años. Tengo este diario delante, este bolígrafo en la mano. Escribo porque no se me ocurre otra cosa que hacer.

Estoy rodeada de pañuelos de papel arrugados, empapados de lágrimas y sangre. Cuando parpadeo lo veo todo rojo. La sangre gotea sobre mi ojo tan deprisa que casi no me da tiempo de enjugarla.

Cuando me miré en el espejo descubrí que tenía un corte encima del ojo, y otro en el labio. Cuando trago noto el sabor metálico de la sangre.

Quiero dormir. Encontrar un lugar seguro, cerrar los ojos y descansar, igual que un animal.

Porque eso es lo que soy. Un animal que vive momento a momento, día a día, tratando de entender el mundo en el que se encuentra.

El corazón me late a toda velocidad. Vuelvo a leer ese párrafo, devolviendo constantemente la mirada hacia la palabra «sangre». ¿Qué ha ocurrido?

Me precipito sobre el texto, mi mente tropieza con las palabras, salto a trompicones de una línea a otra. Ignoro cuánto tardará Ben en volver y no puedo correr el riesgo de que me quite estas hojas antes de que las haya leído. Quizá no se me presente otra oportunidad.

Había decidido que lo mejor sería hablar con él después de cenar. Comimos en la sala —salchichas con puré de patatas, el plato haciendo equilibrios sobre las rodillas— y cuando terminamos le pedí que apagara la tele. No le hizo gracia.

—Necesito hablar contigo —le dije.

En la estancia reinaba ahora un silencio abrumador, roto únicamente por el tictac del reloj y el rumor tenue de la ciudad. Y mi voz hueca y vacía.

—Cariño —dijo Ben mientras dejaba su plato sobre la mesita de centro que nos separaba. Un trozo de salchicha mordisqueado descansaba en el plato, junto con un puñado de guisantes flotando en una salsa ligera—. ¿Va todo bien?

—Sí, va todo bien. —No sabía cómo continuar. Me miró con ojos expectantes—. Tú me quieres, ¿verdad? —pregunté. Parecía que estuviera intentando reunir pruebas, reafirmarme ante cualquier posible muestra de desaprobación.

—Naturalmente que sí —dijo—. ¿De qué se trata? ¿Qué te ocurre?

—Yo también te quiero, Ben —repuse—, y entiendo tus razones para hacer lo que has estado haciendo. Sé que has estado mintiéndome.

Lamenté mis palabras en cuanto las hube pronunciado. Vi que Ben se encogía. Me miró con expresión herida.

—¿De qué estás hablando? —dijo—. Cariño…

No me quedaba más remedio que continuar. No podía escapar de la corriente que había empezado a vadear.

—Sé que lo has estado haciendo para protegerme, pero esto no puede seguir. Necesito saber.

—¿De qué estás hablando? Yo no te he mentido.

La rabia se apoderó de mí.

—Ben —dije—, sé lo de Adam.

En ese momento la cara le cambió. Le vi tragar saliva y desviar la mirada hacia un rincón de la sala. Se apartó algo de la manga del jersey.

—¿Qué?

—Adam —repetí—. Sé que tuvimos un hijo.

Esperaba que me preguntara cómo lo había averiguado, pero caí en la cuenta de que esta conversación no era nueva. Hemos pasado antes por esto, el día que vi mi novela, y otros días en que también he recordado a Adam.

Vi que abría la boca para hablar, pero no quería oír más mentiras.

—Sé que murió en Afganistán —dije.

Cerró la boca y la abrió de nuevo, de manera casi cómica.

—¿Cómo lo sabes?

—Me lo contaste tú —dije—, hace unas semanas. Estabas comiendo una galleta y yo estaba en el cuarto de baño. Cuando bajé te dije que había recordado que habíamos tenido un hijo, e incluso su nombre, y entonces nos sentamos y me contaste cómo murió. Me enseñaste unas fotografías que guardabas arriba donde salíamos él y yo, y una carta que había escrito a Papá Noel… —La pena volvió a invadirme y callé.

Ben me miraba atónito.

—¿Lo recordaste? ¿Cómo…?

—Llevo semanas escribiendo cosas. Todo lo que puedo recordar.

—¿Dónde? —dijo. Había empezado a elevar la voz, como si estuviera enfadado, aunque yo no entendía por qué debería estarlo—. ¿Dónde has estado escribiendo cosas? No entiendo nada, Christine. ¿Dónde has estado escribiendo cosas?

—En un cuaderno.

—¿Un cuaderno? —El tono en que lo dijo hizo que sonara trivial, como si hubiera estado utilizando el cuaderno para anotar números de teléfono o la lista de la compra.

—Un diario —dije.

Se inclinó hacia delante, como si tuviera intención de levantarse.

—¿Un diario? ¿Desde cuándo?

—No lo sé exactamente. ¿Un par de semanas?

—¿Puedo verlo?

Me sentía enfadada e irritada. Estaba decidida a no enseñárselo.

—No —repliqué—, todavía no.

Se puso furioso.

—¿Dónde está? Enséñamelo.

—Ben, es personal.

—¡Personal! —gritó, escupiendo la palabra—. ¿Qué quieres decir con eso?

—Quiero decir que es privado. No me sentiría cómoda dejándotelo leer.

—¿Por qué no? —preguntó—. ¿Has escrito sobre mí?

—Naturalmente que sí.

—¿Y qué has escrito? ¿Qué has dicho?

¿Qué podía responder? Pensé en todas las maneras en que le he traicionado. En las cosas que le he dicho al doctor Nash, y que he pensado de él. En lo mucho que he desconfiado de mi marido, en las cosas de las que le he creído capaz. Pensé en las mentiras que le he dicho, en los días que he visto al doctor Nash, y a Claire, y no se lo he contado.

—Muchas cosas, Ben. He escrito muchas cosas.

—Pero ¿por qué? ¿Por qué has estado escribiendo cosas?

No podía creer que me estuviera haciendo esa pregunta.

—Porque quiero entender mi vida —dije—. Quiero ser capaz de relacionar un día con el siguiente, como haces tú. Como hace el resto de la gente.

—Pero ¿por qué? ¿Acaso no eres feliz? ¿Es que ya no me quieres? ¿No quieres estar aquí conmigo?

La pregunta me desconcertó. ¿Por qué pensaba que mi deseo de comprender mi fragmentada vida significaba que quería cambiarla?

—No sé si soy feliz —admití—. ¿Qué es la felicidad? Creo ser feliz cuando me despierto, aunque si me guío por esta mañana, también me siento desconcertada. Pero no soy feliz cuando me miro al espejo y veo que tengo veinte años más de los que creía, que tengo canas, y arrugas alrededor de los ojos. No soy feliz cuando me doy cuenta de todos los años que he perdido, que me han sido arrebatados. Así que supongo que una gran parte del tiempo no soy feliz. Pero tú no tienes la culpa de eso. Yo soy feliz contigo. Te quiero. Te necesito.

Vino a sentarse a mi lado.

—Lo siento —dijo, suavizando el tono—. Odio el hecho de que ese accidente de coche nos arruinara la vida.

Noté que la rabia se apoderaba nuevamente de mí pero la contuve. No tenía derecho a enfadarme con Ben; él no estaba al corriente de lo que yo había descubierto.

—Ben —dije—, sé lo que ocurrió. Sé que no sufrí un accidente de coche. Sé que fui agredida.

No reaccionó. Me miró sin alterar la expresión de su cara. Pensé que no me había oído, hasta que dijo:

—¿Agredida?

—¡Ya basta, Ben! —espeté, elevando la voz. No pude evitarlo. Le había dicho que estaba escribiendo un diario, que estaba reuniendo los detalles de mi pasado, y aquí estaba él, empeñado en mentirme cuando era evidente que yo conocía la verdad—. ¡Maldita sea, deja de mentirme! Sé que no sufrí un accidente de coche. Sé qué fue lo que me pasó en realidad. Es absurdo que sigas fingiendo que me sucedió otra cosa. Negarlo no nos lleva a ningún lado. ¡Tienes que dejar de mentirme!

Se puso de pie. Me pareció enorme ahí delante, cernido sobre mí, impidiéndome ver.

—¿Quién te lo ha contado? —inquirió—. ¿Quién? ¿La zorra de Claire? ¿Ha estado soltando su lengua de arpía para llenarte la cabeza de embustes? ¿Metiendo las narices donde no le llaman?

—Ben... —comencé.

—Siempre me ha odiado. Haría cualquier cosa por ponerte contra mí. ¡Lo que sea! Te está mintiendo, cariño. ¡Te está mintiendo!

—No fue Claire —dije, bajando la cabeza—. Fue otra persona.

—¿Quién? —gritó—. ¿Quién?

—He estado viendo a un médico —susurré—. Él me lo contó.

Me miró, completamente inmóvil, mientras el pulgar de su mano derecha dibujaba lentos círculos en el nudillo del pulgar de su mano izquierda. Podía sentir el calor de su cuerpo, oír sus lentas inspiraciones, retenciones, exhalaciones. Cuando habló, lo hizo en un tono tan quedo que tuve que aguzar el oído para entenderle.

—¿Un médico? ¿De qué estás hablando?

—El doctor Nash. Al parecer se puso en contacto conmigo hace unas semanas. —Tuve la sensación de estar hablando de otra persona, no de mí.

—¿Y qué te dijo?

Traté de hacer memoria. ¿Había escrito nuestra primera conversación?

—No lo sé —admití—. No creo que anotara lo que me dijo.

—¿Fue él quien te animó a escribir?

—Sí.

—¿Por qué?

—Quiero ponerme bien, Ben.

—¿Y funciona? ¿Qué habéis estado haciendo? ¿Te está medicando?

—No —dije—. Hemos estado haciendo pruebas y ejercicios. También me hicieron un escáner...

El pulgar se detuvo en seco. Ben se volvió hacia mí.

—¿Un escáner? —preguntó, elevando de nuevo la voz.

—Sí. Una IRM. El doctor Nash dijo que podría ayudarme. Se trata de una técnica que no existía cuando enfermé, o por lo menos no era tan sofisticada como ahora.

—¿Dónde? ¿Dónde has estado haciendo esas pruebas? ¡Contesta!

Estaba empezando a aturdirme.

—En su consulta —repuse—. En Londres. El escáner también me lo hicieron allí. No recuerdo dónde exactamente.

—¿Y cómo ibas? ¿Cómo logra alguien como tú llegar a la consulta de un médico? —Su tono era apremiante—. ¿Cómo?

Traté de serenarme.

—Venía a recogerme en coche —respondí.

En su rostro apareció la decepción, luego la ira. En ningún momento había querido que la conversación tomara este cariz, que se complicara de ese modo.

Tenía que intentar explicarme.

—Ben… —comencé.

Lo que sucedió después me dejó desconcertada. Un gemido sordo, profundo, brotó de su garganta y fue ganando fuerza hasta que, incapaz de contenerse más, salió en forma de un sonido escalofriante, como uñas arañando un cristal.

—¡Ben! —dije— ¡Qué te pasa!

Tambaleándose, me dio la espalda. Temí que estuviera sufriendo un ataque de algo. Me levanté y le tendí una mano para que la utilizara de apoyo.

—¡Ben! —repetí, pero ignoró mi gesto.

Cuando se volvió de nuevo hacia mí tenía la cara colorada y los ojos salidos. En las comisuras de sus labios había manchas de baba. Sus facciones estaban tan deformadas que parecía que se hubiera puesto una máscara grotesca.

—¡Zorra estúpida! —espetó, abalanzándose sobre mí. Me estremecí. Su cara se detuvo a unos centímetros de la mía—. ¿Cuánto hace que dura este lío?

—No…

—¡Contesta! ¡Contesta, puta! ¿Cuánto?

—¡No hay ningún lío! —exclamé. El pánico creció dentro de mí. Hizo un lenta voltereta sobre la superficie y se sumergió—. ¡No hay ningún lío!

Podía oler la comida en su aliento. Carne, y cebolla. Me había salpicado la cara de baba, los labios. Noté el gusto de su calor, de su ira húmeda.

—Te estás acostando con él. No me mientas.

Tenía mis pantorrillas apretadas contra el borde del sofá. Intenté desplazarme hacia un lado, pero Ben me agarró por los hombros y empezó a zarandearme.

—No has cambiado —dijo—. Siempre has sido una zorra embustera. No sé qué me hizo creer que conmigo serías diferente. ¿Qué has estado haciendo, eh? ¿Saliendo a escondidas cuando yo estaba en el trabajo? ¿O te lo has estado trayendo aquí? A lo mejor habéis estado haciéndolo en el coche, aparcados en el bosque, ¿sí?

Noté que sus dedos y sus uñas se clavaban en mi carne a través del algodón de la blusa.

—¡Me haces daño, Ben! —grité, confiando en que eso le hiciera reaccionar—. ¡Suéltame!

Dejó de zarandearme y aflojó ligeramente la presión de los dedos. No podía creer que el hombre que me tenía sujeta por los hombros con el rostro deformado por la ira y el odio fuera el autor de la carta que me había entregado Claire. ¿Cómo habíamos llegado a desconfiar tanto el uno del otro? ¿Cuánta incomunicación había tenido que hacer falta para llegar a este estado?

—No me estoy acostando con él —dije—. Me está ayudando a recuperarme para que pueda llevar una vida normal aquí, contigo. ¿No es eso lo que quieres?

Empezó a lanzar raudas miradas por la estancia.

—¿Ben? —dije—. ¡Háblame! —Sus ojos se detuvieron en seco—. ¿Acaso no quieres que me recupere? ¿No es eso lo que siempre has deseado y soñado? —Empezó a sacudir la cabeza, a mecerla de lado a lado—. Yo sé que sí —dije—. Sé que eso es lo que siempre has deseado. —Por mis mejillas rodaban lágrimas calientes, pero seguí hablando a través de ellas, quebrada la voz por los sollozos. Todavía me tenía agarrada por los brazos, pero ahora con suavidad. Cubrí sus manos con las mías—. Vi a Claire —confesé—. Me dio tu carta, Ben, y la he leído. Después de todos estos años, la he leído.

En la hoja hay una mancha. Un borrón de tinta, mezclada con agua, que semeja una estrella. Debí de romper a llorar mientras escribía. Sigo leyendo.

No sé qué esperaba que ocurriera. Quizá que Ben se arrojara a mis brazos, llorando de alivio, y nos quedáramos así, abrazados en silencio, el tiempo que hiciera falta para relajarnos, para sentir que volvíamos a estar unidos. Después de eso nos sentaríamos y hablaríamos. Y tal vez yo subiría a buscar la carta que Claire me había dado, y la leeríamos juntos, y comenzaríamos el lento proceso de rehacer nuestras vidas basándonos en la confianza mutua.

En lugar de eso, durante un instante pareció que todo se detenía. No podía oír nuestra respiración, ni el tráfico de la calle. Ni siquiera el tictac del reloj. Era como si la vida hubiera quedado en suspenso, inmóvil sobre el vértice entre ambos estados.

Transcurrido ese instante, Ben se apartó. Pensé que iba a besarme, pero en lugar de eso fui consciente de una mancha borrosa en el rabillo de mi ojo y, un segundo después, mi cabeza crujió hacia un costado. Un dolor intenso se propagó por mi mandíbula. Caí hacia atrás y la parte posterior de mi cabeza golpeó algo duro y afilado. Grité. Sentí otro porrazo. Y otro. Cerré los ojos, a la espera del siguiente, pero no llegó. Oí unos pasos que se alejaban y un portazo.

Abrí los ojos y contuve la respiración. La moqueta se extendía ante mí, ahora en posición vertical. Junto a mi cabeza yacía un plato roto, y la salsa estaba empapando la moqueta. Pisoteados contra los nudos había guisantes y media salchicha mordisqueada. Oí que la puerta de la calle se abría y se cerraba con violencia. Pasos en el camino. Ben se había ido.

Solté el aire. Cerré los ojos. No debo dormirme, pensé. No debo.

Volví a abrirlos. La oscuridad se arremolinaba a lo lejos. Olor a carne. Tragué saliva y me supo a sangre.

¿Qué he hecho? ¿Qué he hecho?

Tras comprobar que Ben, efectivamente, se había ido, subí al dormitorio a buscar mi diario. Gotas de sangre brotaban de mi labio partido y caían sobre la moqueta. No sé qué ha sucedido. No sé dónde está mi marido, ni si volverá, ni si quiero que vuelva.

Pero necesito que lo haga. Sin él no puedo vivir.

Tengo miedo. Quiero ver a Claire.

Dejo de leer y me llevo la mano a la frente. Noto un ligero dolor. El moretón que vi esta mañana, que disimulé con maquillaje. Ben me había pegado. Miro la fecha. «Viernes, 23 de noviembre.» Hace una semana. Una semana que he pasado creyendo que todo iba bien.

Me levanto para mirarme al espejo. Sigue ahí. Una contusión azulada. Prueba de que lo que he escrito es cierto. Me pregunto qué embustes me he estado contando a mí misma para explicar mi herida, o qué embustes me ha estado contando él.

Pero ahora sé la verdad. Contemplo las hojas y caigo en la cuenta de algo. Ben quería que las encontrara. Sabe que aunque hoy las lea, mañana las habré olvidado.

Oigo sus pasos en la escalera y de pronto recuerdo que estoy aquí, en esta habitación de hotel, con Ben, con el hombre que me ha pegado. Oigo la llave en la cerradura.

Tengo que saber qué ocurrió después, por lo que me apresuro a esconder las hojas debajo de la almohada y me tumbo en la cama. Cierro los ojos en el momento en que entra.

—¿Estás bien, cariño? —dice—. ¿Estás despierta?

Abro los ojos. Está en el umbral con una botella en la mano.

—Solo he conseguido cava —dice—. ¿Te parece bien?

Deja la botella sobre el tocador y me besa.

—Voy a darme una ducha —susurra.

Entra en el cuarto de baño y abre los grifos.

Cuando ha cerrado la puerta saco las hojas de debajo de la almohada. No tengo mucho tiempo —dudo que Ben se demore más de cinco minutos— así que debo leer con la máxima rapidez posible. Mis ojos descienden por la hoja sin registrar todas las palabras, pero viendo lo suficiente.

Han transcurrido horas desde entonces. Horas que he pasado sentada en el recibidor oscuro de nuestra casa vacía, con un trozo de papel en una mano y el teléfono en la otra. Tinta sobre papel. Un número emborronado. No salía ninguna voz, solo un tono interminable. Me pregunté si Claire había desconectado el contestador, o si la cinta estaba llena. Probé otra vez. Y otra. Ya he pasado antes por esto. Mi tiempo es circular. Claire no está ahí para ayudarme.

Miré en mi bolso y encontré el número de teléfono que me había dado el doctor Nash. Es tarde, pensé, seguro que ha terminado de trabajar. Estará con su novia haciendo lo que sea que hacen por las noches. Lo que dos personas normales hacen. No tengo ni idea de qué es.

El número estaba anotado en la primera hoja de mi diario. El teléfono sonó varias veces y luego calló. No saltó una voz grabada para decirme que había marcado mal, ni una invitación a dejar un mensaje. Probé de nuevo. Lo mismo. Ya solo me quedaba el número de su consulta.

Me quedé un rato ahí, esperando. Sintiéndome impotente. Mirando la puerta, deseando ver aparecer la silueta imprecisa de Ben al otro lado del cristal esmerilado, verle insertar una llave en la cerradura, y temiéndolo al mismo tiempo. Cuando ya no pude esperar más, subí a la habitación y me desvestí, me metí en la cama y escribí esto. La casa sigue vacía. Dentro de un rato cerraré este cuaderno y lo esconderé, apagaré la luz y me dormiré.

Luego lo olvidaré todo, y solo quedará este diario.

Contemplo la siguiente página con aprensión, temiendo encontrarla en blanco, pero no es así.

Lunes, 26 de noviembre
Me pegó el viernes. He estado dos días sin escribir. ¿Es posible que durante todo ese tiempo haya creído que las cosas iban bien?

Tengo la cara magullada y dolorida. Por fuerza tenía que saber que algo no iba bien.

Hoy Ben me ha dicho que me caí. Un tópico donde los haya, y me lo tragué. ¿Por qué no iba a hacerlo? Antes de eso había tenido que explicarme quién era yo, y quién era él, y por qué me había despertado en una casa extraña con veinte años más de los que creía tener. Por consiguiente, ¿cómo iba a poner en duda su explicación de por qué tenía el ojo amoratado y el labio partido?

Así que seguí adelante con mi día. Le besé cuando se marchó a trabajar. Recogí las cosas del desayuno. Me preparé un baño.

Luego vine aquí, encontré este diario y averigüé la verdad.

Se me corta la respiración. Caigo en la cuenta de que no he mencionado al doctor Nash. ¿Me había abandonado? ¿Había encontrado el diario sin su ayuda?

¿O había dejado de esconderlo? Sigo leyendo.

Más tarde llamé a Claire. El móvil que Ben me había dado no funcionaba —se le habrá acabado la batería, pensé— así que utilicé el que me había dado el doctor Nash. No contestó y fui a sentarme a la sala de estar. No podía relajarme. Agarraba las revistas y volvía a soltarlas. Puse la tele y me pasé media hora con la mirada fija en la pantalla sin enterarme de lo que estaban dando. Miré mi diario, incapaz de concentrarme, incapaz de escribir. Probé de nuevo, varias veces, pero siempre me salía la misma voz, la que me invitaba a dejar un mensaje. No contestó hasta después de comer.

—Chrissy, ¿cómo estás? —dijo.

Podía oír a Toby en segundo plano, jugando.

—Bien —contesté, pese a no estarlo.

—Iba a llamarte. Estoy hecha polvo y solo estamos a lunes.

Lunes. Los días no significaban nada para mí; transcurrían sin que pudiera diferenciar unos de otros.

—Necesito verte —dije—. ¿Puedes venir?

—¿A tu casa? —Parecía sorprendida.

—Sí, por favor. Necesito hablar contigo.

—¿Va todo bien, Chrissy? ¿Has leído la carta?

Respiré hondo y mi voz se redujo a un susurro.

—Ben me ha pegado.

Oí una exclamación ahogada.

—¿Qué?

—La otra noche. Tengo la cara marcada. Hoy me ha dicho que me caí, pero yo escribí que me pegó.

—Chrissy, Ben jamás te pegaría, jamás. Es incapaz de una cosa así.

Me asaltó la duda. ¿Era posible que me lo hubiera inventado?

—Pero lo escribí en mi diario —repuse.

Hizo una pausa antes de preguntar:

—¿Por qué crees que te pegó?

Me llevé las manos a la cara, palpé la carne inflamada alrededor de los ojos. Sentí rabia. Era evidente que Claire no me creía.

Pensé en lo que había escrito.

—Le conté que estaba escribiendo un diario. Le conté que os estaba viendo a ti y al doctor Nash. Le conté que sabía lo de Adam. Le conté que me habías dado la carta escrita por él, que la había leído. Y luego me pegó.

—¿Así, sin más?

Pensé en todas las cosas que me había llamado, en las cosas de las que me había acusado.

—Me llamó zorra. —Noté que un sollozo trepaba por mi pecho—. Me… me acusó de acostarme con el doctor Nash. Le dije que no era cierto. Y entonces…

—¿Entonces?

—Me pegó.

Un silencio.

—¿Te ha pegado otras veces?

No podía saberlo. Tal vez. Existía la posibilidad de que la nuestra siempre hubiera sido una relación de maltrato. De pronto me vi con Claire en una manifestación, sosteniendo una pancarta casera donde se leía: «Derechos de la mujer. No a la violencia doméstica». Recordé que siempre había menospreciado a las mujeres que toleraban que sus maridos las pegaran. Me parecían débiles. Débiles e idiotas.

¿Era posible que hubiera caído en la misma trampa?

—No lo sé —dije.

—Me cuesta mucho imaginarme a Ben haciendo daño a alguien, aunque supongo que no es imposible. ¡Señor! Si hasta me hacía sentirme culpable. ¿Lo recuerdas?

—No —dije—. No recuerdo nada.

—Mierda, lo siento, lo había olvidado. Es que me cuesta tanto imaginármelo. Fue Ben quien me convenció de que un pez tenía el mismo derecho a vivir que un animal con patas. ¡No era capaz de matar ni a una mosca!

El viento mece las cortinas de la habitación. Oigo un tren a lo lejos. Gritos procedentes del embarcadero. Abajo, en la calle, alguien grita «¡Joder!» y un cristal se hace añicos. No quiero seguir leyendo, pero sé que debo hacerlo.

Me recorrió un escalofrío.

—¿Ben era vegetariano?

331

—Vegano —dijo Claire, riendo—. ¿No me digas que no lo sabías?

Pensé en la noche que me pegó. «Un trozo de salchicha», había escrito. «Guisantes flotando en una salsa ligera.»

Me acerqué a la ventana.

—Ben come carne… —dije lentamente—. No es vegetariano… O por lo menos ya no. Puede que haya cambiado.

Otro largo silencio.

—¿Claire? —No respondió—. Claire, ¿estás ahí?

—Se acabó —sentenció. Sonaba enfadada—. Voy a llamar a Ben y a aclarar todo esto. ¿Dónde está?

—En el colegio, supongo —respondí automáticamente—. Dijo que volvería a las cinco.

—¿En el colegio? —dijo—. ¿Te refieres a la universidad? ¿Está dando clases en la universidad?

Noté una punzada de desasosiego.

—No —contesté—. Trabaja en un colegio no lejos de aquí. No recuerdo el nombre.

—¿Y qué hace allí?

—Es profesor. Dirige el departamento de química, creo que me comentó. —Me sentí culpable por no saber en qué trabaja mi marido, por no ser capaz de recordar cómo gana el dinero que nos mantiene en esta casa—. No lo recuerdo.

Levanté la vista y vi mi rostro tumefacto reflejado en la ventana. El sentimiento de culpa se evaporó de golpe.

—¿Qué colegio? —me preguntó.

—No lo sé… Creo que no me lo ha dicho.

—¿Qué? ¿Nunca?

—Esta mañana, por lo menos, no —dije—. Que en mi caso es lo mismo que decir nunca.

—Lo siento, Chrissy, no era mi intención disgustarte. Es solo que… —Intuí un cambio de parecer, una frase suspendida—. ¿Podrías averiguar el nombre de ese colegio?

Pensé en el estudio.

—Creo que sí. ¿Por qué?

—Me gustaría hablar con Ben, asegurarme de que estará en casa cuando vaya esta tarde. No quiero hacer el viaje en balde.

Reparé en el desenfado que estaba intentando inyectar a su voz, pero no se lo dije. Me sentía perdida, incapaz de decidir qué era lo mejor, qué debía hacer, así que opté por dejarme llevar.

—Voy a comprobarlo.

Subí al estudio. Estaba ordenado, con legajos de papeles sobre la mesa. No me costó mucho encontrar un folio con membrete: una carta sobre una reunión de padres que ya se había celebrado.

—Es el St. Anne's —dije—. ¿Quieres el número?

Me dijo que ya lo buscaría ella.

—Luego te llamo —prometió—. ¿De acuerdo?

Me entró nuevamente el pánico.

—¿Qué le dirás? —pregunté.

—Voy a aclarar este asunto. Confía en mí, Chrissy. Tiene que haber una explicación. ¿De acuerdo?

—De acuerdo —convine, y colgamos.

Las piernas me temblaban y me senté. ¿Y si mi primer presentimiento era correcto? ¿Y si Ben y Clarie seguían acostándose? Puede que le esté telefoneando en estos momentos para ponerle sobre aviso. «Sospecha», quizá le esté diciendo. «Ve con cuidado.»

Recordé haber leído esta mañana en mi diario que, según el doctor Nash, en otros tiempos había presentado síntomas de paranoia. «Asegurabas que los médicos conspiraban contra ti», dijo. «Tendencia a confabular. A inventarte cosas.»

¿Y si me está ocurriendo otra vez? ¿Y si estoy inventándome cosas? Puede que mi diario al completo sea una fantasía. Una paranoia.

Pensé en lo que el doctor Nash me había contado sobre el hospital, y Ben en su carta. «A veces te ponías violenta.» Comprendí que existía la posibilidad de que hubiera sido yo quien provocara la pelea del viernes por la noche. ¿Ataqué a

Ben? A lo mejor él se limitó a devolverme los golpes y luego yo, en el cuarto de baño, cogí un boli y expliqué lo ocurrido a mi manera.

¿Y si todo este diario solo significara que estoy empeorando de nuevo? ¿Que llegará un día en que tendré que volver a Waring House?

Se me heló la sangre. De repente tuve la certeza de que era por eso por lo que el doctor Nash había querido llevarme allí. Para prepararme para mi regreso.

No puedo hacer nada salvo esperar a que Claire me llame.

Otro espacio en blanco. ¿Es eso lo que está sucediendo ahora?, pienso. ¿Pretende Ben ingresarme nuevamente en Waring House?

Miro hacia la puerta del cuarto de baño. No pienso permitirlo.

Hay una última entrada, escrita más tarde ese mismo día.

Lunes, 26 de noviembre, 18.55
Claire me llamó al cabo de media hora escasa, y ahora la mente me baila entre dos pensamientos. Sé lo que tengo que hacer. No lo sé. Sé lo que tengo que hacer. Pero hay un tercer pensamiento. Siento un escalofrío cuando tomo conciencia de mi situación: estoy en peligro.

Vuelvo a la primera página de este diario con la intención de escribir «No confíes en Ben», pero descubro que las palabras ya están ahí.

No recuerdo haberlas escrito. Claro que, en realidad, no recuerdo nada.

Un espacio en blanco y continúa.

Sonaba titubeante al teléfono.
—Chrissy —dijo—, escúchame bien.
Su tono me asustó. Tomé asiento.

—¿Qué?

—He telefoneado a Ben al colegio.

De repente tuve la sensación de que me hallaba en un viaje incontrolable, en aguas innavegables.

—¿Y qué te dijo?

—No hablé con él. Solo quería asegurarme de que trabajaba allí.

—¿Por qué? —le pregunté—. ¿No te fías de él?

—Ha mentido sobre otras cosas.

En eso tenía razón.

—Pero ¿por qué le creíste capaz de decirme que trabajaba en ese lugar si no era cierto? —quise indagar.

—Porque me sorprendió que trabajara en un colegio. Ben estudió arquitectura. La última vez que hablamos estaba pensando en abrir su propio estudio. Simplemente pensé que era un poco extraño que trabajara en un colegio.

—¿Qué te dijeron?

—Que estaba en clase y no podían molestarle.

Respiré. Por lo menos no había mentido sobre eso.

—Quizá cambió de parecer con respecto a su profesión —comenté.

—¿Chrissy? Les dije que quería enviarle unos documentos. Una carta. Pregunté qué cargo tenía.

—¿Y?

—No dirige el departamento de química, ni el de ciencias, ni ningún otro. Me dijeron que es auxiliar de laboratorio.

Un temblor me recorrió el cuerpo. Puede que soltara un grito ahogado. No lo recuerdo.

—¿Estás segura? —Mi mente buscó desesperadamente una manera de justificar este nuevo embuste. ¿Acaso le daba vergüenza? ¿Le preocupaba lo que yo pudiera pensar si descubría que de próspero arquitecto había pasado a auxiliar de laboratorio en un colegio? ¿Realmente me creía Ben tan frívola como para que mi amor dependiera de cómo se ganara la vida?

Ahora lo entendía todo.

—Dios mío —dije—, es culpa mía.

—¡No! —exclamó Claire—. ¡No es culpa tuya!

—¡Sí lo es! Todo esto lo ha provocado la tensión que le produce tener que cuidar de mí, tener que enfrentarse a mí un día sí y otro también. Es posible que esté en medio de una crisis nerviosa. Puede que ni siquiera él sepa qué es verdad y qué es mentira. —Rompí a llorar—. Debe de ser una situación insoportable. Para colmo, cada día se ve obligado a pasar otra vez por todo ese sufrimiento.

Se hizo un silencio. Finalmente, Claire preguntó:

—¿Sufrimiento? ¿Qué sufrimiento?

—Por Adam —dije. Me dolía hasta pronunciar su nombre.

—¿Qué le pasa a Adam?

De pronto lo entendí. Dios mío, pensé. No lo sabe. Ben no se lo ha contado.

—Ha muerto —murmuré.

Ahogó un grito.

—¿Muerto? ¿Cuándo? ¿Cómo?

—No lo sé exactamente. Creo que Ben me contó que murió el año pasado. Lo mataron en la guerra.

—¿La guerra? ¿Qué guerra?

—La de Afganistán.

Y entonces lo soltó.

—Chrissy, ¿qué podría estar haciendo Adam en Afganistán? —Su voz sonaba extraña, casi aliviada.

—Estaba en el ejército —respondí, pero empecé a dudar de mis palabras incluso mientras las pronunciaba, como si estuviera afrontando algo que siempre había sabido.

La oí resoplar, como si lo encontrara divertido.

—Chrissy, cariño —dijo—. Adam jamás ha estado en el ejército, y tampoco en Afganistán. Vive en Birmingham con una chica llamada Helen. Es informático. No me ha perdonado, pero de todos modos le llamo de vez en cuando. Probablemente preferiría que no lo hiciera, pero soy su madrina,

¿recuerdas? —Tardé unos instantes en comprender por qué seguía utilizando el presente—. Le telefoneé la semana pasada, después de vernos tú y yo. —Ahora estaba prácticamente riendo—. No lo encontré, pero hablé con Helen. Dijo que le pediría que me llamara. Adam está vivo.

Dejo de leer. Me siento ligera. Hueca. Siento que podría caer hacia atrás, o salir flotando. ¿Puedo creerlo? ¿Quiero creerlo? Me apoyo en el tocador y sigo leyendo, vagamente consciente de que ya no oigo la ducha.

Debió de darme un vahído, porque tuve que cogerme a la silla.

—¿Está vivo? —Mi estómago dio un vuelco. Recuerdo que el vómito me subió hasta la garganta y me obligué a bajarlo—. ¿Está vivo de verdad?

—Sí —dijo—. ¡Sí!

—Pero… Pero yo vi un recorte de periódico donde se decía que había muerto.

—No puede ser, Chrissy. Es imposible. Adam está vivo.

Abrí la boca para hablar pero en ese momento varias emociones me asaltaron a la vez. Dicha. Recuerdo sentir dicha. El regocijo de saber que Adam estaba vivo burbujeando en mi lengua, pero mezclado con un sabor amargo, ácido, el sabor del miedo. Pensé en mis moretones, en la fuerza con que Ben debió de golpearme para causarlos. Puede que su maltrato no sea solo físico, puede que haya días en que disfrute contándome que mi hijo está muerto y contemplando el dolor que eso me produce. ¿Era posible que otros días, los días que recordaba que había estado embarazada o que había dado a luz un bebé, me contara simplemente que Adam se había ido a vivir a otro lado, al extranjero por cuestiones de trabajo, o a la otra punta de la ciudad?

Y si es así, ¿por qué no he anotado nunca esas otras verdades?

En mi mente aparecieron imágenes de cómo podría ser Adam ahora, fragmentos de escenas que quizá me perdí, pero enseguida desaparecieron. Solo podía pensar en que estaba vivo. Vivo. Mi hijo está vivo. Puedo verle.

—¿Dónde está? —pregunté—. ¿Dónde está? ¡Quiero verle!

—Chrissy, tranquilízate —dijo Claire.

—Pero…

—¡Chrissy! —me interrumpió—. Ahora mismo voy a tu casa. No te muevas de ahí.

—¡Claire, dime dónde está!

—Estoy muy preocupada por ti, Chrissy. Te lo ruego…

—Pero…

—¡Chrissy, tranquilízate! —dijo, elevando el tono, y una idea se abrió paso a través de la neblina de mi confusión: estoy histérica.

Respiré hondo y traté de calmarme mientras Claire seguía hablando.

—Adam vive en Birmingham —dijo.

—¿Y por qué no viene a verme? Por fuerza ha de saber dónde vivo.

—Chrissy…

—¿Por qué? ¿Por qué no viene a verme? ¿No se lleva bien con Ben? ¿Es por eso?

—Chrissy —dijo, suavizando la voz—, Birmingham está muy lejos. Adam tiene una vida muy ocupada…

—Quieres decir que…

—Quizá no pueda venir a Londres todo lo a menudo que querría.

—Pero…

—Chrissy, piensas que Adam no viene a verte, pero me cuesta mucho creerlo. A lo mejor sí viene, cuando puede.

Guardé silencio. Todo esto carecía de sentido. Claire, no obstante, tenía razón. Solo llevo un par de semanas escribiendo este diario. Cualquier cosa podría haber ocurrido antes de eso.

—Necesito verle —dije—. Quiero verle. ¿Crees que podríamos organizarlo?

—No veo por qué no. Pero si Ben realmente te está diciendo que Adam está muerto, tendríamos que hablar primero con él.

Claro, pensé. Pero ¿qué dirá entonces? Ben piensa que todavía me creo sus mentiras.

—No tardará en llegar —dije—. ¿Vendrás a casa de todos modos? ¿Me ayudarás a aclarar todo esto?

—Por supuesto. Ignoro qué está pasando, pero hablaremos con Ben, te lo prometo. Iré ahora mismo.

—¿Ahora?

—Sí. Estoy preocupada, Chrissy. Aquí hay algo que no encaja.

Su tono me molestó, pero al mismo tiempo me tranquilizaba y animaba la idea de que tal vez pronto pudiera reunirme con mi hijo. Estaba impaciente por verle, por ver su fotografía. Recordé que en casa apenas teníamos fotografías de él, y las pocas que teníamos estaban guardadas bajo llave. Me vino un pensamiento a la cabeza.

—Claire —dije—, ¿Ben y yo sufrimos un incendio?

—¿Un incendio? —Parecía desconcertada.

—Sí. Casi no tenemos fotografías de Adam, y tampoco de nuestra boda. Ben me contó que las perdimos en un incendio.

—¿Un incendio? ¿Qué clase de incendio?

—Ben me contó que una de nuestras antiguas casas se incendió. Perdimos muchas cosas.

—¿Cuándo?

—No lo sé. Hace años.

—¿Y dices que no tienes fotografías de Adam?

Noté que empezaba a irritarme.

—Tenemos, pero pocas. Casi todas de cuando Adam era pequeño. Y no tenemos fotos de ningunas vacaciones, ni siquiera de nuestra luna de miel. Tampoco de ninguna Navidad.

—Chrissy —dijo Claire en un tono sereno, comedido. Creí

detectar algo en él, una emoción nueva. Miedo—. Descríbeme a Ben.

—¿Qué?

—Descríbeme a Ben. ¿Cómo es físicamente?

—¿Y lo del incendio? —pregunté—. Háblame del incendio.

—No hubo ningún incendio.

—Pero yo escribí que lo recordaba —repliqué—. Recordé una sartén. El teléfono suena y…

—Debiste de imaginarlo.

—Pero…

Percibí su inquietud.

—¡Chrissy, no hubo ningún incendio! Por lo menos hace años. Ben me lo habría contado. Y ahora descríbeme a Ben. ¿Cómo es? ¿Es alto?

—No especialmente.

—¿Tiene el pelo negro?

Mi mente se quedó en blanco.

—Sí. No. No lo sé. Tiene canas. Y barriga, creo. O no. —Me levanté—. Necesito ver una foto.

Subí al cuarto de baño. Allí estaban, colgadas alrededor del espejo. Yo y mi marido. Felices. Juntos.

—Tiene el pelo castaño —dije. Oí un coche detenerse delante de la casa.

—¿Estás segura?

—Sí —afirmé. Un motor que se apaga. Un portazo. Un pitido fuerte. Bajé la voz—. Creo que ha llegado Ben.

—Mierda —murmuró Claire—. Deprisa. ¿Tiene una cicatriz?

—¿Una cicatriz? —dije—. ¿Dónde?

—En la cara, Chrissy. Una cicatriz que le cruza la mejilla. Tuvo un accidente haciendo escalada.

Miré las fotografías y me detuve en la que estamos mi marido y yo desayunando en bata. Ben está sonriendo pero, dejando aparte la barba de dos días, tiene las mejillas intactas. El miedo se apodera de mí.

Oí abrirse la puerta de la calle. Una voz.

—¡Christine! ¡Cariño! ¡Ya estoy en casa!

—No —dije—. No tiene ninguna cicatriz.

Un sonido. Algo entre un suspiro y una exclamación ahogada.

—El hombre con el que estás viviendo, Chrissy —dijo Claire—. No sé quién es, pero no es Ben.

El pavor me invade. Oigo la cadena del retrete, pero no puedo hacer nada salvo seguir leyendo.

No sé qué ocurrió entonces. No puedo reconstruirlo. Claire empezó a hablar, casi a gritar.

—¡Joder! —decía una y otra vez.

La mente me daba vueltas, presa del pánico. Oí cerrarse la puerta de la calle, el chasquido de la cerradura.

—¡Estoy en el baño! —grité al hombre que había creído que era mi marido. Mi voz sonaba rota, desesperada—. Bajo enseguida.

—Ahora mismo salgo para tu casa —dijo Claire—. Tengo que sacarte de ahí.

—¿Estás bien, cariño? —gritó el hombre que no era Ben. Oí sus pasos en la escalera y caí en la cuenta de que no había cerrado la puerta del cuarto de baño con pestillo. Bajé la voz.

—Está aquí —murmuré—. Ven mañana, cuando se haya marchado a trabajar. Recogeré mis cosas. Te llamaré.

—Mierda —farfulló Claire—. Vale, pero anota todo esto en tu diario. Anótalo cuanto antes. No te olvides.

Pensé en mi diario, escondido en el ropero. He de mantener la calma, me dije. He de fingir que todo va bien, por lo menos hasta que pueda coger el diario y escribir sobre el peligro que corro.

—Ayúdame —dije—. Ayúdame.

Colgué justo en el instante en que él abría la puerta del cuarto de baño.

El diario termina aquí. Paso desesperadamente el resto de las hojas pero, exceptuando los renglones azules, están en blanco. Aguardando el resto de mi relato. Pero no hay más. Ben había encontrado el diario y arrancado las hojas, y Claire no había venido a buscarme. Cuando el doctor Nash se llevó el diario —el martes, debió de ser— yo ignoraba que algo no iba bien.

De repente lo veo todo claro, comprendo por qué la pizarra de la cocina me perturbaba tanto. La letra. Sus pulcras y uniformes mayúsculas diferían mucho de la letra de la carta que Claire me había dado. En algún rincón de mi cabeza había sabido que no habían sido escritas por la misma persona.

Levanto la vista. Ben, o el hombre que se hace pasar por Ben, ha salido del cuarto de baño. Está en el umbral, vestido como antes de ducharse, mirándome. Ignoro cuánto tiempo lleva ahí, observándome mientras leía. Tiene la mirada ausente, vacía, como si no le interesara lo que está viendo, como si no fuera con él.

Ahogo un grito. Suelto las hojas y estas caen al suelo, desparramándose.

—¿Quién eres? —digo. No responde. Está mirando las hojas—. ¡Contesta! —Mi voz proyecta una autoridad que no siento.

Mi mente se esfuerza por deducir quién puede ser. Alguien de la residencia, quizá. ¿Un paciente? No tiene sentido. Siento que el pánico crece dentro de mí cuando un pensamiento empieza a formarse y después desaparece.

Me mira.

—Soy Ben —dice. Habla pausadamente, como si estuviera tratando de hacerme entender una obviedad—. Ben, tu marido.

Retrocedo mientras me esfuerzo por recordar lo que he leído, lo que sé.

—No —digo. Luego, más fuerte—: ¡No!

Avanza hacia mí.

—Lo soy, Christine. Sabes que lo soy.

El miedo me atenaza, me levanta, me mantiene suspendida en el aire para luego sumergirme de nuevo en su propio horror. Oigo las palabras de Claire. «No es Ben.» Y algo extraño sucede entonces. Me doy cuenta de que no estoy recordando haber leído esas palabras. Estoy recordando el incidente mismo. Puedo recordar el pánico en su voz, la forma en que dijo «joder» antes de contarme lo que acababa de descubrir, y cómo repitió las palabras «No es Ben».

Estoy recordando.

—No lo eres —replico—. No eres Ben. ¡Me lo ha dicho Claire! ¿Quién eres?

—¿No recuerdas las fotos, Christine? ¿Las del espejo del cuarto de baño? Mira, las he traído.

Avanza un paso y alcanza la cartera que descansa en el suelo, junto a la cama. Saca algunas fotografías arrugadas.

—¡Mira! —dice, y cuando niego con la cabeza coge la primera y la sostiene delante de mi cara—. Somos nosotros —afirma—. Mira, tú y yo. —En la fotografía estamos sentados en una barca, sobre un río o canal. Detrás corre un agua turbia y marrón con unos juncos desenfocados al fondo. Tenemos un aspecto joven, la piel tersa allí donde ahora cae, los ojos chispeantes y sin arrugas—. ¿No lo ves? —dice—. ¡Mira! Somos nosotros. Tú y yo hace años. Llevamos juntos mucho tiempo, Chris. Muchos años.

Me concentro en la foto. Me viene una imagen de los dos una tarde soleada. Habíamos alquilado una barca en algún lugar. Ignoro dónde.

Me muestra otra foto. Estamos mucho más mayores. Parece reciente. Nos hallamos delante de una iglesia, bajo un cielo encapotado. Él viste traje y está estrechándole la mano a otro hombre también con traje. Yo llevo un sombrero que parece que me esté dando problemas; lo sostengo con una mano, como si quisiera evitar que el viento se lo lleve. No estoy mirando a la cámara.

—Esta nos la hicieron hace solo unas semanas —explica—. Unos amigos nos invitaron a la boda de su hija. ¿Lo recuerdas?

—No —digo, furiosa—. ¡No lo recuerdo!

—Fue un día maravilloso —continúa, girando la foto hacia él—. Maravilloso.

Recuerdo haber leído el comentario de Claire cuando le conté que había encontrado un recorte de periódico que hablaba de Adam. «No puede ser auténtico.»

—Enséñame una foto de Adam —exijo—. ¡Vamos! Enséñame aunque solo sea una foto de Adam.

—Adam está muerto —dice—. Murió como un noble soldado, como un héroe...

—¡Pero deberías tener una foto de él! —grito—. ¡Enséñamela!

Saca la foto de Adam y Helen, la que ya he visto. Monto en cólera.

—Enséñame una foto donde salgáis Adam y tú. Solo una. Por fuerza has de tener alguna, si eres su padre.

Busca entre las fotografías que sostiene en la mano y pienso que va a sacar una de él y Adam, pero en lugar de eso deja caer los brazos.

—No las tengo aquí —admite—. Deben de estar en casa.

—Tú no eres su padre, ¿verdad? —digo—. ¿Qué clase de padre no tendría fotos con su hijo? —Afila la mirada, como si estuviera enfurecido, pero no puedo parar—. ¿Y qué clase de padre diría a su esposa que su hijo está muerto cuando no lo está? ¡Reconócelo! ¡Tú no eres el padre de Adam! ¡Su padre es Ben! —Al pronunciar el nombre de Ben me viene una imagen. Un hombre con unas gafas de montura oscura y pelo negro. Ben. Repito su nombre, como si quisiera grabar la imagen en mi mente—. Ben.

El nombre provoca una reacción en el hombre que tengo delante. Dice algo, pero tan bajo que no alcanzo a oírlo y le pido que lo repita.

—No necesitas a Adam —dice.

—¿Qué?

Vuelve a decirlo, con más firmeza esta vez, mirándome fijamente a los ojos.

—No necesitas a Adam. Ahora me tienes a mí. Estamos juntos. No necesitas a Adam. No necesitas a Ben.

Siento que toda la fortaleza que guardo dentro de mí se esfuma al tiempo que él parece recuperar la suya. Sonríe.

—No estés triste —me dice en un tono alegre—. ¿Qué más da eso? Yo te quiero, y eso es lo único que importa. ¿A que sí? Que yo te quiero y tú me quieres.

Se acuclilla extendiendo las manos hacia mí. Me sonríe como si yo fuera un animal al que está intentando engatusar para que salga de la guarida donde se ha escondido.

—Ven —dice—. Acércate.

Deslizándome sobre mis nalgas, retrocedo hasta chocar con algo sólido. Noto el radiador, caliente y pegajoso. Caigo en la cuenta de que estoy debajo de la ventana, en la pared del fondo de la habitación. Avanza despacio hacia mí.

—¿Quién eres? —vuelvo a preguntarle, tratando de controlar el temblor en mi voz—. ¿Qué quieres?

Frena. Lo tengo acuclillado delante de mí. Si alargara un brazo podría tocarme el pie, la rodilla. Si se acerca un poco más tal vez pudiera clavarle una patada, en el caso de que me viera obligada a ello, pero no estoy segura de que pueda llegar y, además, estoy descalza.

—¿Que qué quiero? —dice—. Nada. Lo único que quiero es que seamos felices, Chris. Como antes, ¿recuerdas?

Otra vez esa palabra. «Recuerdas.» Por un momento pienso que está siendo sarcástico.

—No sé quién eres —digo en un tono rayano en la histeria—. ¿Cómo puedo recordarlo? ¡No nos hemos visto antes!

Su sonrisa desaparece y el rostro se le contrae de dolor. La balanza del poder parece moverse hacia mí y durante una fracción de segundo permanece equilibrada entre los dos.

Recupera el ánimo.

—Pero tú me quieres —sostiene—. Lo leí en tu diario. Decías que me querías. Sé que quieres que estemos juntos. ¿Cómo es posible que no recuerdes eso?

—¡Mi diario! —exclamo. A estas alturas ya sé que conoce su existencia, de lo contrario no habría arrancado aquellas hojas decisivas, pero solo ahora caigo en la cuenta de que es muy probable que lleve tiempo leyéndolo, como mínimo desde que le hablé de él hace una semana—. ¿Cuánto tiempo llevas leyendo mi diario?

No parece que me haya oído. Levanta triunfalmente la voz.

—Dime que no me quieres —dice. No contesto—. ¿Lo ves? No puedes. No puedes decirlo. Porque me quieres, Chris. Siempre me has querido. Siempre.

Se inclina hacia atrás y ahora estamos los dos sentados en el suelo, frente a frente.

—Recuerdo el día que nos conocimos —dice.

Pienso en lo que me ha contado —café derramado en la biblioteca de la universidad— y me pregunto qué se dispone a contarme ahora.

—Estabas trabajando en algo. Ibas al mismo café todos los días y te sentabas siempre en el mismo lugar, junto a la ventana. Alguna que otra vez te acompañaba un niño, pero no era lo habitual. Estabas siempre con un cuaderno abierto delante, escribiendo o mirando por la ventana. Me parecías tan bella… Cada día pasaba por tu lado camino de la parada del autobús, y empecé a esperar con ilusión el momento de regresar a mi casa para poder verte. Jugaba a adivinar qué te habías puesto ese día, si llevarías el pelo suelto o recogido o si estarías comiendo algo, una tarta o un sándwich. Unas veces tenías una crêpe entera delante, otras tan solo un plato con migajas o nada, solo té.

Ríe, sacudiendo la cabeza con tristeza. Recuerdo que Claire me habló del café y sé que me está contando la verdad.

—Cada día pasaba por delante del café exactamente a la misma hora —continúa— y por mucho que lo intentara, no lograba entender cómo decidías cuándo tomarte tu tentempié. Al principio pensé que dependía del día de la semana, pero luego comprobé que no. Entonces me dije que a lo mejor tenía que ver con la fecha, pero tampoco parecías seguir esa pauta. Luego empecé a preguntarme en qué momento exacto pedías tu tentempié. Pensé que tal vez guardara relación con la hora a la que llegabas al café, así que empecé a salir antes del trabajo para intentar verte llegar. Y un día no te vi. Esperé delante del café hasta que te vi acercarte por la acera. Estabas empujando un cochecito y cuando llegaste a la puerta tuviste problemas para entrarlo. Te estaba costando tanto que crucé instintivamente la calle para sostenerte la puerta. Me sonreíste y dijiste: «Muchas gracias». Estabas preciosa, Christine. Me entraron ganas de besarte allí mismo, pero no podía, claro, y como no quería que pensaras que había cruzado la calle únicamente para ayudarte, entré también en el café y me puse detrás de ti en la cola. Mientras esperábamos te dirigiste a mí. «Cuánta gente hay hoy, ¿verdad?», dijiste. «Sí», respondí, aunque el café no parecía más concurrido de lo habitual a esa hora del día. Me habría encantado alargar la conversación. Pedí un té y la misma tarta que tú y barajé la posibilidad de preguntarte si podía sentarme contigo, pero para cuando recibí mi bandeja tú estabas charlando con alguien, uno de los empleados del café, creo, y fui a sentarme a un rincón.

»A partir de ese día iba al café prácticamente a diario. Siempre es más fácil hacer algo cuando ya lo has hecho una vez. Unas veces esperaba en la calle a que llegaras, o me aseguraba de que ya estuvieras dentro para entrar, pero otras entraba sin más. Y te fijabas en mí. Yo sé que te fijabas en mí. Empezaste a saludarme y a hacerme comentarios sobre el tiempo. Y un día que me retrasé, al pasar por tu lado con mi té y mi crêpe comentaste: «Hoy llegas tarde», y cuando viste que no había mesas libres me preguntaste: «¿Quieres sentarte aquí?», y señalaste la silla que tenías delante. El bebé no estaba contigo ese día, de modo que dije: «¿Seguro que no te importa? ¿No te molestaré?», y enseguida lamenté mis palabras, pues temí que respondieras que sí, que bien pensado te molestaría. Pero dijiste: «En absoluto. Si te soy sincera, ahora mismo estoy bloqueada. Me irá bien distraerme un poco», y de ese modo supe que deseabas que te hablara en lugar de tomarme mi té y mi tarta en silencio. ¿Lo recuerdas?

Niego con la cabeza. He decidido dejarle hablar. Quiero oír todo lo que tenga que decir.

—Así que me senté y nos pusimos a charlar. Me contaste que eras escritora, que te habían publicado un libro pero te estaba costando sacar adelante el segundo. Te pregunté de qué iba pero no quisiste contármelo. «Es una novela», dijiste, y añadiste: «se supone», y pusiste una cara tan triste que te propuse que nos tomáramos otro té. Dijiste que sería un placer, pero que no llevabas dinero encima y no podías invitarme. «Nunca vengo con el monedero», comentaste. «Solo traigo lo justo para tomarme un té y algo de comer. Así no tengo la tentación de atracarme.» Me pareció un comentario extraño. Estabas muy delgada, no parecías la clase de persona que necesitara controlarse con la comida. Me alegré mucho, porque eso significaba que te gustaba hablar conmigo y que me deberías una invitación, por lo que tendríamos que volver a vernos. Te dije que daba igual el dinero, que no tenías que devolverme la invitación, y pedí otros dos tés. Después de eso empezamos a vernos con regularidad.

Empiezo a verlo todo. Aunque carezco de memoria, sé cómo funcionan estas cosas. El encuentro fortuito, el intercambio de invitaciones. La atracción de hablar, de confiarse a un desconocido, alguien que no te juzga ni toma partido sencillamente porque no puede. Un aumento gradual de las confidencias que conduce a... ¿a qué?

He visto las fotografías de los dos, hechas años atrás. Parecemos felices. Es evidente adónde nos han conducido esas confidencias. Además, era un hombre atractivo. No tan guapo como un actor de cine, pero sí más guapo que la mayoría; puedo entender qué fue lo que me atrajo de él. Supongo que en un momento dado empecé a lanzar miradas impacientes hacia la puerta mientras intentaba trabajar, a prestar más atención a la ropa que me ponía para ir al café, a si añadir o no unas gotas de perfume. Y supongo que un día uno de los dos propuso que diéramos un paseo o fuéramos a un bar, o incluso a un cine, y nuestra amistad traspasó una línea y se transformó en otra cosa, en algo infinitamente más peligroso.

Cierro los ojos y trato de imaginármelo, y mientras lo hago empiezo a recordar. Los dos en la cama, desnudos. Semen secándose en mi estómago, en mi vello. Yo volviéndome hacia él cuando rompe a reír y me besa de nuevo. «¡Estate quieto, Mike!», le digo. «Tienes que irte. Ben no tardará en llegar y he de ir a recoger a Adam. ¡Estate quieto!» Pero no me hace caso. Se inclina sobre mí, une sus labios con bigote a los míos y empezamos a besarnos otra vez, olvidándonos de todo, de mi marido, de mi hijo. Presa de un escalofrío, caigo en la cuenta de que ese recuerdo me ha visitado antes. Aquel día, en la cocina de la casa que en otros tiempos compartí con mi marido, no estaba recordando a Ben, sino a mi amante, el hombre al que me estaba tirando mientras mi marido trabajaba. Por eso tenía que irse. No solo para coger un tren, sino porque el hombre con el que estaba casada no tardaría en regresar.

Abro los ojos, regresando bruscamente a la habitación del hotel, y lo encuentro todavía sentado frente a mí.

—Mike —digo—. Te llamas Mike.

—¡Lo recuerdas! —exclama, eufórico—. ¡Chris, lo recuerdas!

El odio hierve en mi interior.

—Recuerdo tu nombre —digo—. Nada más. Solo tu nombre.

—¿No recuerdas lo enamorados que estábamos?

—No. Dudo mucho que en algún momento llegara a amarte, de lo contrario recordaría más cosas.

Lo digo para herirle, pero su reacción me sorprende.

—Pero tú no recuerdas a Ben, ¿no es cierto? Eso significa que no le querías. Y tampoco a Adam.

—Estás enfermo —le suelto—. ¿Cómo te atreves a decir eso? ¡Naturalmente que le quería! ¡Era mi hijo!

—Es. Es tu hijo. Pero serías incapaz de reconocerlo si entrara ahora por esa puerta. ¿Crees que eso es amor? ¿Y dónde está Ben, eh? ¿Dónde? Te abandonaron, Christine. Los dos. Yo soy el único que no ha dejado de quererte. Ni siquiera cuando me dejaste.

En ese momento lo veo, claro como el agua. ¿Cómo iba a saber si no lo de esta habitación, tantas cosas sobre mí?

—¡Dios mío! —exclamo—. ¡Fuiste tú! ¡Tú me hiciste esto! ¡Tú me atacaste!

Me rodea con los brazos y empieza a acariciarme el pelo.

—Christine, cariño —murmura—, no digas esas cosas. No pienses en eso. Solo conseguirás ponerte triste.

Forcejeo pero tiene demasiada fuerza. Me estrecha en sus brazos.

—¡Suéltame! —grito—. ¡Suéltame, por favor! —Mis palabras se pierden en los pliegues de su camisa.

—Amor mío —susurra. Ha empezado a mecerme, como si estuviera tranquilizando a un bebé—. Amor mío, cielo mío. No debiste dejarme. ¿No lo ves? Nada de esto habría ocurrido si no te hubieras marchado.

Me viene otro recuerdo.

Es de noche y estamos sentados en un coche. Yo estoy llorando y él mirando por la ventanilla.

—*Di algo* —*le estoy diciendo*—. *Lo que sea. ¿Mike?*

—*No hablas en serio* —*dice*—. *No puedes hablar en serio.*

—*Lo siento. Quiero a Ben. Tenemos nuestros problemas, sí, pero le amo. Es con él con quien quiero estar. Lo siento.*

Soy consciente de que estoy intentando simplificar las cosas para que me entienda. A lo largo de estos últimos meses he llegado a la

conclusión de que con Mike es mejor así. Las cosas complicadas le
aturden. Le gusta el orden, la rutina, cosas mezcladas en proporcio-
nes exactas con resultados predecibles. Además, no quiero enredarme
demasiado con detalles.

—Es porque me presenté en tu casa, ¿verdad? Lo siento mucho,
Chris. No volveré a hacerlo, te lo prometo. Solo quería verte, y explicar-
le a tu marido que…

Le interrumpí.

—Ben. Puedes decir su nombre. Ben.

—Ben —murmura como si pronunciara esa palabra por primera vez
y la encontrara desagradable—. Quería explicarle la situación. Quería
explicarle la verdad.

—¿Qué verdad?

—Que ya no le amas. Que ahora me quieres a mí. Que deseas es-
tar conmigo. Eso era todo lo que pensaba decirle.

Suspiro.

—¿No te das cuenta de que aunque fuera verdad, que no lo es, no
es a ti a quien le corresponde decírselo sino a mí? No tenías ningún de-
recho a presentarte en mi casa.

Mientras lo digo tomo conciencia de la suerte que he tenido. Ben es-
taba en la ducha, Adam jugando en el comedor. Pude convencer a Mike
de que se fuera a casa antes de que uno de los dos reparara en su pre-
sencia. Fue esa noche cuando decidí que debía poner fin a la aventura.

—Debo irme —decido. Abro la puerta del coche, piso la gravilla—.
Lo siento.

Se inclina para mirarme. Pienso en lo atractivo que es, en que si hu-
biera estado menos desequilibrado tal vez mi matrimonio habría corri-
do peligro.

—¿Volveremos a vernos? —me pregunta.

—No —contesto—. Lo nuestro ha terminado.

Y sin embargo aquí estamos, después de todos estos años.
Vuelve a tenerme retenida, y comprendo que en aquel enton-

ces, pese al miedo que le tenía, no fue suficiente. Empiezo a gritar.

—Cariño —dice—, cálmate. —Me tapa la boca con la mano y grito más fuerte—. ¡Cálmate! ¡Alguien podría oírte!

Mi cabeza sale disparada hacia atrás, golpea el radiador. La música del bar contiguo no experimenta cambio alguno, en todo caso suena más fuerte. No me oirán, pienso. Es imposible que me oigan. Vuelvo a gritar.

—¡Calla! —dice. Me ha pegado, creo, o por lo menos me ha zarandeado. Me entra el pánico—. ¡Calla!

Mi cabeza vuelve a golpear el hierro caliente. Rompo a llorar.

—¡Suéltame! —le suplico—. Por favor… —Relaja ligeramente los brazos, mas no lo suficiente para permitirme forcejear—. ¿Cómo conseguiste encontrarme después de todos estos años? ¿Cómo?

—¿Encontrarte? —dice—. Pero si nunca te he perdido. —No le entiendo—. Siempre he velado por ti. Siempre te he protegido.

—¿Ibas a verme a esos lugares? ¿Al hospital, a Waring House? ¿Pero…?

Suspira.

—No demasiado, no me lo habrían permitido. Pero a veces les decía que iba a ver a otra persona, o me hacía pasar por voluntario, todo para poder verte y asegurarme de que estabas bien. En el último centro era más fácil, con todos esos ventanales…

Se me heló la sangre.

—¿Me espiabas?

—Tenía que asegurarme de que estabas bien, Chris. Tenía que protegerte.

—Así que regresaste a por mí, ¿es eso? ¿Acaso no fue suficiente lo que me hiciste en esta habitación?

—Cuando descubrí que aquel cabrón te había abandonado no pude dejarte en aquel lugar. Sabía que querrías estar conmigo, que sería lo mejor para ti. Tuve que esperar un tiempo, asegurarme de que no quedara ningún trabajador allí que pudiera impedírmelo. Aunque, bien pensado, ¿qué otra persona habría cuidado de ti?

—¿Y dejaron que me fuera contigo así, sin más? ¡No puede ser que me dejaran marchar con un extraño!

Me pregunto qué mentiras debió de contar para que le permitieran llevárseme. Ahora recuerdo lo que el doctor Nash me había contado sobre la mujer de Waring House. «Le alegró mucho saber que habías vuelto a casa con Ben.» Me viene una imagen, un recuerdo. Cogida de la mano de Mike mientras él firma un formulario. Una mujer detrás de un mostrador sonriéndome.

—Te echaremos de menos, Christine —dice—. Pero en casa serás feliz. —Mira a Mike—. Con tu marido.

Sigo la mirada de la mujer. No reconozco al hombre cuya mano sostengo, pero sé que es el hombre con el que me casé. Tiene que serlo. Él me ha dicho que lo es.

—Dios mío —me pregunto—. ¿Cuánto tiempo llevas haciéndote pasar por Ben?

Me mira sorprendido.

—¿Haciéndome pasar?

—Sí —replico—. Haciéndote pasar por mi marido.

Parece perplejo. Me pregunto si ha olvidado que no es Ben. De repente se pone serio. Parece disgustado.

—¿Crees que quería hacerlo? Me vi obligado a ello. Era la única manera.

Relaja ligeramente los brazos y en ese momento ocurre algo extraño. Mi mente se detiene y aunque el miedo sigue atenazándome, me embarga una inesperada sensación de calma. De repente me asalta un pensamiento: «Voy a vencerle. Voy a escapar. Tengo que escapar».

—¿Mike? —digo—. Te entiendo, ¿sabes? Debe de haber sido muy difícil para ti.

Me mira.

—¿Me entiendes?

—Desde luego. Te estoy muy agradecida por haberme recogido, por haberme dado un hogar, por cuidar de mí.

—¿En serio?

—Sí. No quiero ni imaginar dónde estaría ahora de no ser por ti.

Noto que se ablanda. La presión en mis brazos y mis hombros disminuye y ahora es acompañada por una caricia, sutil pero inconfundible, que casi me resulta más repulsiva pero que sé que tiene más probabilidades de ayudarme a escapar. Porque solo puedo pensar en escapar. He de largarme de aquí. Qué estúpida fui, pienso ahora, al sentarme en el suelo para leer las hojas que me había robado del diario mientras él estaba en el cuarto de baño. ¿Por qué no agarré el diario y huí? Entonces recuerdo que solo fui consciente del peligro que corría cuando llegué al final. Vuelvo a oír la vocecilla. «Voy a escapar. Tengo un hijo al que no puedo recordar.» Voy a escapar. Me vuelvo hacia Mike y le acaricio el dorso de la mano que descansa sobre mi hombro.

—¿Por qué no me sueltas y hablamos de lo que deberíamos hacer?

—¿Y qué hacemos con Claire? —me pregunta—. Ella sabe que no soy Ben. Tú se lo dijiste.

—No lo recordará —digo, desesperada.

Suelta una risa hueca, ahogada.

—Siempre me has tratado como si fuera idiota, pero no lo soy. ¡Sé perfectamente qué ocurriría! Tú se lo dijiste. ¡Lo has estropeado todo!

—En absoluto —me apresuro a decir—. Puedo llamarla, decirle que estaba confundida, que había olvidado quién eras tú. Puedo decirle que pensaba que eras Ben, pero que estaba equivocada.

Estoy empezando a creer que lo ve como algo posible, cuando suelta:

—Jamás se lo tragaría.

—Ya verás como sí —insisto, pese a saber que no.

—¿Por qué tuviste que llamarla? —La ira le ensombrece el semblante, noto la presión de sus manos—. ¿Por qué? ¿Por qué, Chris? Nos había ido bien hasta entonces. —Empieza a zarandearme de nuevo—. ¿Por qué? —grita—. ¿Por qué?

—Me haces daño, Ben.

Me golpea. Oigo el latigazo de su mano contra mi cara antes de sentir el dolor. Mi cabeza gira hacia un lado, mi mandíbula inferior sale disparada hacia arriba y conecta dolorosamente con su compañera.

—No se te ocurra volver a llamarme así —escupe.

—Mike —farfullo apresuradamente, como si así pudiera borrar mi error—. Mike…

Me ignora.

—Estoy harto de ser Ben —dice—. A partir de ahora quiero que me llames Mike, ¿entendido? Soy Mike. Por eso te he traído aquí, para dejar todo eso atrás. Escribiste en tu cuaderno que si pudieras recordar lo que sucedió en esta habitación hace años recuperarías la memoria. Bien, pues ya estamos aquí. Yo lo he hecho posible, Chris. ¡Así que recuerda!

Le miro incrédula.

—¿Quieres que recuerde?

—¡Naturalmente! Te quiero, Christine. Quiero que recuerdes lo mucho que me amas. Quiero que volvamos a estar juntos. Juntos de verdad. —Hace una pausa y su voz se reduce a un susurro—. No quiero seguir siendo Ben.

—Pero…

Me mira.

—Desde mañana, cuando volvamos a casa, me llamarás Mike. —Me zarandea de nuevo con su cara a unos centímetros de la mía—. ¿De acuerdo? —Puedo oler acidez en su aliento, y otra cosa. Me pregunto si ha estado bebiendo—. Todo irá bien, ¿verdad, Christine? Saldremos adelante.

—¿Salir adelante? —digo. Me duele la cabeza y algo me brota de la nariz. Sangre, pienso, pero no estoy segura. La calma me abandona. Levanto la voz, grito con todas mis fuerzas—. ¿Quieres que vuelva a casa? ¿Que salgamos adelante? ¿Te has vuelto completamente loco?

Levanta una mano para taparme la boca y me doy cuenta de que me ha dejado libre el brazo. Le asesto un puñetazo en la mejilla. Aunque endeble, no se lo esperaba y cae hacia atrás, soltándome el otro brazo en el proceso.

Me levanto a trompicones.

—¡Zorra! —dice, pero paso por encima de él y corro hacia la puerta.

Apenas he dado tres pasos cuando se agarra a mi tobillo. Caigo al suelo. Mi cabeza golpea el canto del taburete que hay debajo del tocador. Tengo suerte; está acolchado y amortigua la caída, pero mi cuerpo hace un giro extraño al tocar el suelo. El dolor sube disparado por mi espalda hasta el cuello y temo haberme roto algo. Empiezo a gatear hacia la puerta pero Mike sigue aferrado a mi tobillo. Tira de mí con un gruñido y de repente noto su peso aplastante sobre mi espalda, sus labios a unos centímetros de mi oreja.

—Mike —sollozo—. Mike…

Delante de mí, en el suelo, descansa la fotografía de Adam y Helen que Mike ha arrojado al suelo. Pese a lo que está pasando, me pregunto de dónde la ha sacado, y de pronto lo sé. Adam me la envió a Waring House y luego Mike la guardó junto con todas las demás fotografías cuando fue a buscarme.

—¡Zorra estúpida! —me escupe en la oreja. Tiene una mano en mi garganta y con la otra me agarra del pelo. Me tira de la cabeza hacia atrás, arqueándome el cuello—. ¿Por qué tuviste que hacerlo?

—Lo siento —sollozo. No puedo moverme. Tengo una mano atrapada debajo de mi cuerpo, la otra pillada entre mi espalda y su pierna.

—¿Adónde creías que ibas, eh? —Gruñe como un animal. Rezuma algo muy cercano al odio.

—Lo siento —repito, porque no se me ocurre otra cosa que decir—. Lo siento. —Recuerdo los días en que tales palabras tenían efecto, bastaban para sacarme de cualquier apuro en el que me encontrara.

—¡Deja de decir que lo sientes! —Me tira de la cabeza hacia atrás y luego hacia delante. Mi frente, mi nariz y mi boca se estampan contra el suelo enmoquetado. Oigo un crujido escalofriante y me asalta el olor a cigarrillos rancios. Chillo. Tengo sangre en la boca. Me he mordido la lengua—. ¿Adónde creías que ibas? No puedes conducir. No conoces a nadie. Ni siquiera sabes quién eres la mayor parte del tiempo. No tienes adónde ir. Eres patética.

Rompo a llorar, porque tiene razón. Soy patética. Claire nunca vino, no tengo amigos. Estoy completamente sola, dependo por entero del hombre que me ha hecho esto, y mañana por la mañana, si sobrevivo, hasta eso habré olvidado.

«Si sobrevivo.» Las palabras resuenan en mi cabeza cuando caigo en la cuenta de lo que este hombre es capaz, y que puede que esta vez no salga de esta habitación con vida. El pánico se apodera de mí, pero vuelvo a oír la vocecilla. «No vas a morir aquí. No con él. No ahora. Cualquier cosa menos eso.»

Arqueo dolorosamente la espalda y consigo sacar el brazo. Me impulso hacia delante y agarro una pata del taburete. Pesa y el ángulo de mi cuerpo no ayuda, pero consigo retorcerme y arrojar el taburete por encima de mi cabeza, hacia donde imagino que se halla la cabeza de Mike. Golpea algo con un crujido gratificante y un grito ahogado retumba en mi oreja. Me suelta el pelo.

Me vuelvo. Mike está echado hacia atrás, con la mano en la frente. Por sus dedos empieza a rodar sangre. Me mira petrificado.

Más tarde pensaré que tendría que haberle golpeado una

segunda vez. Con el taburete, o con las manos. Con lo que fuera. Tendría que haberme asegurado de incapacitarlo para poder huir, para poder bajar o por lo menos abrir la puerta y pedir ayuda.

Pero no lo hago. Me levanto y me quedo mirándolo. Está en el suelo, delante de mí. Haga lo que haga, pienso, él ha ganado. Siempre habrá ganado. Me lo ha arrebatado todo, incluso la capacidad de recordar qué me hizo exactamente. Me doy la vuelta y me dirijo a la puerta.

Se abalanza sobre mí con un gruñido. Su cuerpo choca con el mío, embestimos el tocador, avanzamos a trompicones hacia la puerta.

—¡Christine! —dice—. ¡Chris! ¡No me dejes!

Alargo un brazo. Si consigo abrir la puerta, pese al ruido del bar, seguro que alguien nos oye y acude en mi ayuda.

Se cuelga de mi cintura. Como un grotesco monstruo bicéfalo, avanzo centímetro a centímetro, tirando de él.

—¡Chris, te quiero! —continúa. Está aullando, y eso, junto con lo absurdas que se me antojan sus palabras, me inyecta brío. Casi he llegado. Estoy a punto de alcanzar el pomo.

Entonces ocurre. El recuerdo de aquella noche lejana me asalta. Yo, en esta misma habitación, alargando una mano hacia esta misma puerta. Me siento tremendamente feliz. Las paredes vibran con el resplandor anaranjado de las velas que he encontrado repartidas por toda la habitación a mi llegada. El aroma dulce de las rosas y girasoles del ramo que descansa sobre la cama impregna el aire. «Estaré arriba en torno a las siete, cariño», decía la tarjeta que lo acompañaba, y aunque me pregunté brevemente qué estaba haciendo Ben, agradezco los minutos de que he dispuesto a solas antes de su llegada. Me han dado la oportunidad de poner en orden mis pensamientos, de reflexionar sobre lo cerca que he estado de perderle, de lo mucho que me alegro de haber puesto fin a mi aventura con Mike, de lo afortunada que soy de que Ben y yo estemos comenzando una nueva etapa. ¿Cómo se me pudo pasar por la cabeza que quería estar con Mike? Mike jamás habría hecho lo que ha pensado Ben: organizar una noche sorpresa en un hotel de la costa para demostrarme lo mucho que me quiere y el hecho de que, pese a nuestras recientes diferencias, eso es algo que nunca cambiará. Mike es demasiado egocéntrico para poder hacer algo así, he descubierto. Con él todo es una prueba, el cariño se mide, lo dado se compara con lo recibido y el resultado, las más de las veces, le decepciona.

Alcanzo el pomo de la puerta, lo giro, tiro de él hacia mí. Ben ha dejado a Adam con sus abuelos. Tenemos por delante un fin de semana entero para nosotros dos, libre de preocupaciones.

—Cariño —estoy diciendo, pero la palabra se me atraganta. Delante no tengo a Ben, sino a Mike. Pasa por mi lado y mientras le pregunto qué cree que está haciendo, qué derecho tiene a traerme engañada hasta esta habitación, qué cree que conseguirá con eso, estoy pensando: «Cabrón retorcido. ¿Cómo te atreves a hacerte pasar por mi marido? ¿Es que no te queda dignidad?».

Pienso en Ben, en Adam, en mi casa. Ben se estará preguntando dónde estoy. Probablemente no tardará en llamar a la policía. He sido una idiota por subirme a un tren y venir hasta aquí sin mencionárselo a nadie. He sido una idiota por creer que una nota escrita a máquina, aunque rociada con mi perfume favorito, era de mi marido.

—¿Habrías venido si hubieras sabido que la cita era yo? —me pregunta Mike.

Me echo a reír.

—¡Naturalmente que no! Lo nuestro ha terminado, ya te lo dije.

Contemplo las flores, la botella de champán que todavía tiene en la mano. Todo huele a romanticismo, a seducción.

—¡Por Dios! —exclamo—. ¿Realmente pensabas que podías

traerme engañada hasta aquí, regalarme flores y champán, y que eso lo resolvería todo? ¿Que caería en tus brazos y todo volvería a ser como antes? Estás loco, Mike. Loco. Me voy. Regreso junto a mi marido y mi hijo.

No quiero recordar más. Supongo que fue entonces cuando me asestó el primer golpe, pero ignoro qué sucedió después, qué me llevó de ahí al hospital. Y aquí estoy de nuevo, en esta habitación. Hemos vuelto al punto de partida, si bien para mí los días transcurridos entremedias me han sido robados. Es como si nunca me hubiera ido.

No consigo alcanzar el pomo. Mike se está levantando. Empiezo a gritar.

—¡Socorro! ¡Socorro!

—¡Calla! —me ordena—. ¡Cierra la boca!

Grito con más fuerza. Me da la vuelta y me propina un empujón. Caigo, y el techo y su cara descienden sobre mí como una cortina. Mi cráneo golpea algo duro y rígido. Advierto que me ha arrastrado hasta el cuarto de baño. Giro la cabeza y veo las baldosas del suelo extendidas frente a mí, la base del retrete, el borde de la bañera. Hay una pastilla de jabón en el suelo, aplastada y pegajosa.

—¡Mike! —grito—. ¡No...! —pero está inclinándose sobre mí, rodeándome el cuello con sus manos.

—¡Calla! —repite una y otra vez, a pesar de que ya no grito, solo lloro. Me cuesta respirar, tengo los ojos y la boca empapados, de sangre, de lágrimas, e ignoro de qué más.

—Mike —jadeo.

No puedo respirar. Sus manos me aprietan el cuello y me impiden respirar. Vuelvo a recordar. Le recuerdo reteniéndome la cabeza debajo del agua. Me recuerdo despertando en una cama blanca, con un camisón de hospital, y Ben sentado a mi lado, el auténtico Ben, el hombre con el que me casé. Recuerdo a un policía haciéndome preguntas que no soy capaz de responder. Un hombre con un pijama azul claro sentado en el borde de mi cama del hospital, riendo conmigo mientras me cuenta que cada día le saludo como si fuera la primera vez que le veo. Un niño rubio al que le falta un diente llamándome «mamá». Las imágenes se suceden. Me inundan. La sensación es de violencia. Sacudo la cabeza, en un esfuerzo por despejarla, pero Mike me aprieta el cuello un poco más. Tiene su cabeza sobre la mía, los ojos salidos mientras estrangula mi garganta, y puedo recordar haber pasado por esto en otra ocasión, en esta habitación. Cierro los ojos.

—¿Cómo te atreves? —está diciendo, y no puedo distinguir quién de los dos está hablando, si el Mike que está aquí, ahora, o el que solo existe en mi memoria—. ¿Cómo te atreves? ¿Cómo te atreves a llevarte a mi hijo?

Y en ese momento lo recuerdo. El día que me atacó, todos esos años atrás, yo llevaba un bebé en el vientre. No de Mike, sino de Ben. El hijo que marcaría nuestro nuevo comienzo juntos.

Ni él ni yo sobrevivimos.

* * *

Debo de haber perdido el conocimiento. Cuando vuelvo en mí estoy sentada en una silla. No puedo mover las manos, la boca me sabe a pelo. Abro los ojos. La habitación está iluminada únicamente por la luz de la luna que entra por las cortinas descorridas y el resplandor amarillo de las farolas de la calle. Mike está sentado en el borde de la cama, frente a mí. Sostiene algo en la mano.

Intento hablar pero no puedo. Advierto que tengo una pelota de algo en la boca. Un calcetín, quizá, sujeto de algún modo. También me doy cuenta de que tengo las muñecas atadas, y los tobillos.

Es lo que siempre ha querido, pienso. En silencio e inmóvil. Forcejeo y se da cuenta de que he recuperado la conciencia.

Levanta la cabeza y me mira con una mezcla de dolor y triste-za. Me mira fijamente a los ojos. No siento nada salvo odio.

—Has despertado. —Me pregunto si pretende decir algo más, si es capaz de decir algo más—. Yo no quería que pasara esto. Pensé que venir aquí te ayudaría a recordar cómo eran las cosas entre nosotros, y que luego hablaríamos y yo podría ex-plicarte lo que sucedió hace años en esta habitación. Nunca fue mi intención que ocurriera, Chris. Pero a veces me enfado mu-cho. No puedo evitarlo. Lo siento. Nunca fue mi intención ha-certe daño. Lo estropeé todo.

Se mira el regazo. Antes deseaba saber muchas cosas, pero ahora estoy agotada, y en cualquier caso ya es tarde. Creo que podría cerrar los ojos y obligarme a dormir para olvidarlo todo.

Pero no quiero dormir. Y si no pudiera evitarlo, no quiero despertar mañana.

—Fue cuando me dijiste que estabas esperando un hijo. —No levanta la vista. Está hablando con voz queda a los plie-gues de su ropa y tengo que aguzar el oído para entenderle—. Nunca pensé que tendría hijos. Nunca. Todos decían… —titu-bea, como si estuviera cambiando de parecer, decidiendo que hay cosas que es mejor no compartir—. Decías que no era mío, pero yo sabía que lo era. Y no soportaba la idea de que, pese a ello, fueras a dejarme, a separarme de mi hijo, la idea de que nunca llegara a verlo. No podía soportarlo, Chris.

Sigo sin saber qué quiere de mí.

—¿Crees que no me arrepiento de lo que hice? Todos los días. Te veo tan desconcertada y perdida, tan infeliz. A veces me quedo tumbado en la cama, oyendo cómo te despiertas. Enton-ces me miras y yo sé que no sabes quién soy, y puedo sentir tu decepción y tu vergüenza. Te sale a borbotones. Y eso me due-le. Me duele saber que, si pudieras elegir, no te acostarías con-migo. Entonces te levantas y vas al cuarto de baño, y sé que al cabo de unos minutos regresarás sintiendo un gran dolor y con-fusión.

Hace una pausa.

—Ahora sé que incluso eso terminará pronto. He leído tu diario. Sé que tu doctor ya habrá atado cabos, o no tardará en hacerlo. Y también Claire. Sé que vendrán a por mí. —Levanta la vista—. E intentarán separarme de ti. Pero Ben no te quiere. Yo sí. Quiero cuidar de ti. Por favor, Chris, recuerda lo mucho que me amabas. Entonces podrás decirme que deseas estar conmigo. —Señala las últimas páginas de mi diario, desparramadas por el suelo—. Puedes decirles que me perdonas. Por esto. Y después ya nada nos impedirá estar juntos.

Sacudo la cabeza. No puedo creer que desee que recuerde. Quiere que sepa lo que me hizo.

Sonríe.

—¿Sabes? A veces pienso que hubiera sido mejor que hubiese muerto aquella noche. Mejor para los dos. —Dirige la mirada hacia la ventana—. Yo te seguiría, Chris, si así lo quisieras. —Vuelve a bajarla—. Sería muy fácil. Tú podrías ir primero. Y yo iría después, te lo prometo. Confías en mí, ¿verdad?

Me mira expectante.

—¿Te gustaría eso? —dice—. No sentirías dolor.

Sacudo la cabeza, intento hablar, no lo consigo. Los ojos me arden y apenas puedo respirar.

—¿No? —Parece decepcionado—. No. Supongo que cualquier vida es preferible a no vivir. Como quieras. Probablemente tengas razón. —Empiezo a llorar. Menea la cabeza—. Chris, todo irá bien, ya lo verás. El problema es este cuaderno. —Levanta mi diario—. Tú y yo éramos felices antes de que empezaras a escribir esto. O todo lo felices que podíamos ser dadas las circunstancias. Pero lo éramos, ¿no es cierto? Deberíamos deshacernos de esto. Después podrás decirles que estabas equivocada y nosotros podremos volver a estar como antes. Por lo menos durante un tiempo.

Se pone en pie y saca la papelera de metal que hay debajo del tocador. Retira la bolsa de plástico y la deja a un lado.

—Será fácil —dice, colocando la papelera entre sus piernas—. Muy fácil. —Arroja mi diario dentro, recoge las hojas que todavía hay en el suelo y hace lo mismo con ellas—. Tenemos que deshacernos de esto de una vez por todas.

Saca una caja de cerillas de su bolsillo, enciende una y levanta una hoja.

Le miro horrorizada.

«¡No!», quiero gritar, pero solo alcanzo a emitir un gemido ahogado. No me mira cuando prende fuego a la hoja y la deja caer sobre la papelera.

«¡No!», repito, pero esta vez es un aullido mudo que solo resuena en mi cabeza. Observo cómo mi pasado empieza a arder, cómo mis recuerdos se reducen a cenizas. Mi diario, la carta de Ben, todo. No soy nada sin ese diario, pienso. Nada. Y él ha ganado.

No planeo hacer lo que hago a continuación, es una reacción instintiva. Me arrojo sobre la papelera. Maniatada como estoy no puedo frenar la caída y golpeo la papelera en una postura incómoda, y oigo que algo se parte. El dolor me atraviesa el brazo y creo que voy a desmayarme, pero no me desmayo. La papelera se vuelca y las hojas salen rodando por el suelo, en llamas.

Mike suelta un alarido y cae de rodillas, dando manotazos al suelo, intentando sofocar el fuego. Observo que por debajo de la cama se ha colado una hoja. Las llamas están empezando a lamer la orilla de la colcha, pero no puedo alcanzarla, y tampoco gritar, de modo que me limito a observar cómo se incendia. La colcha empieza a echar humo y cierro los ojos. La habitación arderá, pienso, Mike arderá, y yo arderé, y nadie sabrá jamás qué sucedió hoy aquí, en esta habitación, ni qué sucedió todos esos años atrás. El pasado quedará reducido a cenizas y será reemplazado por conjeturas.

Sufro una arcada seca que el calcetín atascado en mi garganta contiene. Siento que me asfixio. Pienso en mi hijo. No le veré, pero por lo menos moriré sabiendo que lo tuve, que está vivo y es feliz. Eso me llena de dicha. Pienso en Ben, el hombre con quien me casé y al que luego olvidé. Quiero verle. Quiero decirle que ahora, finalmente, sé quién es. Puedo recordar que le conocí en la fiesta de la azotea, y que me propuso matrimonio en una colina con vistas a la ciudad, y también que me casé con él en la iglesia de Manchester y que nos hicieron fotos bajo la lluvia.

Y sí, puedo recordar que le amaba. Ahora sé que le amo y que siempre le he amado.

La oscuridad me engulle. No puedo respirar. Oigo el azote de las llamas, noto su calor en los labios y los ojos.

Los finales felices no son para mí, ahora lo sé. Pero eso ya no importa.

Ya no importa.

* * *

Estoy tumbada. He dormido, aunque no mucho rato. Puedo recordar quién soy y dónde he estado. Oigo ruidos, un murmullo de tráfico, una sirena que no sube ni baja de tono, que permanece constante. Noto algo sobre la boca —pienso en un calcetín— pero me doy cuenta de que puedo respirar. Me da pánico abrir los ojos. Ignoro qué voy a encontrar.

Pero debo abrirlos. No tengo más remedio que afrontar mi nueva realidad.

La luz es fuerte. Puedo ver un tubo fluorescente pegado a un techo bajo y dos barras de metal que transcurren paralelas a él. Las paredes a los lados son duras, de metal y plexiglás brillantes, y hay poco espacio entre ellas. Vislumbro cajones y estantes llenos de frascos y paquetes y unas máquinas parpadeando. Todo se mueve ligeramente, todo vibra, incluida, advierto, la cama en la que yazgo.

La cara de un hombre aparece inopinadamente sobre mi cabeza. Viste una camisa verde. No sé quién es.

—Se ha despertado —escucho, y otras caras se ciernen sobre mí. Les echo un rápido vistazo. Mike no está entre ellas y eso me tranquiliza.

—Christine —dice una voz—. Chrissy, soy yo. —Es una voz femenina, una voz que reconozco—. Vamos de camino al hospital. Tienes una clavícula rota, pero te repondrás. Todo irá bien. Mike está muerto. No podrá volver a hacerte daño.

Miro entonces a la persona que me está hablando. Sonríe y tiene mi mano en la suya. Es Claire. La Claire que vi hace unos días, no la joven Claire que probablemente esperaría ver al despertarme, y observo que lleva los mismos pendientes que la última vez que nos vimos.

—¿Claire? —digo, pero me interrumpe.

—No hables. Procura solo relajarte.

Se inclina sobre mí, me acaricia el pelo y me susurra algo en la oreja, pero no lo oigo. Suena como «Lo siento».

—Recuerdo —murmuro—. Recuerdo.

Sonríe. Recula y un hombre joven la reemplaza. Tiene el rostro delgado y lleva unas gafas de montura oscura. Por un momento pienso que es Ben, hasta que comprendo que Ben tendría ahora mi edad.

—¿Mamá? —llama—. ¿Mamá?

Tiene la misma cara que el chico de la foto que aparece con Helen, y me doy cuenta de que también me acuerdo de él.

—¿Adam? —pregunto, y las palabras se me atragantan cuando me abraza.

—Mamá —dice—, papá está en camino. No tardará en llegar.

Lo atraigo hacia mí. Respiro el olor de mi muchacho y me siento feliz.

* * *

No puedo esperar más. Es hora de dormir. Dispongo de una habitación individual y, por tanto, no estoy obligada a seguir la estricta rutina del hospital, pero estoy agotada, los ojos se me cierran. Es hora de dormir.

He hablado con Ben. Con el hombre con quien me casé. Conversamos durante horas, aunque ahora me parece que fueron minutos. Me contó que había tomado un avión en cuanto la policía le telefoneó.

—¿La policía?

—Sí —dijo—. Cuando se dieron cuenta de que no estabas viviendo con la persona que creían en Waring House, se pusieron a buscarme. No sé muy bien cómo dieron conmigo. Supongo que tenían mi antigua dirección y empezaron por ahí.

—¿Y dónde estabas?

Se subió las gafas por el caballete de la nariz.

—Llevo unos meses en Italia —explicó—. Trabajando. —Hizo una pausa—. Pensaba que estabas bien. —Me cogió la mano—. Lo siento...

—No podías saberlo —repuse.

Desvió la mirada.

—Te dejé, Chrissy.

—Lo sé. Lo sé todo. Claire me lo contó. Leí tu carta.

—Creía que era lo mejor. En serio. Creía que sería bueno para ti y para Adam. Estaba intentando seguir adelante con mi vida. —Titubeó—. Y pensaba que solo podría conseguirlo si me divorciaba de ti. Pensaba que eso me liberaría. Adam no lo entendió, incluso cuando le expliqué que tú ni siquiera lo sabrías, que ni siquiera recordarías que te habías casado conmigo.

—¿Y te ayudó a seguir adelante con tu vida?

Se volvió hacia mí.

—No voy a mentirte, Chrissy. Ha habido otras mujeres. No muchas, pero algunas. Ha sido mucho tiempo. Al principio nada serio, pero hace un par de años conocí a alguien. Me fui a vivir con ella pero...

—Pero.

—Lo dejamos. Me dijo que no la quería. Que nunca había dejado de quererte a ti…

—¿Y tenía razón?

No contestó. Temiendo su respuesta, pregunté:

—¿Y qué pasará ahora? Mañana. ¿Me llevarás de nuevo a Waring House?

Levantó la vista.

—No —dijo—. Tenía razón. Nunca he dejado de amarte. Y no te llevaré a Waring House. Mañana quiero que vengas a casa.

Ahora me vuelvo para mirarle. Lo tengo al lado, sentado en una silla, y aunque ya está roncando con la cabeza caída incómodamente hacia delante, sigue cogido a mi mano. Vislumbro vagamente sus gafas, la cicatriz que le atraviesa la mejilla. Mi hijo ha salido de la habitación para telefonear a su novia y susurrar un buenas noches a su futura hija, y mi mejor amiga está en el aparcamiento fumando un cigarrillo. Estoy rodeada de la gente a la que quiero.

Hace un rato hablé con el doctor Nash. Me contó que había salido de Waring House cuatro meses atrás, poco después de que Mike hubiera empezado a visitarme haciéndose pasar por Ben. Yo misma me había dado de alta y había firmado todos los papeles. Me marché voluntariamente. El personal de Waring House no habría podido impedírmelo aunque hubiera creído que existían razones para intentarlo. Cuando me fui me llevé las pocas fotografías y objetos personales que me quedaban.

—¿Por eso tenía Mike esas fotos? —le pregunté—. ¿Las fotos en las que salimos Adam y yo? ¿Por eso tenía la carta que Adam había escrito a Papá Noel? ¿Y su partida de nacimiento?

—Sí —dijo el doctor Nash—. Las tenías en Waring House y

te las llevaste cuando te marchaste. Supongo que en algún momento Mike destruyó todas las fotos en las que salías con Ben. Probablemente antes de que abandonaras Waring House. El personal allí cambia con frecuencia e ignoraba qué aspecto tenía tu marido.

—Pero ¿cómo pudo acceder a las fotos?

—Las guardabas en un cajón de tu habitación, metidas en un álbum. Seguro que le fue fácil hacerse con él una vez que empezó a visitarte. Puede que hasta introdujera algunas fotografías suyas. Debía de tener algunas de vosotros dos hechas durante... en fin, durante el tiempo que os estuvisteis viendo. El personal de Waring House estaba convencido de que el hombre que había estado visitándote era el mismo que el que aparecía en el álbum de fotos.

—De modo que me llevé las fotos a casa de Mike y él las guardó en una caja de metal, y luego se inventó un incendio para explicar por qué había tan pocas.

—Exacto —concluyó.

Parecía cansado, y avergonzado. Me pregunté si se echaba la culpa de lo sucedido y confié en que no. En realidad me había ayudado. Me había rescatado. Confié en que todavía pudiera escribir su artículo y presentar mi caso. Confié en que recibiera el reconocimiento por lo que había hecho por mí. Después de todo, de no ser por él ahora estaría...

No quiero pensar en dónde estaría.

—¿Cómo disteis conmigo? —le pregunté.

Me explicó que Claire se había quedado muerta de preocupación después de nuestra conversación, pero decidió esperar a que la llamara al día siguiente.

—Mike debió de arrancar las hojas de tu diario esa noche. Por eso pensabas que no pasaba nada raro cuando me diste el diario el martes, y yo tampoco. En vista de que no llamabas, Claire intentó telefonearte pero solo tenía el número del móvil que yo te había dado y Mike también te lo había quitado. Debí de imaginar que algo pasaba cuando te llamé esta mañana y no contestaste. Pero no caí. Tendría que haberte llamado al otro teléfono... —dijo y meneó la cabeza.

—Tranquilo —dije—. Continúa...

—Calculo que Mike llevaba una semana leyendo tu diario, puede que más. Claire no logró comunicarse con Adam y no tenía el teléfono de Ben, de modo que telefoneó a Waring House. Solo tenían un número que pensaban que era de Ben pero que en realidad era de Mike. Claire no tenía mi número de teléfono, ni siquiera sabía cómo me llamaba. Telefoneó al colegio donde él trabajaba y consiguió que le dieran su dirección y su número de teléfono, pero eran falsos. Estaba en un callejón sin salida.

Imaginé a ese hombre descubriendo mi diario, leyéndolo cada día. ¿Por qué no lo destruyó?

Porque había escrito que le quería. Y porque eso era lo que deseaba que yo siguiera creyendo.

O puede que esté siendo demasiado benévola con él. A lo mejor solo deseaba que yo viera cómo lo devoraban las llamas.

—¿Claire no llamó a la policía?

—Sí, pero pasaron unos días antes de que la tomaran realmente en serio. Entretanto logró comunicarse finalmente con Adam y este le contó que Ben se había ido una temporada al extranjero y que, por lo que él sabía, tú seguías en Waring House. Claire llamó a la residencia y, aunque se negaron a facilitarle tu dirección, accedieron a darle mi número de teléfono a Adam. Probablemente pensaron que no había riesgo en eso, puesto que soy médico. Claire no consiguió ponerse en contacto conmigo hasta esta tarde.

—¿Esta tarde?

—Sí. Claire me convenció de que algo iba mal, y cuando descubrí que Adam estaba vivo ya no tuve ninguna duda. Fuimos a verte a tu casa, pero para entonces ya te habías ido a Brighton.

—¿Cómo supisteis que estaría allí?

—Esta mañana me has contado que Ben, mejor dicho Mike, te había dicho que os iríais de fin de semana. Cuando Claire me explicó lo que estaba pasando, imaginé adónde te había llevado Mike.

Me recosté. Estaba cansada. Exhausta. Solo quería dormir, pero me daba miedo. Me daba miedo lo que pudiera olvidar.

—Pero tú me contaste que Adam había muerto —dije—, que lo habían matado. Cuando estábamos en el aparcamiento. Y lo del incendio. Me explicaste que había habido un incendio.

El doctor Nash sonrió con tristeza.

—Porque es lo que tú me habías contado. —Respondí que no lo entendía—. Un día, a las dos semanas de conocernos, me dijiste que Adam estaba muerto. Obviamente, era lo que Mike te había explicado y tú le creíste y me lo contaste. Cuando me lo preguntaste en el aparcamiento, te expliqué lo que creía que era verdad. Y otro tanto con el incendio. Yo pensaba que lo había habido porque era lo que tú me habías contado.

—Pero recordé el funeral de Adam —dije—. El féretro…

Sonrió con tristeza.

—Tu imaginación…

—Pero vi fotos —insistí—. Ese hombre —me era imposible pronunciar el nombre de Mike— me mostró fotos donde salíamos él y yo juntos, fotos de nuestra boda. Encontré una foto de una lápida con el nombre de Adam…

—Un montaje, probablemente —aseguró.

—¿Un montaje?

—Sí, hecho mediante ordenador. Hoy día es muy fácil hacer montajes fotográficos. Debió de intuir que sospechabas la verdad y dejó las fotos donde sabía que las encontrarías. Seguramente algunas de las fotos que creías que eran de vosotros dos también fueran montajes.

Pensé en las veces que había escrito que Mike estaba en el estudio, trabajando. ¿Era eso lo que estado haciendo? Me había engañado por completo.

—¿Estás bien? —dijo el doctor Nash.

Sonreí.

—Sí, creo que sí. —Le miré y me di cuenta de que podía imaginármelo con otro traje, y con el pelo mucho más corto—. Puedo recordar cosas —dije.

Su expresión no cambió.

—¿Qué cosas? —preguntó.

—Te recuerdo con un corte de pelo diferente. Y reconocí a Ben. Y a Adam y a Claire en la ambulancia. Y puedo recordar que la vi el otro día. Fuimos a la cafetería del Alexandra Palace. Tomamos café. Tiene un hijo llamado Toby.

Esbozó una sonrisa, pero era una sonrisa triste.

—¿Leíste hoy tu diario? —dijo.

—Sí, pero puedo recordar cosas que no anoté. Puedo recordar los pendientes que llevaba Claire. Son los mismos que lleva hoy. Se lo pregunté y me dijo que sí. Y recuerdo que Toby llevaba una parka azul y que sus calcetines tenían dibujos, y también que se disgustó porque quería zumo de manzana y solo tenían de naranja y grosella. ¿No lo entiendes? No anoté esas cosas. Puedo recordarlas.

Parecía satisfecho, aunque todavía prudente.

—El doctor Paxton comentó que no podía encontrar una causa orgánica obvia para tu amnesia, que parecía probable que te la hubiera causado, por lo menos en parte, el trauma emocional de lo que te ocurrió, además del físico. Supongo que otro trauma podría invertir eso, en cierta medida.

Lo que estaba sugiriendo me hizo dar un brinco.

—¿Significa eso que podría curarme?

Me miró detenidamente. Tenía la sensación de que estaba calculando sus palabras, cuánta verdad sería capaz de soportar.

—Me temo que es poco probable. Durante las últimas semanas has mejorado, pero no has experimentado una recuperación total de la memoria. Aunque no es imposible.

Me invadió una oleada de alegría.

—¿El hecho de que recuerde lo que ocurrió hace una semana no significa que he recuperado la memoria? ¿Que otra vez puedo crear recuerdos nuevos y conservarlos?

Habló con cautela.

—Yo diría que sí, Christine. Pero no quiero que pierdas de vista que podría tratarse de algo pasajero. No lo sabremos a ciencia cierta hasta mañana.

—¿Cuando me despierte?

—Exacto. Es muy posible que después de dormir esta noche todos los recuerdos que tienes hoy desaparezcan. Tanto los nuevos como los viejos.

—¿Podría despertarme exactamente en el mismo punto en el que me desperté esta mañana?

—Sí.

La idea de despertarme al día siguiente habiendo olvidado a Ben y a Adam se me antojaba inimaginable. Una muerte en vida.

—Pero… —comencé.

—Sigue escribiendo tu diario, Christine —me recomendó—. ¿Todavía lo tienes?

Negué con la cabeza.

—Lo quemó. Fue eso lo que provocó el incendio.

—Es una pena —se lamentó—. Pero en realidad poco importa, Christine. Puedes empezar otro. Has recuperado a la gente que te quiere.

—Pero yo quiero que también ellos me recuperen a mí —dije—. Quiero que me recuperen.

Después de hablar otro rato, el doctor Nash decidió que era hora de dejarme a solas con mi familia. Sé que solo estaba intentando prepararme para lo peor —para la posibilidad de que mañana me despierte sin saber quién soy, o sin saber quién es el hombre sentado a mi lado, o la persona que asegura ser mi hijo—, pero he de creer que está equivocado. Que he recuperado la memoria. He de creerlo.

Contemplo la silueta durmiente de mi marido en la tenue luz. Recuerdo que nos conocimos en aquella fiesta, la noche que vi los fuegos artificiales con Claire en la azotea. Recuerdo cuando me preguntó, estando de vacaciones en Verona, si quería casarme con él y la emoción que me embargó cuando le dije que sí. Y nuestra boda, nuestro matrimonio, nuestra vida. Lo recuerdo todo. Sonrío.

—Te quiero —le susurro antes de cerrar los ojos y dormirme.

Nota del autor

Este libro está inspirado, en parte, en la vida de varios pacientes amnésicos y, especialmente, en la de Henry Gustav Molaison y Clive Wearing, cuya historia ha sido contada por su esposa Deborah Wearing en el libro *Forever Today – A Memoir of Love and Amnesia.*

Los hechos narrados en *No confíes en nadie* son, no obstante, pura ficción.

Agradecimientos

Mi infinito agradecimiento a la maravillosa agente Clare Conville; a Jake Smith-Bosanquet y a todo su equipo de la C&W; y a todos mis editores, Claire Wachtel, Selina Walker, Michael Heyward e Iris Tupholme.

Quiero dar las gracias y expresar todo mi cariño a mi familia y amigos por haberme animado a emprender este viaje, por leer los primeros borradores y por su apoyo constante. Mi especial agradecimiento a Margaret y a Alistair Peacock, a Jennifer Hill, a Samantha Lear y a Simon Graham, quien creyó en mí incluso antes que yo; a Andrew Dell, Anzel Britz, Gillian Ib y Jamie Gambino, quienes aparecieron más tarde, y a Nicholas Ib, que siempre ha estado ahí. Muchas gracias también a todo el equipo de la GSTT.

Gracias asimismo a todas las personas de la Faber Academy, y particularmente a Patrick Keogh. Por último, quiero subrayar que este libro no existiría sin las aportaciones de mis amigos: Richard Skinner, Amy Cunnah, Damien Gibson, Antonia Hayes, Simon Murphy y Richard Reeves. Infinitas gracias por vuestra amistad y vuestro apoyo. Espero que los FAG sigan controlando a los narradores salvajes.